기둥 뒤 공간 있어요

기둥 뒤 공간 있어요

1판 1쇄 찍음 2015년 6월 10일
1판 1쇄 펴냄 2015년 6월 17일

지은이 | 정찬연
펴낸이 | 고운숙
펴낸곳 | 봄 미디어

기획·편집 | 손수화 정수경 박혜진

출판등록 | 2014년 08월 25일 (제387-2014-000040호)
주소 | 경기도 부천시 원미구 소향로17, 304(두성프라자) (우)420-864
영업부 | 070-5015-0818 편집부 | 070-5015-0817 팩스 | 032-712-2815
E-mail | bommedia@naver.com
소식창 | http://blog.naver.com/bommedia

값 9,000원

ISBN 979-11-5810-090-2 03810

기둥 뒤 공간 있어요

정찬연 장편 소설

contents

네가 한번 잡아 봐라

"뭐? 어디라고? 중앙동 인터페이스? 너 죽을래? 당장 안 튀어왓?"

휴대폰을 붙잡고 열을 내는 코치를 몰래 훔쳐보던 선수들이 안타깝다는 얼굴로 고개를 저었다.

"연호 자식, 또 클럽 갔나 보네."

"그 새끼는 클럽에 무슨 살림 차렸나, 이틀이 멀다 하고 클럽을 가."

"그것도 문 열자마자. 6시면 문 열자마자 아니냐?"

"몰라요. 클럽 안 가 본 지 하도 오래돼서 어떻게 생겼는지 기억도 안 나는데."

그들이 수군거리는 사이 코치의 목소리는 점점 더 올라갔다. 터질 것같이 부풀어 오른 혈관과 시뻘게진 낯빛으로 짐작

건대 분노도 과포화 상태인 것처럼 보였다.

"안 해? 안 해? 너 이 자식아! 네가 계속 하고 안 하고는 내가 결정하는 거야, 이 방고철이! 야, 야!"

이미 끊긴 휴대폰에 대고 소리를 지르던 고철의 시선이 문가에 다닥 붙어 있는 선수들에게로 향했다. 협상이 틀어진 것을 깨달은 선수들의 머릿속엔 '이제 죽었구나!' 라는 생각이 떠올랐다.

연호가 코치의 전화를 냠냠쩝쩝 씹을 때마다 가혹해지는 코치의 웨이트 트레이닝은 무서움을 넘어서 이성을 마비시키고 성욕까지 감퇴시킬 정도였다.

그러나 곡소리가 나도록 애들을 굴려도 고철의 화는 풀리지 않았다. 아니, 이제는 화가 문제가 아니었다.

하루를 쉬면 다음 날 두 배로 연습해야 하고, 이틀을 쉬면 3일을, 3일을 쉬면 보름 동안 죽도록 연습에만 매달려야 하는 것이 운동이었다. 연호가 연습에 불참한 것이 올림픽 선발전이 끝난 직후였으니까 이미 일주일을 쉬었다.

다 때려치우고 싶은 연호의 마음을 이해 못 하는 건 아니다. 하지만 아무리 그래도 나이트는 곤란하다. 운동선수라기보다는 연예인에 가까운 얼굴도 그렇고, 꼴에 어려서부터 운동했답시고 어지간한 선수들 싸대기를 캄보(Combo)로 올려붙이는 몸매도 그렇고.

모든 것을 고려했을 때 여자들이 그런 성연호를 마다할 가능성은 0.001%였다. 물론 그렇게 만난 관계가 진지하게 발전

될 가능성도 0.001%에 불과하겠지만, 불나방의 하룻밤 사랑이
야말로 선수가 지양해야 할 바 아닌가.

이게 다 연호에게 여자 친구가 없어서라는 데 생각이 미친
고철은 연습에 매진하는 척하고 있는 여자 선수들을 한 번 쭉
훑어본 뒤, 간단한 말로 그녀들의 용도를 규정했다.

"……쓸모없는 것들."

여자 선수들의 얼굴이 일그러졌다.

"저희도 연호 선배는 싫어요!"

"연호가 왜! 운동선수 중에 그런 얼굴 나오기가 어디 쉬운
지 알아? 일반인 중에서도 힘들어. 이것들이, 맨날 보니까 미
남 귀한 줄 모르고 호강에 호박죽을, 아주……."

"여자들이 남자 얼굴만 보는 줄 아세요? 연호 선배는 100초
미남이란 말이에요."

100미터 미남도 아닌 100초 미남. 100초만 대화를 나누어 보
면 확 깬다는, 비루하기 짝이 없는 100초 미남. 하지만 여자 선
수들은 그조차도 관대한 평가라고 생각했다.

"화장하고 나가면 화장 떴다고 지적질에……."

"배 아프다고 하면 생리하냐고 물어보고……."

"1킬로 찐 걸 귀신같이 알아보는 건 좋다 이거예요. 그걸 꼭
밥 먹을 때 이야기하는 의도는 뭐냐고."

의도? 당연히 그런 건 없다. 다만 생각나는 대로 말해 버리
는 성격이 문제라면 문제였다.

"백날 클럽 가 보라고 해요. 코치님이 생각하는 그런 일은 일

어나지 않을 거니까."

"100초라니까요, 100초."

새까맣게 타들어 가는 고철의 마음은 나 몰라라, 여자 선수들은 얄미운 말만 툭툭 던지고 다시 훈련에 매진했다. 딱히 틀린 말도 아니다.

"저것들이라도……?"

남자 선수들을 바라본 고철이 혼잣말처럼 중얼거렸다. 고철의 의도를 이해한 사브르 최고참 성주의 얼굴이 새파랗게 질렸다.

"코치님!"

"야, 농담이야. 농담. 어허, 칼 내려. 칼잡이들은 칼 함부로 드는 거 아니라고 그랬지? 하늘 같은 코치한테 어디 감히."

"그렇게 걱정되시면 직접 가서 잡아 오시든가요!"

그 말대로 잡아 오면 그만 아니겠냐고 생각할 수도 있겠지만 그게 또 그렇지가 않았다. 싫다는 애들 어르고 달래서(가끔은 때리기도 하면서) 운동시키는 것은 어릴 때나 통하는 법이고, 대가리에 피 마른 다음에는 제 마음이 내켜야 하는 것이었다.

별 뾰족한 방도를 찾지 못한 고철은 애꿎은 선수들만 잡다, 훈련 시간을 훌쩍 넘겨서야 집으로 돌아왔다. 하지만 집에 들어서자마자 다시 훈련장으로 가고 싶은 욕망을 느꼈다.

간호사인 아내가 나이트 근무를 하러 간 집은 비어 있어야 마땅했는데, 어마어마한 핵폭탄이 도사리고 있었다. 무단가출, 아니, 무단이탈한 성연호에 버금가는 그의 인생 최고의 핵폭탄이.

"아빠!"

포옹이라도 하려는 듯 양팔을 활짝 벌린 딸이 반색을 하며 뛰어왔다. 감격적인 부녀 상봉의 현장이 될 뻔한 장면은 그러나, 고철이 커다란 손으로 딸의 얼굴을 밀어내면서 시작도 못 해 보고 끝났다.

"아, 왜!"

"왜긴 왜야! 방정란 네가 무슨 말 할지 내가 모르냐! 한 번 만 더 3천 어쩌구 해 봐, 아주. 호적에서 파 버릴 테니까."

"아빠!"

"왜!"

"그럼 일단 2천 9백 9십 9만 9천—"

"내 요 주둥이부터 그냥!"

광분한 고철이 오리 주둥이처럼 툭 튀어나온 정란의 입술을 때렸다. 하지만 정란은 아픈 기색도 없이 고철의 팔짱을 꼈다.

"그러니까, 3천만 땡겨 달라니까요. 내가 이자까지 쳐서 갚 는다니까요."

"멀쩡하게 잘 살고 있는 집 놔두고 뭔 이사를 또 간다고 지 랄이여!"

"지금 사는 데는 월세잖아. 아빠, 월세가 얼마나 손해가 막 심한지 알지? 그리고 이번 달에 재계약해야 하는데, 집주인이 세 올려 달라고 할 것 같단 말이야. 그럴 바엔 전세가 낫지. 어 차피 전세금은 다 내 돈이잖아."

고철이 손님용 화장실에서 손을 씻고, 정수기에서 물을 따라 마시고, 정란의 엄마가 만들어 놓고 간 멸치 볶음을 주워 먹는 동안 껌딱지처럼 들러붙은 정란은 그에게서 떨어질 줄 몰랐다. 소파에 앉아 양말을 벗은 고철이 코웃음을 쳤다.

"돈 빌려서 전세 가는데 그게 왜 네 돈이야. 빚잔치지. 그리고 사회생활을 몇 년 했는데 아직까지 돈 3천이 없어서 아빠한테 빌려 달래?"

"아빠 진짜 그렇게 말하면 듣는 딸 섭하지. 나랑 정애, 돈 벌기 시작한 지 5년도 안 됐거든? 그렇게 해서 3천 모았으면 진짜 먹을 거 안 먹고 살 거 안 사고 개처럼 모았다는 건데. 여자 둘이 서른 줄에 서울에서 전세 얻기가 쉬운 줄 알아? 세상을 이렇게 몰라서 어떻게 할까, 우리 아빠."

"서울 좋아하네. 거기가 무슨 서울이야. 거기 예전에는 '리'였어, 리. 동도 아니고 리!"

"아빠, 솔직하게 말해 봐. 돈 없지? 안 빌려주는 게 아니라 못 빌려주는 거지?"

"아서라, 아서. 네가 아무리 아빠 자존심 상하게 해 봤자 안 넘어간다."

"아니면 빌려주면 되겠네."

아무리 고철이 철벽 방어를 해도 15평 투룸 전세에 꽂힌 그녀는 이대로 물러날 생각이 없었다. 전세는 동생과 그녀가 집에서 독립한 이후부터 계속된 숙원 사업이었다.

이대로는 안 된다. 전략을 바꿔야겠다. 그녀는 한 갈래로 대충 묶은 머리를 풀고 고철의 발치에 앉아, 아빠의 장딴지를 주무르기 시작했다.

"아빠앙."

"아, 징그러. 다 큰 게 어디서 코맹맹이 소리야."

말은 그렇게 하면서도 고철은 싫은 눈치가 아니었다. 그는 정란이 다리를 주무르기 수월하도록 엎드리며 리모컨을 주워 들고 TV를 켰다.

—윤 여인의 시신은 발견 당시, 턱과 손가락이 모두 잘려 나가 신원 추정에 어려움을 겪었습니다. 그런데 말입니다.

토막 살인 사건의 미스터리를 파헤치는 진행자의 목소리 사이사이 정겨운 부녀의 대화가 끼어들었다.

"지금 사는 데도 괜찮더구먼 왜 이사를 가려고 해. 돈 좀 올려 줘도 그냥 거기 살아. 그 집 정애네 회사랑도 가깝잖아."

"월세는 주거 안정이 안 되니까 그렇지. 나 5년 동안 네 번 이사했단 말이야. 이사 한 번 할 때마다 물건이 얼마나 상하는지 알면서. 그리고 이사 갈 집, 정애네 회사까지 바로 가는 버스 있어. 회사 앞에서 딱 내려 준다?"

"니네 둘이 짐이 얼마나 있다고 물건이 상하고 말고……."

불현듯 고철이 말을 멈췄다. 정란은 짐이 많았다. 고철이 전혀 달가워하지 않는 짐이. 정란의 궁극적인 이사 목적을 깨달은 그는 인정사정없는 발길질로 정란을 떨궈 냈다. 정란은 비명을 지르며 거실 바닥에 나가떨어졌다.

"꺄악!"

"방정란, 너! 너, 너! 너 그것들 때문에 전세 가려는 거지! 뭐? 먹을 거 안 먹고 개처럼 돈을 모았어? 개코나, 네가 잘도 그랬겠다!"

정란을 가리키는 고철의 손가락이 부들부들 떨리고 있었다. 그녀는 날카로운 아빠의 시선을 외면하며 사방을 분주하게 두리번거렸다.

"아니, 뭐…… 이사할 때마다 짐이 많이 상하는 건 사실이잖아……."

"짐 같은 소리 하네!"

"그러니까 책이……."

"그노무 책, 내가 싸그리 잡아 불태워 버릴 거다!"

"아버님, 어떻게 마음의 양식인 서책을 불태워 버린다고 하시는 겁니까. 아버님의 잔인함에 소녀 마음이 너무 아파 와……."

"집어치워!"

곧장 소파 쿠션이 날아왔다. 정란은 잽싸게 몸을 한 바퀴 돌려 쿠션을 피했다. 허리까지 내려오는 긴 생머리가 마치 CF의 한 장면처럼 넓게 펼쳐졌다가 제자리를 찾았다.

그 순간 고철은 머리에서 스파크가 튀는 느낌을 받았다. 저거다!

"야, 방정란. 너 일루 와 봐."

"폭력 금지!"

"알았어, 알았어."

정란이 주춤하며 걸어왔다. 고철은 주머니에서 휴대폰을 꺼내 연호의 사진을 찾았다. 비록 화질이 별로인 구형 스마트폰이었지만 연호의 미모는 그 화질 속에서도 빛이 났다. 물론 그 옆에 있던 선수 둘은 오징어가 됐음이다.

"어? 성연호네?"

"만나 볼래? 아빠가 소개시켜 줄게."

"응?"

폰을 내려놓은 정란이 한쪽 눈을 찡그렸다. 아빠의 이런 호의적인 제안은 중학교 1학년 때, 차마 아빠에겐 보여 줄 수 없는 성적표를 먹어 버린 이후로 처음이었다. 당시 고철은 뱉기만 한다면 모든 것을 용서해 주겠다고 했었더랬다.

"무섭게 갑자기 왜 그래, 아빠?"

"아빠가 딸한테 남자 좀 소개시켜 주겠다는데 그게 뭐가 무서울 일이야?"

"그러니까 무서울 일이지. 아빤 나 부끄러워하잖아. 훈련장도 구경 한번 안 시켜 줘 놓고."

"세상에 딸을 부끄러워하는 아빠가 어디 있지. 넌 부끄러운 딸이 맞아."

그녀는 양 발바닥을 모아 앉은 자세로 불만스럽게 팔짱을 꼈다.

"역시 수상해."

"아빠 못 믿어?"

"응. 못 믿어. 아빠 예전에도, 다 용서해 주기로 해 놓고 내 성적표 보고 난 뒤에 안면 몰수했잖아. 용돈이 세 달이나 끊겼다고."

그때의 기억이 아직도 어제 일처럼 생생한 그녀는 고철의 제안을 단칼에 거절했고, 딸의 성격을 아는 고철은 거두절미하고 최후통첩에 들어갔다.

"3천 땡겨 준다!"

"정말?"

"그래, 준다. 3천! 대신 할 일이 있어."

"걱정 마시옵소서. 소녀, 3천이라면 영혼만 빼고 다 팔아 제낄 수 있사옵니다."

정란이 고철의 손을 부둥켜 잡았다. 고철은 쓰린 속을 부여잡으며 딸의 손을 뿌리쳤다.

"줘도 안 가져! 시끄럽고! 중요한 건 이거야."

"뭔데?"

"방정란, 네가 내 딸이라는 걸 절대 알려선 안 돼."

다소 사악해 보이는 고철의 미소 뒤로, 고발 프로그램 진행자의 목소리가 들렸다.

─어떻게 된 일인지, 사건을 되짚어 봐야겠습니다.

1
산전수전 공중전의 종착지

인생이 꼬이기 시작한 건 초등학교 6학년 때. 2002년 여름, 날씨보다 더 뜨거웠던 월드컵의 열기와 태극 전사들의 활약은 전국의 꼬꼬마들에게 '황선홍이 될래!'라는 꿈을 심어 줌과 동시에 엄마들을 사커맘으로 만들기에 충분했다.

어려서부터 워낙 대중적인 취향을 타고난 그 역시 여타의 꼬꼬마들처럼 황선홍을 꿈꾸며 여름방학이 끝나자마자 학교 축구부를 찾아갔다.

그때 그는 또래 애들보다 조금 작은 편이었는데, 어차피 꼬꼬마들 키는 다 거기서 거긴 데다 달리기가 빨라 별문제 없이 축구부에 들어갈 수 있었다. 그래서 13세, 만으로 12세였던 그는 자기가 축구 천재라는 걸 알게 되었다.

그러나 좋았던 시절은 그의 아버지 사업이 망하면서 끝났다. 강남에 있는 아파트를 팔고 상계동으로 이사를 가면서 당연히 학교도 옮겼다. '오룡기 전국 중등 축구 대회' 우승 트로피를 거머쥔 중학교 1학년 겨울방학 때의 일이다.

전학 간 학교에는 축구부가 없었지만 운동을 포기할 수 없었던 그는 축구 대신 농구를 선택했다. 그 학교는 한물간 농구 열풍이 아직도 불고 있었다.

애들은 마이클 조던을 숭배했고, 누가 학교에 에어조던이라도 신고 오면 난리가 났다. 그의 향후 진로는 자연스럽게 농구 선수로 낙찰되었다. 그리고 그는 새로운 사실을 깨달았다. 자기가 농구 천재라는 걸.

그렇게 농구를 계속하다 보니 공부는 자연스럽게 뒷전으로 밀려나 중학교 3학년이 되었을 무렵엔 '낫다'를 '낳다'로 쓸 만큼 멍청멍청 똥멍청이가 되어 있었다.

바로 여기서 두 번째 태클이 들어왔다. 빌어먹을 키가 그때까지 안 큰 것이다. 중학교 농구부의 주전 다섯 명, 후보 여섯 명 중에서 그가 가장 작았다.

물론 김승현처럼 키 작은 농구 선수도 있지만 그도 178은 넘는다. 하지만 그의 키는 165에서 오락가락하고 있었다.

고등학교 3학년 때까지 성장할 수 있다고 하더라도 178이 되려면 13cm를 더 커야 하고 그러려면 1년에 4cm씩 커야 한다는 말씀이다. 아마 그의 집이 여전히 부자였다면 성장판 검사라든가 하는 것을 받았을지도 모르겠지만, 그런 거 없다.

키 작은 남자가 할 수 있는 운동은 제한적이었다. 그중 기계체조를 선택한 데에는 몸이 유연하고 힘이 있다는 코치의 말이 한몫했다. 그리고 그는 또 알게 되었다. 뭘 알게 되었는지는 굳이 말하지 않겠다.

그래서 그가 지금 기계체조를 하고 있느냐고?

아니다.

키 이야기로 돌아가 보자. 분명 농구 코치 말에 의하면 중3이 1년에 4cm씩 꾸준히 클 가능성은 아주 낮다고 했다. 그런데 그 아주 낮은 가능성의 일이 벌어졌다.

어디에 내놓아도 부끄럽던 키가 고1 겨울방학 때 10cm 크더니 고2때는 8cm가 더 컸고, 고3때도 5cm, 심지어 졸업하고 난 후에 2cm가 더 컸다. 그래서 지금 그의 키가 190이다.

190cm의 기계체조 선수는 없다. 그의 키가 180에 육박하는 순간 코치는 그에게 장대높이뛰기를 권유했다. 그를 남자 이신바예바로 만들 생각이었나 보다.

처음에는 굉장히 망설였다. 기계체조를 하면서 알게 된 사실이었지만 그는 '자기와의 싸움'에 별로 흥미를 느끼지 못했다. 그에게 자신은 사랑해 주고 소중히 여겨 줘야 하는 존재였지, 싸워서 이겨야 하는 존재가 아니었기 때문이다. 그가 이렇게 자기애가 강하다.

그러나 인생의 절반 이상을 스포츠 선수로 살아온 그에겐 선택지가 많지 않았다. 최종 학력이 초졸과 다름없는 그가 공부를 해서 대학을 가려면 재수, 삼수는 기본으로 깔고 오수쯤 해야 어찌어찌 이름이 알려진 대학에 들어갈 수 있는 수준이었다.

졸업할 때 즈음엔—그것도 제때 졸업한다는 전제하에—벌써 서른이다. 서른 살의 사회 초년생이라니. 오호통재! 그렇다고 기술이 있기를 하나, 집에 돈이 많기를 하나. 믿을 만한 것은 그나마 발군의 운동 신경밖에 없었다.

그러다가 기계체조 코치를 만나러 온 지금의 코치가 운동장에서 몸을 푸는 그를 봤다. 그의 재능을 한눈에 파악한 코치는 그를 매일같이 꼬셔 대기 시작했다.

키도 크고, 더 클 것 같고, 팔다리도 길고, 체조를 해서 몸에 탄력도 있고, 축구를 해서 스피드도 있고, 농구를 해서 반사 신경도 뛰어나니까 펜싱으로 세계를 평정할 수 있을 거라고 했더랬다. 그가 올림픽에서 메달을 못 따면 자기 성을 '똥' 씨로 바꾸겠다는 말도 서슴지 않았다.

코치의 정신이 살짝 메롱하다는 것을 깨닫지 못한 그는 자기를 칭찬하는 말에 입이 헤 벌어져, 안 된다는 육상 코치의 만류에도 불구하고 결국엔 펜싱 칼을 잡았다. 비록 재수를 하긴 했지만 2년 만에 펜싱으로 한체대에 입학한 걸 보면 그가 운동 천재긴 한가 보다.

그리고 한동안 전국체전과 선수권대회에서 승승장구하며 잘나가던 그의 인생에 가장 큰 태클이 들어왔다. 연달아 세 번 국가대표 선발전에서 떨어진 것이다.

2012년 런던 올림픽 선발전 날에는 맹장이 터져서 응급실에 실려 갔고, 2014년 인천 아시안 게임 선발전에는 전날 교통사고를 당해 팔이 부러져서 참가를 못 했고, 2016년 올림픽 선발전 날에는 지독한 독감에 걸려 정신이 혼미한 상태로 피스트 위에 섰다가 여차여차해서 실격을 당했다. 그 뒤 여러 가지 일이 더 있었지만 너무 지루하니까 *더 이상의 자세한 설명은 생략한다.*

스물여섯 살, 질풍노도의 시기는 그렇게 찾아왔다. 삐뚤어지기로 마음먹은 그는 선발전이 끝나기 무섭게 클럽을 찾아다녔다. 사실 처음엔 한 한 달 정도만 방황하다가 다시 복귀할 생각이었다.

어차피 펜싱 선수 아니면 아무것도 못 하는 인생. 튀어 봤자 어린이 펜싱 교실 코치 정도가 그에게 준비된 미래였다. 코치도 그걸 알았는지 그를 찾으러 안산의 클럽들을 들쑤시는 바보짓은 하지 않았다. 안산에 있는 클럽이래 봤자 몇 개 되지 않는데도 말이다.

'딱 한 달만 놀자'. 정말 그랬다. 그날 그녀를 만나기 전까지는.

그리고 그녀가 오르락내리락하던 그의 인생의 종착점이 되었다.

……어쩌면 불시착일지도?

자신의 무식이 정점을 찌른다는 것을 익히 알고 있는 그는 항상 능력 있고 똑똑해 보이는 커리어우먼을 좋아했다. 거기에 핫보디를 가지고 있다면 금상첨화겠지만 일단 얼굴에서 세

이프하면 목 아래는 염두에 두지 않았다. 그런 면에서 그녀는 처음부터 그의 눈길을 끄는 여자였다.

세련된 긴 생머리, 유행을 타지 않는 고풍스러운 치마 정장. 표정은 얼음장처럼 차가웠지만 가끔 보이는 눈동자는 그녀가 차가운 여자만은 아니라는 것을 말해 주었다.

게다가 그 시선—

그녀는 항상 그를 보고 있었다.

좀 괜찮은 남자와의 즉석 만남을 기대하는, 그런 스쳐 지나가는 시선과는 차원이 다르다. 그것은 집요하면서도 오묘하고 뚜렷하면서 모호했다. 한마디로, 무슨 의미가 담긴 시선이었는지 모르겠다는 이야기다.

딱히 먼저 말을 걸어오는 것도 아니었다. 그녀의 존재감은 '시선'에 한정되어 있었다. 남들보다 훨씬 발달한 감각을 가진 성연호는 그녀의 시선을 진작부터 알아차렸고, 그녀의 시선을 의식한 지 3일째 되던 날, 먼저 행동하기로 결정했다.

그가 자리에서 일어나 그녀가 있는 쪽으로 다가갔다. 그와 그녀의 사이에는 테이블이 세 개 있었다. 첫 번째 테이블을 지났을 때 그녀와 눈이 마주쳤다. 두 번째 테이블을 지나자 그녀가 느릿한 동작으로 턱을 괴었다. 세 번째 테이블을 지났을 땐 다리를 꼬았고, 바로 앞에 서자 고개를 들었다. 노르스름한 조명을 받은 뺨이 혈색 좋은 분홍빛을 띠고 있었다.

"hi."

무난한 인사, 예를 들면 '안녕하세요'라든가 만국의 클럽에서 공통적으로 통하는 '혼자 왔어요?'라든가, 다소 고전적인 '나 어디서 보지 않았어요?' 같은 것이 아닌 'hi'를 선택한 이유는 'hi'가 그녀의 시선만큼이나 모호한 인사였기 때문이다.

정중하다고 할 수는 없지만 무례하다고 할 수도 없는 인사, 'hi'. 맨정신일 때의 그는 이렇게, 인사말 하나에도 신경 쓰는 신중한 남자다.

그녀가 자리에서 일어났다. 키가 꽤 큰 편이었다. 190cm가 넘는 그의 가슴께에 머리가 있으니 하이힐을 고려해도 165cm는 넘는 것 같았다. 그는 그녀가 도도한 표정으로, 똑같이 하이라고 해 주길 기대했다. '안녕하세요'나 '왜요?'도 괜찮다. 그러나 그가 기대한 수십 가지 반응 중—

"비켜."

이런 건 결코 없었다.

여자가 그의 어깨를 아프게 치고 지나갔다. 당황한 나머지 반사적으로 손목을 잡았지만 세게 뿌리친다. 근처 테이블에 앉아 있던 사람들의 시선이 그에게로 쏠렸고, 몇몇이 피식거리며 웃었다.

그녀는 밖으로 통하는 계단을 올라 순식간에 사라졌다. 졸지에 싫다는 여자 붙들고 늘어진 껄떡쇠, 내지는 그에 준하는 어떤 존재가 된 그가 주먹을 불끈 쥐며 중얼거렸다.

"헬로라고 할 걸 그랬나?"

사람에게는 양심이라는 것이 있다. 하지만 왕왕 이 양심에 문제가 있는 사람들도 있는데, 그런 사람들을 보고 우리는 흔히 '양심에 털 났다'라고 표현한다.

명심할 것은, 털이 났음에도 불구하고 아무튼 양심이 있긴 하다는 점이다. 없는 양심에 털이 날 리는 없으니까. 그리고 연호의 판단에 의하면 긴 생머리의 그녀는 그 양심에 털이 아주, 매우, 상당히 많이 난 사람이었다.

"사람이 말이야, 그날 나한테 그렇게 쪽을 줬으면 다신 내 앞에서 안 얼쩡거려야 하는 거 아니야?"

바 테이블에 자리를 잡은 연호가 이를 덕덕 갈며 350ml짜리 생맥주를 단숨에 들이켰다. 고된 훈련을 마치고 한숨 자려다 불려 나온 성주는 졸린 눈을 비비며 물었다.

"그러니까 너 지금, 네가 클럽에서 개쪽당한 이야기를 하려고 나를 이 시간에 불러낸 거지? 나 숙소에 있는 거 뻔히 알면서. 이 시간에 나온 거 알면 코치가 날 갈아 마실 거라는 걸 알면서."

"내가 불러서 어쩔 수 없이 나왔다고 해."

"됐다."

연호가 성주에게만 연락을 하고 있다는 사실을 알게 된 고철이 어떻게 나올지는 뻔했다. 당장 훈련이고 뭐고 때려치우고 연호를 잡아 오라고 하겠지. 성주는 한숨을 쉬었다.

"뭐, 그래서 왜? 그 여자가 왜 양심에 털이 났는데? 그러고도 계속 쳐다보던?"

"어! 그다음 날도, 아무 일 없었다는 듯이 나타나서 또 쳐다

봤어."

"그래서 또 가서 말 걸었냐?"

"내가 병신이야? 당연히 무시했지. 근데 내가 무시한다고 해서 걔가 안 쳐다보는 게 아니잖아. 그래서 클럽을 바꿨거든? 근데 거기도 나타났어!"

"거기서도 계속 너 쳐다보고?"

"어!"

"그래서 넌 또 버티지 못하고 말 걸었고?"

연호가 흠칫했다. '어떻게 알았지?' 성주는 썩어 들어가는 미소를 지었다.

"뻔하지, 뭐. 이번에는 뭐라던?"

"안 하이 한데요."

"뭐?"

"안 하이 한데요, 라고 했다고."

성주는 한 손에 맥주잔을 든 자세로 심사숙고했다.

"설마 그거, 'hi'에 대한 대답은 아니겠지?"

"헐. 형, 천재네. 난 그거 3박 4일 생각했는데."

"천재가 언제부터 그렇게 값싼 호칭…… 아니, 됐고. 너처럼 뇌가 청순한 놈한테는 나도 천재로 보이겠지. 그러니까 이번에도 하이라고 했을 거고."

"나 병신 아니라고 그랬지?"

그때를 상기한 연호가 으르렁거렸다.

"이번에는 헬로라고 하려고 했어. 그런데 내가 입을 딱 떼자마자 그 여자가, 엄청 싸늘한 표정으로 안 하이 한데요, 라고 한 거야. 내가 얼마나 황당했는지 알겠지?"

"……아니, 모르겠어."

성주가 보기엔 헬로라고 하려고 했다는 연호나, 안 하이 하다고 말한 여자나 매한가지였다. 당황하고 말고가 없었다.

"그게 끝이 아니야. 내가 그래서 아예 클럽을 옮겼거든? 근데 거기 또 나타났어!"

"아하. 그래서 숙소 앞까지 왕림하셨구먼? 왜? 중앙동 벗어나면 안 볼 수 있을 것 같았냐?"

"물론 그런 기대가 있긴 해. 그런데 그 여자, 뭔가 이상한 촉이 있는 것 같아서 확신할 수는 없어."

"원래 살짝 맛이 간 애들이 촉이 좋지."

인간의 오감이란 놀라울 정도로 상호 보완적이라서, 한 부분이 신선하지 못하면 다른 부분이 발달한다. 긴 생머리 그녀의 경우는 한 부분 정도가 아니라 전체적으로 맛이 간 케이스인 것 같으니까 보통 사람에겐 죽어 있는 육감이 과하게 발달했다고 해도 전혀 이상하지 않았다.

그리고 바로 다음 순간, 두 사람은 살짝 맛이 간 인간의 촉이 얼마나 두려운 것인지 경험하게 되었다.

또각. 또각.

뾰족한 하이힐 소리가 들리더니 긴 머리를 한 갈래로 묶은 여자가 등장했다. 경악에 차서 입만 뻐끔거리고 있는 연호를 본 성주는 여자의 정체를 어렵지 않게 눈치챘다. '취향 저격이네.'

여자는 연호가 원하는 모든 외면적인 조건을 두루 갖추고 있었다. 마르지도, 뚱뚱하지도 않은 딱 적당한 체구, 작지 않은 키, 똑바로 뻗은 종아리. 얼굴을 먼저 본 뒤 연호에게 이야기를 들었다면 헛소리하지 말라고 했을 정도로 그녀는 멀쩡해 보였다. 두어 가닥 삐져나온 머리카락을 귀 뒤로 넘기는 모습에서조차 지적인 분위기가 철철 넘쳐흘렀다.

"메뉴판 좀 주세요."

당연하다는 듯 바 테이블에 앉은 그녀가 주인에게 말했다. 안산시 외곽, 펜싱 선수 숙소 앞에 자리를 잡았다는 이유로 우락부락한 남자 선수들만 상대해 본 가게 주인은 불친절한 태도로 메뉴판을 쑥 밀었다.

그녀는 무표정한 얼굴로 메뉴판을 슬쩍 보고는 코로나 한 병을 주문했다. 꽤 무난한 주문이었다.

성주는, 그러고 싶지는 않았지만, 왜 그랬는지도 잘 모르겠지만 연호를 쳐다봤다. 그리고 동시에 왜 그랬는지 깨달았다.

그녀는 연호를 스토킹하고 있었다. 본인은 관찰, 혹은 관심이라고 주장할지도 모르겠다. 하지만 세 사람 정도 앉으면 꽉 들어차는 바 테이블에서, 나온 술에는 관심도 가지지 않고 온몸을 옆으로 틀어 연호를 바라보는 행동은 스토킹에 가까웠다.

관찰 대상자가 폭발할 것 같은 궁금증과 당장에라도 도망가고 싶은 공포가 뒤섞인 얼굴로 정면만 바라보고 있다면 거의 확실하다.

하지만 성주는 또 알고 있었다. 연호가 오래 버티지 못할 것임을. 아무튼 성연호는 궁금한 건 못 참는 성격이었다. 그리고 그의 예상대로 연호는 오래 버티지 못했다.

"팬이에요."

"당신 정체가 뭐야?"

질문보다 먼저 나온 여자의 대답에 연호가 펄쩍 뛰었다. 그녀는 미미하게 웃으며 턱을 괴었다. 한쪽 눈은 평소의 크기 그대로고, 한쪽 눈만 가볍게 감는 아주 이상한 미소가 연호의 시선을 잡아끌었다.

"말했잖아요. 성연호 씨 팬이요."

"날 알아?"

"작년 전국체전 남자 사브르 우승자. 현 FIE(국제펜싱연맹) 랭킹 1위."

"헐, 진짜 내 팬인가 보네? 아! 그래서 그렇게 나를 쳐다보고 있었구나?"

기가 막힌 성주가 제 이마를 딱 쳤다. 어떻게 그걸 그렇게 쉽게 납득할 수 있는 거냐! 이건 팬이라고 해서 그냥 넘어갈 수 있는 상황이 아니라고! 대체 여긴 어떻게 알고 찾아온 건데?

"와, 신기하네? 이런 데서 날 알아보는 사람을 만날 거라고는 생각 못 했는데. 펜싱 좋아해요?"

"당연하죠."

"인기 종목도 아닌데, 이야. 진짜 신기하네."

하지만 마냥 신기한 연호는 그녀의 기괴함—먼저 빤히 쳐다봤다거나, 그가 가는 데마다 쫓아왔다거나 하는—같은 것은 까마득하게 잊어버렸다.

"이름이 뭐예요?"

"정, 란이요."

"정란? 외자예요?"

"네."

"이름 예쁘네요."

"고마워요."

이제 대화는 슬슬 소개팅에서 처음 만난 남녀, 혹은 즉석 만남을 즐기고 있는 남녀의 그것처럼 흘러가고 있었다. 성주는 두 사람에 대한 관심을 딱 끊었다. 이미 그의 손을 떠난 상황이다. 하지만 뚫린 귀까지 막을 수는 없었다.

"무슨 일 하는지 물어봐도 돼요?"

"그냥 소소하게, 프리랜서로 번역 일 해요."

"번역? 외국말로 된 책 해석하는 거?"

"네."

"역시!"

번역가라는 말에 연호가 감탄했다. 성주는 고개를 절레절레 흔들며 목덜미를 벅벅 긁었다. 하필 직업도 화이트칼라다. 한마디로 딱 성연호 타입 되시겠다.

"어떤 책 번역해요?"

"만화책도 하고요, 소설도 하고."

"만화책! 나도 만화 좋아하는데"

"저는 순정만화 계통이라서요."

"순정만화? 꼬꼬마들 연애하는 그런 거?"

"뭐, 비슷하죠."

그녀의 대답은 굉장히 짧고 간략했다. 하지만 그런 점이 그녀가 풍기는 분위기와 차라리 잘 어울렸다. 그녀는 도도한 태도와 허스키한 목소리로 대부분의 질문을 모호하게 넘겨 버리고 있었다.

"나이가 어떻게 돼요?"

"여자 나이는 묻는 게 아니에요."

"취미는요?"

"없어요."

"어디 살아요?"

"서울 어디쯤?"

"아하. 어느 동인데요."

"아하, 꼭 취조당하는 것 같네요."

"맞아요."

"에?"

예상 밖의 대답에 놀랐는지 그녀가 고개를 홱 돌렸다. 양쪽 눈 크기가 뚜렷하게 다른, 아주 이질적인 표정이었다. 연호는 주먹으로 턱을 받치고 싱긋 웃었다.

"날 바보로 알았어요? 누가 보기에도 이상한 상황이잖아. 중앙동 클럽에서 자주 마주치는 건, 그것도 꽤 낮은 확률일 것 같지만 그럴 수 있다고 쳐도 월곳동에 있는 이 코딱지만 한 바에서 만난 건 어떻게 설명할 건데?"

숙소 앞 바의 5년 단골인 성주는 '코딱지만 한 바'라는 대목에서 잠깐 분개했다가 이내 마음속으로 물개 박수를 쳤다. 그랬다. 그의 후배는 뇌 주름이 없을지언정 뇌가 없는 건 아니었다.

"솔직히 말해요."

"뭘요?"

"당신 스포츠 신문 기자지? 내가 무단이탈했다는 거 어디서 듣고 나 취재하려고 따라다닌 거지? 계속 쳐다본 것도 내 시선 끌려고 했던 거고?"

……뇌가 있긴 한데 장식이었다.

"기자가 쫓아다닐 정도로 성연호 씨가 유명……하죠, 물론."

"방금 이상한 곳에서 말줄임표가 있었는데?"

"디테일에 신경 쓰지 말아요. 저 정말 성연호 씨 팬이에요. 연호 씨 경기는 거의 다 봤어요. 방송에서 해 주는 건 무조건 봤고, 안 해 주는 건 유튜브 들어가서 찾아보고요."

"그건 기자들도 다 하는 거 아닌가?"

그녀가 이마에 힘을 주었다. 피부가 하얘서 그런지 파란 힘줄이 유독 잘 보였다. 여전히 한쪽 눈은 크기에 변화가 없다. 연호는 잠깐이나마, 변하지 않는 듯 미세하게 변하는 그녀의 표정이 퍽 마음에 든다는 생각을 했다.

"흐음…… 이 거짓말 믿어야 하나?"

"믿어요. 손해 볼 건 없잖아요."

"왜 손해가 아니야. 그쪽이 내 사진이라도 찍으면 어떻게 하려고. 뭘 보고 당신을 믿어."

"우리 사이가 그렇게 못 믿을 사이예요?"

"우리 사이가 무슨 사인데?"

"아무 사이도 아니죠."

"그러니까 못 믿는 게 당연하지."

두 사람은 언어와 시간을 땅바닥에 패대기치는 대화를 나누고 있었다. 주제도 없고, 맥락도 없고, 개연성도 없다. 단순히 연호와 일행이라는 이유로 두 사람의 대화를 듣고 있어야 했던 성주만 숨이 꼴깍꼴깍 넘어갔다.

"그럼 우리 사귈까요?"

그녀가 말했다. 연호의 얼굴이 대번에 일그러졌다. 듣고 있던 성주의 표정은 말할 필요도 없었다.

"진짜 이상한 여자네. 이 여자."

"사브르는 속도전이잖아요."

"사브르가 속도전인 거랑 우리 둘이 사귀는 거랑 무슨 상관이 있어?"

"커플이 되면 나에 대해 알기 쉬울 거 아니에요. 내가 기자인지 아닌지, 믿을 만한 사람인지 아닌지. 신뢰 형성에 도움이 되죠. 괜히 의심만 하면서 찝찝해하느니 빨리빨리 해치워 버리는 게 낫지 않겠어요?"

"무슨 소릴. 그쪽이 정말 기자라면 연애한다는 핑계로 나에 대해서 더 캐물을 것 아니야."

"나 사람 귀찮게 안 해요. 내 일도 있고, 바쁜 사람이에요."

두 번 말하면 입 아프다는 듯 여자가 어깨를 달싹거렸다. 연호의 귀에는 '신뢰 형성'이라는 단어가 참으로 유식하게 들렸다.

"흠."

연호는 날 선 콧잔등을 만지는 척하며 여자를 훑었다. 말하는 내용은 정상이 아니었지만 어투는 멀쩡하고, 생김새는 지독하게 그의 취향이었다. 그 시선을 눈치챈 그녀가 고고하게 웃었다.

"나, 연호 씨 취향 아니에요?"

"맞아."

'뭐 먹을까요?'라는 어조로 새로운 관계를 수립하고 있는 두 사람을 향해 성주는 항의하고 싶었다. '이건 저녁 메뉴 고르는 게 아니라고!' 그리고 그 정도는 연호도 알고 있었다. 연호는 롯데리아에서 햄버거를 고를 때보단 조금 더 신중하게 대답했다.

"괜찮은 생각 같네요."

✳   ✳   ✳

"주먹! 나 성공했―"

"엄마야!"

아무런 예고도 없이 문이 열리자, 막 브래지어를 벗으려던 정애가 가슴을 가리며 바닥에 냅다 주저앉았다. 그러나 들어온 사람이 정란이라는 걸 알기 무섭게 속옷을 정란의 얼굴에 던졌다.

"야! 놀랐잖아! 노크 좀 해!"

"너도 안 하잖아."

정란은 옹골차게 대꾸하며 머리에 매달린 브래지어를 내렸다. 그런데 손에 잡힌 속옷이 생소했다. 은은한 누드톤에 검정 끈, 매듭 부분엔 작은 리본이 달린, 청순하면서도 섹시한 디자인이었다.

"이건 처음 보는데? 오! 예뻐!"

"당연히 처음 보지. 우리 회사 신상인데."

"근데 주먹 넌 이렇게 밋밋한 거 잘 안 입지 않나? 셔링 들어가고 비즈 달리고, 노랗고 주황색에, 그런 게 네 취향 아니야?"

"탐내지 마, 방정란."

정란의 손에서 브래지어를 빼앗은 정애가 엄포를 놓았지만 정란은 팔짱을 끼며 제 가슴을 부각시켰다.

"어차피 사이즈 달라서 입지도 못하네요. 너는 트리플 A컵, 나는 C컵. 너는 흔적기관, 나는 수유 기관, 너는 말라깽이, 나는 글래머."

"대한민국 글래머 다 죽었냐? 글래머는 김혜수, 한채영 이런 애들이 글래머고, 넌 그냥 살찐 거야. 너 살 빠지면 B컵 되잖아."

"야잇!"

"그리고 그 디자인, A컵만 나오지롱."

약 올리기로 작정한 듯 정애가 입술을 삐뚜름하게 올렸다. 이쯤 되면 B컵이고 C컵이고, 사이즈가 중요한 게 아니었다. 소수 사이즈의 권익을 위해 목소리를 높여야 할 때였다.

"와, 이건 정말 말도 안 돼. 왜 맨날 B컵이랑 C컵 무시해? C컵은 무슨 아줌마들 보정 속옷 같은 것만 나오고! 인권위에 제소해야 해, 이건! 소보원이나."

"소보원 같은 소리 하네. 기업이 무슨 자선사업 하는 것도 아니고, 수요가 적으니까 안 만드는 거지."

"그럼 수출하면 되지! 내수는 이제 가망이 없어! 대한민국 인구는 한정되어 있고, 게다가 더 줄어드는 추세잖아. 고인 물은 썩기 마련이거늘, 왜 이렇게 진취적이질 못해? 언제까지 우물 안 개구리로 살 텐가!"

정란의 목소리가 커지면 커질수록 손의 움직임도 점점 빨라졌다. 정애는 눈앞에서 왔다 갔다, 펴졌다 쥐어졌다 하는 정란의 손을 가만히 보다가, 방금 벗은 브래지어를 그 손에 걸었다.

"옜다. 선심 쓴다."

"그런 거 아니라고!"

"알았어. 알았으니까 입든 머리에 뒤집어쓰든 언니 맘대로 하시고, 내 방에서 나가."

"잠깐, 잠깐만!"

방 밖으로 밀려나던 정란은 체격 차이가 현격하게 나는 동생을 밀어붙이고, 침대 끄트머리를 차지하고 앉아 그녀의 쾌거를 선포했다.

"나 성공했다!"

"무슨 성공?"

"성연호랑 사귀기로 했어."

"진짜? 진짜 성공한 거?"

"그래. 내가 비록 두 번째까지는 삽질을 좀 했지만, 아무튼 관심은 확실하게 끌었다는 거 아니겠어?"

정란이 의기양양하게 손가락으로 V 자를 그렸다. 정애는 말도 안 되는 일이라고 생각하다, 이내 납득했다.

"미친년도 사람들의 관심을 끌긴 하지."

"얏!"

"왜? 내가 뭐 틀린 말 했어? '뚫어져라 쳐다봐서 관심을 끈 다음 정작 다가오면 차갑게 대한다'. 쌍팔년도에나 통할 그 전술이 통한 건 언니가 이상해서 가능했던 거야. 뭐, 겉으로 보기에는 멀쩡한 외모도 한몫했겠지만."

"지구는 넓고 사람은 많아. 확신하지 마."

"어떻게 사귀게 됐는데?"

정애의 물음에 정란은 또다시 손을 산만하게 움직이며 어제 저녁 있었던 일을 설명했다. 정애의 얼굴이 점점 일그러졌다.

"너 어디 미친놈한테 잘못 걸린 것 같은데?"

하지만 정애는 이내 자신의 평가를 수정할 수밖에 없었다.

"잘 만났네, 잘 만났어. 천생연분이다."

"칭찬받은 것 같긴 한데, 이상하게 하나도 기쁘지 않고 그러네?"

"다행이네. 우리 언니가 바보는 아니라서."

때릴까? 정란은 주먹을 쥐었다. 하지만 동생의 버르장머리를 고쳐 놓으려는 정란의 야심만만한 계획은 이어진 정애의 말 때문에 무산되었다.

"안 들킬 자신은 있는 거야? 너, 그냥 만나는 거랑 사귀는 건 달라."

"뭘?"

정애가 침대 머리맡을 턱으로 가리켰다. 그곳에는 그녀가 어젯밤 자기 전까지 읽고 있던 책이 놓여 있었다. 정란은 당당하게 고개를 흔들었다.

"아니."

"그럼 어떻게 하려고?"

"내가 그렇게 대책 없이 막살진 않는다고. 계획이 있어. 일단, 사람 많은 데를 피하면 돼."

"야, 대한민국 인구가 몇인데 사람 많은 데를 피해. 어디 인제, 정선 이런 데서 데이트할 거냐?"

"천만에."

고개를 세차게 흔들어 보인 정란이 정애의 귀에 무어라 속삭였다. 정란의 대책 있는 계획을 끝까지 경청한 정애는 언니에게 제가 모르던 삶의 청사진이 있었음을 깨달았다.

"인생 막살기로 했지?"

정란과 연호가 새로운 인간관계를 수립한 이튿날, 또다시 불려 나온 성주가 물었다. 연호는 술잔에서 시선을 떼고 고개를 들었다.

"뭔 소리야 그게?"

"몇 번 보지도 않은 여자랑 사귀는 건 인생 막사는 애들이나 하는 짓이잖아. 아무 생각 없이 사는 양아치들. 이유도 없고, 목적도 없이."

성주의 표현이 점점 더 과격해져 갔다. 하지만 그의 생각처럼 연호가 아무 이유도 없이 정란과 사귀기로 한 건 아니었다.

"왜 이래? 나 그 여자한테 꽂혔어."

"왜 꽂혔는데?"

"예쁘잖아."

남자가 여자를 만날 때 여자가 예쁘면 사귈 이유로 충분하다. 성격, 인성, 이런 건 필요 없다. 적어도 연호는 그렇게 생각했다. 성주는 아니었지만.

"아우, 정말. 미친놈한테 내가 뭔 말을 하겠냐. 그냥 너다운 선택이라고 생각할란다."

"어디가 나답다는 거야?"

"너 미친년 페티시 있잖아."

"형!"

경악한 연호가 눈에서 불을 뿜었다.

"미친년이 아니라, 미친 누나야. 누나였다고."

"걔도 누나일지 어떻게 알아? 너 그 여자 나이나 알아?"

물론 모른다. 몇 살이냐는 연호의 질문에 정란은 여자 나이는 묻는 게 아니라는 꾸중으로 응대했다. 그 뒤로 연호는 더 묻지 않았다. 잊어버렸기 때문이다.

"난 뭐, 연상이어도 크게 상관없는데?"

"그 여자가 한 마흔이면? 그래도 상관없을까?"

"마흔?"

연호는 산타클로스 마을이 핀란드에 있고 마을 주민들이 돌아가면서 산타클로스 역할을 맡는다는 이야기를 들었을 때와 같은 충격을 받았다.

"엄청난 동안이잖아?"

"……말을 말자."

"왜? 난 할 말 많은데."

"뭐가 그렇게 말하고 싶은데?"

"나 내일 데이트하거든."

"입이 근질근질했겠구먼. 영화 보고 밥 먹는, 수천수만의 커플들이 다 하는 짓을 그렇게 자랑하고 싶었냐?"

"그 수천수만의 사람들이 하는 짓을 내가 마지막으로 한 게 2년 전이거든? 그것도 우리 시청 소속 배구 팀들이랑 단체로. 뭐, 여자 배구 팀이니까 여자랑 보긴 했구나."

"네가 왜 마지막으로 여자랑 영화를 본 게 2년 전인지, 아직까지 원인을 모르겠어?"

"어. 모르겠어. 나처럼 흠잡을 데 없는 남자를 여자들은 왜 거부하지? 너무 흠잡을 데가 없어서 인간미가 떨어지나?"

대부분의 한국 남자들이 자신의 외모를 원빈이나 김우빈에 준한다고 생각하듯, 연호는 자신이 정상인이라는 생각을 했다. 그리고 개인에 대한 자신의 평가와 타인의 평가가 엄청난 괴리감을 형성할 때 사람들은 무력감과 슬픔을 느낀다. 다만 이 경우, 무력감과 슬픔을 느끼는 사람은 연호가 아니었다.

"너 정 여사는 어떻게 할 거야? 너 연애하는 거 알면 정 여사 안 좋아할 것 같은데."

"정 여사?"

"네 에이전시."

"아."

국대 한 번 못 된 주제지만 연호는 에이전시가 있었다. 연호는 대수롭지 않다는 듯 어깨를 으쓱거렸다.

"에이전시가 내 인생도 에이전트해 주는 건 아니잖아. 아무튼, 그렇게 됐으니까 재미있는 영화나 추천해 봐."

"영화관 가서 아무거나 골라잡아."

"집에서 TV로 볼 거니까 그렇지."

"지이입?"

성주의 말꼬리가 늘어지고 눈초리가 사나워졌다.

"데이트한다면서?"

"나 혼자 산다니까 집으로 오겠다던데?"

"너 진짜, 뭔가 잘못됐다는 생각을 못 하는 거냐, 안 하는 거냐? 그 여자 이상해. 처음부터 끝까지, 머리부터 발끝까지, 존재 자체가 이상해. 세상천지에 어떤 여자가 몇 번 보지도 않은 남자 집에 오겠다고 해?"

"날 좋아하나 보지. 책 좋아하는 사람은 서점에 가고, 날 좋아하는 사람은 내 집에 오고."

바 테이블에 머리를 처박은 성주가 앓는 소리를 냈다. 그는 그 자세 그대로 손만 들어 인사를 했다.

"야, 나 머리 아프니까 너 그만 꺼져."

"뭐야? 여기까지 왔는데 왜 꺼지래? 어차피 형 숙소 들어가 봤자 할 일도 없잖아."

"가서 딸을 쳐도 대가리 장식으로 달고 있는 놈이랑은 같이 안 있을란다."

"장식?"

고개를 갸웃한 연호가 이내 눈웃음을 쳤다. 얼굴을 들어 올린 성주는 그 웃음을 보고 등골이 섬뜩해지는 느낌을 받았다.

"뭐가 좋아서 웃어? 너 방금 나한테 욕먹었어."

"그게 왜 욕이야? 내 머리 장식 맞아. 작고 아름답잖아. 크고 안 예쁜 장식보다야 낫지."

브론토사우루스를 방불케 하는 머리 크기와 눈·코·입의 안배가 완벽한 이목구비. 실내 운동을 한 덕에 피부도 보통 남자들에 비해 하얗고 보들보들했다.

작고 아름답긴 하지. 연호의 주장에 90% 이상 동의할 수밖에 없는 성주는 무언가 잘못되어 가고 있다는 느낌을 떨치지 못한 채 관자놀이를 꾹꾹 눌렀다.

✳   ✳   ✳

누구나 한 번쯤은 첫 시작을 앞둔 전날 밤 잠을 설친 경험이 있을 것이다. 첫 소풍, 첫 체육대회, 첫 수학여행, 첫 데이트. 처음이 주는 긴장과 두근거림에서 자유로울 수 있는 사람이 얼마나 될까. 눈을 감아도 심장 뛰는 소리가 귀로 들리는 매혹, 처음.

물론 이것은 어디까지나 '처음'에 한정한 이야기다. 매혹의 시간이 지나고 횟수가 더해질수록 감정은 희석되고 긴장은 둔화될 수밖에 없다. 다음 날에 대한 기대로 밤잠을 설치는 일 따위는, 성인이 되어 사라지는 것이 당연했다.

하지만 그것이 실제로 일어났습니다.

"어? 얼굴이 왜 그래요?"

창백한 그의 안색이 의아했던 듯, 연호의 오피스텔에 도착한 정란이 물었다. 오늘도 상당히 딱딱해 보이는 치마 정장 차림이었다. 연호는 수면 부족과 카페인 과다 복용으로 주름진 이마를 문지르며 대답했다.

"잠을 잘 못 자서."

"어머, 왜요?"

사실 그가 밤을 꼴딱 새운 이유는 헤어지기 직전 성주가 한 말 때문이었다.

"여자랑 집에서 뭐할 건데?"

뭐하긴 뭐해, 영화 볼 거라니까. 신체가 많이 건강한 성인 남성인 그는 약 한 시간 정도 고민한 뒤에야 성주의 의도를 알아차릴 수 있었다.

야릇므릇아찔한 상상이 그를 덮쳤다. 어떻게든 벗어나려 했지만 그것은 이성으로 떨쳐 낼 수 있는 존재가 아니었다. 그는 밤새, 고열을 동반한 기분 좋은 환상에 시달려야만 했다.

하지만 이런 얘기를 구구절절 늘어놓을 수는 없다. 연호는 열대야 때문에 그랬다는 말로 대충 얼버무리고 소파를 가리켰다.

"앉아요. 덥죠? 뭐 마실래요? 주스? 탄산? 보리차?"

"어머!"

연호가 냉장고를 열자 정란이 탄성을 터트렸다. 주스, 탄산, 보리차로 대표되긴 했지만 냉장고에는 없는 음료수가 없었다. 물론 잠을 못 잔 그가 몸을 피곤하게 하기 위해 반경 10km 안의 편의점 사이를 뛰어다녔다는 것은 안 비밀이다.

"전 이거 마실게요."

정란은 머뭇거림 없이 붉은 액체가 담긴 유리병을 꺼냈다. 그는 멍하니 그녀의 손에 들린 병을 바라보았다. 붉은 기 감도는 보랏빛 액체가 투명한 유리병 속에서 찰랑찰랑거리는 모습이 참 야시시하다. 유리병 건너편의 붉은 입술도, 윙크라도 하

듯 자꾸만 깜빡거리는 한쪽 눈도. 모든 것이 너무나 관능적이
었다.

"인생 막살기로 했지?"

순간적으로 떠오른 성주의 말이 혼미한 그의 정신을 일깨웠
다. 상황만 허락한다면 몇 번 안 본 여자와 사귀는 것도 가능
하다고 생각하는 성연호지만, 에이. 아무래도 이건 너무 빠르
지.

그가 자꾸만 삿되게 발전하는 자신의 상상을 꾸짖으며 최대
한 태연해 보이는 동작으로 소파에 앉자, 약간의 거리를 두고
그녀가 옆에 앉았다. 슬쩍 고개를 돌려 정란을 바라본 연호는
그녀의 안색이 제 그것만큼이나 창백한 것을 뒤늦게 발견했
다.

"란 씨 안색은 왜 이래요? 잠 못 잤어요?"

"아, 전 오다가 좀 못 볼 걸 봐서요."

"못 볼 거? 뭔데요?"

"그거요. 길에 많은 거."

"길에 많은 거 뭐. 사람? 고양이? 먼지?"

"이거요."

손가락을 입가로 가져간 정란이 토하는 시늉을 했다.

"내가 토 포비아라서요, 길에서 그런 걸 보면 약간 현기증
이……."

"토 포비아? 그게 뭐야?"

"말 그대로 토한 걸 무서워하는 거죠."

"대체 그게 왜 무서운데요?"

"포비아에 이유가 어디 있어요. 일종의 질병인데."

"약국에서 약 안 팔아요?"

그녀가 잠깐 질린 표정을 지었다. 그런 표정이 언제 나오는지 익히 알고 있는, 그리고 자신의 무식함을 아는 그는 멋쩍게 리모컨을 들었다.

"뭐 볼래요? 인터넷 TV에 신작 많이 풀렸던데."

"아무거나요."

다른 남자들이라면 이 '아무거나' 라는 말을 듣고 고민을 했겠지만 성연호는 그런 거 모른다. 그는 리모컨 버튼을 움직여 평소 그가 보고 싶어 했던 영화 아무거나를 골랐다. 근육질의 남자들이 떼로 나와 바주카포 시원하게 쏴 주고 기관단총 시원하게 갈겨 주는, 싸나이들의 영화였다.

"할리우드는 액션이죠."

"좋네요."

정란은 가지런히 모은 허벅지 사이에 손을 집어넣고 고개를 끄덕였다. 여전히 웃는 듯, 차가운 듯 알 수 없는 표정이었다. 하지만 좋아한다는 얘기만큼은 사실인지 로딩 시간 중간에 나온 캐스팅을 보자마자 눈이 반짝거리기 시작했다.

"특별히 좋아하는 배우라도 있어요?"

"제이슨 스타뎀? 음…… 안토니오 반데라스도 좋고. 해리슨

포드도……. 아, 이연걸도 괜찮아요. 그런데 좀 아쉽네요, 캐스팅이. 조금 부드러운 이미지의 젊은 배우 하나만 끼어 있었으면 딱일 것 같은데. 잭 에프론 정도면 좋겠어요."

"잭 에프론이 누군데요?"

"멜로나 드라마 쪽 주로 찍은 젊은 배우 있어요."

"아, 난 그런 건 전혀 안 봐서. 아무리 그래도 익스펜더블은 액션 영환데, 액션 영화 찍은 애가 낫지 않겠어요? 걔 누구지? 그, 트랜스포머? 거기 주인공 같은."

이마를 짚고 한참 '그그그그' 거리던 연호가 겨우 영화 제목을 떠올리고는 말했다. 정란은 가볍게 인상을 찌푸렸다.

"샤이어 라보프? 걔는 미래의 훌륭한 후회고……ㅇ."

불현듯, 그녀가 말을 멈췄다. 양손으로 입을 꽉 틀어막은 그녀의 안색은 못 볼 것을 봤다고 할 때보다 더 허옇게 질려 있었다. 팔을 들어 어깨를 으쓱거린 연호가 물었다.

"왜? 샤이어 라보프도 무서워해요? 라보프 포비아?"

"아, 아뇨……. 그냥, 샤이어 라보프는 이런 영화를 찍기엔 아직 연륜이 부족한 것 같아서…… 나중, 그러니까 먼 미래에라면 모를까."

"그런데 뭘 그렇게 식겁해요?"

"연호 씨가 샤이어 라보프 좋아할지도 모르잖아요. 내가 욕하면 기분 나쁠까 봐서요."

"걘 남자 아닌가?"

"그렇……죠?"

"그런데 내가 왜 좋아해요. 여자 배우도 아니고."

연호는 피식 웃으며 잠시 멈추어 놓았던 화면을 재생시켰다. 그때, 부쩍 기운 빠진 그녀의 목소리가 들렸다.

"좋아하는 남자 배우가 하나도 없어요? 그런 남자들 있잖아요, 남자가 보기에도 멋진 남자들. 조지 클루니라든가, 휴 잭맨이라든가……."

그는 1초도 고민하지 않았다.

"없는데요?"

"정말? 단 한 번도? 저 남자 잘생겼다, 이런 생각도 한 적 없어요?"

"남자 얼굴 잘생겨 봤자 거기서 거기죠."

"완전 꽃미남과도 있잖아요. 소싯적의 레오나르도 디카프리오처럼."

"그건 재수 없고."

그가 심드렁하게 귀를 팠다. 분명 귀를 파고 있는데 마치 코를 후벼 파는 것을 보는 느낌이었다. 평소의 차가운 표정으로 돌아온 정란은 턱으로 화면을 가리켰다.

"영화나 봐요."

짧은 타이틀 롤이 끝나자 긴장감 넘치는 음악과 함께 영화가 시작했다. 하지만 커다란 거실 창으로 들어온 햇살이 TV 화면을 가렸다.

연호는 손바닥을 이마에 가져다 대며 그늘을 만들었고, 정란은 상체를 앞으로 쑥 뺐다. 그래 봤자 1분도 못 버틸 임시방

편에 불과했다. 그가 소파 옆 협탁 위에 올려 둔 리모컨을 들었다. TV 리모컨과는 다른 것이었다.

"커튼 좀……."

"아, 네."

리모컨 왼편에 있는 버튼을 누르자, 거실 창에 달린 좌우 개폐형 블라인드가 미닫이문처럼 닫혔다. 집 안은 극장을 방불케 할 정도로 캄캄해졌다. 들리는 것은 요란한 헬리콥터 소리와 억센 남자들의 고함 소리뿐이었다.

그는 저도 모르게 고개를 돌렸다. 그러다 때마침 고개를 돌린 그녀와 눈이 마주쳤다. 그녀가 한쪽 눈을 깜박이며 물었다.

"전자동 블라인드인가 봐요?"

등불처럼 빛나는 눈동자에 TV 화면에서 흘러나온 영상이 담겨 있었다. 연호는 괜한 헛기침을 하며 블라인드를 올려다보았다.

"뭐, 그렇죠."

"편하겠어요."

"꼭 그렇지도 않아요. 리모컨 없어지면 열지도, 닫지도 못하니까. 지난준가? 리모컨 못 찾아가지고 침실에 못 들어가고 소파에서 잤는데 블라인드도 안 닫혀서 네온사인 때문에 계속 뒤척거렸죠."

"침실이 따로 있어요? 어디 있는데요?"

그는 말없이 리모컨을 조작했다. 그의 손짓 한 번에 소파 옆, 정란이 벽이라고 믿고 있던 공간이 열리고 숨겨져 있던 계단이 모습을 드러냈다.

어쩐지 탁 트인 거실 천장에 비해 현관 쪽 천장이 낮다 싶더니 복층이었던 모양이다. 천장에 매달린, 명화가 프린트된 롤 블라인드도 복층 난간을 가리기 위한 눈속임이었다.

"구경 좀 해도 되죠?"

정란은 그의 대답도 기다리지 않고 위층으로 뛰어 올라갔다. 그는 뻗은 손을 말아 쥐며 머리 터지게 고민했다. 따라가? 말아? 그의 안에서 도덕과 욕망이 격렬한 토론을 벌였다. 상관없지 않나? 어차피 내 집인데. 아니, 그래도 장소가 침실이잖아. 침실이 뭐? 따라가서 뭘 하려고? 어이, 이거 어쩌면 줘도 못 먹는 그런 상황인 것일 수도 있어. 이 쓰레기!

"2층에 붙박이장도 있네요?"

"네."

치열한 내적 갈등은 그러나, 그녀가 생각보다 일찍 내려오면서 쉽게 결론이 났다. 의도한 바인지는 모르겠지만—연호가 생각하기엔 충분히 의도한 것 같았지만—소파에 앉은 정란의 위치는 처음보다 그와 훨씬 가까웠다. 어깨에 손을 슬쩍 올려도 전혀 이상하지 않을 만큼.

'닥쳐.' 그는 또 무어라 씨부렁거리려는 도덕을 향해 일갈하며 손을 움직였다. 새우깡에 손이 가듯 그녀의 어깨로 손이 간다.

"이 집, 전세예요?"

그의 손이 그녀의 어깨에 닿은 것과 그녀가 질문한 것은 거의 동시였다. 연호는 최대한 자연스럽게 팔을 굽히고 뒤통수를 긁적거렸다.

"아뇨. 자가."

"얼마 주고 샀어요?"

"산 지 좀 돼서 정확하게 기억은 안 나는데."

"뭐…… 얼마가 되었든 꽤 비쌌겠네요."

나직하게 중얼거린 정란이 상체만 기울여 팔꿈치를 소파 팔걸이에 가져다 댔다. 한쪽 엉덩이가 들리고 허리가 휘며 부드러운 곡선을 그렸다.

그는 둘 사이를 소파 쿠션으로 막고 TV로 시선을 돌렸다. 트인 치마 사이로 조금씩 보인 하얀 허벅지가 자꾸만 눈앞에서 아른거렸다.

보는 사람 없이 혼자서 진행된 영화 속 화면에선 큼지막한 건물이 폭파되고 있었다. 대체 스토리가 어떻게 진행되고 있는지 모르겠다. 화면을 다시 돌리려 했지만 어디까지 봤는지 기억이 잘 나지 않았다. 아무렴 어때. B급 액션 영화 스토리에 누가 신경이나 쓴다고. 코웃음을 친 그는 하품을 하며 저녁 메뉴를 생각했다.

생각만 했다.

―흐흑…… 흐흑.

숨죽인 여자의 울음소리가 끊어질 듯 이어졌다. 짜증스럽게 눈을 비빈 연호는 귀를 막으며 돌아누웠다. 그리고 정신이 들었다.

여긴 어디? 나는 누구?

긴 여름 해가 진 뒤, 블라인드까지 쳐 놓은 거실 안에 불빛이라고는 TV 화면에서 나오는 빛뿐이었다. 상남자들이 떼거리로 나오는 액션 영화는 온데간데없고 청승맞게 생긴 여자 홀로 나와 울고 있었다.

"환장하네……."

시간을 확인한 그가 절망에 찬 신음을 내뱉었다. 12시다. 낮이 아닌 밤. 아주 숙면을 취했구먼. 이럴 줄 알았으면 커피 말고 에너지 음료를 마실걸.

정란은 어디에도 없었다. 가도 한참 전에 갔겠지. 잘 들어갔냐고 전화라도 해 볼까? 너무 늦었나? 그는 신경질적으로 머리를 흐트러트리며 거실 불을 켰다.

TV에선 영화 채널 가이드가 나와 여자와 남자가 만난 지 10분 만에 사랑에 빠지고 45분 만에 헤어졌다가 엔딩 크레디트가 올라갈 때쯤 재회하는 신파 멜로 영화를 소개하고 있었다.

"어?"

리모컨을 집으려 협탁 위로 손을 뻗던 그의 눈에 하얀 메모지가 보였다.

푹 잠들었길래 그냥 가요. 내일 와도 되면 카톡 주세요.

어릴 적, 글씨체 연습하는 책에서나 볼 법한 단정한 글자체였다. 그는 허겁지겁 휴대폰을 들어 친구 목록에서 그녀를 찾았다. 그녀의 카톡 프로필에는 단 한 글자만 적혀 있었다.

RAN.

〈잘 들어갔어요? 내일 당연히 와도 되요.〉

메시지를 보내고 한참 후, 그의 휴대폰이 소 울음소리를 내며 메시지 도착을 알렸다. 내용을 확인한 그가 당황한 표정을 지었다.

〈ㅇㅇ. 돼요.〉

'ㅇㅇ'까지는 어떻게 알아듣겠는데, '돼요'라니? 그는 독일군 암호를 해독하는 연합군의 암호 해독 전문가가 된 심정으로 메시지를 분석한 끝에야 비로소 이해할 수 있었다.

까다롭긴. 연호는 피식피식 웃음을 흘리며 다시 키패드를 두드렸다.

〈잘 들어갔다니 다행입니다. 내일 당연히 와도 돼. 요.〉

"역시 배운 여자는 뭐가 달라도 달라. 돼요, 돼요……. 아,

이였구나."

음매.

이번에는 소가 금방 울었다. 여전히 내용은 밋밋할 정도로 짧았다.

〈^^.〉

이모티콘 뒤에 찍힌 마침표가 귀엽게 느껴졌다. 까다로운 맞춤법, 필요한 것만 표현하는 간결한 이모티콘, 귀여운 마침표. 어쩐지 배 속이 자꾸만 간질거리는 느낌에 연호는 참지 못하고 크게 웃어 버렸다. 그녀가 더 좋아질 것만 같다. 그리고 그는, 그녀도 그러리라 믿어 의심치 않았다.

"내가 착각한 것 같아."

연호가 한숨을 쉬었다. 성주도 한숨을 쉬었다.

"며칠 연락도 없고 잠잠해서 좋아했더니만……. 왜? 뭘 착각했는데? 뭐가 문제야?"

"계속 영화만 봐."

"그게 뭐? 원래 커플들 만나서 하는 일이 영화 보고 밥 먹고 차 마시고. 더 있어?"

"MT도 가잖아."

"여자 친구랑 무슨 MT를…… 에라이, 새끼야!"

뒤늦게 MT의 진정한 의미를 깨달은 성주가 연호의 뒤통수를 후려갈겼다.

"네가 효준이냐? 사귄 지 며칠이나 됐다고 모텔을 가."

"말이 그렇다는 거지, 누가 진짜로 간대? 그리고 지금도 MT 가는 거랑 별 차이 없거든?"

"뭔 소리야, 그건 또."

성주의 눈초리가 가늘어졌다. 벌써 거기까지 갔냐고 추궁하는 눈빛이었다. 연호는 콧잔등을 씰룩이며 성에 낀 온 더 락 잔에 제 이름을 썼다.

"우리가 어제로 만난 지 열흘 됐단 말이지."

"근데?"

"열흘 동안 매일 만났거든? 만나서 영화만 봤어. 그런데 그 영화들이 어째, 애들 보는 애니메이션이나 재미 더럽게 없는 프랑스 영화야. 왜, 그런 거 있잖아. 여자랑 남자랑 애를 낳았는데, 애 때문에 주구장창 싸우다가 갑자기 아, 그냥 우리 잘해 보자 하는 영화 같은 거. 아니면 돈 많은 벼락부자가 연극 배우한테 꽂혀서 졸졸 쫓아다니다가 무식하다는 이유로 차였어. 그런데 집에 오니까 남자가 사다 놓은 그림을 와이프가 버린 거야. 그걸 보고 소리를 지르면서 개쌍쇼를 하는데, 와나, 그거 보고 정말 내가 돌아 버릴 뻔. 그런데 끝에 어떻게 되는지 알아? 이번에는 그 연극배우가 좋다고 쫓아다닌다? 그림 보는 눈이 있으니까 안 무식한 것 같대. 그리고 박수 치면서 끝나. 이해가 돼? 그런 재미없는 영화만 내가 열흘을 봤다니까?"

저 난해하기 짝이 없는 프랑스 영화의 스토리를 저렇게 간단하게 줄일 수 있다니. 짧은 시간 성주는, 연호가 요약의 천재라는 생각을 했다. 그래도 영화 평론가는 안 하길 다행이다. 평론가를 하기엔 일단 문재(文才)가 너무 형편없다.

"보기 싫다고 하면 되잖아."

"똑똑한 여자가 선택하는 건 뭔가 다를 줄 알았지."

"……그게 열흘이나 프랑스 영화를 보고 있을 이유가 된다고 생각하냐?"

"안 될 건 또 뭐야? 그리고 애니메이션도 있었어. 그건 좀 재미있던데?"

"그래. 뭐, 네 수준이나 초딩들 수준이나 거기서 거기지."

성주는 크게 납득하고 무알코올 칵테일을 쪽쪽 빨아 먹었다.

"그게 MT랑 무슨 상관이야?"

"말했잖아. 만나서 영화만 봤다고. 영화 본 거 말고는 아무것도 한 게 없다니까? 밥? 시켜 먹재. 차? 냉장고에 있는 거 마시면 된대. 나 우리 동네에 배달 음식점이 그렇게 많은 줄 이번에 처음 알았다? 이게 커플들 MT 가는 거랑 뭐가 달라."

"야, 그 여자 무슨 수배자 같은 거 아냐?"

"진짜 문제는 그게 아니야."

"아니, 그게 진짜 문제……."

"그 여자 이상해."

"그러니까 내가 그 여자 이상하다고 몇 번을……."

"진짜 이상해."

성주는 남의 말을 도무지 들어 먹지 않는 연호의 뚝심 있는 성격을 칭찬해야 할지, 아니면 이제라도 이상한 걸 깨달아서 다행이라고 해야 할지 몰라서 그냥 만사 체념했다.

"그래, 뭔데? 뭐가 그렇게 이상한데?"

"분명히 우리 집에 온 첫날, 날 유혹하는 것 같았거든?"

"설마."

"진짜로. 여자들 입는 정장 있잖아. 엉덩이 딱 붙고 치마 옆에 조금 트인 거. 그 옷 엄청 야하잖아. 그걸 입고 왔다니까? 소파에 앉을 때도 내 옆에 딱 붙어서 앉고. 아, 맞다. 침대도 구경하고 싶어 했어."

남자들의 전형적인, 말도 안 되는 망상이었지만 객관적인 정보를 전달받지 못한 성주는 연호의 말을 믿을 수밖에 없었다. 그의 입이 떡 벌어지자 연호가 의기양양하게 어깨를 씰룩거렸다.

"대박이지? 그리고 날 좀 진지하게 생각하는 것 같아."

"그건 또 어째서?"

"내 거 오피스텔 있잖아. 정 여사가 내 상금 다 빼앗아 가지고 억지로 산 거."

"어. 너 그거 가격 많이 올랐다면서."

"몰라, 그런 거. 암튼, 그거 오피스텔 얼마냐고 물어보더라고. 내 재정 상태가 궁금한가 봐. 딱 그거잖아. 여자들이 진지하게 생각하는 남자한테 궁금해하는 거. 연봉이 얼만지, 차는 뭐 타고 다니는지, 이런 거. 맞지?"

그럴듯한 얘기다. 하지만 천성이 신중한 성주는 조금 고민해 보았다. 그래도 그렇지, 얼마나 됐다고. 그런데 또 워낙 이상한 여자다 보니 그럴 수 있겠다 싶었다.

"그래서? 그 여자는 진지한데 너는 아직 그럴 생각까진 없어서 문제라는 거야?"

"아니, 그건 나중 일이고. 그것 외엔 없어서 문제라는 거야."

"그거 외엔 없다니?"

"호르몬은 팍팍 뿌리고 있는데, 그 이상의 액션이 없어. 가벼운 스킨십이라도 하려고 치면 구렁이 담 넘듯 은근슬쩍 넘어가는 것 같단 말이지."

"연호야, 호르몬 아니고 페로몬."

"하여간 이상해. 사장님, 여기 언 더 락 한 잔 더요."

불친절한 바 사장은 잔을 바꿔 주지도 않고 빈 잔에 술만 채웠다. 연호는 한 모금 쭉 들이켜고 심각한 표정으로 턱과 목울대 사이의 살을 만지작거렸다. 성주도 덩달아 심각한 얼굴로 연호의 배를 바라보았다. 그리곤 안심했다.

"너 그래도 운동은 계속하나 보다? 배가 아직 탄탄하네. 팔뚝도."

"형은 어떻게 생각해?"

"말을 말아야지."

성주는 애꿎은 제 가슴을 퍽퍽 쳤다. 말을 말아야지 말아야지 하면서도, 안 들을 줄 알면서도 기어코 말하는 성격이 제 수명을 갉아먹고 있었다.

"효준이 녀석이었다면 덮치라고 했을 텐데……."

"그건 은팔찌감이지. 누구 인생 말아먹으려고. 여기서 더 말아먹으면 내 인생 완전 쪽박 찬다."

오만상을 찡그린 연호가 잔을 꽉 움켜쥐었다. 초등학교 6년 때부터 시작된 불운은 그의 진로를 완전히 바꿔 놓았다. 굴곡 진 인생의 끝을 감옥에서 마감하고 싶지는 않은 것이 당연했다.

"그런 소리 들을 거였으면 형 찾아오지도 않았어. 안효준이 무슨 이야기 할지 내가 몰라?"

"그래서 네가 원하는 게 뭔데?"

"자연스럽게 관계가 깊어지는 거? 그런 거 있잖아, 막. 더, 더 좋아지는 거."

"어렵다…… 진짜 어렵다……."

차라리 급진전할 방법을 찾는 게 낫지, 이건 무슨 마른 땅에 물 대기다. 성주는 합숙소 들어간 지 한 달 만에 헤어진 전 여자 친구와 연애할 때의 기억을 필사적으로 더듬었다. 벌써 2년 전 일이라 가물가물했다.

"분위기를 좀 바꿔 봐."

"분위기? 어떻게?"

"일단 데이트 장소가 너무 한정적이잖아. 집에서만 만나니까 엄한 생각이 드는 거 아냐? 밖으로 좀 나가자고 해. 맑은 공기도 쐬고. 너 차 있잖아. 뭐, 허브농원인가? 전 여친 거기 좋아했는데. 꽃 많다고."

"아, 나 꽃은 싫은데. 그거 뭐가 좋다고 보는지 모르겠어."

투덜거리면서도 연호는 괜찮은 허브농원을 찾기 위해 스마트폰을 꺼내 들었다. 그때 그의 휴대폰이 음매 하며 나직하게 울었다. 액정을 슬쩍 들여다본 그가 크게 웃으며 성주의 어깨를 툭툭 쳤다.

"통했구나! 역시 뭔가 있다니까. 형, 나 갈게."

"간다고? 벌써?"

"어. 애가 내일 나랑 어디 가재. 내 차 정 여사한테 있거든. 차 찾아와야 돼."

"어딜 가자길래?"

"몰라. 아무튼 나 간다. 사장님 다음에 봐요."

연호는 뒤도 돌아보지 않고 계단을 구르듯 내려갔다. 쿵쾅쿵쾅, 계단 밟는 소리가 건물 전체를 울릴 정도로 컸다. 평소와 다른 그의 소란스러움이 어지간히 이상했던지 과묵한 바 사장이 성주에게 말을 걸어왔다.

"쟤 왜 저러냐? 연애 처음 하는 애처럼."

"연호요? 저 녀석, 정식으로 여자 사귀는 건 처음일걸요?"

사장이 못 믿겠다는 표정을 지었다. 성주는 연호가 앉아 있던 의자를 빙글빙글 돌렸다. 연호와 중학교, 대학교 동창인 그는 연호의 과거를 죄다 꿰고 있었다.

"대학 때, 연호 다른 과 애들한테도 인기 많았거든요."

"멀끔하게 생겼잖냐."

"근데 쟤가 접근하기 쉬운 인상은 아니잖아요. 눈썹 진하
고, 눈은 쌍꺼풀도 없이 부리부리하고. 코도 좀 휘었지만 날카
롭고. 사람이 적당히 잘생겨야 찔러 볼 엄두라도 나죠. 그래서
후배들이 보기만 하고 밥 사 달란 말 한번 못 했어요."

하지만 언제나 용기 있는 여성은 있는 법이다. 친구들과 학
교 운동장에서 농구하는 연호에게 밥 사 달라며 다가온 후배
역시 용기 있는 여성이었다. 역시 유도학과는 뭐가 달라도 달
랐다.

"그래서 걔랑 사귀었냐?"

"그랬겠어요?"

그때를 떠올린 성주가 한심하다는 듯 혀를 끌끌 찼다.

"여자애한테 돈을 주더라고요."

"뭐?"

"돈을 줬다고요. 가서 밥 사 먹으라고."

그로부터 며칠 뒤, 한체대 음성 동아리인 성연호 팬클럽은
와해되었다. 물론 연호는 그런 것이 있었다는 사실도 모르고,
알았다 한들 관심 없었을 가능성이 컸다. 어느 정도 연호의 성
격을 아는 사장이 팔짱을 끼며 입꼬리를 올렸다.

"아무리 처음 연애라지만 그래도 사람이 확 바뀔 리가 있
나. 그때 그 후배가 연호 취향이 아니었나 보지. 며칠 전에 본
그 아가씨는 취향이고."

"둘 다죠. 그때 그 후배가 연호 취향이 아닌 것도 맞고, 지

금 여친이 연호 취향에 딱 맞는 것도 맞고요. 그리고 무엇보
다……."

"왜? 그러고 보니 쟤 뭔 일 있었냐? 요즘 숙소에도 안 들어
가는 것 같던데."

성주가 말끝을 흐리자 사장이 조심스레 사정을 물어 왔다.
하지만 성주는 더 이상 말하지 않고 고개만 저었다. 사장의 입
을 통해 연호의 무단이탈이 새어 나갈 것을 두려워한 것이 아
니라, 지금 연호가 겪고 있는 일은 오롯이 연호 혼자 이겨 내
야만 하는 것이었기 때문이었다.

동상이몽

좁고 긴 하얀색 피스트 위에 검은 그림자가 서 있었다. 심판의 '알레!'가 텅 빈 경기장을 울리고, 그는 상대의 위치도 확인하지 못한 채 앞서 움직였다.

그러나 팔을 뻗는 순간 발이 삐끗하며 피스트 아래로 떨어졌다. 절벽처럼 높은 곳에서 떨어지는 것처럼 한없이 추락하는 그의 귀에, 경기장을 벗어났으니 실격이라고 말하는 심판의 목소리가 들렸다.

피스트의 넓이가 국제경기 규정에 어긋났다고 항의해 보지만 이미 한참 떨어진 그의 목소리는 심판에까지 닿지 않았다. 그가 크게 외쳤다.

야! 이 빌어먹을 놈아!

"아! 젠장!"

제 목소리에 제가 놀라 잠에서 깬 연호가 욕설을 내뱉었다. 기회가 왔을 때 심판에게 더 욕을 퍼붓지 못한 데서 온 불만이었다.

말도 안 되게 좁은 피스트 밖으로 떨어지는 꿈, 자꾸만 붙는 상대를 왼손으로 밀어내는 꿈, 후퇴하다가 등을 보이고 마지막 투셰*를 따낸 뒤 너무 기쁜 나머지 판정이 내려지기도 전에 마스크를 벗는 꿈.

이틀에 한 번 꼴로 찾아오는 꿈은, 내용은 모두 달랐지만 끝엔 실격을 당한다는 공통점이 있었다. 그리고 그는 항상 같은 장면에서 깨곤 했다. 그의 항의는 받아들여지지 않고, 심판은 그를 비웃으며 떠난다. 꿈속에서 그는 언제나 작고 무력했다.

"재수 없게 오늘 같은 날 이런 꿈을 꾸고 그래……."

연호는 까치집 지은 뒷머리를 짜증스럽게 긁적인 뒤 꿈을 털어 내기라도 하듯 자리를 박차며 일어났다. 그래도 떨어지지 않는 꿈의 파편은 이를 닦으면서 지워 냈다. 조금이라도 머뭇거리면 그때와 같은 무력감이 찾아와 그를 짓누른다. 겨우 꿈 따위가, 그리도 지독하다. 양치질하는 그의 손길이 점점 빨라지고 거칠어졌다.

하지만 아무리 양치질을 해도 꾸덕꾸덕하게 남은 꿈의 찌꺼

---

*투셰(Toucher):득점.

기가 도통 떨어지질 않았다. 그는 콧잔등을 찌푸리며 트레드밀에 올라 속도를 8에 맞췄다.

가볍게 조깅하는 것보다 조금 빠른 속도로 한 시간 정도 달리고 나자 비로소 개운해졌다. 고개를 들어 시간을 확인한 그가 나갈 채비를 서둘렀다. 모던한 회색빛의 벽걸이 시계가 245도를 그리며 1시를 알렸다.

그는 여타의 남자들처럼 샤워하는 데 10분, 머리 말리는 데 2분, 기초 화장품을 바르는 데 30초를 할애했다. 이례적으로 옷을 갈아입으며 20분을 허비했는데, 간편한 복장으로 오라는 정란의 말을 깜빡 잊고 세미정장을 입었다가 도로 벗었기 때문이다.

덕분에 그가 자신의 검정 스포츠카에 올랐을 때는 약속한 시간까지 한 시간 정도밖에 남지 않은 시각이었다. 약속 장소인 뚝섬역과의 거리를 생각하면 빠듯했다.

다행히 차가 막히지 않아, 아슬아슬하지만 시간에 맞춰 도착할 수 있었다. 그는 뚝섬역에서 가장 가까운 빌딩 주차장에 차를 세우고 역사까지 냅다 달렸다. 뺨을 때리는 강바람이 시원했다.

"연호 씨."

정란은 지하철 4번 출입구 바깥에 서 있었다. 검은색 바탕에 은색 줄무늬가 들어간 배기스타일의 트레이닝팬츠와 세트로 추정되는 여름용 후드 집업을 입고 선글라스를 머리띠처럼 위로 올려 쓴 그녀는 마치 할리우드 배우처럼 보였다.

'저 스타일도 괜찮네.' 연호는 10미터도 안 되는 짧은 거리를 달려, 그녀에게 성큼 다가갔다.

"나 많이 늦었어요?"

"음……."

정란이 트레이닝복 호주머니로 손을 넣었다. 하지만 이내 당황한 표정을 지었다. 연호는 이쪽 호주머니에서 저쪽 호주머니로 바쁘게 움직이는 정란의 손을 바라보며 고개를 기울였다.

"이거 찾아요?"

그가 그녀의 손목을 잡고 들어 올렸다. 제 손에 멀쩡하게 들려 있는 휴대폰을 발견한 그녀의 왼쪽 눈꺼풀이 부자연스럽게 실그러졌다.

"이, 이게 언제부터 여기에……."

"처음부터 들고 있던데?"

"……시간 다 됐네요. 가요."

휴대폰 액정에서 시선을 뗀 그녀가 먼저 계단을 올랐다. 뒷모습은 완벽했지만 불행하게도 소소한 허점이 몇 가지 있었다.

예를 들면, 한 걸음 옮길 때마다 이마를 타고 흘러내리는 선글라스라든가 흘러내려 온 선글라스를 올리는 데 급급한 손짓이라든가, 주머니에 넣었다 뺐길 반복하는 휴대폰 같은 것이 그랬다.

그러나 무릎을 스치며 걷는 걸음걸이, 살랑거리는 머리카락

사이로 보이는 하얀 뒷가르마에 정신이 팔린 연호는 아무것도 보지 못했고 아무것도 묻지 않았다. 질문의 필요성을 느꼈을 때 그는 이미, '서울 메트로 펜싱 훈련장'이라고 적힌 나무 현판 앞에 서 있었다.

"여긴……."

"오늘 여기서 시민 대상으로 무료 강좌를 연대요. 원래는 동생이랑 둘이서 신청했는데, 동생이 어제 갑자기 시간이 안 된다는 거예요. 그래서 연호 씨랑 같이 들으려고요."

연호는 저도 모르게 한 발짝, 뒷걸음질을 쳤다.

"이걸 나랑 같이 듣자고요? 왜?"

"말했잖아요. 펜싱 좋아한다고. 왜요? 너무 유치할까 봐서 그래요? 그냥 기분 전환 삼아 하자는 거예요. 매일 영화만 보는 것보단 자극도 되고, 괜찮을 것 같지 않아요?"

"난……."

"아, 참. 연호 씨는 이게 '매일' 하는 '일'이겠구나. 훈련받으려면 매주 같은 시간에 여기 오긴 힘들지도 모르겠네……."

검지로 톡톡, 입술 아래를 두드린 그녀가 혼잣말을 했다. 그리고 미안하다는 듯 눈썹을 찡긋거렸다.

"내 생각이 짧았어요. 내가 프리랜서다 보니까 세상 사람들이 다 그런 줄 알고 그만. 그냥 돌아가요, 우리. 나온 김에 건대 가서 냉면 먹을까요? 맛있는 가게 아는데."

"……들어가죠."

"표정이 안 좋은데. 괜찮아요? 무슨 일 있어요?"

제 표정이 어떠한지 누구보다 잘 알고 있는 연호는 빈말로라도 괜찮다고 할 수 없었다. 태연을 가장해 줄 만한 거짓말은 나오질 않고, 약한 소리는 하고 싶지 않았다. 벌어지지 않는 입술을 움직이느니 차라리 발을 움직이는 게 낫다고 생각했다.

그가 크게 한 걸음을 떼었다. 그리고 그는, 후회했다.

정란이 임시로 가져다 둔 책상 앞에 앉아 있는 직원에게 이름을 말하자 직원이 보리음료 두 개를 주었다. 빈자리를 발견한 그녀가 손가락으로 의자를 가리켰다. 하지만 연호는 그 자리에 못 박힌 듯 움직일 줄 몰랐다.

시범을 나온 선수들이 연호를 보곤 수군거리기 시작했다. 그중 한 명이 사브르를 내려놓고 두 사람을 향해 걸어왔다. 그와 눈이 마주친 연호는 섬뜩할 정도로 얼굴을 일그러뜨리고 몸을 홱 돌렸다.

"어? 연호 씨! 어디 가요!"

뒤에서 저를 부르는 그녀의 목소리가 들렸다. 하지만 그는 멈추지 않았다.

이제는 일상이 되어 버린 악몽이 예지몽이 된 순간, 떨어트렸다고 생각한 감정들이 다시 한 번 덮쳐들었다. 불쾌한 소리를 내며 떨어진 현실의 조각, 괜찮냐고 묻는 듯 들썩이는 입술, 끈적하게 달라붙은 동정의 시선을 떼어 내려면 달리는 수밖에 없었다.

다가온 선수는 한 달 전 그의 마지막 경기 상대였다.

                    ✳   ✳   ✳

"육상하려고 했다더니 진짜 빠르네."

정란은 숨을 헐떡이며 욱신거리는 배를 움켜쥐었다. 미친
듯이 쫓아 나왔지만 100미터를 10초에 끊는 성연호를 따라잡
기란 역부족이었다. 아니, 역부족이 아니라 그냥 불가능하다.
이미 연호는 작은 점이 되어 있었다.

저건 못 쫓아가지. 깔끔하게 포기한 그녀는 일단 휴대폰과
선글라스부터 주머니에 쑤셔 넣었다. 긴 머리를 질끈 묶고 양
쪽 주머니를 축 늘어트린 채 건들건들 걷는 그녀를 사람들이
힐끔거렸지만 신경 쓰지 않았다. 축축 늘어지는 소재의 바지
때문에 주머니에 아무것도 넣지 못해서, 오늘 하루만도 휴대
폰을 세 번이나 잃어버릴 뻔했다.

2호선 뚝섬역에서 그녀가 사는 사당까지는 30분도 채 걸리
지 않았다. 도어록을 해제하던 그녀는 손을 멈췄다. 안에서 인
기척이 느껴졌다. 등골이 오싹해지는, 혹은 귀찮아지는 인기
척이.

"딸!"

아니나 다를까. 현관문을 열기 무섭게 고철이 뛰어나왔다.
깜짝 놀란 듯 오른쪽 눈을 크게 뜬 정란이 물었다.

"누구세요?"

물론 이런 박대에 굴한다면 방고철이 아니었다.

"방정란 아빠, 방고철이지."

"저희 아버지는 두 딸 사는 집에 이사하는 날 달랑 한 번 와 보시고 멀다며 걸음도 안 하신 분입니다. 제가 보기에 앞에 계신 분은 아무래도 중간 결과 듣자고 오신 성연호 코치분 같습니다만?"

"아니야, 딸의 오해야. 아빠는 딸이 보고 싶어서 온 거야. 그러고 보니 우리 딸, 이야. 연예인 같은데? 정윤희, 문희가 울고 가겠네. 아주."

고철이 양팔을 활짝 벌리며 칭찬을 퍼부었다. 중학교 2학년 이후로 처음 듣는 칭찬에 감격할 법도 하건만, 정란의 반응은 심드렁했다. 정란은 인상을 팍팍 구기며 신발을 벗었다.

"정윤희가 누구야, 대체. 그리고 이 옷 정애가 코디해 준 거라서 나한테 입발림 소리 해 봤자 소용없거든?"

"이야, 내 딸 방정애. 역시 디자이너는 아무나 하는 게 아니야. 내 딸들! 자랑스럽다!"

"가방 메면 스타일 구겨진다고 해서 내가 오늘 얼마나 힘들었는지 알아?"

"오구, 오구. 그랬어요? 우리 딸 많이 힘들었어요? 여기 앉아 봐. 아빠가 물 가져다줄게."

싫다는 정란을 억지로 식탁 의자에 앉힌 고철이 주방 냉장고에서 꺼내 온 물컵을 건넸다. 정란과 연호가 사귀게 되었다는 사실을 알게 된 순간부터 고철은 정란에게 계속 저자세로 나오고 있었다.

"딸, 어떻게 됐어? 반응이 좀 있었어?"

하루 종일 피곤했을 딸의 어깨를 주무르며, 아빠가 은근하게 물었다. 자세를 바로 한 딸이 되물었다.

"그전에 먼저. 성연호, 대체 무슨 일 때문에 무단이탈한 거야?"

정란이 이유를 물을 때마다 고철은 항상 같은 대답으로 일관했다. 오늘도 마찬가지였다.

"아주 복잡하고, 한마디로 설명할 수 없는 사건이 있었어요."

말해 주기 싫다는 거지. 정란은 정색하며 솔직하게 대답했다.

"망했어."

"망했어?"

"응. 망했어. 들어가자마자 완전히 썩은 얼굴로 가 버리던데?"

다정하던 아빠의 손길이 멀어졌다. 뒤이어, 옆집에서 뛰쳐나와도 이상하지 않을 큰 소리가 정란의 고막을 울렸다.

"야!"

"왜!"

정란도 소리를 질렀다. 오늘 영문도 모르고 가장 무안했던 사람은 바로 그녀였으니까. 그녀는 화낼 자격이 충분했다.

"난 진짜 최선을 다했다고!"

"최선을 다한다! 그런 건 없어! 최선을 다했으면 성공을 해야지!"

"사람 마음이라는 게 그렇게 마음대로 되냐고! 우리 아부지 진짜 큰일 내실 분이네!"

"딸, 지금 아빠 상황이 어떤지 알지?"

고철은 지지 않고 악을 써 대는 정란을 향해 근엄한 목소리로 말했다. 흥분해서 될 일이 아니다. 일단 주도권은 딸이 잡고 있었다. 하지만 잔뜩 삐뚤어진 정란은 뾰로통하게 나올 뿐이었다.

"모르겠는데?"

"아빠 팀이 인천에서 금메달을 하나도 못 땄어요. 서울시청, 화성시청, 인천시청, 다 금메달을 따 왔는데 안산만 빈손이었단 말이에요."

"금메달이 아니라 메달이 아예 없잖아."

"너 그걸 알면서……!"

진정, 진정하자. 고철은 깊게 심호흡을 하며 자꾸만 높아지려는 언성을 낮췄다.

"그래. 메달이 아예 없어. 그런데 다음 올림픽에서도 빈손이면 아빠가 어떻게 되겠어? 잘리겠지? 그럼 아빠가 뭐라고 하겠어? 빌려 간 3천만 원을 빨리 갚으라고 하겠지? 그럼 너는 일을 지금보다 더 많이 해야겠지? 바빠지면 네가 좋아 죽는 그 취미 생활도 잘 못 하겠지? 그게 다 뭣 때문이다? 유일하게 금메달 가능성이 있는 연호 자식이 메달을 못 따서다. 그럼 어떻게 해야 한다? 연호를 다시 훈련장으로 불러와야 한다. 언더스탠?"

"아빠가 언제부터 내 취미 생활에 신경 썼다고 그래? 그리고 아직 돈 안 빌려주셨거든요."

"연호 녀석 훈련장에 나타나는 순간 3천 바로 통장으로 쏜다, 이 아빠가."

고철이 약속하듯 가슴을 두드렸다. 정란은 고개를 왼쪽으로 비틀며 잠시 생각을 해 보곤 코웃음을 치며 팔짱을 끼었다.

"아빠네 팀에 새로 들어온 사브르 여자애, 걔 금메달리스트잖아. 올해 선수권대회에서도 금메달 땄다면서? 메달 가능성이야 걔가 더 높지. 국대 한 번 못 된 성연호보다. 그런데 왜 그렇게 성연호한테 집착해?"

"걔 하나 믿고 가기엔 이 아빠의 상황이 너무 불안하단다, 딸아. 그리고 운이 지지리도 안 따라 줘서 그렇지, 실력은 성연호만 한 녀석이 없어. 랭킹 1위는 뭐 고스톱 쳐서 따는 줄 알아? 지독한 연습과 발군의 재능이 받쳐 줘야 랭킹 1위가 되는 거야."

"그 지독한 연습과 발군의 재능을 한 방에 침몰시킨 게 성연호 운이잖아. 지장은 덕장을 이기지 못하고 덕장은 운 좋은 장수를 이기지 못한다, 몰라?"

"시끄러!"

더 참지 못한 고철이 바락, 악을 썼다.

"어디 그런 야바위꾼이나 하는 말로 선수들의 피땀 어린 노력을 묵사발로 만들어! 건방지게!"

"그런 소리 듣기 싫으면 말을 해 주세요, 아버님. 성연호는 대체 왜 무단이탈을 했습니까? 국대 한두 번 떨어진 것도 아닌 분이. 그 잘난 랭킹 1위 님께서. 원인을 알아야 대책을 세우고, 대책을 세워야 애를 끌고 오든 말든 할 거 아닙니까, 아버님."

"넌 알 것 없어! 그러니까!"

그는 전혀 심각하지 않아 보이는 정란의 어깨를 붙잡고 짤짤 털었다.

"그러니까 방정란, 너! 조만간 괄목할 만한 성과를 못 가져오면!"

"오면?"

"너네 집에 있는 책들 아빠가 싹 불 질러 버릴 테니까 그렇게 알아!"

일전에 들은 협박과는 차원이 다른 진짜 협박이었다. 우선적으로, 아빠가 지금 집에 있었다. 공포에 질린 정란은 비명 지를 새도 없이 방으로 뛰어 들어갔다.

"내 블링블링 컬렉션!"

천만다행으로 책들은 아직 무사했다. 눈으로 한 번 훑어서 없어진 책들이 없다는 것을 확인한 그녀는 팔을 쭉 벌리고 책장을 아등바등 감싸 안았다.

이 책들이 어떤 책들인데! 이 책들 때문에 지금 내가 공양미 3백 석에 팔려 가는 심청이가 되어 가짜 연애를 하고 있는데!

"아빠 짐승! 어떻게 마음의 양식인 책을 태운다고 할 수 있어? 안중근 선생님한테 미안하지도 않아?"

"그따위 게 얼어 죽을 마음의 양식이냐!"

"모든 문학은 동등한 가치를 지녀!"

"뭔 염병할 염불이여! 아무튼 네 인생 네가 알아서 해! 아빠 뻥카 치는 거 아니다!"

아무렇지 않게 최종병기급 핵탄두로 정란을 사살한 고철이 현관문을 열고 나갔다. 정란은 혹시나 고철이 다시 들어오지 못하도록 재빠르게 안쪽 스토퍼를 걸었다.

방 한쪽 면을 차지하고 있는 큼직한 책장과 그 책장 가득한 만화책과 소설책들. 그녀의 눈에는 한없이 블링블링하고 샤이니한, 소중한 보물을 지키기 위해서라면 그녀는 뭐든 할 수 있었다. 그것이 설사 한시적인 가짜 연애라도.

단 한 가지 문제만 제외하면.

"왜 하필 성연혼데!"

그녀는 책장을 부여잡고 진심으로 오열했다, 는 과장이고 조금 울적해했다.

이 순간 그녀에게 필요한 것은 잘생긴 남자 친구나 돈 많은 남자 친구가 아니었다. 그녀의 비밀을 알고 그녀와 감정을 공유해 줄 사람이었다.

그리고 정란에겐 그런 사람이 있었다.

"정말? 아빠가 정말 그랬단 말이야? 아빠 짐승! 문학의 가치를 모르는 야만인!"

비보를 전해 들은 정애가 믿을 수 없다는 듯 양 뺨을 감싸며 고함을 쳤다. 이제나저제나 정애가 퇴근하기만을 기다리던 정란은 힘이 나는 것을 느끼고 주먹을 불끈 쥐었다. 그래, 난 혼자가 아니었어. 방정애 최고다! 가르친 보람이 있다.

"야, 쫄지 마. 아빠 말만 그러는 거야. 아빠가 우리 책 가지고 협박한 게 어디 하루 이틀이야? 쫄지 마, 쫄지 마."

"어. 난 쫄진 않았어. 다만 겁먹었을 뿐이야."

두 자매는 한참 서로를 위로하고 기운을 북돋워 주며 결속을 다졌다. 하지만 현실은 시궁창, 당면한 과제는 남아 있었다.

"어떻게 하냐, 언니. 너 슬슬 한계지 않아?"

"슬슬이 아니라 이미 한계야. 나 첫날 바로 실수한 거 알잖아."

"샤이어 라보프?"

"그래. 그것 때문에 내가 그 뒤로 초딩들 보는 애니메이션이랑 재미 더럽게 없는 프랑스 영화만 본 거 아냐."

난해한 프랑스 영화를 떠올린 정란이 오만상을 찌푸렸다. 정애는 다부지게 팔짱을 끼고 비장하게 말했다.

"그냥 확 덮쳐 버려. 그리고 책임지라면서 훈련장으로 끌고 가."

"야이! 왜 내 인생을 주말 드라마로 만들어!"

"지금 상황에선 그게 제일 와닿으니까 그렇지. 솔직히 성연호 정도면 나쁘지 않잖아. 아니지, 나쁘지 않은 게 아니라 최고의

한 수지. 걔 테크닉도 죽여줄걸? 허벅지 봤어? 축구 선수 뺨쳐."

"아빠가 성연호 연애 경험 없다고 그랬는데?"

"연애 경험이 없다고 했지, 섹스 경험이 없다고는 안 했다."

"역시 방정애! 과감하다."

정란은 거실에 쭈그리고 앉아 이마를 긁적였다. 아무리 생각해 봐도 성연호의 취향에 보다 근접한 사람은 제가 아닌 정애였다. 쿨하고 냉정한 성격의 차가운 도시 여자, 방정애.

"주먹, 선수 교체 안 할래?"

"아빠가 한 말 기억 안 나니? 일단 머리가 길어야 한다잖아."

"어차피 외모라는 건 국가대표 선발 예선전 같은 거 아니겠어?"

"하지만 랭커는 시드를 받아서 예선을 하이패스로 통과할 수 있지. 성연호 기준에서 언니는 랭커야. 나는 무명이고."

두 자매가 조금이라도 비슷하게 생겼으면 좋았으련만 하필 정란은 엄마를, 정애는 아빠를 빼다 박았다. 왠지 더운 느낌을 주는 정애의 진한 이목구비와 작은 체구로는 연호의 시선을 끌지 못할 것이 분명했다. 고철의 설명을 들은 자매가 이미 동의한 사항이었다.

"저쪽 부동산엔 보름 전까지 잔금 치르기로 했지? 이 집 재계약은 다음 주까지고."

"어."

"재계약 안 하고 아빠가 3천 안 빌려주면 우리 길거리에 나앉는 거네? 계약금도 날리고?"

"아빠 집으로 들어가는 방법도 있긴 해."

"진짜 우리가 길거리에 나앉으면 아빠가 돈 빌려주지 않을까?"

"아빠가 잘도 그러겠다. 진짜 책 다 버려 버리고 집으로 들어오라고 할걸?"

"아아아아아아아아아……."

절망스러운 신음을 뱉은 정란이 머리를 쥐어뜯었다. 순간의 선택이 평생을 좌우한다더니. 3천을 빌려준다는 말에 계약금을 선뜻 줘 버린 것이 모든 불행의 시작이 될 줄이야. 이제 와 무르기엔 시간이 너무 없었다.

"그리고 언니, 솔직하게 말해 봐. 아깝지?"

툭툭, 앉은 채 다리를 들어 올린 정애가 엄지발가락으로 정란의 어깨를 찔렀다. 정란은 미친년 산발한 머리를 하고 뚱한 표정으로 대꾸했다.

"뭐가."

"성연호."

순간, 잘 움직이지 않는 정란의 왼쪽 눈꺼풀이 파르르 떨렸다. 정애는 사납게 웃으며 발바닥을 세워 정란의 어깨를 뒤꿈치로 사정없이 찍었다.

"이게 죽을라고 마음에도 없는 소릴! 선수 교체 좋아하네."

"완전히 마음에도 없는 소리는 아니었거든! 아야! 아파!"

짧게 비명을 지른 정란이 정애의 발목을 비틀며 달려들었다. 체격은 정란이 한참 우세했지만 근성은 정애가 위였다. 정애는 위협적으로 다가오는 정란을 베개로 후려쳤다. 연년생 자매의 싸움에서 무기 사용과 막말은 기본 아이템이었다.

"지랄하네. 너 그러다 모태솔로로 늙어 죽어."

드드드드.

"나 모태솔로 아니거든? 연애해 봤다고!"

"얼마나? 2주? 한 달? 투투는 지나 봤나?"

"투투는 중딩들이나 챙기는 거고! 2주 사귄 것도 사귄 거야. 윤보선 대통령 봐 봐, 2년밖에 안 했지만 아무튼 대통령이잖아."

"그래서 네 연애도 쿠데타로 끝났냐?"

드드드드드.

"지금 그따위 게 중요해? 중요한 건 내 인내심이 한계에 달했다는 거라고. 본질을 흐리지 마."

드드득, 드드득.

현관 입구 바닥에 아무렇게나 던져 놓은 정란의 휴대폰이 간헐적으로 몸을 떨어 대고 있었지만 레슬링에 여념 없는 자매들은 신경도 쓰지 않았다. 두 사람은 장장 10분간을 투닥거리다 정애의 체력이 바닥을 치고 나서야 싸움을 멈췄다.

"언니야."

천장을 바라보며 대자로 뻗은 정애가 정란을 불렀다. 정란은 공허한 눈으로 바닥에 동그라미를 그렸다.

"왜?"

"그냥 잘해 봐. 아깝다면서 성연호. 진짜 독거노인 될 거니? 알지? 너 독거노인 되면 그거 내 짐인 거."

의미 없는 낙서를 끼적이는 정란의 손끝에 버려둔 휴대폰이 걸렸다. 주섬주섬 휴대폰을 들어 메시지를 읽은 그녀가 눈을 감았다. 다시 눈을 떴을 땐 표정이 조금 변해 있었다. 그녀는 짧은 답장을 보냈다.

"안 아까우면 그게 정상이겠어? 나도 눈이 있는데."

"그럼 뭐가 문제야? 그거 때문에 그래? 그런 거면 관점을 좀 바꿔 봐."

정애는 혼자 묻고 혼자 대답했다. 정란은 굳이 아니라고 하지 않았다.

"관점을 어떻게 바꿔?"

"리버스라고 생각하면 되잖아. 누구랑 엮이느냐에 따라서 성연호의 포지션은 얼마든지 달라질 수 있어."

"그게 문제라고. 난 텍스트의 노예야. 15년을 그렇게 살아왔는데 어떻게 바꿔?"

"15년을 그렇게 살았으면 바꿀 때도 됐다."

"차라리 내 취향에 맞게 네가 써 주라."

"개뿔. 그런 능력 있었으면 진작 썼지."

정애의 투덜거림을 끝으로, 자매는 잠시 말이 없었다. 머릿속에는 대책을 세워야 한다는 위기감이 가득했지만 아무리 고민해 봐도 당장 내릴 수 있는 결론은 한 가지였다. 휴대폰을 들고 뭔가 한참을 꼼지락거리던 정란이 말했다.

"아, 몰라. 내일 토요일이니까 주말 지나서 생각할래."

"내일 성연호 안 만나?"

"어. 나 내일 판매전 있어."

"1차? 2차?"

"2차. 근데 너 안 씻어?"

허공에 발차기를 하며 일어난 정란이 정애의 허벅지를 때렸다. 정애는 반듯이 누워 양손을 앞으로 뻗었다.

"야, 나 욕실까지 좀 끌어 줘."

"이런 게으른 년."

"야근을 밥 먹듯 하는데도 매일 화장하는 내가 게으른 년이면, 집에서 팽팽 놀다가 데이트하러 나갈 때도 어떻게 하면 생얼로 나갈 수 있을까를 고민하는 너는 뭐냐?"

"겁니 게으른 주제에 멸종도 안 한 나무늘보다."

"겁니 그럴듯한데?"

정애가 킬킬 웃었다. 정란도 낄낄거리며 동그랗게 말린 정애를 욕실 앞까지 굴렸다. 하지만 그녀의 웃음은 정애의 그것과는 달랐다. 자꾸만 발밑에서 느껴지는 휴대폰 진동을 잊어버리려는 듯 조금은 씁쓸했고, 약간은 꾸며진 웃음이었다.

*　　　*　　　*

덥다. 지독하게 더운 날씨다.

주차장까지 뛰어가는 동안 연호의 머릿속엔 온통 그 생각뿐이었다. 너무 더워서, 아까 전까지만 하더라도 바람이 시원하다고 느꼈던 사실은 까맣게 잊어버렸다.

뇌가 녹아내릴 것만 같았다. 그는 차에 올라타자마자 에어컨을 최대로 올리고 액셀을 끝까지 밟았다. 올 때는 한 시간이나 걸렸는데, 갈 때는 40분밖에 걸리지 않았다.

집에 도착해서는 옷도 벗지 않고 욕실로 직행했다. 수도꼭지를 돌리는 손이 벌벌 떨리고 있었다.

쏴아아—

사나운 물줄기가 머리 위로 쏟아졌다. 아무런 예고 없이 맞은 장마철 소나기처럼 물을 맞은 자리마다 아프고 따가웠지만 치밀어 오른 열기를 식히는 데에는 확실히 효과적이었다.

한여름에 파랗게 질린 손등을 하고, 손바닥으로 벽을 짚은 그가 중얼거렸다.

"시발…… 병신 같네."

쓴웃음이 절로 나왔다. 진짜 병신 같은 건 지금이지. 답지 않게 웬 자학이야.

지금의 행동이 답지 않다는 생각이 든 것을 보니 뇌가 제자리를 찾은 모양이었다. 하지만 전혀 달갑지 않았다. 생각은 언제나 기억을 동반한다.

'너무 차가워졌어.' 그는 수도꼭지를 온수 방향으로 돌렸다. 그리고 한참을 그렇게, 샤워기 아래 서 있었다.

내친김에 샤워를 하고, 머리까지 감은 뒤 밖으로 나오자 시원한 공기가 그를 맞았다. 바람 한 점 없는 오피스텔 거실도 덥긴 매한가지였지만 천장에 맺힌 수증기가 벽을 타고 내려오는 욕실보다는 시원했다.

하루의 마무리치고는 나쁘지 않았다. 중간에 무슨 일이 있었든 끝이 좋으면 다 좋은 거니까. 제 컨디션을 되찾은 연호는 콧노래를 흥얼거리며 몸을 닦았다.

하지만 뒤로 자빠져도 고자가 되는 성연호의 운은 그를 가만 놔두지 않았다.

"뭐가 그렇게 기분이 좋으, 에구머니나!"

"으악!"

갑자기 들려온 목소리에 기겁한 연호가 비명을 지르며 돌아섰다. 어디선가 날아온 타월이 그의 엉덩이를 때리더니 바닥으로 떨어졌다.

그는 재빠르게 수건을 주워 허리에 걸치고 거실 한가운데를 향해 날카로운 눈빛을 쏘았다. 그러나 무례한 불청객은 눈 한 번 깜빡하지 않았다.

"눈에 힘발 풀어."

정 여사였다. 뻬딱한 자세로 팔짱을 낀 그녀가 연호를 슥 훑었다.

"뭐, 뭐예요, 여사님."

"걱정했더니만 그래도 운동은 꾸준히 하고 있었나 보네."

"이거, 이거 이거 그거예요, 성추행!"

"내가 성 선수 옷 벗겼어? 성 선수가 벗었지? 그러니까 왜 옷을 홀랑 벗고 나와."

"그럼 샤워했는데 옷 입고 나와요? 그것도 내 집에서? 대체 어떻게……."

어떻게 들어왔냐고 따지려던 연호는 애초에 집 계약부터 도어록 다는 일까지 정 여사가 했음을 떠올리곤 입을 다물었다. 그의 생각을 알아챈 듯, 나이에 비해 옅은 정 여사의 팔자 주름이 씰룩거렸다.

"그러니까 진작 비밀번호 바꾸라고 그랬지?"

"몇 번이나 왔다고 비밀번호를 바꾸고 말고 해요. 계속 숙소에서 살았는데. 앉아 계세요. 옷 입고 내려올게요."

정 여사는 소파까지 가기 귀찮다며 식탁 의자에 앉았다. 2층으로 올라간 그는 오만상을 찡그리며 붙박이장에서 속옷과 가벼운 트레이닝복을 꺼냈다. 정 여사가 무슨 말을 할지 짐작이 됐다. 연호는 한참을 미적거리다, 지렁이와 경주를 해도 질 것 같은 속도로 계단을 내려왔다.

"오늘 어떻게 된 거야?"

정 여사의 질문은 그의 예상에서 한 치도 벗어나지 않았다. 연호는 시큰둥한 표정으로 냉장고에서 500ml짜리 생수병을 꺼냈다.

"뭐가요."

"오늘 펜싱 교실 갔었다면서. 그것도 웬 아가씨랑. 그 아가씨 때문에 어제 나한테 차 받아 간 거야? 누구야? 아니, 그것보다 펜싱 교실은 왜 갔어, 뜬금없이. 그럴 시간 있으면 훈련장이나 가지. 그것도 설마 그 아가씨 때문에 간 거야?"

성질 급한 정 여사는 연호에게 대답할 시간도 주지 않고 폭포처럼 질문을 쏟아 내었다. 연호가 되물었다.

"아직도 메트로 감독님하고 연락하세요?"

"당연한 걸 왜 물어. 대답이나 해. 설마 여자 친구는 아니지? 그 정도로 정신없진 않지? 진짜 여자 친구라면 지금 솔직히 말해. 그래야 후원사랑 계약할 때 덜 귀찮아지니까."

"후원사? 나한테 무슨 후원사가 있어요?"

"제대로 대답 안 하지?"

"악!"

짝! 묻는 말에 답은 않고 딴소리로 일관하는 연호의 배에 정 여사의 스파이크가 꽂혔다.

"여사님, 잠깐! 알트(Halte)! 알트!"

"알트는 그대 코치한테나 가서 말하시고. 배구 선수는 알트 같은 거 몰라."

한 대 맞은 연호가 알트를 외치며 도망쳤지만 정 여사는 끝까지 쫓아와 손바닥을 휘둘렀다. 배구 선수, 그것도 공격수 출신인 정 여사표 스파이크는 힘껏 때려 봤자 간지럽지도 않은 보통 여자들의 손매와는 차원이 달랐다. 소파와 거실 창문 사이 코너까지 몰린 연호는 그녀가 때리는 대로 맞을 수밖에 없었다.

"후원사가 있었냐니? 지금 그게 할 소리야? 응? 정신 안 차리고 살지?"

"악! 여사님! 악!"

"내가 저번에 CF 이야기 했어, 안 했어? 계약 직전이라고 얘기했어, 안 했어? 기억 안 나? 기억날 때까지 때려 줄까?"

"기억나요! 기억나! 다 기억났어! 계약금 1억, 계약 기간 5년! 아웃도어 브랜드!"

"그 아가씨는 누구야?"

"여자 친구요!"

정 여사의 손바닥이 등을 한 번 칠 때마다 연호의 입에선 진실이 하나씩 튀어나왔다. 매 한 대에 진실 하나. 잔혹한 등 가교환이다. 스파이크가 잠시 멈췄다.

"정말, 우리 인간적으로, 좋게 좋게, 대화다운 대화 좀 해 보자, 성 선수. 응?"

"여사님 현역 복귀하실 생각 없어요?"

"그대 같은 애들 때문에 운동선수는 맞아야 된다는 이상한 편견이 생기는 거야."

정 여사가 다시 손을 들었다. 연호는 얌전히 무릎을 꿇었다.

"죄송합니다."

"이제 좀 마음에 드네."

연호가 제대로 대답할 준비가 되었음을 확인한 정 여사는 손바닥을 탁탁 털고 소파에 앉았다. 나이는 못 속인다고, 손바닥이 얼얼했다.

"그 아가씨는 언제 만난 거야? 어떻게 만났어?"

"보름 전쯤. 나이트에서요. 알트! 아니, 타임!"

정 여사의 손이 다시 움찔거리는 것을 본 연호가 타임을 요구하며 그녀의 손을 잡았다.

"여사님이 생각하는 그런 게 아니에요."

"설명해 봐."

"펜싱을 좋아하는 여자예요. 내 이름도 알고 내 전적도 다 알더라고요. 아무래도 나한테 일부러 접근한 것 같아. 날 상당히 진지하게 생각하고 있더라니까요?"

"응, 물론 그렇겠지."

정 여사가 고개를 끄덕였다.

"그대가 무단이탈한 것도 어떻게 알아서 말이지."

"……!"

허점을 찔린 연호의 눈이 커다래졌다. 가뜩이나 부리부리한 인상이 더욱 진해졌다. 정 여사는 한숨 같은 콧바람을 내쉬었다.

"도대체가 말이 되는 소리를 해야 들어 줄 거 아니야. 차라리 원나잇을 했다고 하면 이해라도 하겠어."

"어, 그건 진짜 아닌데……."

"어떻게 사귀게 됐는데?"

"사귀자고 해서?"

정 여사의 얼굴이 일그러졌다.

"어, 마음에 들어서……?"

연호는 잽싸게 말을 바꿨다. 사실은 이쪽이 보다 진실에 가까웠다. 그리고 진실은 언제나—

"그대가 사탕 주면 따라가는 꼬마야? '누가 맛있는 거 준다고 해도 따라가면 안 돼', 이런 것처럼 가르쳐야 해? 누가 사귀자고 해도 사귀면 안 돼, 응? 이렇게라도 해야 하니?"

─승리하지 못한다.

"이 화상아! 머리를 좀 쓰란 말이야, 머리를!"

철썩. 철썩. 철썩. 다시 시작된 정 여사의 매질은 가차 없고, 감정이 담뿍 실려 있었다. 하지만 머릿속이 혼란스러운 연호는 반항하지 않았다.

그는 머리를 썼다.

"아야⋯⋯."

정말 내가 무단이탈한 거 알았나? 아닌 것 같은데. 알았으면 오늘 미안하다고 하진 않았을 것 같은데. 설마 그것도 페이크, 는 아니겠지 설마. 그래도 내가 가는 데마다 알고 따라오는 게 이상하긴 했어. 나 감시당하고 있었던 건가? 대체 어떻게 감시를 한 거지? 집에 CCTV라도 설치해 놓았나? 아니, 그게 더 이상한데. 그런 짓을 하려면 일단 집에 들어왔어야 하는데, 집에 누굴 들인 적이 없는데. 아! 연예인 사생팬 같은 건가? 집 앞에서 24시간 대기 타다가 내가 나오는 걸 보고 따라 나온⋯⋯.

그러다 과부하에 걸렸다.

"큰일 났다!"

그가 벌떡 일어났다. 갑작스레 돌변한 연호의 태도에 놀란 정 여사가 그의 등짝에서 슬그머니 손을 떼며 물었다.

"왜? 무슨 일이야?"

"와, 나 미치겠네."

"뭐가? 왜 미쳐? 왜 그래?"

"이런 병신."

뒤늦게 정란을 두고 왔다는 것을 깨달은 연호는 계속된 정 여사의 질문에도 아랑곳하지 않고 계속 혼잣말을 하다 휴대폰을 주워 들었다. 미안하다고 해야 하나? 아, 이건 좀 존심 상하는데.

자존심 상하는 일이 죽기보다 싫은, 그리고 미안하다고 하는 순간 자존심이 꺾이는 거라고 생각하는 스물여섯 살 남자는 제가 아무렇게나 버려두고 온 여자 친구에게, 자칫 길어질 수 있는 전화 대신 아주 짧은 메시지를 보냈다.

⟨자요?⟩

그녀의 답장은 그가 짜증스럽게 다리를 떨고 열 손가락을 하나씩 구부려 뚜둑 소리를 내고, 손가락의 중간 마디를 죄다 괴롭히는 것도 모자라 발가락 관절에서까지 소리를 낸 뒤에야 도착했다.

⟨ㅇㅇ.⟩

"응? 자는데 응?"

얼마 전까지만 해도 이 'ㅇㅇ'이 귀엽게 느껴졌는데, 지금은 다르다. '자고 있어요'도 아닌 'ㅇㅇ'. 무엇도 아닌 동그라미 두 개가 의미하는 바는 명확했다.

"내일, 토요일인데, 어디 가고 싶은 데, 있어요?"

연호는 대화라도 하는 것처럼 메시지를 소리 내 읊었다. 날카로운 눈으로 저를 바라보고 있는 정 여사의 존재 자체를 잊은 지는 이미 오래였다.

〈내일 약속 있어요.〉

뭐라고? 약속이 있어? 아니, 당신. 토요일 저녁에 날 안 만나?

"무슨 약속?"

〈일 때문에 출판사.〉

그걸로 끝이었다. 출판사를 가는 건지, 출판사 사람하고 약속이 있다는 건지. 설마 출판사가 오는 건 아니겠지.

"출판사를 간다고?"

그는 초초하게 휴대폰 액정을 노려보며 그녀의 답장을 기다렸다. 하지만 종결어미조차 귀찮다는 듯한 메시지를 끝으로 그녀에게선 더 이상의 설명을 들을 수 없었다. 둔한 성연호도 뭔가 잘못되어 가고 있다는 것쯤은 느낄 수 있는 반응이었다.

"젠장!"

채 마르지 않은 머리카락을 신경질적으로 흐트러트리는 그의 입에서 나지막한 욕설이 튀어나왔다. 기다렸다는 듯, 정 여사가 그의 어깨 너머로 고개를 내밀었다.

"왜?"

연호가 그녀를 돌아보았다. 그의 눈동자에서 의아함을 읽은 그녀는 어이가 없었다.

"성 선수. 그대, 내가 있다는 거 정말 잊어버리고 있었구나?"

그가 눈을 두 번 깜빡였다.

"안 가셨어요?"

"재주다, 재주."

정 여사가 경탄과 경악이 반반씩 섞인 얼굴로 혀를 끌끌 찼지만 휴대폰을 만지작거리는 데 여념이 없는 연호는 귀찮다는 듯 손만 한 번 털고 말았다.

"아, 짜증 나네……."

"왜? 왜 그러는데? 여자 친구가 전화 안 받아?"

"찾아가 봐야 되나? 아이, 씨. 어딘지를 알아야 찾아가든지 말든지 할 거 아니야."

"출판사? 출판사 다니는 아가씨야?"

"여사님, 쫌!"

계속된 정 여사의 참견에 그가 인상을 찌푸렸다.

"정신 사나워요. 생각하는데."

"생각을 해? 그대가 그런 것도 할 줄 안단 말이야?"

"가끔씩 해요. 결과가 구려서 그렇지."

"그러니까 신통치 않은 짓은 그만하고, 생각하는 건 나한테 맡겨. 내가 도와줄게."

"여자 친구 생겼다니까 개 패듯 팬 분이 뭘 도와줘요. 개도 안 믿겠네."

말도 안 되는 소리 말라는 듯 코웃음을 친 그는 휴대폰 액정에서 시선을 떼지 않았다. 찡그렸다가 한숨 쉬고, 턱을 괴며 코를 비트는 표정이 다채롭다. 톡톡. 정 여사가 그의 어깨를 쳤다.

"뭐가 문제야? 여자 친구가 화 많이 난 것 같아? 주말인데 일 핑계 대면서 안 만나겠대?"

"헐?"

그가 퍼뜩 고개를 쳐들었다.

"여사님 천재예요?"

정 여사는 그가 혼잣말로 다 알려 줬다고 하지 않았다.

"여자 마음을 여자가 모르면 누가 알겠어."

그녀가 싱긋 웃었다. '그러니까 어서 썰을 풀어 봐!' 정 여사가 내쏘는 강렬한 눈빛에 설득당한 연호는 낮에 있었던 일을 간략하게 설명했다.

"내가 좀 흥분해서 메트로 훈련장에 두고 왔어요."

"그대 혼자 먼저 와 버린 거야? 그 뒤로 연락도 안 했고?"

"방금 했잖아요."

"이, 뭐 병……."

그녀는 턱 끝까지 차오른 말을 도로 삼켰다. 병신에게 병신이라고 하는 것은 도를 넘어선 욕이었으니까.

"내일 약속 있다는 게 거짓말이 아닐 수도 있지. 하지만 성선수를 보고 싶지 않아 하는 건 맞는 것 같네."

"왜요?"

"약속이 하루 종일 있진 않을 거 아니야. 저녁이나 밤에 잠깐 짬 내서 만날 수도 있는데 그런 말을 안 했다는 건, 꼴 보기도 싫다는 거 아니겠어?"

"헐. 그러네? 그럼 어떻게 해요?"

"찾아가, 출판사로. 꽃 같은 거 들고, 짜잔 하면서."

"아, 뭔 소리예요."

그가 눈을 부릅떴다.

"출판사가 어디 있는지 모른다니까. 그걸 알면 내가 고민을 왜 해요."

"여자 친구 직장도 몰라?"

"직장 아니에요. 프리랜서."

"아는 게 없다는 얘기네? 이름은 아니?"

그녀가 이죽거렸다. 연호는 콧잔등을 찌푸리며 휴대폰을 공중에 던졌다가 받길 반복했다. 퍽 짜증스럽고 꽤 신경 쓰고 있는 듯한 모습이었다.

평소 성연호와는 사뭇 다른 모습을 하고 있는 그에게 정 여사가 말했다.

"방법이 아주 없진 않지."

"어떻게요?"

"그 아가씨야 프리랜서니까 토요일에 일이 있을 수 있지만 출판사는 아니잖아. 쉬어야 하는 날 만나는 사이라면 업무적으로 꽤나 가깝다는 거 아니겠어? 그 아가씨가 작업한 책들 찾아봐. 그중 가장 많이 작업한 출판사겠지."

툭! 휴대폰이 둔탁한 소리를 내며 바닥으로 떨어졌다.

"여사님!"

"깜짝이야!"

갑자기 손을 잡힌 정 여사가 소리를 내질렀다. 연호는 그녀의 손을 양손으로 모아 쥐고 힘을 주었다. 동아줄을 잡은 그의 얼굴에 화색이 돌았다.

그는 재빠르게 인터넷 앱을 실행시켰다. 곧장 녹색 창이 나타났다. 검색어는 '번역가 정란'.

"진짜 있네?"

사진은 'No image'였지만 검색에 걸리는 게 한 사람인 걸 보니 이 번역가 정란이 그녀일 가능성은 거의 100%였다.

그는 정말 운 좋게 그녀의 블로그를 찾을 수 있었다. '정란 님! 이번에 번역하신 호소 미치루 작품 말인데요~'라고 시작하는 안부글 덕분이었다.

프로필엔 별다른 설명도 없이 시만 적혀 있었고, 게시글은 대부분 그녀가 번역한 만화책에 관련한 것들이었다. 순정만화 계통이라던 그녀의 말처럼 그림체가 하나같이 미형이었다. 예쁘장한 남자와 중성적인 여자들. 트렌드를 고스란히 따르고 있었다.

"뭔 남자애들을 이렇게 예쁘게 그린다니?"

"여자들이 좋아하나 보죠."

연호는 게시물 내용은 제대로 보지도 않고 출판사만 체크하며 페이지를 휙휙, 뒤로 넘겼다. 수십 종이 넘는 만화책들 사이에서 그녀가 번역한 책이 가장 많은 출판사를 꼽는 일은 고도의 집중력을 요하는 일이었다.

프리랜서라서 그런지 출판사도 중구난방이었다. 하지만 연호는 포기하지 않고 종이에 바를 정(正)자를 그려 가며 숫자를 셌다.

그리고 마침내, 노력의 결과물이 나왔다.

"찾았다!"

호소문화사 144개, 다원출판사 53개, 코믹북 5개, 도서출판 하루 3개, 기타 등등 1개씩. 호소문화사가 압도적으로 많다.

"여기네, 여기."

"그래, 거기밖에 없어 뵈네."

정 여사는 그의 휴대폰을 들여다보는 척하며, 그를 바라보았다. 바를 정(正)이 수십 개 그려진 종이를 든 그가 의기양양하게 웃었다. 두 눈동자가 초롱초롱하다. 정 여사는 그의 이런 표정을 언제 마지막으로 봤는지 떠올렸다. 랭킹 1위에 오른 이후, 근 1년 만이었다.

심장 뛰는 요란한 소리와 함께 그의 인생이 불시착을 시작했다.

　동작구 흑석동 84—1번지 부경빌라.

　인터넷에 나와 있는 호소문화사의 주소였다. 사무실이 빌라
에 있다면 몇 층, 몇 호도 나와 있어야 마땅하건만 그걸로 끝
이다. 이래선 우체부 아저씨가 고생깨나 할 것 같은데.

　뭐, 내가 신경 쓸 바는 아니니까.

　연호는 어깨를 한 번 으쓱하고 내비게이션에 주소를 입력했
다. 어떻게든 되겠지. 밖에 간판이 있다든가, 눈에 띄는 큰 특
징이 있을지도.

　대략적인 위치만 알았을 뿐, 흑석동엘 처음 가 보는 연호는
동네 초입에 들어서자마자 당황했다. 높고 경사진 언덕 사이
사이 난 좁은 골목길을 허름한 가게들이 채우고 있었다. 그뿐
만이 아니었다.

　덜컹.

　―과속방지턱입니다.

　"왜 안내가 한 템포 늦어!"

　과속방지턱에 걸린 차가 요동을 치자 연호의 몸이 위로 튕
겼다. 천장이 낮은 검정 스포츠카는 이런 위기 상황에선 속수
무책이었다.

　심지어 과속방지턱은 하나가 아니었다. 차는 계속 덜컹거렸
고 연호는 그때마다 내비게이션을 탓하며 주변을 살폈다. 고
층 아파트가 있긴 했지만 대부분의 건물이 낮다 보니 간간이

들어선 브랜드 아파트가 오히려 이질적으로 느껴졌다. 과연 이런 곳에 출판사가 있을까 하는 의심이 부쩍 들었다.

—목적지에 도착했습니다.

의구심이 점점 짙어질 때쯤 기다리고 기다리던 목소리가 들렸다. 그러나 빌라를 보는 순간 의심은 확신으로 변했다.

"이야……."

부경빌라는, 빌라라는 말이 무색한 5층 건물이었다. 양옆에 붙은 다른 빌라도 허름하긴 마찬가지였지만 부경빌라에 비하면 타워팰리스급이었다. 압도적인 허름함! 허름함의 절대 강자! 허름함 오브 허름함, 부경빌라. 게다가 약간 기울어 있었다.

"피사의 사탑인가, 뭐 그런 건가……."

에이, 설마. 기분 탓이겠지.

찝찝한 표정으로 건물을 올려다보던 연호는 마음을 단단히 먹고 1층 현관문을 열었다. 한번 들어가나 보자는 심산이었다. 다행히 사람이 드나들긴 하는 듯, 문손잡이가 반질반질했다.

1층부터 3층까지는 보통의 사무실이었다. 거침없이 올라가던 연호의 걸음이 4층에서 멈췄다. 직사각형으로 된 간판 위에 새겨진 '호소문화사', 이 다섯 글자가 반가웠다. 너무 반가워서 간판 아래 붙은 A4용지에 뭐라고 적혀 있는지 보지 못했다.

조심스럽게 문을 두드렸지만 반응이 없었다. 혹시나 싶어 문고리를 돌리자 삐걱, 소리가 나더니 문이 열렸다. 그는 가져온 붉은 장미 꽃다발에 최대한 신경 쓰지 않는 척, 대범하게 팔을 늘어트리고 안으로 들어갔다.

내부는 생각보다 깔끔했다. 불투명한 유리벽을 기준으로 안쪽은 작업실, 문 쪽의 좁은 공간은 접객실로 보였다.

"누구세요?"

책상 앞에 앉아 있던 여자가 날카롭게 쏘아붙였다. 일반적인 여직원이라기엔 손님을 맞이하는 태도가 너무 뻣뻣했다. 아니, 뻣뻣보다 조금 더 신중한 이건 '경계'다. 그는 직원의 태도를 상당히 의아해하며 어색하게 웃어 보였다.

"정란 씨 만나러 왔는데요."

"정······란 씨요?"

"예. 안에 있나요?"

정란의 이름을 대자마자 여자의 경계가 눈에 띄게 풀렸다. 여자는 주춤주춤 일어나 연호의 얼굴과 꽃다발을 민망할 정도로 뚫어져라 쳐다봤다. 연호는 장미꽃의 붉은색이 조금 창피하게 느껴졌다.

"네, 안에 있긴 한데요······."

안에 있으면 있는 거지, '한데요'는 뭐야?

"근데 무슨 관계세요?"

"남자 친구인데요?"

"남자 친구요?"

되묻는 여자의 입이 기묘하게 씰룩거렸다. 뭐지, 이건? 경계도 아니고 호기심도 아닌.

올레?

"들어가세요."

여자는 책상 앞에서 걸어 나와 직접 불투명한 유리문을 열어 주기까지 했다. 급작스럽게 바뀐 대우에 조금 얼떨떨해진 연호는 홀린 듯 안으로 들어갔다. 뭔가 어려운 시험을 통과한 기분이었다.

안은 미지의 세계, 그 자체였다. 평소에는 사무실 책상으로 쓰였을 책상 위엔 책이 가득했다. 그 책들을 누군가는 팔고 누군가는 샀다. 그리고 파는 사람, 사는 사람 할 것 없이 죄다 여자였다.

출판사는 처음 오는 연호도 이게 일반적인 출판사의 모습이 아니라는 것 정도는 알 수 있었다. 사람들로 빼곡했지만 결코 소란스럽지 않은, 장물을 사고파는 야시장 같은 이곳이 출판사일 리는 없다.

대체 뭘 파는 거야?

당장 보이지 않는 정란보다 눈앞의 광경에 정신이 팔린 연호는 가장 가까이에 있는 책을 집어 들었다. 우중충한 검은 바탕에 붉은 페인트를 마구 흘려 놓은 듯한 표지였다.

"그거 지금 몇 권 안 남았어요. 예약도 엄청 들어왔구요. 이 작가님, 현장 판매는 이번이 처음이세요. 그리고 저희 동에서 팬픽 판매전은 처음이라 가격도 엄청 저렴하게 나왔어요. 운영자분이 고생 많이 했구요."

다른 사람을 상대하고 있던 여자가 뽀르르 달려와 호객 행위를 했다. 그러나 이미 책 제목을 본 연호의 귀엔 이번이 마지막 기회라는 둥, 10% 할인이라는 둥 하는 말이 전혀 들어오지 않았다. 경악으로 커진 그의 눈동자가 반복적으로 제목을 읽었다.

욕정의 피스트(Piste).

"란!"

사무실 안쪽 화장실에서 나오던 정란의 어깨를 누군가가 툭툭 쳤다. 상대를 확인한 정란은 물기 묻은 손을 털며 웃었다.

"장 사장님."

"야야, 누가 들어. 쉿."

장 사장이 입가에 검지를 가져다 댔다. 비비드한 스키니 진에 납작한 로퍼, 흰색 반팔 티. 옷차림만 보면 출판사 사장이라는 직함과는 거리가 멀어 보였다. 하지만 이쪽이 장 사장의 본질이었다. 호소문화사 장 사장이 '리미테스'라는 것은 네이버 카페 '소크라테스와 알키비아데스' 운영자 몇 명만 아는 비밀이었다.

"안에 사람 많더라. 이번 배포전 성공적인 것 같은데?"

"기대를 버리세요. 이번엔 팬픽 위주라 출간할 만한 책 없어요."

장 사장의 의도를 알아차린 정란이 미리 선수를 쳤지만 장 사장은 실망하지 않았다. 카페에서 연재되는 소설들을 개인지로 만들어 판매하는 배포전은 앞으로도 계속 열릴 예정이었고, 누가 뭐라 해도 BL계통은 호소문화사가 꽉 잡고 있었다. 10년 덕질이 헛되지 않았다.

"뭐가 가장 잘나가?"

"그야 당연히 욕정의 피스트죠. 일단 제목부터 쫄릿하잖아요. 예약 200부가 그냥 매진!"

"아우! 나 그거 연재 따라가다가 중간에 놓쳤는데!"

"걱정 마세요. 제가 테스 님 거 이미 빼놨으니까."

"고뤠에?"

아쉬움으로 우그러진 장 사장의 얼굴이 순식간에 펴졌다. 정란은 지갑에서 돈을 꺼내는 그녀를 향해 손을 내저었다.

"됐어요, 돈은 무슨. 오늘 배포전 장소 빌려주신 것만 해도 어딘데요. 제가 사 드릴게요."

"공짜로 빌려준 것도 아닌데 뭐."

"그래도 남편분 아시면 곤란하시잖아요."

"지 회산가? 우리 아빠가 남겨 준 건물에 내 돈으로 만든 내 회사지."

일견 도도하게 들리는 장 사장의 말투에서 쓸쓸함이 묻어나왔다.

그녀의 남편은 부인의 덕질을 이해하지 못하는 보통의 대한민국 남자였다. 한발 양보해, 차라리 아이돌 팬질을 하는 게 어떻겠냐고 권하기는 했다. 공연장에 가서 대포 소리가 나는 플래시를 터트리는 편이 속 편하겠다면서.

"부모님도 이해 못 하는데 남편이 어떻게 이해하겠어요."

"란네 아버님 아직도 그러셔?"

"당연하죠. 얼마 전에도 제 블링블링 컬렉션을 다 불태워 버린다고 해서 제가……"

그날 일을 떠올린 정란이 이를 아득바득 갈았다. 아, 진짜 아빠만 아니었어도 인생 순풍에 돛 단 듯 흘러가고 있었을 텐데.

"왜? 무슨 일이 있었길래?"

"아니, 뭐…… 맨날 있는 일이죠. 안 들어가세요? 이러다가 책 다 나가도 전 몰라요."

정란은 슬쩍 말을 돌리며 고갯짓으로 사무실 안쪽을 가리켰다. 아직은 누구에게도 연호와의 관계를 말할 생각이 없었다. 아니, 아무도 모르고 지나가는 것이 그녀가 원하는 바였다.

그리고 언제나 세상은 원하는 대로 흘러가지 않는다.

"에? 란 님 여기 있었어요? 나 안에 있는 줄 알았는데."

막 화장실로 들어오던 여자가 정란을 보고 말을 걸었다. 배포전, 판매전 참여 경력 5년 차인 그녀는 입구에서 불순분자들을 걸러 내는 역할을 맡았다.

"누가 란 님 찾아왔어요. 못 봤어요?"

"못 봤는데……. 누군데요?"

"그게……."

여자는 주변을 살펴보고 조심스럽게 목소리를 낮췄다. 정란과 장 사장은 허리를 살짝 굽혀 그녀의 말에 귀를 기울였다.

"성연호요."

"말도 안 돼."

"진짜라니까요."

"됐네, 됐어."

장 사장이 손을 휘젓자 여자가 그녀의 팔을 살짝 치며 동의를 구하는 눈빛으로 정란을 바라봤다. 그러나 정란은 이미 판매장으로 뛰어 들어간 뒤였다.

"란 님."

제일 앞쪽 판매 도우미가 란을 보고 활짝 웃었다. 판매대는 싹 비워져 있었지만 그런 건 정란의 눈에 들어오지도 않았다.

"저기, 여기 남자 하나 들어오지 않았어요?"

"들어왔어요."

"어디, 어디 갔어요?"

정란이 다급하게 책상을 쳤다. 이제 갓 입문한 초짜 도우미는 당황하는 정란을 보고도 사태의 심각성을 깨닫지 못한 채, 오늘 제가 이룩한 쾌거를 운영자에게 알렸다.

"욕정의 피스트요. 마지막 한 권 남은 거 사더니 바로 나가던데요? 좀 갈등하는 것 같길래 제가 약 좀 쳤어요."

그 순간 정란은 무소불위의 운영자 권한을 휘두르고 싶어졌다.

너 님은 강퇴여!

＊   ＊   ＊

책. 문자 혹은 그림으로 표현된 정신적 소산물을 종이에 엮어 만든 물건. 정신을 살찌게 하는 마음의 양식, 책.

책이라면 연호도 많았다. 오늘 배포전에서 사 온 '욕정의 피스트'와, 오는 길에 들른 대여점에서 빌려 온 만화책들이 책상 위에 가득했다. 나쁜 선생의 방정식, 내가 싫어하는 주인님, 푸른 양의 꿈, 순정 로맨티카……. 어쩜 하나같이, 제목부터가 범상치 않다.

연호는 그중 제일 위에 있는 책을 집어 들었다.

"키 크는 법칙."

잘 먹고 잘 자면 큰다.

"수확할 때까진 욕심내지 않겠어요."

이 수확이 내가 아는 그 수확은 아니겠지.

"오늘 밤 너와."

너와, 뭘? 어쩌려고?

하지만 이렇게 많은 책 중 마음의 양식이 될 만한 책은 한 권도 없었다. 토를 달자면 한도 끝도 없는 제목은 둘째치고 도대체, 왜! 어째서!

"사내새끼들만 가득한 거야!"

세상에 여자가 얼마나 많은데! 여자가 얼마나 좋은데! 부드러운 살결, 출렁이는 가슴, 안고 싶고, 손잡고 싶고, 입 맞추고 싶은 그런 여자들을 놔두고 왜! 가슴도 판판한 놈이랑.

방금 전에 본 만화책 장면들이 머릿속에 파노라마처럼 스쳐 지나갔다. 허우대 멀쩡한 놈 둘이 절묘하게 뒤엉켜 있는 모습은, 바로 넘겼음에도 쉽게 잊히지 않았다.

"후우⋯⋯."

한참 만에 마음의 평정을 찾은 연호는 의자 목 받침대에 머리를 기댔다.

그래, 좋다. 사랑엔 국경도 없고 취향은 존중받아야 마땅하니까 게이들을 비난하진 말자. 걔들은 판판한 가슴이 좋은가 보지. 트리플 A컵인 여자보다는 그쪽이 나을지도 몰라. 만질 만한 게 없다는 점에서는 똑같지만 그쪽은 차라리 일관성이라도 있으니까.

결국 문제가 되는 것은 이거다.

"욕정의 피스트."

표지 오른쪽 상단의 빨간 딱지, 그 빨간 딱지만큼 강렬한 검고 붉은 표지의 색, 멀쩡한 남자 하나, 아니, 둘을 졸지에 호모로 만든 이 위험한 책, 아니, 불쏘시개.

'나쁜 선생의 방정식'이 혼돈이었다면 '욕정의 피스트'는 혼돈의 도가니탕이었다. 열 장밖에 안 읽었는데도 멘탈이 큰 개자리 빛난 별로 날아가 버릴 것 같았다. 그리고 이 불쏘시개를 양산하는 사람이 바로⋯⋯.

연호는 무시무시한 눈으로 모니터를 응시했다. 화면엔 정란의 블로그가 띄워져 있었다. 처음엔 미처 모르고 지나갔던 프로필의 시가 유독 눈에 들어왔다.

나는 시방 위험한 짐승이다.
나의 손이 닿으면 너는

미지의 까마득한 어둠이 된다.

존재의 흔들리는 가지 끝에서
너는 이름도 없이 피었다 진다.

눈시울에 젖어 드는 이 무명의 어둠에
추억의 한 접시 불을 밝히고
나는 한밤내 운다.

나의 울음은 차츰 아닌 밤 돌개바람이 되어
탑을 흔들다가
돌에까지 스미면 금이 될 것이다.

얼굴을 가리운 나의 신부여.

"……그래. 너는 진짜 위험한 짐승이다……."
고개를 떨군 그가 절망스럽게 시의 첫 부분을 중얼거렸다.

그 여자가 사는 법

"주먹! 어헝헝헝헝헝헝!"

어쩐지 복도가 시끄럽다 싶더니 정란이 집으로 뛰어 들어왔다. 그 소란스러움과 속도만 봤을 때는 귀가가 아닌 습격이라 칭해도 무방할 것 같았다.

지하철역에서부터 뛰어온 듯, 정란은 개처럼 헐떡거리고 있었다. 안색이 하얗고 파랗고 벌겋다. 멀쩡한 소파 놔두고 바닥에 누워 TV를 보고 있던 정애가 벌떡 일어났다.

"왜? 무슨 일이야? 변태라도 봤어?"

"어떻게 해, 어헝헝헝헝헝헝!"

"왜, 왜? 왜 때문에 그래? 뭐가 어떻게 해? 차근차근 말해봐."

정애는 능숙하게 정란을 달래며 등을 토닥였다. 언니 달래

주기, 언니 노릇하기는 정애가 가장 잘하는 일이었다.

"판매전에서 뭔 일 있었어?"

"아냐, 아니야! 그런 게 아니라고!"

보통 이쯤 되면 정란도 차분해지곤 했는데, 오늘은 뭔가 달랐다. 고개를 휘휘 저은 정란이 비명처럼 소리를 질렀다.

"들켰단 말이야!"

"뭐가 들켜? 장 사장님이 테스 님인 거 일반 회원한테 들켰어?"

"성연호!"

"어? 야!"

정애는 반사적으로 묻고, 묻자마자 정란이 한 말의 의미를 바로 깨달았다. 그녀는 방금 전까지 언니를 달래던 손으로 언니의 등을 후려쳤다.

"이 미친! 그걸 왜 들켜? 어쩌다 들켰어!"

"성연호가 출판사에 왔어! 에비앙 님이 입구 지키고 있었는데, 내 남자 친구라고 해서 들여보냈대! 에비앙 님 성연호 얼굴 알잖아!"

"거길 걔가 어떻게 알고 찾아와?"

"아몰랑!"

정란은 아이처럼 발을 휘젓고 두 손으로 얼굴을 가렸다. 아몰랑. 지금 같은 상황에서 이보다 적절한 말이 또 있을까?

그녀는 어떻게 연호가 출판사를 찾아왔는지, 왜 찾아왔는지, 과연 욕정의 피스트를 읽었을지, 읽었다면 왜 아직까지 연락이 없는지 모든 것이 궁금했고, 또 궁금하지 않았다.

그러나 모른다고 외면해서 될 일이 아니었다. 힘없이 정애에게 두들겨 맞으며, 정란은 이 난관을 타개할 수 있는 방법을 고민했다.

"우리 계약금 포기할까?"

"꺼져, 방정란!"

"내가 개처럼 일할게."

"계약금은 포기한다 쳐. 성연호는 어떻게 할 거야? 뭐라고 설명할래? 잠수 같은 소리는 하지도 말아라. 출판사도 들켰다면서."

정말 그리 말하려던 정란은 정애의 소름 끼치는 지적에 침을 꿀꺽 삼켰다. 너무 당황한 나머지 거기까지는 생각하지 못했다. 그녀는 머리통을 부여잡고 바닥에 누워 시름시름 앓기 시작했다.

잠시 후, 조금 냉정을 찾은 정애가 죽어 가는 언니를 위로했다.

"야, 희망의 끈을 놓지 마. 판매전 왔다고 해도, 그게 뭔지 모르는 남자들 많아. 그냥 아마추어 동호회 활동 같은 거라고 생각할 수도 있어."

"욕정의 피스트를 사 갔는데……?"

"안 읽었을 수도 있지. 책을 좋아할 타입은 아니잖아. 그리고 히라 님 글은 지문 때문에 글자 빽빽한 것 싫어하는 애들은 펼치자마자 덮는다."

"으음……."

"그러니까 일단 그냥 대기 타고 있어 봐. 괜히 들쑤셔서 일 키우지 말고. 모르고 넘어가면 좋은 거고, 진짜 알게 됐다면 그쪽에서 먼저 연락 끊을걸? 너도 잘 알잖아."

"어, 어! 알아."

시체처럼 누워 있던 정란이 상체를 벌떡 일으켰다. 몇 번 되지도 않는 그녀의 모든 연애는, 아웃팅당할 것을 염려한 그녀가 먼저 내빼거나 그녀의 실체를 알게 된 남자들이 어느 날 갑자기 연락을 끊는 형태로 마무리되곤 했다.

감당하기 힘든 일이라면 없는 일로 치부하는, 어린애 같은 남자들의 특성. 한때는 그것들이 상처였지만 지금은 아니다. 그녀는 연호가 나이답게 어리고 무책임하길 바랐다. 부디 어제처럼 뒤도 돌아보지 말고 내빼라, 제발.

"정화수 떠 놓고 기도라도 할까?"

"야, 하지 마. 부정 타. 천지신명 중에 호모 포비아라도 있으면 어쩌려고 그래."

"어, 어. 안 할게. 아, 맞다."

돌파구를 찾은 정란은 마음이 한결 가벼워지는 것을 느끼며 가방에서 정애 주려고 챙겨 놓은 개인지를 꺼냈다. 정애가 혀를 끌끌 찼다.

"그 정신에 그걸 또 가져왔냐? 잘했어."

"언제 어디서나 본분은 잊지 않는 방정란입니다."

정란이 히죽 웃었다. 정애는 정란의 장인 정신을 칭찬하며 정란이 사 온 컬렉션을 뒤적거렸다.

"언니, 이거 재미있어?"

정애가 고른 것은 그녀의 취향과는 억만 광년 정도 떨어져 있는 책이었다. 정란은 세차게 고개를 흔들었다.

"그거 공이 엄청 튕겨. 그리고 처음부터 수가 공한테 들이대."

"웩!"

필력만 된다면 소재는 꺼리지 않는 정란과 다르게, 아직 초짜인 정애는 가리는 것이 많았다. 정란이 심해 깊은 곳에서 잠수하고 있는 해녀라면 정애는 그 위에서 물장구치고 노는 어린애 수준이라고 할 수 있었다.

"그럼 이건?"

"그건 완전 정통. 광공, 도망수, 해피엔드. 19금도 적절해."

"나 그런 거 완전 좋아하는데!"

"대박이지. 중견 작간데 키워드 보고 사람들이 좀 실망했거든. 그런데 뚜껑을 딱 여니까, 오우! 역시 필력 있는 작가는 뭐가 달라도 다르더라."

"그래, 일단 기본이 돼야 변주를 연주할 수 있는 거 아니겠어?"

"우려낼 만큼 우려낸 시골 국물도 장인의 손을 타면 청와대 들어가는 이치지."

마치 오의(奧義)를 깨달은 것 같은 정애의 말에 정란이 흐뭇한 미소를 지었다. 어느새 머릿속에서 연호의 존재를 지운 두 자매는 나란히 엎드려 독서라는 고상한 취미 활동에 매진했다.

사락사락, 책장 넘기는 소리만 고요한 가운데 정애가 조심스럽게 빼놓은 욕정의 피스트 엽서에 박힌 글자만이 빛나고 있었다.

✳　　✳　　✳

"형, 소크라테스가 게이였다는 거 알아?"

근 사흘 만에 나타나 해괴한 소리부터 해 대는 연호를 성주가 심각하게 바라봤다.

"게이든 뭐든 네 인생, 아니, 네 연애에 나 찬조 출연 좀 그만 시켜 주면 안 되겠냐?"

"딴소리 말고, 게이였다는 거 아냐고."

"게이가 아니라 바이겠지. 결혼도 했잖아. 당시 그리스에서 동성애는 보편적인 정서였다고 얼핏 들은 것 같은데?"

"젠장. 형 진짜 똑똑하네."

인터넷에서 본 내용과 다르지 않은 성주의 대답에 연호는 대학 다닐 때 교양 강의 공부를 소홀히 한 저의 과거를 반성하며 성주에게 책 한 권을 내밀었다.

"이거나 봐 봐."

"뭔데?"

"그냥 봐."

성주는 연호가 우격다짐으로 넘긴 책을 받아 들고는 혼란스러운 표정을 지었다.

"봐도 모르겠는데? 욕정의 피스트? 책이야?"

"형 팬픽이라고 알아?"

"대충은 알지. 나 고등학교 남녀공학 다녔잖아. 그때 같은 반이었던 지오디 빠순이들이 손호영이랑 윤계상 엮어서 야시꾸리한 글 쓰는 거 봤다. 근데 그게 왜? 아, 이게 그거야? 이젠 이런 것도 책으로 나와?"

신기하다는 듯 성주가 책장을 넘겼다. 그리고 목차를 보자마자 욕정의 피스트 주인공이 누군지 깨달을 수 있었다.

"푸하하하!"

"웃지 마!"

"피스트의 낮과 밤, 견물생심, 성연호 잡기, 그물을 걷어라…… 모, 목차 봐……."

"그만 웃어!"

"야, 어떻게 안 웃어, 네가, 끄흑, 주인공……."

성주는 숨넘어갈 듯 웃으며 연호를 손가락으로 가리켰다. 연호는 눈앞에서 왔다 갔다 하는 성주의 손가락을 물어 버리고 싶은 욕구를 참기 위해 이를 악물고 복화술을 했다.

"그렇게 웃을 때가 아닐 텐데? 제대로 안 봤구먼?"

"그건 또, 무슨……."

"팬픽 주인공이 한 명이겠어? 그것도 꼴에 연애 소설인데? 상대가 있어야 할 거 아니야?"

"그, 그게 왜, 큭······!"

"내 상대가 형이야."

성주의 웃음소리가 딱 그쳤다. 그의 손등부터 발가락 끝까지 오스스 돋아난 소름이 눈에 보였다. 제대로 한 방 먹인 연호는 입가에 진한 미소를 드리웠다.

"그래, 시궁창은 같이 들어가야지. 형이랑 나랑 같이한 세월이 얼만데."

"미친놈아!"

"그래도 형이랑 나랑은 양호한 편인 줄 알아. 내가 보기에 우리나라에서 가장 불쌍한 메달리스트는 태환이 같아."

"태환이가 왜?"

"이런 팬픽이, 알고 보니까 인기의 바로미터더라고. 우리 같은 쩌리랑 태환이는 인지도가 다르잖아. 인터넷에 박태환 팬픽 쳐 봐. 뭔 공금이니 뭐니 하면서 한 100개는 떠."

성주는 다행인지 불행인지 잘 모르겠다는 표정으로 욕정의 피스트를 내려다보았다. 문득 궁금한 것이 생겼다.

"야. 태환이는, 그룹으로 치자면 솔론데? 걘 누구랑 엮어?"

"당연히 다른 수영 선수랑 엮지."

"다른 수영 선수? 누구?"

"쑨양."

말문이 막힌 성주는 '억' 소리도 내지 못했다. 2012년 여름을 뜨겁게 달구었던 스포츠 뉴스의 한 부분들이 뇌리를 스치고 지나갔다.

'박태환의 패션을 따라 하는 쑨양', '쑨양, 박태환은 나의 우상이다', '박태환, 쑨양과 샤워실에서 만나면 인사하는 사이'.

그게 그렇게 변질될 수가 있다고?

그러나 연호는 그의 놀람을 비웃었다.

"쑨양만 나오면 다행이게? 로맨스의 꽃은 삼각관계잖아. 그런데 쑨양의 라이벌이 누군지 알아? 용대야. 이용대! 윙크 보이, 알지? 걔랑 박태환이랑 사귀고 있는 사이였는데, 거기에 쑨양이 끼어들어서 결국 박태환이 쑨양한테 가거나, 쑨양이랑 박태환이랑 사귀고 있는 사이인데 이용대가 끼어들어서 쑨양이 박태환을 지키려고 별 쌩쑈를 다 하거나. 이런 거라고."

대체 수영 선수와 배드민턴 선수가 왜 같은 방을 쓰는지 따위는 묻지도 따지지도 않는다. 같은 수영 선수라지만 국적이 서로 다른 두 선수가 어째서 그렇게 자주 마주치는지도 생각하지 말자. 괜히 골만 아프니까. 본래 팬픽은 개연성 따윈 개나 주는 게 원칙이다. 바로 이것이, 박태환 팬픽을 보고 연호가 내린 결론이었다.

"그런데 넌 그걸 어떻게 그렇게 잘 아냐?"

"몇 개를 읽었는데 그걸 모르겠어? 더 설명해 줄까? 보통 남자, 여자가 연애하잖아. 그런데 얘네는 남자랑 남자가 연애하는 거잖아. 남자 역할을 하는 남자를 공이라고 하고, 여자 역할을 하는 남자를 수라고 해."

"공격과 수비냐?"

"노노, 아냐. 공격과 수비가 아니고, 공격과 수동이야. 이게 공, 수가 종류도 있어. 저 책에서 형은 다정공이고 나는 떡대수야. 보통 동인녀들이…… 아, 형 동인녀가 뭔지 알아?"

"그건 들어 봤다. 그, 남남상열지사 쓰거나 읽는 애들을 동인녀라고 하잖아. 걔들이 읽는 책을 동인지라고 하고."

"아냐. 그것도 틀린 거야. 이게 장르가 있거든. 가장 큰 범주가 동인지야. 팬픽이고 비엘이고 패러디고 할 것 없이 다 여기에 포함돼. 그중 비엘 보는 애들을 부녀자라고 하는 거고. 그리고 백합물. 이건 비엘의 반대 개념이야. 여자애들끼리. 뭔지 알겠지?"

업소용 냅킨에 뭔가를 그리고 있던 연호가 성주에게 물었다. 성주는 물을 마시며 대충 고개를 끄덕였다.

"어."

"그런데 이 비엘이랑 백합은 1차 창작물, 2차 창작물, 크게 두 가지로 나뉘어. 1차 창작은 말 그대로 순수한 창작물. 남자애들끼리 들러붙어서 슈컹슈컹, 으쌰으쌰 하는 것 말고는 보통 소설하고 크게 다를 게 없어."

"그것만으로도 이미 큰 차이……."

연호는, 언제나 그렇듯이 성주의 항변을 깡그리 무시하며 설명을 이어 나갔다.

"그리고 2차 창작은 말 그대로, 기존의 멀쩡한 만화나 소설을 백합이나 비엘로 만드는 거야. 슬램덩크 알지? 이게 2차 창작으로 가면 서태웅이랑 강백호가 엮이고, 정대만이랑 안경

선배가, 막, 그래. 영화도 있어. 미녀 삼총사 같은 거. 그 영화에서 눈 째진 애랑 입술 도톰한 애를 커플로 만든 것도 있더라. 이런 게 2차 창작이야."

성주는 잠깐, 루시 리우와 드류 배리모어가 알몸으로 뒤엉켜 있는 모습을 상상해 보았다.

"어, 야 그거 좀……."

"왜? 꼴려? 부끄러워하지 마. 남자들 중에는 백합 보는 애들이 좀 있는 것 같더라고."

볼펜을 쥔 연호의 손이 작은 동그라미를 그렸다.

"이 2차 창작이 좀 묘해. 비엘이거나 백합이거나 패러디지만 팬픽의 범주에 들어가기도 하거든. 왜 그런가 생각해 봤더니, 일단 좋아하지 않으면 그 캐릭터를 그리고 쓰고 하지는 않을 것 같아."

당연하다. 대상이 영화 속 주연이든, 소설 속의 조연이든 기본적으로 캐릭터를 핥지 않으면 2차 창작물이 나올 수가 없다. 토니와 우혁, 민우와 혜성, 엘과 니엘을 엮었던, 엮고 있는, 엮을 이 땅의 무수한 창작자들은 사랑과 사명감에 그들을 엮었다.

'사랑하는 우리 오빠들이 서로 영원히 행복했으면 좋겠어!'

"팬픽도 1차 창작과 2차 창작이 있어. 1차 창작은 그냥 캐릭터만 가져와서 원래와 전혀 다른 이야기를 만들어 내는 거고, 2차 창작은 기존의 소설이나 영화에 외전이나 비하인드스토리를 덧대는 거야. 팬픽은 좀 복잡한테, 아무튼 이걸 집합으로 표현하면—"

"와, 너 집합도 아냐?"

"시끄러!"

연호는 냅킨을 반듯이 들었다. 그곳에는 그동안 그의 노고가 총망라되어 있었다.

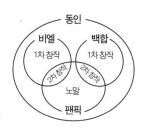

짝짝짝짝.

성주는 저도 모르게 양손을 부딪쳤다. 진심에서 우러나온 박수였다. 방독면이랄지, 외계인이랄지, 곰이랄지, 여러 가지를 떠올리게 하는 벤다이어그램이었지만 연호가 이 정도까지 해냈음이 자랑스러웠다.

"연호야, 너 무슨 박사 같다."

"나 대단하지? 내가 나흘 동안 진짜 컴퓨터 앞에 앉아서 공부한 시간과 노력을 생각하면 서울대도 갔을 거야."

"그런데 이걸 왜 이렇게 열심히 공부했냐?"

"……."

"왜 그렇게 봐?"

촉촉이 젖은 연호의 눈엔 삼라만상의 모든 감정이 다 담겨

있었다. 서러움, 억울함, 분함, 원통함. 좀 있으면 우화등선할
기세다.

"왜 그래?"

"형, 나더러 미친년 페티시라고 그랬지?"

"야, 그건 농담······."

"형이 틀렸어. 나 미친년 페티시 아니야."

연호는 욕정의 피스트 책장 사이에 끼워져 있던 엽서를 팔
랑거렸다. 누가 보기에도 연호를 닮은 남자와 누가 보기에도
성주는 닮지 않은 남자가 물어뜯을 듯, 입 맞출 듯 들러붙어
있는 그림이 그려진 엽서 아래쪽엔 금박으로 '소크라테스와
알키비아데스'라는 글자가 적혀 있었다.

"이거, 걔가 만든 거야."

"걔?"

"아니, 걔가 만든 게 아니라, 걔는 이런 거 쓰는 애들이 득실
거리는 카페 운영자야. 대 괴수지."

연호가 말하는 '걔'가 정란이라는 것을 깨달은 성주는 아무
말도 할 수가 없었다.

"그러니까 나 미친년 페티시 아니야."

연호는 씁쓸하게 웃었다.

"미친년들이 성연호 페티시인 거지."

*   *   *

누군가의 사생활은 그 내용이 어떤 것이든 간에 보호받을 권리가 있다. 물론 살인, 강간과 같은 죄를 저질렀을 때는 좀 더 다각적으로 접근해야겠지만 성연호의 사생활에 그런 치명적인 범죄는 없으니까 논외로 치자. 그의 사생활, 그의 과거의 한 단편은 아는 사람만 아는 내밀한 부분이었다.

이렇게 말하면 뭐 대단한 거라도 있다고 생각할 수도 있는데, 그렇지는 않다.

그의 과거 역시 앞부분만 푼 깨끗한 문제집을 서점에 가져다 팔고 용돈은 따로 받는다든가, 보충수업비 교재비를 만 원 정도 불려 받는다든가, 지하철 사물함에 화장품과 하이힐을 숨기는 것과 비슷한 수준으로 남들과 크게 다를 바 없다.

그러니 죄책감은 잠시 걷어 두고 열네 살, 성연호의 과거를 들여다보자.

당시 그는 오만했고 그 오만함을 숨기지 못했다. 강남에서 살다 온 그의 눈에 또래 친구들은 영 없어 보였다. 농구에 매진하는 애들의 취미도 마음에 안 들었다. 전 국민이 축구의 열풍으로 뒤덮였던 것이 불과 1년 전이거늘, 농구라니! 농구라니!

하지만 뭐 이런 게 다 있느냐고 비난하기 전에 그가 열네 살이었다는 사실을 상기하길 바란다. 있는 집 자식이나 없는 집 자식이나, 요플레는 뚜껑부터 핥아 먹는다는 진리를 깨우치기에 열네 살은 너무 어렸다.

그렇다면 친구들이라도 그를 이해해 줬으면 좋으련만, 똑같은 열네 살들에게 그런 아량을 기대하는 것은 옳지 않다. 결국 그는 자의 반 타의 반으로 은따가 되었는데 처음에는 사태의 심각성을 전혀 인지하지 못해 느긋했다.

'어차피 사람은 다 혼자야'와 같은, 어디선가 주워들은 말을 할 정도의 패기도 있었다. 그 패기가 보름을 못 간 것은 참으로 통탄할 만한 일이다.

최초로 느낀 감정은 '심심해'였다. 그건 별로 심각하지 않았다. 감정의 깊이를 논할 때 '심심해'는 개울물 정도의 깊이로, 혼자 공을 차거나 컴퓨터 게임을 하면서 극복할 수 있는 수준이었다.

그러나 어제도 심심했고 오늘도 심심하고 내일도 심심하게 된다면, 그리고 앞으로도 계속 심심할 것 같다면 '심심해'는 '외로워'가 될 수밖에 없다. 늘어지는 걸음걸이, 아래로 처지는 어깨, 잦아드는 목소리. 알량한 자존심 때문에 또래 애들에게 치근덕거리지도 못하는 열네 살이 외로움을 표현하는 방법은 그랬다.

맨날 혼자 공을 튀기던 아파트 뒤쪽 야산에서, 다정하게 어깨를 툭 치며 어눌한 말투로 '넌 누구야?' 하고 물어보던 두 살 많은 누나에게 홀랑 넘어간 것은 그 때문이었다.

비록 그 누나가 초가을에도 옷을 몇 겹씩 껴입고, 꽃을 유독 좋아해 엄마 장롱에서 꺼내 온 것 같은 꽃무늬 시폰 치마를 즐겨 입으며, 집에 데리고 갔을 때 엄마가 기절초풍한 다소 이상한 누나였다고 할지라도 말이다.

하지만 소년은 성장하고, 언젠가는 더 넓은 세계로 나아가게 되는 법이다. 연호에겐 그 더 넓은 세계가 고등학교였다. 그리고 그 누나는 고등학교에 들어간 그가 새로운 친구들을 사귄 뒤에도 매일같이 학교 앞에서 그를 기다렸다. 친구들이 더럽다고 발로 차도 꿋꿋하게, 그녀의 친척이 그녀를 무슨 시설에 집어넣을 때까지 계속.

그러니 상태 메롱한 여자가 그의 팬을 자처하며 사귀자고 하는 정도는 그나마 납득 가능한 범주에 있는 일이었다. 어느 동네에나 한 명씩은 있다는 머리에 꽃 꽂은 누나나, 테스토스테론 제대로 분비되는 신체 건강한 남자를 한순간에 게이로 만드는 여자나 미쳤기는 매한가지였으니까.

'분명히 그때도 그 누나가 먼저 말 걸었었어. 이번에도 그 여자가 먼저 접근했고. 내가 이상한 여자한테 삘이 꽂히는 건 아니야.'

케케묵은 옛 기억까지 끄집어내며 제 취향의 보편성을 찾아낸 그는, 처음에는 좀 특이한 여자들에게 주로 작용하는 제 치명적인 매력에 뿌듯함까지 느꼈다. 그리고 '그 누나'가 사라진 이후 단 한 번도 찾지 않았듯 정란도 그렇게 잊어버리려고 했다.

잘되진 않았다.

다소 취한 채로, 자정이 되기 전에 성주와 헤어져 집으로 돌아온 연호를 가장 먼저 반긴 것은 짙은 어둠이었다. 색색으로 반짝이는 도시의 불빛은 완전히 닫힌 블라인드를 통과하지 못했고, 거리를 지나가는 취객들의 주정 소리는 메아리처럼 멀었다.

그는 잠시 동안 그 자리에 가만히 서 있었다. 제가 들어오기 전까지 온기도, 불빛도 없는 집이라는 것쯤은 익히 알고 있지만 오늘은 이 적막이 익숙지 않았다.

아니, 오늘만이 아니다.

돌아오지 않는 대답, 벽과 같은 침묵, 침묵 같은 어두움. 그가 끔찍하게 싫어하는 것들이었다. 그는 항상 그랬다. 충동적으로 숙소를 뛰쳐나와 오피스텔로 들어왔을 때 가장 견디기 힘들었던 것은 자신을 둘러싼 고요함이었다.

해 지기 전에 집을 나간 것도, 바로 옆자리에서 떠드는 사람들 목소리조차 제대로 들리지 않는 나이트에서 온 밤을 보낸 것도, 희미한 여명이 밝아 올 무렵에나 집에 들어온 것도 그 고요함이 싫어서였다.

쫓기는 사람처럼 TV 볼륨을 높이고 불이란 불은 다 찾아 켰다. 거실이 한낮처럼 밝았다. 하지만 나아지는 것은 없었다. 옆집에서 항의가 들어오진 않을까 걱정해야 할 만큼 TV 소리를 키웠지만 그의 주변은 여전히 고요했다.

소파에 주저앉아 주머니에서 휴대폰을 꺼냈다. 부재중 전화 한 통 없고, 읽지 않은 메시지가 있다는 알림 하나 없다. 짜증이 치밀어 오른 그는 휴대폰을 내려놓고 TV 화면에 집중했다. 그러다 이내, 다시 집어 들었다.

아무 이유 없이 액정을 두드리고 아무 앱이나 실행시키고,

화면이 바뀌기 전에 백스페이스 버튼을 미친 듯이 눌러 프로그램을 종료시키는 손가락이 유일하게 닿지 않은 곳은 노란색 메신저 아이콘이었다.

"와, 나 진짜 미치겠네!"

소리를 지르고 욕을 하고 심호흡을 해 봐도 목구멍에 재가 낀 듯 속 안이 갑갑했다. 눈 옆에 생긴 여드름처럼, 코끝에 올라온 뾰루지처럼 뭔가 자꾸 걸리고 신경 쓰였다. 짜려고 하면 아프고 그냥 두기엔 거슬리는 것. 외면하려 했지만, 그는 그것이 뭔지 알고 있었다.

휴대폰을 쥔 손에 힘을 주며 연호는 자신의 상태를 인정했다. 10년 전 그 누나를 매정하게 버린 벌이라고 생각하니 마음이 조금 편해지는 것도 같았다.

＊　　　＊　　　＊

"성주 형, 나 정말 심각하게 고민해 봤어."

"야, 너 요즘 너무 무리하는 거 아니냐? 생각도 하고, 고민도 하고."

이제 슬슬 패턴에 적응해 가는 성주가 경탄을 터트렸다. 생각하는 성연호라니. 예전 같으면 상상도 못 할 일이었다.

하지만 연호의 진지한 표정을 보고 얼굴을 굳혔다.

"무슨 똥을 던지려고 그래?"

"그런 거 아나."

"그럼?"

"형, 그때 그 누나, 왜 이상해졌는지 기억나?"

"누구? 아, 경희?"

성주가 제 머리 근처에서 손가락을 빙빙 돌렸다. 연호는 잠시 머뭇거리다 고개를 끄덕였다. 이름이 경희였었나? 이젠 이름조차 가물가물했다. 이러니 벌을 받지.

"흠……. 걔가 어릴 때 엄만가, 아빤가가 강도한테 칼에 찔려 죽는 걸 봐서 돌았다고 들은 것 같은데. 그건 갑자기 왜?"

"그러니까 그 누나는 진짜 돌은 거잖아."

"그럼 걔가 진짜로 돌았지, 가짜로 돌았겠냐?"

실없는 소리 말라는 듯 성주가 헛웃음을 뱉었다. 하지만 연호는 진지했다.

"미친 여자에도 종류와 단계가 있다는 생각을 했어."

"뭔 종류가 있고 뭔 단계가 있어? 미친년이 와인이라도 되냐? 테루아르에 따라 종류가 다르고, 숙성 기간에 따라 맛이 달라져?"

"그 누나는 진짜로 미친 거지만, 얘는 '진짜'로 미친 게 아니잖아."

불행하게도, 성주는 연호가 말하고자 하는 요지를 금방 알아들어 버렸다. 그리고 그건 그에게 진짜 똥이 되었다.

"지금 너, 걔랑 계속 사귀겠다는 말을 하는 거냐?"

"못 사귈 건 또 뭐야?"

"못 사귈 건 또 뭐냐니. 걔는 너랑 나랑, 어, 그렇고 그런 책을 읽고 시시덕거린 애야. 걔가 널 보면서 무슨 상상을 어떻게 할 줄 알고?"

"형이 잘 몰라서 그러는데, 욕정의 피스트는 그렇게 심각한 수준의 내용이 아니야."

"심각하고 아니고를 떠나서. 야, 진로포도주도 라벨에 와인이라고 적혀 있다, 너?"

"그게 왜?"

묵사발처럼 잔뜩 찌그러진 성주의 얼굴을 보면서도 연호는 당당했다.

"취향은 존중해 줘야지. 걔가 뭐, 누굴 죽였어? 누구 돈을 훔쳤어? 걔는 그냥 그런 걸 좋아하는 애야."

"그래, 케시 베이츠도 그 남자를 좋아해서 감금한 거야."

"그리고 형이 잘 몰라서 그러는데, 걔 그쪽에서는 알아주는 번역가다. 번역한 책이 몇백 권이 넘어. 책 검색해 보면 다 번역 칭찬해 놨고."

"한니발 렉터도 직업은 의사였지."

"그렇다고 해서 내가 미친년 페티시라는 걸 인정하는 건 아니야. 왜냐면 란은……."

"미친 게 아니라 그냥 취향만 좀 특이할 뿐이라서?"

"어!"

아니야, 너는 정말 미친년 페티시가 맞아. 하지만 성주는 차마 그 말을 할 수가 없었다. 연호의 눈이 기가 막힐 정도로 반짝이고 있어서. 땅이 꺼져라 한숨을 쉰 그가 물었다.

"그래서 앞으로 어떻게 하려고? 나란히 앉아서 욕정의 피스트, 욕망의 수영장, 애욕의 태릉선수촌 같은 거라도 읽으려고?"

"아니, 거기까지는 아무래도 좀 무리고. 일단 내가 아는 사람들이 나오는 건 약간 거부감이 있더라고."

"……."

"그래서 1차 창작물부터 좀 보려고. 그전에 해결할 일이 좀 있지만."

'뭘 해결하려는데?'라는 성주의 물음에 연호는 말없이 웃으며 턱을 괴었다. 뭘 어떻게 할지는 이미 결론을 내린 상태였다. 그렇지 않았다면 성주를 만나 주절주절 떠들 이유도 없었다.

조언을 필요로 한 거 아니냐고? 그런 건 개나 줘라. 너 지금 펜싱으로 전향하면 니 인생 망한다는 육상 코치의 통사정에도 눈 하나 깜짝하지 않은 성연호다.

옆자리에 놔둔 휴대폰을 집어 든 연호가 누군가에게 카톡을 보냈다. 슬쩍 카톡 내용을 훔쳐본 성주가 고개를 절레절레 흔들었다.

✳   ✳   ✳

사람이 살면서 맞닥뜨리게 되는 문제는 크게 세 가지로 분류할 수 있다. '나와 타인 사이의 문제', '나와 나 자신과의 문제', '나와 돈 사이의 문제'. 물론 현대사회에서 가장 곤란한 문제는 세 번째, '나와 돈 사이의 문제', 즉 돈 문제다.

계약금 600만 원 때문에 아빠의 발닦개가 되겠노라 약속하며 돈 좀 미리 당겨 주면 안 되겠냐고 물어봐야 할 처지에 처한 정란은 그 세 번째 문제가 얼마나 큰 문제인지 절감할 수 있었다.

"아버지, 식사하세요옹."

식탁 한가운데 된장찌개를 올려놓은 정란이 고철을 불렀다. 고철은 벽걸이 TV 화면을 주방 쪽으로 돌린 뒤 식탁에 앉았다.

"야, 딸. 이게 뭐냐?"

반찬을 본 그의 얼굴이 우거지상으로 변했다. 고사리나물 무침, 숙주나물 무침, 말린 취나물 무침, 애호박 볶음. 식탁 위에서 채소들이 파티를 벌이고 있었다. 심기 불편한 아빠의 표정에 흠칫한 정란이 진미채볶음으로 뻗던 손을 되물렸다.

"왜? 반찬이 너무 적어?"

"개수가 문제가 아니지. 이런 식단은 아빠한테 맞질 않아. 남의 살이 필요하다고."

"안 돼. 엄마가 아빠 콜레스테롤 수치 높다고, 고기반찬 안 된다고 그랬어."

"이래도 한세상 저래도 한세상인데 먹고 싶은 건 실컷 먹고 가야 할 것 아니야. 어. 니네 엄마 어디 있어?"

문제의 식단을 만든 아내는 아직 퇴근 전이었고, 강한 척했지만 고철은 아내에게 꼼짝도 못했다. 고철의 짜증이 밥을 차린 정란에게로 향했다.

"방정란, 너 내가 준 미션은 제대로 하고 있어?"

"어? 어, 아빠. 나 그렇지 않아도 부탁이 있는데……."

"안 돼."

비굴한 정란의 표정에서 그녀의 부탁을 짐작한 고철은 이야기를 채 들어 보지도 않았다. 정란은 젓가락을 내려놓고 통사정을 했다.

"아빠, 진짜 나 열심히 했다고. 그런데 사람 마음을 강제적으로 막, 어떻게 할 수는 없잖아."

"뭐야? 너 왜 과거형이야? 너 설마……."

"응?"

"들켰냐?"

고철이 제법 심각하게 물어 왔지만 정란은 애매하게 웃기만 했다. 들켜서는 안 되는 게 어디 한두 개여야 대답을 하지. 성연호가 알고 있는 정란은 사실, 가상의 인물이나 다름없었다.

"방정란."

"아니, 안 들켰어."

아빠 딸이라는 건.

정란은 중요한 말은 꿀꺽 삼키고 빠르게 젓가락을 놀렸다. 차라리 밥을 먹자. 밥 먹을 땐 개도 안 건드린댔다.

하지만 아빠는 그런 거 없다.

"그런데 왜 목소리가 기어들어 가? 진짜 안 들켰어? 똑바로 대답 안 해?"

"안 들켰다니까."

"아빠 눈 보고."

번개와 같은 손놀림으로 정란의 젓가락을 밀쳐 낸 고철이 무섭게 추궁했다. 아무리 아니라고 해도 못 믿을 눈치였다. 정란은 한쪽 눈을 게슴츠레하게 뜨고 예리한 고철의 시선을 흘려보냈다.

"그런데 아빠, 우리 계약에는 약간 문제가 있는 것 같아."

"뭔 문제?"

"우리 다음 주 월요일까지 저쪽에 잔금 치러야 하거든. 근데 아빠는 내가 성연호를 훈련장으로 끌고 와야 돈을 준다고 하는 거잖아. 만약 내가 잔금 치를 날짜보다 하루 이틀 늦게 성연호를 훈련장으로 데려가면 우리만 손해잖아."

"그래서 하고 싶은 말이 뭐야?"

"그러니까 한 1,500 정도만 미리 주면 안 돼? 계약금 같은 느낌으로다가. 실패하면 바로 갚을게."

꽤 합리적인 제안이었지만 씨알도 먹히지 않았다.

"웃기시네. 너네가 무슨 돈이 있어서 실패하면 바로 1,500을 갚아? 그걸 갚을 능력이 있으면 돈을 왜 빌려, 그냥 좀 더 보태서 이사하지."

"장기라도 팔아서 갚을게."

"그냥 지금 파세요. 지금 파셔서 이사 가세요."

그는 말도 안 되는 소리 말라는 듯 정란의 제안을 단번에 일축했다. 그리고 정란은 울컥했다.

"아빠 너무한다! 아무리 그래도 딸한테!"

"아빠 앞에서 장기 판다는 소리 하는 딸년이 더 너무하지, 아빠가 너무하긴 뭘 너무해?"

"돈 빌려주면 나도 그런 소리 안 하지!"

"아이고. 그 호모 책 살 돈만 아꼈어도 강남 한복판에 빌딩을 세웠겠다!"

"호모 책이라고 하지 마!"

두 사람은 목소리를 드높이며 한 치의 양보도 없이 싸웠다. 어쩐지 아빠한테 미리 돈을 빌려 보겠다는 본래의 목적에선 점점 멀어지고 있는 것 같았지만 정란은 굴하지 않았다.

"비엘도 엄연한 문학의 한 장르야! 비엘의 역사가 얼마나 오래됐는지 아빠가 알아? 단테는 신곡에서 공공연히 베르길리우스를 정신적 스승이라고 표현하고 있는데, 베르길리우스는 그리스·로마 시대의 사람이란 말이지. 베르길리우스가 살던 시대에서는 '정신적 스승'이라는 말이 많은 것을 내포하고 있었다고. 플라토닉러브, 몰라? 소크라테스까지 갈 것도 없어!"

"그렇게 똑똑하고 잘난 년이 동생한테 호모 책이나 읽히고 호모 책 번역이나 하고 있냐? 너 아니었으면 정애가 그런 요상꾸리한 책을 봤겠어?"

"취향은 타고나는 거야! 나 아니었어도 방정애는 분명 비엘을 봤을 거라고! 그게 얼마나 다행스러운 일인지 아빠가 몰라서 그러는 거지! 살얼음판 같은 동인의 세계, 길 한번 잘못 들면 빠져나올 수 없는 마굴로 떨어지는 그 세계에서 방정애를 지켜 낼 수 있었던 건 내가 길을 닦아 놨기 때문이야! 방정애는 출생이 달라! 단 한 번의 실패도 없는, 순수 혈통!"

"동생한테 호모 책 읽힌 게 자랑이다!"

"호모 책 아니라니까! 호모는 게이에 대한 비하 발언이야!"

정란이 식탁을 쾅쾅 내려쳤다. 남들에게 무시당하는 것까지는 참을 수 있지만 가족에게까지 무시당하고 싶지는 않았다. 고등학교 때 비엘 읽는 것을 아빠에게 들킨 이후로 계속된 구박과 인격 모독에도 끝나지 않는 말싸움을 반복하고 있는 이유는 그 때문이었다. 이해해 주지 않아도 상관없었다. 그녀가 목소리를 높일 수 있는 장소는 집뿐이었다.

"아! 이 아빠는 무식해서 그런 거 몰라! 모르니까 그냥 네 인생 네가 알아서 해!"

크게 손을 휘저은 고철이 젓가락을 내려놓고 식탁에서 일어났다. 그는 그대로 집을 나갔다. 정란은 나가는 아빠를 잡지 않았다.

혼자 남은 그녀는 쿵쿵거리며 식탁을 치웠다. 한 달에도 두세 번, 1년이면 스무 번도 더 겪는 일인데 오늘따라 기분이 더 좋지 않았다. 잘해 보려다 일만 더 망친 꼴이 된 것이 짜증스럽고 변하지 않는 아빠한테 화가 나고, 그리고—

드드득.

—울리지 않는 휴대폰 때문에 신경질이 났 '었' 다.

"안 돼엣!"

부르르 떨리는 진동의 여파로 인해 식탁 위에 올려 둔 휴대폰이 떨어지려는 찰나, 싱크대에서 몸을 날린 정란이 휴대폰을 잡았다.

"나이스 캐치!"

그녀는 부러 크게 혼잣말을 하며 젖은 손으로 휴대폰 잠금을 풀었다. 카톡 아이콘 위에 숫자 1. 담백한 숫자만큼이나 내용도 담백하다.

〈내일 바빠요?〉

정란은 속으로 30까지 센 뒤 답장을 보냈다. 'ㄴㄴ'. ㄴ 두 개를 연달아 치는 그녀는 누가 봐도 무슨 생각을 하는지 모를 표정을 하고 있었다. 그리고 그녀 또한, 제가 무슨 생각을 하는지 잘 몰랐다.

덕후의 길로 들어선 것은 중학교 2학년 때. 같은 반 친구 집에 놀러 갔다가 친구 언니의 책장에 꽂힌 금단의 만화책 '바람과 나무의 시'를 보게 되면서부터다.

해적판인 데다가 어지간한 장면들은 그림이 통째로 잘려 나가 있어, 당시엔 세르쥬와 질베르가 남자라는 것을 미처 모르고 지나갔다. 물론 질베르의 '여자 몸 따윈 손도 대기 싫어!'라는 대사를 봤을 땐 조금 의아하게 생각하긴 했지만 어차피 스토리를 보려고 본 만화책이 아니라 금방 잊어버렸다.

지금 와서 생각해 보면 바람과 나무의 시에서 끝냈어야 했다. 절대, 바람과 나무의 시 옆에 꽂혀 있던 '절애'와 '브론즈'를 꺼내서는 안 됐다.

이즈미와 난조 코지의 격정적이고 파괴적인 사랑! 하반신이 마비된 이즈미에 대한 난조 코지의 집착과 순애 아닌 순애는 소녀의 감성을 자극했고, 날카로운 눈과 귀기 어린 표정으로 대표되는 오자키 나오미의 그림체는 소녀의 눈을 호강시켰다.

그리고 팬픽으로 비엘에 입문하는 또래의 애들과는 다르게 단계를 착착 밟아 나가는 정란을, 아마추어 만화 동호회에서 활동하는 친구의 언니가 꽤 예뻐했다는 것도 문제였다.

언니가 제공하는 만화를 무슨 양분 흡수하듯 흡수한 정란은 훌륭한 부녀자로 자라났다. 이래서 친구는 잘 사귀고 볼 일이다.

만화를 봤으면 소설도 봐야 하는 것이 당연지사. '삼인칭의 네버랜드' 동인에서 출간한 동인지부터 온갖 그룹의 팬픽까지, 모든 것을 섭렵했지만 만족하지 못한 정란이 손을 댄 것은 일본어 공부였다. 비엘의 본류인 일본 만화와 소설을 읽기 위한 방편이었다. 아마 그것이, 그녀가 덕후 생활을 통해 이룩한 최고의 쾌거일 것이다.

대학을 일문과로 간 것도, 번역 일을 시작한 것도 동인 활동의 연장선이었다. 1차 창작 소설과 팬픽을 한곳에 연재할 수 있는 카페를 만든 것은 동인 대통합의 일환이었고 고료가 좀 저렴하더라도 호소문화사 책을 주로 번역한 것은 비엘 문학의

질적 향상을 위해서고, 잘 모르는 사람들 앞에서 일반인 코스프레를 하고 다닌 건 세간의 편견으로부터 동인녀들을 보호하기 위해서였다.

그런 그녀의 삶을 한마디로 정리하자면 'of the 덕후, by the 덕후, for the 덕후'.

비록 그녀의 정체를 안 첫 번째 남자 친구와는 사귄 지 일주일 만에 헤어진 뒤, 이후에 사귄 남자들은 일반인 코스프레가 깨지기 직전에 그녀가 스스로 찬, 모태솔로와 별반 다를 바 없는 생활이었다고 할지언정 그녀는 제 삶에 크게 만족하고 있었다.

그녀의 작은 세계에 발을 들일 수 있는 사람은 얼마 되지 않았다. 그러니 평일 오후, 홍대에 있는 서점의 비엘 칸을 '속내를 잘 모르겠는 남자'와 기웃거리는 것은 절대, 결코, 네버! 그녀가 원하는 바가 아니었다.

"시크 폭스의 주인……. 아, 이거 란 씨가 번역한 거 아니에요?"

그 남자가 제가 번역한 책을 콕 꼬집어 주는 일 역시.

"맞아……요오……."

정란이 고개를 끄덕이자 연호가 책꽂이에 꽂혀 있던 책을 꺼냈다. 래핑이 되어 있어 내용을 볼 수는 없었지만 책 뒤에 적힌 소개 글로 설명은 충분했다.

평범한 고등학생인 이마이는 어느 날 갑자기 낯선 남자에 의해 이

계로 끌려간다.

다른 차원에 떨어졌다는 두려움보다 모험에 대한 기대로 들뜬 이마이. 하지만 그곳은 과도한 유전자 조작으로 인해 더 이상 여자가 태어나지 않는 나라였고, 시크 폭스라는 별명을 가진 왕은 이마이에게 내 여자가 되라고 하는데……

야마시타 호게의 스페셜 판타지 시리즈 제2탄!

표지의 남자 둘은 화룡점정이다. 연호는 아무렇지 않게 정란의 눈앞에서 책을 흔들었다.

"이거 읽었어요?"

"어? 아……. 번역하면서 좀……."

"재미있어?"

재미있느냐고? 재미를 떠나서 그건 임신수가 나오는 아주 하이 레벨의 비엘이라고. 에비, 손 떼, 손!

"재미는 잘 모르겠는데, 인기는 많은 것 같더라고요."

"재미있으니까 인기가 많겠지."

책을 제자리에 꽂아 놓은 연호가 싱긋 웃었다. 보통의 평범한 웃음 같기도 하고 음흉한 속셈이 가득한 웃음 같기도 했다. 정란은 따라 웃었다. 빵빵하게 틀어 놓은 에어컨이 무색하게 열이 난다.

뭔 생각을 하는지 알아야 앞으로의 행동 방향을 결정할 텐데, 그는 기이하도록 별말이 없었다. 오랜 연락 두절에 대한 설명은 휴대폰이 고장 났다는 말로 대충 넘어갔다. 어떻게 해야 할지 도무지 알 수 없는 정란은 절대 먼저 말을 꺼내지 않기로 마음먹었다. 안 먹겠다는 사람한테 굳이 밥상을 차려 줄 필요는 없으니까.

"재미있는 것 있으면 좀 추천해 줘 봐요."

"일이 재미있을 리가 없잖아요."

"그래도 번역하면서 괜찮다고 느낀 건 있을 텐데요."

"글쎄요……."

이제 그만 정상적인 만화책이 있는 칸으로 갔으면 하는 정란의 바람과 다르게 연호는 계속 그 주위를 맴돌았다.

"대체 여자들은 이런 걸 무슨 재미로 볼까. 이런 걸 만들면 재미있나? 셜록 홈즈 팬픽도 있는 것 같던데."

또 다른 책을 꺼내 든 연호가 중얼거렸다. 정란은 순간 이성의 끈을 놓쳤다. 아니? 이 인간이?

"셜록 홈즈의 경우는 동성애자라기보다는 양성애자라는 평이 지배적이에요. 홈즈가 아이린 애들러에게 가지고 있던 감정이 복합적이기 때문이죠. 그리고 셜록과 왓슨 사이에는 남자들의 우정만으로 치부할 수 없는 뭔가가 있어요. 코난 도일이 묘사하는 셜록은 굉장히 이성적이고 피도 눈물도 없는 철혈이잖아요. 하지만 그런 셜록을 무너지게 만드는 단 한 사람이 왓슨이죠. '세 명의 개리댑' 에피소드에서는—"

울컥해 열변을 토하던 정란이 입을 다물었다. 남들이 들으면 무슨 문학 박사, 아니, 석사쯤 된다고 착각할 법한 열변이었다. 이건 뭐 숟가락으로 퍼서 입에 떠 넣어 주는 수준이네요. 아, 망했어요.

"왜요? 계속해 봐요. 재미있는데."

하지만 그의 반응은 그녀의 예상과 전혀 달랐다. 계속해 보라며 재촉하는 그에게선 순수한 호기심이 엿보였다. 이쯤 되니, 그가 아는 건지 모르는 건지 감조차 잡을 수 없었다. 등 떠밀린 정란은 기어들어 가는 목소리로 하던 말을 끝맺었다.

"아무튼…… 아무튼, 상상의 나래를 펼칠 요소는 둘 사이에 얼마든지 있다는 거죠. 그게 꼭 어떤 성적인 교류가 아니더라도요, 플라토닉러브 같은."

"와, 그런 이야기는 어디서 들었어요? 일문과 나왔다면서. 셜록 홈즈는 외국 소설이잖아요."

"아, 네, 뭐, 일문과도 문학 이론은 배우니까……요."

아무튼 학교 다니면서 공부한 거니까 그게 그거 아니겠냐며 정란이 제 거짓말을 정당화하는 사이, 연호는 책 몇 권을 집어 들고 카운터로 향했다. 절대 안 된다고 말릴 수 없는 정란은 그의 뒤를 쫄레쫄레 쫓아갔다. 한 걸음, 한 걸음이 가시밭길처럼 불편해 어느새 서점을 나와 술집이 즐비한 거리를 걷고 있다는 걸 깨닫지 못했다.

"잠깐만요."

부드러운 음성이 들리더니, 커다란 손이 눈을 가렸다. 딱딱한 손. 그만큼 딱딱하고 단단한 가슴이 등 뒤에 닿았다. 정란은 그 자리에 석상처럼 굳었다.

"뭐, 뭔데요?"

"그대로 그냥 걸어요. 쭉, 반듯이. 오케이."

그는 한 손으로 그녀의 어깨를 잡고 인도하듯 앞으로 살짝 밀었다. 가려진 눈 근처로 뜨뜻미지근한 공기가 새어 들어왔다. 자칫 불쾌할 수도 있는, 습기 찬 공기가 싫지 않았다.

긴장감과 앞이 보이지 않는다는 두려움에 잔뜩 경직된 그녀는 감각을 발밑에만 집중했다. 초저녁부터 취한 취객들이 시끄럽게 떠들며 지나가고 있었지만 정란의 귀에는 아무 소리도 들리지 않았다. 누가 빈대떡 거하게 부쳐 놓았다고 하는 소리도, 당연히 못 들었다.

그날은 별일 없었다. 서점을 나온 두 사람은 저녁에 스파게티를 먹고, 가볍게 홍차를 마신 뒤 헤어졌다. 그다음 날도, 다음다음 날도 마찬가지였다. 평범하게 영화 보고 차를 마시는 지극히 평범한 데이트가 계속되자 정란은 안심했고, 그래서 저를 집으로 불러들인 연호가 '귀축안경'을 꺼냈을 땐 뒤통수를 맞은 기분이었다.

"이 게임 알아요?"

게임을 실행시킨 연호가 컴퓨터 화면을 가리키며 물었다. 그러나 타이틀 화면만으로도 이미 무슨 게임인지 알아차린 정란의 머릿속엔 귀축안경의 모든 것이 펼쳐지고 있었다.

귀축안경. 일본의 스프레이(Spray)사에서 발매한 18금 비엘 게임. 안경 탈착 여부에 따라 주인공 사에키 카츠야가 공수 전환을 한다는 설정으로 비엘 게임계에 한 획을 그은 작품. 참고로 방정란은 서른한 개에 달하는 모든 엔딩을 세 번 이상 올 클리어했더랬다.

"아뇨, 무슨 게임인데요?"

"일본에선 엄청 유명한 게임이라던데. 란 씨는 만화만 번역해서 모르나 봐요?"

"네?"

일코에 심취해 잊고 있었던 제 직업을 떠올린 정란은 다시 화면을 유심히 바라보는 척하며 손바닥 뒤집듯 말을 바꿨다.

"아, 귀축안경이구나. 들어 봤어요. 맞아요. 유명해요. 그런데 이걸…… 하려구요?"

"친구가 재미있다면서 해 보라고 주길래."

대체 어떤 친구가? 실존하는 친구라면 인연 끊는 것을 추천해 드립니다.

"이건 미연시랑 비슷한 게임인데……."

정확하게는 미소녀가 아닌 미소년이다. 아니, 소년부터 장년까지 대상이 다양하니 '미남 연애 시뮬레이션'이라고 해야겠다.

"미연시가 뭔데?"

"미연시를 몰라요?"

"게임해 본 적 별로 없어요. 어릴 때부터 운동만 해서."

"두근두근 메모리얼이나 전영소녀를 해 본 적이 없다고?"

그가 처음 들어 본다며 고개를 흔들었다. 정란은 불신에 가득 찬 눈초리로 그를 훑었다.

"진짜 미연시를 해 본 적이 없어요? 미소녀랑 연애하는 게임을? 아무리 운동만 했어도 남자들은 한 번씩 해 보게 되는 것 같던데."

"연애를 어떻게 게임으로 해요."

"그러니까 시뮬레이션이죠. 미소녀 연애 시뮬레이션. 줄여서 미연시. 게임에 등장하는 여자들하고 주인공이 연애할 수 있도록 만든 거예요. 어떤 미소녀랑 연애를 하느냐에 따라서 스토리가 달라지고, 미소녀가 하는 질문에 대답을 잘못하면 깨지기도 하고."

"뭔 말인지 이해가 잘 안 가는데."

"그러니까…… 주인공이 연호 씨예요. 그런데 연호 씨 다니는 학교에 예쁜 여자애들이 우글우글한 거예요. 음, 예를 들면 에이핑크랑 걸스데이가 연호 씨랑 같은 학교에 다닌다고 쳐요."

"걸스데이? 누구야, 게네가? 요즘 나온 아이돌이에요?"

되묻는 연호는 정말 걸스데이가 누군지 모르겠다는 얼굴이었다. 정란은 속으로 항복을 선언했다. 그래, 믿자. 걸스데이를 모르는데 미연시를 해 봤겠어?

"소녀시대는 알아요?"

연호가 고개를 끄덕였다.

"카라, 이런 애들도 알아요."

"그래요. 그럼 소녀시대라고 해요. 그런데 어느 날, 연호 씨랑 소녀시대 멤버들이랑 같이 축제 준비를 하게 됐어. 누구랑 같이 하고 싶어요?"

그는 제시카라고 대답했다. 정란은, 골라도 지 같은 거 고른다고 생각하며 제시카의 탈퇴 소식을 전해 주었다. 그러자 그가 뜻밖의 이름을 말했다.

"함수로 갑시다. 크리스탈 좋아하니까."

"······크리스탈이랑 제시카랑 자매라는 거 알고 이러는 거죠?"

"진짜?"

이 정도면 감탄이 나올 지경이다. 사람 취향이 이렇게까지 일관될 수가 있나? 아무튼 크리스탈이고 제시카고, 빨리 귀축 안경을 설명하고 오늘을 넘기고 싶은 그녀는 그가 다니는 학교에 함수 그룹을 전학시켰다.

"좋아요. 축제 준비를 함수랑 하게 됐어요. 크리스탈하고 같이 준비하고 싶다고 그랬죠? 그런데 크리스탈 같은 애랑 한 팀 하기가 쉽겠냐고요. 분명 다른 남자들도 노리고 있을 텐데."

"그럼 어떻게 해?"

"방금 전에 연호 씨가 말한 '그럼 어떻게' 하는 게 이 게임의 포인트예요. 크리스탈 마음에 들도록. 크리스탈이 뭐 물어볼 때 원하는 대답해 주고, 크리스탈의 취향을 파악해서 좋아하는 선물을 사 주고."

"원하는 선물을 안 사 주면?"

"그럼 크리스탈이 그러겠죠. '이건 빅토리아 언니가 좋아하는 건데, 언니한테나 가져다줘'. 그럼 망하는 거죠."

연호의 눈썹이 꿈틀거렸다.

"복잡하네……."

"실제로 해 보면 그렇게 복잡하진 않아요. 그런데 귀축안경은 한글 정발판이 아니라 일본어판이라 죄다 일본어로 나올 텐데 어떻게 하려고요?"

"그러니까 란 씨가 도와야지."

도움을 요청하는 것치고는 말투가 상당히 강제적이었다. 정란은 수많은 핑계 중 가장 적절하다고 생각되는 패를 꺼냈다.

"난 게임 별로 안 좋아하는데."

"하는 건 내가 해."

"나 몸값도 좀 비싸고요."

"얼마면 되는데?"

그가 지갑을 꺼내 들었다. 호기롭기도 하다. 그러고 보면 데이트를 하면서도 제가 계산한 적이 없다. 더치를 고민하기 전에, 이미 다 계산이 된 상태였다. 씨이…… 이건 또 웬 갑빠야. 요즘 펜싱 선수 돈 많이 버나.

자포자기한 정란이 얌전히 자리에 앉아 스타트 버튼을 가리키자 연호가 마우스를 움직여 버튼을 눌렀다.

귀축안경은, 거래처에서 한 실수 때문에 의기소침해져 공원 벤치에 앉아 있는 사에키 카츠야에게 의문의 남자가 다가오면서 시작된다.

─이 안경만 쓰면 당신은 진정한 자신을 만날 수 있습니다.

플레이어가 선택의 여지없이 안경을 받게 되면 비트가 빠른 음악과 함께 오프닝 화면이 나온다.

"오, 노래 좋은데?"

"그러네요."

정란은 따라 부르고 싶은 욕망을 애써 누르고 최대한 심드렁하게 대답했다. 조만간 정애 데리고 노래방이나 가야겠다. 귀축안경 오프닝 테마는 노래방에도 있으니까. 번호는 태진미디어에서 26877!

보통의 미연시 게임처럼 귀축안경도 주인공을 다른 등장인물과 연애하게 만드는 것이 목적인 게임이다. 다만 귀축안경 같은 경우 대상이 남자라는 것만 좀 다를 뿐. 이런 경우는 선택지에서 플레이어가 무엇을 선택하느냐에 따라 결과가 천차만별인데 처음 하는 사람은 중요한 선택지가 어디인지 모르는 경우가 많다.

"어? 또 뭘 선택하라고 하는데?"

"그게, 카츠야가 지금 미도우 부장을 만나러 왔잖아요. 신상품 영업을 자기네 부서에 맡겨 달라고. 그런데 미도우 부장이 거절하니까 안경을 쓸 건지 말 건지 결정하라는 거죠."

"안경을? 왜?"

"……안경을 쓰면 똑똑하고 냉철해지고, 안경을 안 쓰면 평소의 소심한 카츠야의 모습 그대로니까. 업무적으로 뭐가 더 나을지, 뭐, 그런 걸 선택하라는 거 아니겠어요?"

반복적으로 말하지만, 귀축안경은 연애하는 게 목적인 게임이다. 그리고 지금 어떤 걸 선택하느냐에 따라 앞으로 카츠야의 미래는 다이내믹하게 변하게 된다.

"그럼 당연히 써야죠. 그렇지 않아도 좀 답답한 성격이라고 생각했는데. 이런 좋은 아이템을 왜 아껴 둬?"

"어?"

뭐? 안 돼! 그건 절대 안 돼! 안경 쓴 사에키 카츠야는 수를 괴롭히고 괴롭히고 괴롭혀서 결국 자살까지 몰아갈 수도 있는 사상 최악의 주인공이라고. 딜도는 기본이고 수십 종류의 구속구에 로터, 진동기 등등 등장하는 변태적인 도구들이 얼마나 많은데! 정상이 아냐!

……아니, 물론, 귀축안경에 정상적인 플레이가 얼마나 나오겠느냐마는, 아무튼 안경 카츠야는 안 돼. 차라리 카츠야가 소심수인 것이 나아!

"어, 난 게임은 잘 모르지만…… 그런 좋은 아이템에 페널티가 없을 것 같지는 않은데요. 고생해서 얻은 것도 아니고 기본적으로 주는 거잖아요. 위기 상황에만 쓰라는 거 아닐까요?"

"흠…… 그런가? 하긴."

당연하지! 잘못하면 주인공이 칼침 맞고 죽는 배드 엔딩을 보는 수도 있어!

"그럼 일단 안 쓰는 걸로."

그럴듯한 정란의 말에 설득당한 연호가 안 쓰는 걸 선택하자 미도우 부장의 얼굴이 크게 클로즈업되면서 아래쪽에 대사가 나왔다.

"'뭐든 하겠다고? 그럼 날 접대해 보지'."

"접대? 까짓것. 하지, 뭐."

'뭐든 하겠다고'와 '그럼 날 접대해 보지' 사이에 '섹스도 말인가?'라는 대사가 있다는 것을 모르는 연호는 접대를 선택했고, 곧장 일단 정지 상태가 되었다.

"……."

연호의 목울대가 크게 움직였다. 뜻밖의 화면에 놀란 것이 틀림없었다. 정란은 이 위험하고 삿된 게임에서 그의 관심을 영영 멀어지게 하기 위해 일부러 자막을 해석했다. 아주, 기계적인 톤으로.

"'그의 남성이 입안을 가득 채우고, 향기가 비강을 통해 들어왔다. 역겨워 벗어나고 싶었지만 고개를 떼려 해도 그의 손이 머리를 눌러 꼼짝할 수가 없었다. 좀 더 잘해야 하지 않나. 접대라는 걸 상기하도록. 하지만 이건. 미도우의 구두 끝이 카츠야의 그것을 지그시 눌렀다. 꿈틀꿈틀 서는 것이 스스로도 징그러웠다. 과연, 너도 흥분하고 있군. 아, 아니, 그렇지, 우욱'."

"우욱!"

미도우가 절정에 달하는 신음을 뱉음과 동시에 연호도 기괴한 신음을 뱉으며 화장실로 튀었다. 애초에 영상에 소리가 포함된 게임을 하는 건, 비엘 만화 몇 권 봐서 적응할 수 있는 수준이 아니었다. 게다가 미도우 역을 맡은 성우의 끈적이는 신음 소리는 일본에서도 유명했다.

화장실에서 무슨 소리가 들릴지 너무 잘 알고 있는 정란은 말없이 귀를 막았다. 앞으로 그녀를 시험에 들게 하는 일은 없을 거라고 생각하면서.

네가 다시 비엘을 보면 내 손에 장을 지진다!

✳   ✳   ✳

그날 밤, 막 씻고 침대에 누워 느긋하게 책을 읽던 정란은 장문의 카톡을 받았다.

〈카타기리 미노루 루트에서 마지막에 뭘 선택했더니 주인공이 칼에 찔려 죽었는데 이런 경우도 있어? 주인공이 죽는? 버그 아닌가?〉

"맙소사……!"

점심 먹은 걸 다 토하고도 그걸 다시 했어? 진짜?

책으로 얼굴을 가린 정란이 울먹였다.

"엄마…… 나 미친놈한테 걸렸나 봐……."

✳   ✳   ✳

'취향입니다, 존중해 주시죠.'

남들과 다소 다른 취향을 가진 사람들이 흔히 하는 말이다. 하지만 정란의 경우는 좀 달랐다.

'네네, 불편한 취향인 거 압니다. 그래서 나도 최대한 숨기고 있으니까 그냥 저한테 신경 꺼 주세요.'

존중을 바라는 것이 아니었다. 누구의 눈에도 띄지 않고 없는 사람인 척, 오랜 시간 구축해 놓은 완벽한 자신의 세상에서 행복할 수 있다면 그걸로 충분했다.

그래서 그녀는 그녀가 세운 성을 비집고 들어오려는 연호가 불편하고 거슬렸다.

"여자 배우도 아니고 남자 배우를 내가 왜 좋아해요?"

정란은 단 한 번도, 그것이 설사 연예인일지라도 남자에게 호감을 가져 본 적 없다던 그의 대답을 기억하고 있었다. 그리고 그녀의 경험상 그런 상마초들은 결코 비엘 감성을 이해할 수 없다.

"대체 왜 그렇게 비엘을 열심히 '공부'하려고 하는 거예요?"

가랑비가 구질구질하게 내리는 날, 크랜베리 주스 컵에 담긴 얼음까지 오독오독 깨 먹은 정란이 심각하게 물었다.

그날 두 사람이 본 것은 한국 최초의 '비엘 장편 영화'였다. 감독은 퀴어라고 하지만 개 눈엔 똥만 보인다고, 정란의 눈에는 조금 잔잔한 비엘 소설을 영화로 옮겨 놓은 것에 불과했다.

그리고 연호는, 영화를 보는 내내 엉덩이를 들썩이다가 합동 결혼식 장면에선 주먹을 꽉 쥐었다. 오글거렸던 모양이다.

"딱히 재미있어 하는 것도 아닌 것 같던데."

"재미있는데?"

이 인간이? 어디서 약을 팔아?

그녀가 일부러 눈을 부릅뜨자 그가 슬슬 시선을 피하며 서비스로 나온 쿠키를 집어 먹었다. 아무리 그래도 오늘은 그냥 안 넘어간다. 신경 쓰고 눈치 보고, 한마디 할 때마다 간이 콩알만 해지는 경험도 하루 이틀이지. 한 번 만나고 오면 녹초가 되는데, 이유라도 알자고.

"재미없어 하는 거 눈에 보이거든요?"

"내가 재미있어 하든, 없어 하든 뭐가 문젠데? 남자는 좀 보면 안 돼요? 그게 무슨 여자 기숙사야?"

이번에는 다짜고짜 성질을 부린다. 오냐. 여자 기숙사다. 남자는 친동생이라도 못 들어오는 곳이야!

똑바로 대답하란 의미에서 스푼을 꽉 쥐었다. 그는 잠시 고민하는 듯 턱을 괴고 콧잔등을 찌푸렸다.

"뭐, 그냥…… 알고 싶으니까 공부하는 거지."

"그러니까, 왜요?"

"이유가 꼭 있어야 해요? 취향, 취향. 취향 존중 몰라요?"

"그걸 좋아하고 즐겨야 취향인 거지. 안 좋아하고 안 즐기는데 어떻게 취향이 돼요? 변태예요? 싫어하는 걸 억지로 하면서 희열을 느껴?"

"뭐라는 거야?"

"아니면 극기 정신의 발로? 본인의 의지를 시험해 보려고? 나 자신과의 싸움?"

"내가 제일 싫어하는 게 '나 자신과의 싸움' 이거든?"

찌푸리다 못해 완전히 찌그러진 인상을 보아하니, 싫어한다는 말이 거짓말은 아닌 것 같았다. 그래서 더 알 수가 없었다. 대체 왜. 머릿속에서 물음표가 폭발했다. 동시에 그녀의 인내심도 뻥 터져 버렸다.

"솔직히 말해 봐요. 읽었죠, 그거."

"뭘?"

"욕정의 피스트."

순간, 그의 입가에 승자의 미소가 떠올랐다. 그는 거만히게 다리를 꼬며 의자 등받이에 등을 가져다 댔다. 마치 기다렸다는 듯한 그의 태도에 정란은 가슴이 철렁 내려앉았다. 다급하게 테이블 모서리를 잡은 그녀가 상체를 앞으로 숙였다. 그와의 거리가 조금 줄어들었다.

"정말 읽었어?"

"당연하지. 돈 주고 산 걸 썩혀 그럼? 아, 불쏘시개나 냄비 받침으로 쓰려는 생각을 잠깐 하긴 했어."

"냄비 받침으로 쓰면 죽여 버······! 아니, 그것보다, 그걸 읽고도 나한테 다시 연락한 이유가 뭐야? 시치미는 왜 떼고 있었던 거고?"

말이 점점 짧아지고 있었지만 잔뜩 흥분한 정란은 눈치채지 못했다. 그리고 연호는 알면서도 내버려 두었다.

"그러는 란 씨야말로 왜 시치미 떼고 있었는데?"

"난 원래 그래. 이게 생활이야."

"아. 모르는 척, 거짓말이 생활이시다?"

비웃 비웃, 그의 입꼬리가 올라갔다.

"또 무슨 거짓말을 했어?"

눈 깜빡할 시간, 찰나. 그 찰나의 1/10에 해당하는 시간 동안 정란은 모든 것을 다 말해 버리고 싶은 욕망에 시달렸다. 하지만 본능이 그녀의 입을 막았다.

'그건 절대 이야기하면 안 돼.' 고의적이고 악의적인 진짜 거짓말. 일코가 히로시마에 떨어진 원폭 정도 규모의 거짓말이라면 그녀의 진짜 정체는 차르 봄바급이다. 부녀자의 일코와는 차원이 달랐다.

"거짓말한 거 없어."

"정말 없어?"

"없어. 그것보다 대답이나 하시죠, 성연호 씨. 그동안 왜 시치미 떼고 있었던 거예요?"

"알리고 싶어 하는 것 같지 않았으니까."

배려 돋네.

"다시 연락한 이유는 뭐야?"

"연락한 것도 문제가 돼?"

"돼. 그러니까 똑바로 말해."

완벽하게 정체를 들켜 버린 그녀는 한껏 날카로워져 있었다. 그가 별수 없다는 듯 어깨를 으쓱거렸다.

"여자 친구잖아."

"뭐?"

어떤 대답이 나와도 슬퍼하거나 노여워하거나 놀라지 않을 거라고 수십 번 다짐한 정란이었지만 이 대답엔 놀랄 수밖에 없었다. 눈을 크게 뜬 정란은 말이 안 된다고 생각하면서도, 저도 모르게 물었다.

"정말 단순히 그 이유뿐?"

"무슨 이유가 더 필요해? 나 그렇게 복잡하게 사는 사람 아닌데."

"그래도…… 싫지 않아요? 내가 무슨 책을 읽는지 알면서?"

"어, 뭐. 기분이 날아갈 것 같지는 않았어."

"그러면서 비엘은 왜 그렇게 열심히 공부한 건데?"

"란 씨에 대해서 더 잘 알고 싶으니까. 좋아하는 사람에 대해서 더 알고 싶은 건 당연한 거 아니야?"

그 순간 정란은 오른쪽 얼굴 근육만 일그러뜨리는 진기명기를 선보이며 아직까지 입안에 남아 있던 얼음 조각을 꿀꺽, 삼켜 버렸다. 뭐시라?

"표정이 왜 그래?"

"나? 좋아하는 사람? 나? me?"

"그럼 여기 란 씨 말고 내가 좋아할 만한 사람이 누가 있는데?"

영화관 건물 1층에 위치한 카페 안에는 온통 여자들투성이였다. 정란이 무의식적으로 주위를 둘러보자 연호가 손가락을 튕겨 주의를 끌었다.

"어딜 봐, 여길 봐. 이 안에 있는 모든 여자들한테 관심 두기엔 내 취향이 그렇게 폭넓지가 않아."

"아니, 그니까…… 지금 성연호 씨 말은 연호 씨가 나를 좋아한다는……."

"몇 번을 말해?"

"그니까…… 내가 여자고…… 성연호 씨가 남……자……?"

"왜 말꼬리가 올라가? 그럼 내가 남자지, 여자야?"

뼈아픈 지적에 정란은 침묵했고, 침묵의 의미를 아는 연호는 주먹을 쥐었다.

"무슨 생각 하는지 알겠는데, 나 '수' 아니거든?"

"그게, 머리로는 알겠는데 심장으로 와 닿지는 않는다고나 할까나, 뭐랄까나……요."

정란의 목소리가 기어들어 갔다. 잠시 사라졌던 존댓말도 다시 등장했다.

"왜 안 와 닿아? 펄떡펄떡 살아 숨 쉬는 실체가 이렇게 있는데!"

"그게, 난 텍스트의 노예거든……요."

"아냐!"

뭐라 해도 요지부동, 그건 저도 어쩔 수 없는 일이라는 듯 머리를 긁적이는 정란의 태도에 연호의 목소리가 점점 커지기 시작했다.

"나 진짜 남자라고!"

"수도 남자야……요……."

"그냥 남자라니까!"

반쯤 몸을 일으킨 연호가 정란의 손을 제 가슴에 가져다 대며 소리쳤다. 카페 안이 순식간에 조용해졌다.

뒤이어, 뜻밖의 소리가 들렸다.

"쿡."

뒷자리에 앉아 있던 일행 중 여자가 웃었다. 나름 예의를 지킨다고 입을 가리고 있었지만 별 도움이 되진 못했던 것 같다. 그리고 여자의 웃음을 시작으로 여기저기서 환호가 쏟아졌다.

"남자다!"

"남자 맞네요."

"확실하게 남자네."

"안녕, 힘세고 강한 아침!"

응원의 정도만 본다면 메달리스트가 안 부러울 지경이었다. 아침부터 비 와서 꿀꿀했는데 고맙다는 사람도 있었다.

쏟아지는 박수와 환호 속에서, 망연자실 서 있는 연호에게 정란이 작게 속삭였다.

"아, 창피해."

야!

하면 된다.

10여 년 동안 몸으로 구르면서 체감한 연호의 지론이었다. 시간을 투자하고, 힘써 노력한다면 안 되는 것이 없었다.

펜싱 칼 잡은 지 2년 만에 대학도 들어갔는데 뭘 못 하겠어. 게다가 펜싱 용어는 대부분이 프랑스어였다. 설마 비엘이 와인 냄새 나는 불어보다 어렵진 않겠지.

물론 비엘의 스페셜리스트인 정란의 생각은 달랐다.

"그거야 성연호 씨 운동 신경이 남들보다 발군이니까 그렇지."

"불어도 했다니까?"

"그거야 필링으로, 무슨 마법의 주문처럼 무작정 통째로 외웠겠지. 가장 처음에 하는 말이니까 앙 가르드는 준비. 그다음에 나오는 알레는 시작. 나도 알겠네, 뭐."

정란은 서양골동양과자점의 칸다의 말을 인용하며 연호의 '하면 된다' 정신을 노골적으로 비웃었다. 하지만 이전에 운동 신경이 발군이라는 칭찬을 들은 연호는 그녀의 비웃음을 눈치채지 못했다.

"듣고 보니?"

"듣고 보니가 아니라, 그런 거야. 운동선수는 뭐 아무나 되나? 기본적인 체격과 운동 신경이 있어야 하는 거지. 키 160이 농구 아무리 하고 싶다고 해도 그게 돼? 비엘도 마찬가지라고요. 비엘 DNA라는 게 따로 있어."

"그런 거짓말에 속아 넘어갈 것 같아? 날 너무 무식하게 보는 것 같은데 내가 공부를 안 한 거지, 머리가 나쁜 건 아니야."

"거짓말 아니거든? 누구나 비엘을 볼 수 있다면 비엘에 치떠는 사람들이 왜 존재하겠어. 장르 소설 읽는 사람 중에 비엘 한 번도 안 읽어 본 여자 드물걸? 그런데 그 사람들이 모두 부녀자가 되는 건 아니거든. 취향은 타고나는 거야. 연호 씨 운동 신경처럼."

그녀는 평소 아빠와 싸울 때 하는 말을 반복하며 열과 성을 다해 그를 설득하려 했다. 매번 똑같은 이야기를 하는 게 지겨웠지만 한 가지 좋은 점이 있었다. 적어도 그와 대화할 때는 목청을 높이지 않아도 되었다. 차분한 표정으로 주먹 쥔 양손을 들어 보이며, 그녀가 물었다.

"자, 봐요. 예를 들어 줄게요. 왼쪽이 티파니, 오른쪽이 제시카. 성연호 씨는 왼쪽이에요, 오른쪽이에요?"

그건 아주 쉬운 질문이었다.

"제시카."

"그런데 성연호 씨 취향이 아닌 티파니가 성연호 씨한테 사귀자고 막 그래. 그럼 성연호 씨는 기분이 좋겠어요?"

그것도 아주 쉬운 질문이었다.

"당연하지."

아무리 티파니가 취향이 아니라도 아무튼 티파닌데.

"안 사귀어도 기분은 좋지."

"후우……."

비유가 적절하지 못했음을 깨달은 정란은 다시 주먹을 들었다.

"오른쪽이 티파니, 왼쪽이 함수의 노벰버. 어느 쪽?"

"그걸 말이라고 해? 걘 남자잖아."

기가 찬다는 듯 연호가 눈을 부릅뜨자, 한숨을 쉰 정란이 말했다.

"노벰버는 여자예요."

"성별이 여자라고 다 여자인 건 아니지."

"거 봐요. 나도 그런 거예요."

"어디가 그런 거야? 어째서 그런 거야? 어디서부터 어디까지가 '그런' 건지 나에게 설명을 해 봐."

"연호 씨도 노벰버를 여자라고 인식하지 못하잖아요. 나도 그렇다고요. 내 뇌 구조가 그렇게 되어 있어요. 타고난 취향 때문에."

어떻게 하지? 설득당하려고 하는데?

등 떠밀려 벼랑 끝까지 내몰린 연호는 떨어질 위기에 처해서야 겨우 정신을 부여잡았다. 세차게 고개를 흔든 그가 두리번거리자 정란이 물컵을 내밀었다. 도망치듯 카페에서 나와 연호의 오피스텔로 온 뒤, 그는 계속 물만 찾았다.

"란 씨가 그렇게 논리적으로 나온다면 나도 논리적으로 대응해 주겠어."

한참 빈 컵만 바라보고 있던 그가 뭔가를 결심한 듯 양손을 깍지 끼며 말했다. 그의 비장한 표정보다 '논리적'이라는 표현에 정신이 아득해진 정란이 말없이 고개를 끄덕였다.

연호가 그녀의 옆으로 자리를 옮겼다. 따뜻한 남자의 체온이 그녀의 어깨를 데웠다. 그녀는 어깨를 움츠렸다.

그는 그녀가 볼 수 있도록 휴대폰을 두 사람 사이에 올려놓고 정란이 처음 보는 앱을 실행시켰다. 촌스러워 보이는 분홍색 로딩 화면이 지나가고, 위아래 두 줄로 늘어선 블랭크 박스가 나타났다.

"뭔데요, 이게?"

"내가 얼마 전에 지나가다가 TV 뉴스에서 본 거야. 기다려 봐."

채근하지 말라며 손을 휘저은 그가 블랭크 박스에 두 사람의 이름을 적어 넣었다. 성연호, 정란. 화면 오른쪽 하단에 적힌 결과 보기의 모양이 하트라는 것을 발견한 정란은 그제야 그것이 무슨 앱인지 깨달았다.

"자, 봐! 말이 잘 통하는 친구 같은 연인! 이게 우리 둘 사이를 설명하는 거라고!"

요즘은 중학생들도 안 한다는 이름점. 그걸 가지고 연애 지수 70%라며 좋아 죽는 연호에게 정란은 살의가 피어오르는 것을 느꼈다. 때릴까? 폰 모서리로 머리를 찍어?

"……논리적으로 대응해 주겠다면서요?"

"이만하면 논리적이지."

"어디가 논리적인데요?"

"뉴스에서 봤다니까? 요즘은 정치인하고 기업인도 이걸로 궁합을 보던데? 어느 정도 신빙성이 있으니까 뉴스에 나오지 않았겠어?"

"야, 이 또라이야!"

기어코, 그녀가 터졌다.

"무식한 걸 알면 공부를 하란 말이야! 봐도 왜 하필 그런 채널의 그런 뉴스를 보고 난리야! 그리고 뉴스에 나왔으니까 논리적이라는 건 어느 나라 논리야? 뭐? 공부를 안 해서 무식한 거지, 머리는 좋아? 개구리 창자 터지는 소리 하고 있네!"

폰 모서리로 머리를 찍는 상상이 현실이 되었다. 정란은 정애와 싸울 때의 실력을 십분 발휘해, 진심으로 연호를 때렸다. 하지만 정 여사의 스파이크에 이골이 난 연호는 아얏 소리 한번 하질 않았다. 그녀가 때리는 방향대로 흔들리며 그가 실실웃었다.

"왜 내가 아는 여자들은 성격이 다 비슷하지? 말로 할 줄몰라, 왜."

"당신이 그렇게 만들어, 당신이!"

"아무리 그래도 다짜고짜 패는 건 너무 품위 없어 보이잖아."

"뭐라는 거야, 이 무식쟁이가! 뇌 용적률도 브론토사우르스만 한 게! 그런 말을 하면서 부끄럽지도 않니? 이상하다는 생각은 안 들어?"

"어. 안 들어."

불현듯, 그가 그녀의 손목을 잡았다.

"난 그런 생각 안 해. 무식해도 이게 나야. 무식하지만 나에겐 다른 장점들이 있어. 그래서 부끄러워하지 않아. 넌?"

고개를 들고 올려다보는 눈동자가 진지하다. 정란은 흠칫 놀라며 한 걸음 물러났다.

"나, 뭘……?"

"넌 내가 부끄러워? 내가 무식해서? 이상하다는 말, 평생 듣고 살았을 것 같은데 그런 말을 왜 그렇게 쉽게 해."

조금 낮게, 바닥으로 깔리는 목소리. 흔들림 없이 부딪쳐 오는 시선. 그는 진심이었다. 그녀는 손목을 비틀어 다소 어설프게 느껴지는 그의 손아귀에서 빠져나왔다.

"이상하다고 생각하는 게 아니라, 안 된다고 생각하는 거야. 연호 씨와 나 사이에는 어마어마한 갭이 있잖아."

"무슨 갭?"

"취향적인 갭! 우리가 계속하던 이야기가 그거잖아."

모르는 소리 말라는 듯, 그가 손가락을 흔들었다.

"노노노노노. 그건 너무 섣부른 단정이지. 일단 나는 내 취향이 뭔지 확실히 알 정도로 비엘을 많이 보지 않았어."

"문학이라는 건 지극히 감각적으로 받아들여지는 것이기 때문에, 취향에 맞으면 한 편만 봐도 감이 팍 와요. 귀축안경 플레이하고 토하러 간 연호 씨는 절대 이쪽이 아니야. 연호 씨와 내 앞에는 뻔한 미래가 기다리고 있어."

"좋아. 잘 모르는 분야니까 아는 척하지 않겠어. 하지만 그래서 공부하고 있잖아. 그리고 미래는 란 씨도 모르는 거 아닌가? 점쟁이야? 왜 뻔하다고 하는데? 설사 뻔하다고 하더라도 결과는 중요하지 않아. 스포츠맨십! 참가에 의의를 두는 거야.

피스트 아래로 내려온 것도 아닌데 왜 결과부터 걱정해?"

"그러는 연호 씨는 결과가 걱정돼서 피스트 위로 올라가질 않고 있잖아."

"무슨 소리야?"

"무단이탈."

쿵.

부지불식간에 움직인 그의 손날이 휴대폰을 쳤다. 휴대폰은 묵직한 소리를 내며 모서리로 바닥을 한 번 찍고, 아이보리색 카펫 위에 누웠다. 아웅다웅하며 들떠 있던 공기가 싸늘하게 식었다.

"어떻게 알았어?"

그가 자리에서 일어났다. 핏기가 사라진 얼굴에서 진한 갈색 눈동자만 홀로 형형했다.

"프로 선수가, 낮부터 밤까지, 매일같이 여자만 만나고 있다면 그거야말로 뻔한 거죠."

정란은 조용히 떨어진 휴대폰을 주워 그에게 건넸다.

"왜 무단이탈했어요?"

"펜싱 좋아한다면서? 그럼 알 거 아냐. 당연히 국대 떨어졌으니까지."

"국대 떨어진 게 어디 한두 번인가? 랭킹 1위에게 국대는 명예 이상 아무런 의미도 없을 텐데 연호 씨는 명예에 연연하는 사람으로 보이지 않아."

"나 그런 거 굉장히 연연해."

하아, 허탈한 듯 숨을 내쉰 그가 거만하게 팔짱을 꼈다. 하지만 축 처진 어깨엔 기운이 하나도 없었다. 믿을 소리를 해야지. 정란은 뻐근해진 뒷목을 문지르며 말했다.

"말하기 싫으면 더 묻지 않을게요. 중요한 건, 연호 씨나 나나 별 차이가 없다는 거죠. 피스트 위에 올라가지 않는 연호 씨나 내려오기도 전에 걱정하는 나나."

"달라."

"같아요. 연호 씨 아까 전에, 카페에서 나 좋아한다고 그랬죠? 날 뭘 보고 좋아해요? 내 나이 알아요? 우리 집 어딘지 알아요? 아무것도 모르면서 어떻게 날 좋아한다고 확신할 수 있어요?"

"모르면 좋아할 수 없어?"

"처음 만났을 때부터 내 취향을 알았어도 나랑 사귀었을 거라고 해 봐요. 그럼 인정해 줄게요. 몰라도 좋아할 수 있다는 말."

연호는 그녀를 빤히 쳐다보았다. 세상 물정 모르는 애들이나 소설 속에 등장하는 멋진 남자 주인공이 아니고서야 그런 질문에 답할 수 있는 사람은 드물었다. 그것은 꽤 심도 깊은 고찰을 요구하는 질문이었고, 연호는 아직까지 심도 깊은 고찰을 해 본 적이 없었다.

그녀를 좋아하는 그의 감정은 초등학생의 그것과 다를 바가 없었다. 좋으니까 좋다. 왜 좋은가, 어째서 좋은가, 이런 고민은 무의미했다.

"연호 씨가 좋아하는 건 나의 외모죠. 연호 씨 취향의, 차갑고 똑똑해 보이는 인상. 그런데 그거 알아요? 난 왼쪽 얼굴 근육을 움직이지 못해요."

그녀가 제 왼쪽 뺨을 가리켰다.

"이마부터 턱까지 신경이 완전히 죽었어요. 구안와사…… 입 돌아가는 병이랑 비슷한. 근육이 잘 움직이지 않으니까 웃어도 이상하고, 웃어도 이상하니까 안 웃게 되고, 안 울게 돼요. 연호 씨가 좋아하는 내 얼굴, 내 표정은 만들어진 거예요."

그녀는 그를 협박하고 구석으로 몰고, 걸어가려는 그의 다리를 걸어 넘어뜨렸다. 다가오지 마. 진심으로 대하지 마. 어차피 내려가게 되어 있으니까. 넘어진 당신의 기분이 어떨지 나는 몰라. 알고 싶지도 않아. 당신이 아는 나는 가짜라고.

"연호 씨가 공부하는 비엘 역시 적당히 잘 포장된 선물 상자 같은 거예요. 동인지를 읽는다고 동인남이 되는지 알아요? 귀축안경을 한다고 해서 덕후가 되는지 알아요? 진짜 덕후는요, 연호 씨. 고지전을 보고 그들의 사랑에 감동의 눈물을 흘려요."

"고지전은 전쟁 영화잖아?"

"아뇨. 그건 전쟁터에서 피어난 사랑을 그린 로맨스 영화예요."

양팔을 위로 올린 채 허공을 바라보는 그녀의 모습은 마치 신을 영접하는 성직자의 그것과 비슷했다. 정란은 어째서 고지전이 로맨스가 되는지 이해 못 하고 있는 연호에게 일장 연설을 퍼붓기 시작했다.

"전우를 죽였다는 죄책감을 안고, 죄책감에서 벗어나기 위해 약물로 하루하루를 버티는 이제훈과 그를 보호하려는 고수의 행동을 뭐라고 생각해요? 그 아련한 눈빛과 애절한 표정! 자기를 포기하는 희생! 그런 게 가능한 건 단 하나죠."

"그러니까 그게 전우애……."

"전우애! 전우애가 뭐야! 전우들 사이에 피어나는 사랑! 그게 전우애지!"

"아니, 그건 좀 다른 것 같은—"

"'강철의 연금술사' 봤어요? 동생에게 제대로 된 몸을 주기 위해서 팔다리를 희생하는 형의 사랑! 물론 이건 금단의 사랑이지만, 그래서 더 안타깝죠. 그래서 '강철의 연금술사'가 소년만화계의 '천사금렵구'가 될 수 있던 거죠. 그리고 또, 응, '적벽대전'! 과연 금성무와 양조위가 거문고를 타면서 눈으로 나눈 이야기가 유비와 손권의 연합밖에 없었을까요? 그런 건 그냥 '합시다', '그럽시다' 하고 끝내면 되는 이야기잖아."

"그, 그럼 뭐, 둘이 사랑의 밀어라도 속삭였겠어?"

"차마 말로는 할 수 없는 마음들을 음악에 실어 보내는 그 아련한 떨림! 거문고 타는 금성무의 손길을 바라보는 양조위의 눈길만 봐도 알 수 있죠. 바로 이런 게 감독의 의도, 원저 작자의 의도라고 하는 거예요! '신세기 에반게리온'의 이카리 신지와 나기사 카오루가 공인된 커플이라는 것만큼이나 당연하고, 뻔한 이야기죠."

흔히들 얘기한다. 여자들이 비엘을 보는 심리적 기저엔 내가 가질 수 없는 남자가 다른 여자와 연애하는 것을 싫어하는 질투가 내포되어 있다고.

'남녀 관계에 대한 안티테제'. 꽤 그럴듯하게 들리는 심리 분석과 듣기만 해도 골치 아픈 전문 용어로 부녀자들의 정체성을 규정한 사람들은 그러나, 부녀자들이 아니었다.

그리고 부녀자가 아닌 그들은 부녀자들을 설명할 수 없었다.

"난 이래요. 멀쩡한 만화를 봐도, 게임을 해도, 책을 읽어도 앤 공 타입, 앤 수 타입. 이렇게 분류하고 있어. 여기 오피스텔 1층에 있는 커피숍 알바는 총수, 그 옆 편의점 사장님은 다정공, 저 배우는 후회공, 저 가수는 귀축공, 저기 지나가는 저 애는 떡대수. 아, 편의점 사장님이랑 저 애랑 커플링 하면 재미있겠다. 이게 그냥 머릿속에 떠올라."

봇물 터진 듯, 그녀가 말을 쏟아 냈다. 가면을 벗어던지자 모든 것이 너무 쉬웠다. 무너진 둑 사이로 감정이 질질 새어 나오고 있었다.

"이해하지 못한 것을 설명하려고 하지 마. 이해하지 못할 것을 이해하려고 노력하지 마. 그냥 내버려 둬. 내버려 두면 혼자 알아서 조용히 즐기니까. 누구한테 피해 안 줘. 이건 이제, 단순히 취향이 아니야. 취향 이상의 '본능'이지. 이게 나야. 이런 나를 이해할 수 있다고? 연호 씨가 나를 좋아하는 마음이, 이런 나를 받아들일 만큼 커?"

밤이 길면 꿈도 길다. 말이 길어지다 보니 마음 한쪽 구석, 가장 깊은 곳에 자리한 진심까지 나와 버렸다.

나를 정말 그렇게 좋아해?

웃기시네.

"난……."

그가 입술을 달싹거렸다. 하지만 붕어의 뻐끔거림 같은 그의 행동은 끝내 언어가 되지 못한 채 침묵 속에 스며들었다. 그럴 줄 알았어. 그녀는 길게 풀어헤친 머리카락을 바짝 당겨 한 갈래로 묶고, 식탁 위에 올려 둔 가방을 들었다.

의도한 바인지는 모르겠지만, 그가 석상처럼 멍하니 선 자리는 부엌에서 현관으로 나가는 통로 한가운데였다. 정란은 비켜 달라는 말도 없이 그의 어깨를 스치고 지나갔다.

현관 문고리를 붙잡은 그녀가 잠시 뒤를 돌아봤다. 그는 그녀를 보고 있었다.

너무 또렷해서 오히려 아무것도 짐작할 수 없게 만드는 명징한 갈색 눈동자. 납득한 건지, 화가 난 건지, 아니면 그냥 말을 고르고 있는 건지, 저 눈으로는 짐작이 불가능했다.

"서로 피곤하니까, 이제 그만해요."

어쩌면 그는, 이제야 그녀가 쌓은 성의 높이를 바로 보게 됐는지도 몰랐다. 쐐기 같은 그녀의 말에도 여전히 묵묵부답인 이유는 그 때문일 것이다. 정란은 그의 대답을 기다리지 않고 힘차게 현관문을 열었다.

두려움 위에 취향을 덧발라 가며 쌓아 온 그녀의 성은 견고

하고 안온했다. 무엇도 그 성을 부술 수 없었다. 복도를 나와 엘리베이터까지 걸어오는 내내 떠오른 그의 시선 역시도, 조금 불편하긴 했지만 그뿐이었다.

초초하게 다리를 떨며 엘리베이터를 기다리던 그녀가 다짐하듯 혼잣말을 했다.

"그러니까 내 성안에 들어오려고 하지 마."

4
관성

사락.

포트폴리오가 한 장씩 넘어갈 때마다 남자의 얼굴이 굳고 펴지기를 반복했다. 정 여사는 괜히 들썩거리는 엉덩이를 숨기기 위해 무릎을 딱 붙였다. 이미 다 끝난 이야기에 굳이 포트폴리오를 다시 보겠다는 것도 기분이 싸한데, 표정이 왜 저래?

"흐음……."

"무슨 문제라도 있으세요, 유 부장님?"

"아니, 뭐, 별건 아닌데……."

그러나 별건 아니라는 것치곤 뜸이 길었다. 이런 경우는 십중팔구, 돈 문제다.

"왜 이러실까, 우리 부장님."

"정 실장도 잘 알잖아. 비인기 종목에다가 노메달리스트라면 썩 좋은 간판은 아니라는 거."

"옴마? 노메달이지만 메달리스트에 준하는 메리트가 있다고 그러실 때는 언제고 이제 와서? 애초에 새로운 얼굴을 찾으려고 성 선수 콘택트하신 거잖아요. 너도나도 김연아, 손연재. 그런 거 싫으시다면서요? 그리고 펜싱이 왜 비인기 종목이에요? 런던 올림픽 잊으셨어요? 국민의 분노를 어떻게 감당하시려고 이러세요?"

"정 실장이야말로 왜 이러실까. 올림픽 때 한 번 반짝한 거 가지고 인기 종목이라고 할 수 없다는 거 잘 알면서. 그 뒤에 후속타가 딱! 터져 줘야지. 아시안 게임에선 잠잠했잖아."

"그러니까 성 선수가 제격이죠. 올림픽 1년밖에 안 남았어요. 성 선수 이력이면 메달 확실하고요. 그때 가서 몸값 올라가면 얼마나 후회하시려고 이래요? 될성부른 떡잎을 아직도 모르신다, 정말."

이전에도 비슷하게 광고 시장에서 메달리스트를 빼앗긴 유 부장의 전적을 알고 있는 정 여사가 사정없이 약점을 찌르자 유 부장이 가자미눈을 떴다.

"메달이 하늘에서 툭 떨어진대? 일단 국대가 돼야 메달을 따든지 쌈 싸 먹든지 하지. 선발전 치른 지가 언젠데 아직까지 소식도 없잖아."

"어머, 부장님. 선발 방식 바뀐 지가 언젠데 선발전을……. 랭커는 이제 선발전 안 치러요. FIE 랭킹 8위 안에서 두 명 심사로 뽑아요. 사브르에서 랭커는 성 선수밖에 없으니까 따 놓은 당상이고."

"그래, 그래. 선발 방식 바뀌었지."

언제나 콱 때려 주고 싶을 정도로 능글맞던 유 부장의 말투가 기묘하게 퉁명스러웠다. 너구리랑 형, 아우 하는 유 부장이 이렇게까지 속을 드러낸다면 뭔가 결정적인 걸 잡았을 공산이 컸다. 그리고 예상은 틀리지 않았다.

"그런데 요즘은 자격정지 먹은 선수도 선발해 주나 봐?"

나름 히든카드였다. 그새 평소의 모습으로 돌아온 유 부장이 소파 깊숙이 몸을 기댔다. 하지만 이런 걸로 당황할 정 여사가 아니었다. 정 여사는 허리를 굽혀 턱을 괴고 한껏 꾸민 미소를 지었다.

"우리 부장님, 발 정말 넓으시네. 그건 또 어떻게 아셨대?"

"이런 것도 모르면 마케팅 부장이라고 할 수 없잖겠어?"

"그래도 계약 이야기, 완전 물릴 생각 없으시죠?"

정 여사의 눈짓을 따라 유 부장의 시선이 아래로 향했다. 그의 손에는 아직 포트폴리오가 들려 있었다. 이제 와 포트폴리오를 내려놓으려 해도 이미 늦었다.

"뭐…… 꼭 그렇다기보다는……."

"꼭 그러신 거죠. 빤한 이야기잖아요. 협회 측에서 징계를 때릴 거면 진작 때렸지, 왜 아직까지 한다, 한다 이야기만 나오고 있겠어요?"

"그거야 협회 이미지 때문이지. 괜히 사람들이 시끄럽게 굴면 귀찮잖아."

"얼굴 좀 고쳤다고 메달리스트한테 징계 때린 데가 협회예요. 그런 협회가 노메달리스트 한 명 자격정지시켜서 생기는 잡음을 잘도 신경 쓰겠네요."

나쁜 관행과 납득되지 않는 원칙으로 구성된 체육협회는 독불장군이었다. 스포츠 웨어의 마케팅 팀 부장이라는 직책 덕분에 협회의 생리를 잘 알고 있는 유 부장은 쓰게 입맛을 다셨다.

"한 달도 아니고, 1년 자격정지가 쉽게 풀리겠어?"

"1초 사이에 별별 일이 다 일어나는 게 펜싱이에요. 시간을 지배하시는 분들이 뭔들 못 해요."

"아아, 아무튼 지금 상태로는 계약 안 돼. 내가 오케이해도 윗분들 얼굴 일그러질 거 훤하니까 자격정지를 풀든지, 선발전에 뽑히든지. 둘 중 하나가 되면 그때 다시 이야기합시다."

단호한 태도로 자리에서 일어난 유 부장이 재킷을 정리했다. 더 이상 협상이 진전되지 않을 것을 직감한 정 여사는 사무실을 나와 이를 바득바득 갈며 연호의 오피스텔로 향했다. 이참에 연호의 거취에 대해서 못 박아 둘 생각이었다.

띵—

"무슨 일이세요?"

긴 벨 소리가 끝나기도 전에 연호가 문을 열었다. 정 여사는 의아해하는 그를 밀치고 쳐들어가듯 안으로 들어갔다.

한낮의 햇빛만으로도 부족했는지 형광등까지 잔뜩 켜진 집 안은 기이할 만큼 밝았고, 너저분하게 널린 옷가지들로 산만

했다. 볼륨이 잔뜩 높여진 TV 소리도 산만함에 한몫하고 있었다.

"뭐하고 있었어?"

어깨를 으쓱한 연호가 뭐라 대답했지만 TV 소리 때문에 잘 들리지 않았다. 정 여사는 TV를 끄는 대신 그의 곁으로 가까이 다가가 물었다.

"뭐라고?"

"짐 정리한다고요."

"짐 정리? 왜?"

"오피스텔 내났거든요."

"뭐?"

놀란 정 여사가 소리를 꽥 질렀지만 그녀가 그러거나 말거나, 연호는 묵묵히 여행 가방에 옷을 꾸역꾸역 집어넣었다.

"뭘 그렇게 놀라요? 내 집 내가 정리하겠다는데."

"요즘 주택 시장이 얼마나 안 좋은데…… 아니지, 이게 아니고. 집을 팔려면 나랑 먼저 상의를 했어야지!"

"내가 앤가."

"나한테는 애야."

"징그러운 소리 그만하시고, 이거나 받아요."

휙. 뭔가가 날아왔다. 얼결에 받은 정 여사는 손바닥을 펴고 그가 무엇을 던졌는지 확인했다. 그가 끔찍하게 아끼는 BMW M3의 차 키였다.

"그것도 처리해 주세요."

"집 팔고 차 팔고 어딜 가려고?"

"내가 갈 데가 또 있어요?"

당연한 말을 한다는 듯 되묻는 그의 눈빛이 푹 꺼져 있었다. 피죽도 못 먹은 듯한 안색하며 심드렁한 표정을 고려해 볼 때 새롭게 시작한다든가, 다시 용기를 낸다든가 하는 희망적인 에너지와는 거리가 멀어 보였다.

"무슨 일 있었어?"

"일은 무슨……."

"흐음……."

최대한 무심하게 대답했지만 정 여사는 영 믿는 눈치가 아니었다. 연호는 베테랑 형사 같은 정 여사의 눈빛을 피해 휴대폰을 보는 척했다.

그것은 꽤 미묘한 거짓말이었다. 어쩌면 거짓말이 아닐지도 모른다. 정란의 일방적인 이별 통보 후, 그는 아주 자연스럽게 본래의 그로 돌아왔다. 혼자 있을 땐 꼭 TV를 켜 놓고, 시계 이상의 역할을 못 하는 휴대폰을 가진 성연호로.

아니, 애초에 그걸 '이별'이라고 할 수 있을까? 큰 충격 없이, 방황 없이, 추잡하게 매달리지도 않고 너무나 쿨하고 쉽게 끝나는 관계. 그런 관계를 '사귀었다'고 할 수 있을까?

그러니까 아무 일 없었다. 아주 짧은 시간, 어떤 여자를 만나다 만 것뿐이다.

"그냥 때 돼서 가는 거예요. 원래부터 한 달만 놀려고 했고."

"믿어도 돼?"

"네."

꺼진 폰을 커다란 여행 가방 구석에 찔러 넣은 그가 확신에 찬 목소리로 말했다.

"이제 내 자리로 돌아가야죠."

✳　　　　✳　　　　✳

아빠에게 손 벌릴 엄두도 나지 않고, 이자 6할짜리 은행 대출을 받을 용기도 내지 못한 정란은 결국, 어디서도 돈 3천을 빌리지 못한 채 계약을 파기했다. 미적미적하다 현재 살고 있는 투룸 재계약 기간까지 놓쳐 버린 자매는 납작 구겨진 이삿짐 박스 위에 앉아 휴대폰을 내려다보며 향후 거취를 의논했다.

"1,000에 50! 싸다!"

"야, 인간적으로 남양주는 너무 멀다. 거기보다 여긴 어때? 1,000에 63. 방 두 칸. 거실 있고, 신림."

"너무 싼 게 영 수상한데? 에이, 봐 봐. 상가 건물이잖아. 밑에 술집이고, 주변도 유흥가고. 안 돼, 여긴. 너 야근하고 올 때 너무 위험해."

"너는 꼭 이럴 때만 언니인 척하더라?"

"그럼 내가 언니지. 오! 주먹! 이 집 봐. 시설 짱이다. 힉!"

"왜?"

"2,000에 120……."

"뻑큐 먹어! 두 번 먹어!"

정애가 거침없이 가운뎃손가락을 세웠다. 정란은 두 손으로 응대해 주었다. 평소대로라면 이때쯤 육탄전이 한 번 벌어졌겠지만 당장 내일 모레 쫓겨나게 생긴 자매에겐 말싸움할 시간도 없었다.

자매는 오피스텔 방 빼기 하루 전에 구로동 쪽에 위치한 꽤 괜찮은 투룸을 구할 수 있었다. 보증금 1,200에 월 60만 원. 서울에서는 상당히 기적적인 가격인 데다 신축 건물이라 내부도 깨끗하고 보안도 괜찮은 편이었다. 다만 아직 공사가 끝나지 않은 층이 있어, 입주는 보름 뒤에야 가능하다는 커다란 단점이 있었다.

그보다 나은 조건의 방을 구할 수도, 이삿짐을 두 번 쌀 수도 없었던 자매는 대부분의 짐들을 정애가 다니는 회사 컨테이너에 맡기기로 결정한 뒤 보름간 의탁할 만한 장소를 찾아보기로 했다.

"근데 뭐…… 우리 갈 데 뻔하지 않아?"

컨테이너에 마지막 책 박스를 넣고 나온 정란이 말했다. 정애는 하루 종일 끼고 있었던 목장갑을 벗고 머리카락에 묻은 먼지를 털었다.

"언니 괜찮겠어?"

"나? 뭐가?"

"아빠."

"아……."

정란은 멋쩍은 얼굴로, 무슨 캄보디아 불상처럼 돌돌 말아 올린 머리카락을 만지작거렸다. 아빠에게 서운한 감정이 하나도 없다면 거짓말이겠지만 크게 원망하는 마음까지는 들지 않았다.

"아빠 처음부터 안 빌려준다고 했잖아. 그리고 정말 우리가 돈 날릴 줄 알았으면 빌려줬을 거야. 말 안 한 내 탓이지."

"이럴 때 보면 언니도 참 답답해. 그냥 가서, 잘 안 됐다, 그렇게만 말하면 되는 걸 괜히 지가 쫄아 가지고. 설마 아빠가 왜 실패했냐고 꼬치꼬치 물어보겠어?"

"야, 아빠가 안 물어봐도 성연호가 지난번에 만난 여자 동인녀 어쩌구 하면 다 들통 나. 그렇게 되면 진짜 끝장이야. 아빠 성격 모르냐."

"뭐…… 가능성이 아예 없진 않지."

"그러니까 너도 그냥 깔끔하게 잊어버려. 내가 개처럼 일할게. 가자. 엄마한테 전화해."

정애가 아는 오빠에게 빌려 온 차의 조수석에 올라탄 정란이 손으로 전화 모양을 만들었다. 정애는 손가락으로 OK 사인을 보내고 밖에서 담배를 피우며 엄마에게 전활 걸었다.

"언니, 엄마 집에 있댄다."

"그래?"

"어, 나 담배 냄새 나는지 맡아 봐."

핸들을 잡은 정애가 정란의 코에 대고 훅, 숨을 뿜었다. 정란은 코를 움켜쥐었다.

"야, 나. 겁나 나."

"아씨."

"그냥 포기하셔. 엄마 아빠 너 담배 피우는 거 분명 알고 있어. 우리더러 집으로 자꾸 들어오라는 것도 그것 때문일걸?"

"뭘 포기해, 미친아. 짐작만 하는 거랑 현장을 들키는 거랑은 다른 거 모르냐? 지가 제일 잘 알면서."

"나쁜 년!"

정란은 마치 총 맞은 사람처럼 다 죽어 가는 표정을 지으며 가슴에 손을 가져다 댔다. 동생은 그녀에 대해 모르는 것이 없었다. 아니, 없었었다.

"언니야, 그 뒤로 성연호한테서 정말 연락 없어?"

정애가 시동을 걸며 대수롭지 않다는 어조로 툭 물었다. 정란은 조수석 창문을 열고 창밖으로 손을 살짝 뻗었다.

"어. 없어."

"아깝다. 그때 언니가 조금만 참았어도 어떻게 될지 모를 일이었는데."

그녀에 대해 모르는 것이 없었던 정애는 일코에 지친 언니가 아무것도 모르는 성연호에 먼저 커밍아웃해 버린 것으로 알고 있었다.

"어."

"야, 그런데 나중에 혹시 연락 오면 어떻게 하냐? 그럼 진짜 빡치겠다."

"그럴 일 없어."

정란은 작게 대답하며 창틀에 머리를 기댔다. 서울에서 멀리 떨어진 일산 외곽의 공기는 한여름임에도 불구하고 상쾌했다. 파사사사삿. 바람이 얇은 종잇장 두 개가 부딪치는 소리를 내며 그녀의 뺨을 때렸다. 그 바람 소리 덕분에 그녀는 두서없이 자꾸만 떠오르는 생각들을 더 이상 안 할 수 있었다.

지금쯤 그는 뭐하고 있을까. 이런 생각들을.

훈련장 문은 보통의 문보다 육중한 편이었다. 연호는 만반의 준비를 하고 문고리를 잡아 돌렸다. 손바닥에 닿는 처음의 감각이 생소하다 느낄 새도 없이, 익숙하게 찰싹 들러붙는다.

"어?"

"으힛?"

훈련 중이던 선수들이 문 쪽을 쳐다보곤 외마디 비명을 질렀다. 한 달이나 무단이탈하고도 아무 일 없었다는 듯 바지춤에 손을 찔러 넣은 자세로 건들건들 들어오며 입 모양으로 '왜?'라고 물을 만한 놈은 한 명뿐이었다.

"성연호!"

"돌아온 탕아다, 돌아온 탕아!"

"천국이 도래했도다!"

"뭐야! 가까이 오지 마!"

반갑다며 달려오는 모습과 다르게 들고 있는 칼날엔 살기가 가득했다. 점수에 신경 쓰지 않는다면, 베기와 찌르기 모두 가능한 사브르의 칼날은 흉기나 다름없었다.

"안효준! 칼, 칼 내려놔! 성주 형! 거기 서!"

식겁한 연호가 소리쳤지만 그들은 아랑곳하지 않고 달려오는 기세 그대로 칼을 휘둘렀다. 허리 위만 공격할 수 있다는 사브르의 룰 따윈 잊은 지 오래였다. 심지어 웃고 있었다.

"하하하하! 이 새끼! 보고 싶었다!"

인정사정 봐주지 않는 공격에 연호는 허리를 뒤로 젖혔다. 칼날이 그의 머리 위를 스치고 지나갔다. 위로 살짝 휜 사브르의 칼날이 이렇게 고마운 적은 처음이었다.

"대체 왜 이러는데!"

"왜? 왜에?"

"햐! 이 이기적인 새끼 같으니! 그렇지! 네놈 새끼는 훈련 때문에 여친이랑 한 달 동안 못 만나도 여친이 기다려 주겠지! 잘생겼으니까!"

"무단이탈해도 코치가 기다려 주고, 막, 그래. 잘생겼으니까!"

들자 하니, 방 코치의 '지옥훈련이라 쓰고 화풀이라 읽는' 그것이 사람 여럿 잡은 듯했다. 그러나 정말 문제가 되는 것은 훈련이나, 연호에 대한 코치의 편애가 아니었다.

"한참 서로를 알아 가야 하는 시기에!"

"한 달이나 얼굴을 못 보면!"

"헤어지는 게 당연하지!"

"내가 군대 왔냐!"

"효준 형 결혼 못 하면 전부 형 책임이에요!"

아, 그래? 결국 그게 문제였어? 그런데 어쩌지? 내가 지금 그런 문제에 대해서 너그러울 수 있는 상태가 아니거든?

"그게 왜 내 책임이야? 그냥 그 여자한테 네가 한 달 기다릴 가치가 없는 남자였던 거지!"

순간, 사브르 팀의 내전을 재미있다는 듯 지켜보던 에페와 플뢰레 팀 '남자 미혼 솔로 선수'들의 눈빛이 험악하게 변했다. 그들은 모두 각자의 장비를 주섬주섬 들고 연호의 앞뒤를 막아섰다. 연호의 낯빛이 해쓱해졌다.

"방금 건 취소!"

삿된 말로 중립국을 참전국으로 변질시킨 연호가 다급히 취소를 외쳤지만 그따위 잔꾀가 통할 리 만무했다.

"으하하하하! 이 새끼! 세상 혼자 살아, 아주."

"저 역적을 사살하라!"

"으하하하하! 아하하하하하!"

바로 어제, 따끈따끈한 이별 통보를 받은 효준이 광소를 터트렸다. 생명의 위협을 느낀 연호는 상체를 틀어 효준의 칼을 피하고, 다리를 찢어 가슴을 찔러 오는 에페 선수의 균형을 잃게 만든 뒤, 뒤로 굴러 플뢰레의 둥근 칼끝을 바닥에 처박히게 만들었다.

"와, 성연호, 너 이 새끼……!"

놀랐다기보다는 기분이 나빠진 효준이 제 칼을 이리저리 돌려 보았다. 얼떨떨하기는 다른 선수들도 마찬가지였다. 하지만 방금 연호의 몸놀림이 우연인지 실력인지 다시 시험해 볼 기회는 없었다.

"이 새끼들이!"

기차 화통을 삶아 먹은 듯한 고철의 목소리가 훈련장을 쩌렁쩌렁 울렸다. 비단 고철뿐만 아니라 다른 코치들의 인상도 썩 온화하진 않았다. 에페와 플뢰레 선수들이 슬금슬금, 자기들 자리로 돌아갔다.

"니네, 단체로 미쳤어? 칼잡이들은 아무 때나 칼 휘둘러서는 안 된다고 펜싱 처음 시작할 때 안 배웠어? 기초 훈련부터 다시 할까? 오늘 눈물 콧물 다 뽑아 줘?"

지은 죄가 있는 선수들은 고개를 숙인 채 고철이 쥐어박는 대로 맞기만 했다. 그래도 일단 말로 시작하는 고철은 인간적인 코치였다. 에페와 플뢰레는 이미 강도 높은 기합을 받고 있었다.

"여럿이 한 명을 공격하는 건 어디서 배웠어? 그게 스포츠맨십이야? 박성주, 안효준, 김대권, 너희 셋은 하체 강화 훈련 두 시간! 칼은 압수!"

"네."

"그리고 너! 넌 여기 왜 왔어?"

이번엔 불똥이 연호에게 튀었다. 피해자 코스프레가 실패했다는 것을 깨달은 연호는 평소의 뻔뻔한 모습으로 돌아와, 감히 코치 앞에서 짝다리를 짚는 위엄을 토했다.

"애타게 찾을 때는 언제고 이제 와서 튕기긴……."

"아, 그래서 복귀하시겠다?"

"네. 복귀했어요. 그러니까 같이 기합 받을게요. 부족하면 더 주시고."

"가긴 어딜 가."

하체 훈련하는 선수들 쪽으로 달려가려던 연호의 목덜미를 고철이 잡아챘다. 그의 손에는 성주와 효준에게서 뺏은 검이 들려 있었다. 워, 이건 안 좋은데?

"코, 코치, 뭐하게요?"

"넌 나랑 단독 훈련."

"그럼 나도 장비 좀……."

"장비 같은 소리 하고 있네!"

"칼잡이들은 아무 때나 칼 휘두르면 안 된다면서요!"

"난 은퇴했어, 이 자식아!"

"으아아! 코치, 진짜!"

고철의 서슬 퍼런 공격을 받은 연호가 고철을 피해 훈련장을 달리기 시작하자 고철이 그 뒤를 쫓았다. 구석에서 기합을 받고 있던 연호의 대학 동기 효준의 귀에 같이 기합을 받던 플뢰레 선수의 중얼거림이 들렸다.

"우와. 쌍칼이다."

"어. 우리 코치 양손잡이거든."

"혜?"

게다가 고철은, 왼손도 쓸 줄 아는 오른손잡이나, 오른손도 쓸 줄 아는 왼손잡이가 아닌 순도 100%의 양손잡이였다. 제아무리 반사 신경 뛰어난 성연호라고 하더라도 같은 속도로 들어오는 다른 공격을 피하기란 어려웠다.

"……죽었네, 성연호."

"당근이지."

두 선수는 눈을 마주치고 씨익 웃었다. 앞으로의 미래가 보이는 것 같았다.

*　　　*　　　*

연호는 잔뜩 찡그린 얼굴로 낮에 입었던 셔츠를 들어 올렸다. 입으면 귀티가 절로 흐르는 꽤 비싼 셔츠였는데, 그것도 옛말이다.

"우와, 너덜너덜!"

막 씻고 나온 대권이 감탄을 금치 못하며 셔츠를 쭉 잡아당겼다. 칼집을 넣은 셔츠는 너무나 쉽게 찢어졌다.

전위적이군.

실낱같은 미련마저 버린 연호는 셔츠를 쓰레기통에 처박은 뒤, 침대에 드러누웠다. 숙소 침대의 매트리스는 쿠션이 썩 좋지 않았다.

"형, 불 끌게요."

"끄지 마."

"……네."

캄캄하지 않으면 잠을 잘 못 자는 대권이었지만 까마득한 선배가 불 끄지 말라는데 별수 없다. 까라면 까야지. 그 하늘 같은 선배와 낮에 칼부림한 건 잊어버렸다. 그는 티 나지 않게 한숨을 쉬고 침대에 엎드려 빌려 온 만화책을 읽기 시작했다.

"너 뭐하냐?"

1/3이나 읽었을까. 자고 있는 줄 알았던 연호가 말을 걸었다. 오늘 훈련이 힘들긴 힘들었는지, 목소리가 축 처져 있었다.

"만화책 읽는데요?"

"재미있냐?"

"네."

"너 몇 살이지?"

"스물하나요."

"한창때네?"

"네?"

의도를 알 수 없는 연호의 질문에 대권이 선뜻 대답하지 못하고 어물거리자 연호가 고개를 돌려 대권을 바라봤다. 스물한 살은, 앞으로도 많은 기회를 잡을 수 있는 나이였다. 이번 올림픽에 못 나가도 다음 올림픽을 얼마든지 기약할 수 있는 나이, 스물한 살.

"야."

"네?"

"나 잠 안 오니까, 무슨 말이든 해 봐."

"에? 형 안 피곤해요?"

"피곤해. 그러니까 너더러 떠들라는 거 아냐."

"아, 네……."

대권은 멋쩍게 코끝을 긁적였다.

"음…… 아! 맞다. 효준 형 여자 친구 말이에요."

"헤어졌다면서 무슨 여자 친구야."

"네, 효준 형 구여친이요, 진짜 예쁘게 생겼었어요."

'예쁘게'를 말하는 대권의 목소리에서 부러움이 철철 넘쳐 흐르고 있었다.

"오래 못 갈지 알았어요. 무슨 걸스데이 민아처럼 생겼었다니까요. 형 걸스데이는 알죠?"

"들어는 봤다."

시큰둥한 태도로 뒤통수에 손을 가져다 대는 연호가 순간 얼굴을 일그러뜨렸다. 걸스데이. 어쩐지, 어디서 들어 봤다 했더니.

"아, 글고, 형, 코치 딸 봤어요, 혹시?"

"코치한테 딸이 있어?"

"모르셨어요? 형 코치하고 오래 알고 지내셨잖아요."

"우리가 서로 가족 트고 사는 사이는 아니야. 자식이 있는지도 몰랐다."

"둘이나 있어요."

시종일관 심드렁하던 연호가 반응해 오자 대권이 과장되게 검지와 중지를 들어 보였다.

"원래는 둘이 나가서 자취하고 있었대요. 근데 뭐 이사 날짜가 안 맞았다고 그랬나, 아무튼 그래서 잠깐 코치 집에 와 있다는데요. 온 지 한 이틀인가, 3일인가. 그 정도 됐대요."

"넌 그런 걸 대체 어떻게 알았냐? 우리 코치가 그런 이야기를 구구절절 하는 사람이 아닌데."

"당연히 효준이 형이 알아 왔죠."

알고 보면 직업이 카사노바고 펜싱은 취미로 하는 게 아닐까 싶을 정도로 여자 친구가 자주 바뀌는 효준은, 처음 보는 여자하고도 쉽게 말을 트는 재주가 있었다. 어쩐지 코치 딸에게 껄떡거리고 있는 효준의 모습이 그려지는 것만 같아, 연호는 피식 웃었다.

"딸들이 예쁘게 생겼나 보네. 그런데 게네가 훈련장엔 왜 와?"

"코치가 요즘 식이요법인가, 하여간 그런 걸 한대요. 도시락 싸 가지고 다니면서. 그런데 도시락을 놓고 와서 딸이 가져다주러 왔었어요."

"그거 코치가 일부러 두고 온 걸 거야. 식이요법 같은 거 되게 싫어해, 우리 코치."

"그런 거 같아요. 계속 안 가지고 오더라고요. 누나들도 번갈아 가면서 계속 오고. 그런데 누나들 엄청 예뻐요. 첫날은 작은누나가 왔었는데, 코치 닮았는데 예뻐요. 되게 청순하게 생긴 미인이에요. 키는 좀 작고. 별명도 주먹이래요. 얼굴이 주먹만 해서."

"이게 어디서 선배한테 구라를 쳐. 죽을라고."

연호가 위협적으로 주먹을 쥐었다.

"우리 코치 닮았는데 어떻게 예뻐."

"그게 불가능할 것 같은데 가능하더라니까요? 못 믿으시겠으면 나중에 물어보세요. 효준 형한테. 근데 그 누나 성격 장난 아니에요. 완전 두 얼굴의 여자야. 그리고 그다음 날엔 주먹 누나 언니가 왔는데—"

"야."

한창 신나 떠드는 대권의 말을 연호가 싹둑 잘랐다. 심상치 않은 분위기에 대권은 어깨를 움츠리고 순순히 대답했다.

"네?"

"넌 여자 말고는 할 얘기가 없냐?"

"형은 스물한 살 때 여자 생각 안 했어요? 전 요즘 작은누나 뒷모습만 봐도 가슴이 떨리고 설레고 그래요."

돌아오는 답이 가관이었다. 연호는 대권의 얼굴에 베개를 집어 던지고 옆으로 돌아누웠다. 예전엔 웃어넘기던 음담패설이 짜증 날 정도로 듣기 싫었다.

간만에 받은 기합으로 뻐근해진 몸 상태처럼, 떠나기 전과 다름없는 숙소 생활이 새삼 이질적으로 다가왔다.

*　　　*　　　*

눈에는 눈, 이에는 이. 남이 나의 왼뺨을 때리거든 놈의 양뺨을 매우 쳐라. 범죄자는 감옥으로, 무단이탈자는 운동장으로!

고철의 50 평생을 지배해 온 신념이었다. 덕분에 연호는 복귀한 다음 날부터 훈련장 근처 고등학교 운동장을 매일 30바퀴씩 돌아야만 했다. 멀쩡한 훈련장 운동장을 놔두고 고등학교 운동장을 돈 것은, 그 학교 운동장이 좀 더 컸기 때문이다.

"난놈은 난놈이다."

마지막 바퀴를 도는 연호를 본 성주가 혀를 내둘렀다. 저는 듣기만 해도 질리는데, 어떻게 저렇게 쌩쌩하지?

"야! 다 뛰었으면 밥 먹으러 가자!"

"오늘 식당 메뉴 뭐예요?"

수돗가에서 대충 땀을 씻은 연호가 머리를 털며 물었다. 성주는 물방울인지 땀방울인지 모를 물기를 피해 한 뼘 정도 떨어졌다.

"너 오늘은 식당에서 밥 먹지 말고, 고깃집에서 고기 먹이라는 코치의 명이시다."

"우리 코치한테 그런 자애로운 마음이 있었어요?"

"밥 먹고 운동장 20바퀴 더 돌래."

"그럼 그렇지."

하지만 연호는 콧잔등을 한 번 찌푸렸을 뿐, 더 이상 투덜거리지 않았다. 잘못했으니 벌을 받는 건 당연하고 어차피 해야 할 일이라면 군말 없이 하는 게 좋으니까.

코치가 지정한 식당은 먹자골목 안 깊숙한 곳에 위치한 한우 전문점이었다. 간만에 고기로 배 좀 채우겠다 싶어 미리부터 입맛을 다시고 가게 문을 열었다. 그런데 먼저 온 이들이 있었다.

"오셨어요?"

막 고기를 집어 먹으려던 대권이 성주와 연호를 보고 꾸벅 인사를 했다. 물론 짬 좀 되는 효준은 불판에 얼굴을 처박은 채였다.

"그냥 니 살을 구워."

"형, 효준 형이 수지 누나랑 왜 사귀는지 아세요?"

"수지가 누구야?"

"효준 형 여자 친구요."

"헤어졌다면서?"

"다시 사귄대요. 효준 형이 바짓가랑이 붙들고 빌었대요. 고기를 맛있게 구워 주는 여친은 처음이라면서."

대권이 말해도 되냐는 듯한 눈으로 효준을 힐끔거리자 효준이 엄지손가락을 치켜들었다. 입속엔 쌈에 싸지도 않은 순수 혈통의 고기가 가득했다.

"……미친놈."

"이 새끼 혹시 코치 아들인 거 아냐? 야, 국과수에 DNA 분석 요청해 봐."

"형이 그런 말 하면 내가 기분 나쁘지. 코치는 느끼하게 생겼고, 난 뺀질하게 생겼는데, 우리 사이에 어딜 봐서 그런 출생의 비밀이 숨겨져 있어?"

효준의 설득력 있는 반박에 대권이 다 익은 고기를 뒤집으며 또다시 반박했다.

"아들이 꼭 아버지 닮으란 법 있어요? 주먹 누나 보세요. 코치랑 닮았는데 예쁘잖아요."

"큰딸은 안 닮았잖아. 그런데 예쁘잖아."

"큰딸도 예뻐? 그럼 큰딸은 누굴 닮았는데?"

연호가 고기를 굽다 말고 물었다. 그의 젓가락질이 멈춘 틈을 타, 효준은 연호의 앞 접시에 놓인 고기를 탈취하는 데 성공했다.

"그게 또, 예쁘긴 한데 주먹 누나처럼 막 예쁜 건 아니거든요?"

"뭔 말이야?"

"그니까, 이 누나는 분위기가 좀 그래요. 이상해."

정확히 표현할 말을 찾지 못한 대권은 애꿎은 제 머리를 쥐어짰다. 연호가 성주를 바라보았다. 하지만 성주는 고개를 저었다.

"난 둘 다 못 봤어. 둘 다 되게 금방 왔다가 금방 가는 것 같더라고."

"그 큰누나는 분위기가 좀 쎄해. 그래서 이상하다고 하는 거야."

먹는 데 여념 없던 효준이 끼어들었다. 고기 먹는 안효준의 관심을 끌다니. 어떤 의미에서는 대단한 여자임이 틀림없었다.

"뭔가 되게 싸늘하고 차가운 느낌이야. 표정도 딱딱하게 굳어 가지고. 그런 누나는 내 취향이 아니야."

"누나? 나이가 우리보다 많아?"

"세 살. 이상하게 생겼는데, 이름도 이상해. 하긴, 이름은 작은누나도 이상하긴 하다."

"성이 문제예요."

"이름이 뭔데?"

"방정—"

덜그럭. 효준의 젓가락이 또다시 연호의 앞 접시를 침범했다. 연호는 빛보다 빠른 속도로 가차 없이 효준의 손등을 찍어버렸다.

"으악!"

"니 입만 입이고, 내 입은 주둥이냐? 다 처먹고 앉아 있어. 양심 불량한 새끼."

"돈도 많은 놈이 치사하게! 넌 네 돈으로 사 먹으면 되잖아."

"내 돈은 내가 피스트 위에서 미친 듯이 땀 흘려서 번 거거든? 내가 내 돈으로 소고기를 사 먹든 오리고기를 사 먹든 신경 끄시고 이거나 잡솨."

상추쌈 가득 마늘과 고추를 채워 넣은 연호가 효준의 입에 쌈을 밀어 넣었다. 효준이 입을 앙다물었지만 힘이라면 연호가 한 수 위다. 먹이를 저장한 다람쥐처럼, 효준의 볼이 크게 부풀었다.

뱉지 못해 삼키는 효준을 보며 연호는 두 번째 쌈을 쌌다. 간만에 느끼는 소란스러움에 만족한 그는 그전에 무슨 이야기가 오가고 있었는지 까맣게 잊어버렸다.

숙소 천장 벽지는 그리드 무늬였다. 정신 집중하는 데엔 침대에 누워 무늬 개수를 세는 것보다 좋은 게 없었다. 연호의 손가락이 천장 왼쪽 구석부터 오른쪽으로 천천히 움직였다.

"하나, 둘, 셋……."

넷, 다섯.

하지만 서른 개를 채 세지 못하고 칸을 놓쳤다. 눈을 부릅 떠 봤지만 똑같이 생긴 무늬들 사이에서 마지막으로 셌던 칸을 찾기란 불가능했다.

TV도, 책도 썩 좋아하지 않는 연호는 훈련을 마치고 들어와선 별달리 할 것이 없었다.

그는 하릴없이 천장의 무늬 개수를 세고 벽지에 그려진 새를 따라 손가락을 움직이다가, 꼬깃꼬깃 접은 크리넥스 티슈를 대권의 뒤통수에 던졌다. 효준과 나란히 숙소 책상에 앉아 노트북으로 애니메이션을 보고 있던 대권이 뒤를 돌아봤다.

"에? 형 왜요?"

"니네 뭐하냐?"

"에반게리온 보는데요. 형도 보실래요?"

"뭐?"

손으로 머리를 받친 채 다소 방만하게 누워 있던 연호가 벌떡 일어났다. 그가 아는 에반게리온은 이카리 신지와 나기사 카오루가 '공인된 커플'로 나오는 '신세기 애니메이션'이었다.

"넌 언제부터 그런 거 봤어?"

"저 중학교 때부터 에바 팬이었어요. 이제까지 나온 DVD랑 다 모았어요."

"그럼 너, 그 뭐야, '그래비테이션'이나 '서양골동양과자점' 같은 만화도 봤어?"

"그게 뭐예요?"

"넌 만화책은 안 보고 애니만 보냐?"

"전 그냥 에바만 좋아해요. 그런데 서양골동양과자점은······ 음······."

분명 본 적은 없는데 굉장히 익숙한 느낌을 주는 제목이었다. 하지만 힐끗 쳐다본 연호의 표정이 너무 썩어 있어 뭐냐고 묻지 못했다. 주먹을 꼭 쥔 모습이, 물어보면 한 대 칠 기세였다.

"아!"

"왜, 왜? 뭔데?"

검색창에 서양골동양과자점을 쳐 본 대권이 소리를 지르자 깜짝 놀란 효준이 흠칫했다. 대권은 똥 씹은 얼굴로 고개를 저었다. 내친김에 그래비테이션까지 검색해 본 그의 얼굴이 점점 썩어 들어갔다.

"형! 이게 뭐예요. 제가 이런 걸 왜 봐요?"

"뭐가, 이 자식아. 에반게리온이나 서양골동빵가게나 똑같지. 뭐가 달라."

"이건 호모 만화잖아요."

"호모 만화가 뭐야? 비엘, 자식아. 비엘."

"아무튼요! 에바가 왜 비엘이에요. 에바는 인간의 정체성과 구원에 관한 이야기고, 기동전사 V건담의 뒤를 잇는 로봇물의 정점이라고요."

"뭐? 정체성과 구원? 그런 건 모르겠고, 이카리 신지가 나기사 뭐, 아무튼 게네 둘이 커플이라며. 둘 다 남자 아냐?"

"으아아! 형! 대체 어디서 무슨 소릴 들은 거예요!"

덕후라면 에반게리온 덕후도 어디 가서 빠지질 않는다. 평소 찬양해 마지않는 에바의 작품성이 유린당하는 것 같은 느낌에 대권은 상대가 하늘 같은 선배라는 것도 잊고 숙소 안을 펄쩍펄쩍 뛰어다녔다.

"에반게리온의 주제는 '인간의 정체성'이라고요. 성별을 떠나 있단 말이에요. 그걸 그런 식으로 왜곡시키는 건 비엘 보는 미친년들밖에 없어요."

대권이 흥분한 모습을 처음 보는 효준은 의자에 멍하니 앉아 얘가 원래 이런 애였나, 를 고민했다. 하지만 꿈틀거린 연호의 눈썹을 보지 못한 건 대권의 실수였다.

"게네는 소금하고 설탕 중 뭐가 공이고 뭐가 수냐, 이런 걸로 진지하게 토론한다니까요? 그런 애들 눈에 뭔들 비엘로 안 보이겠어요. 형, 혹시 쉬는 동안 그런 애들하고 놀았―"

순간, 눈앞에서 빛이 번쩍 튀더니 뭔가 묵직한 것이 바닥에 떨어지는 소리가 들렸다. 대권은 그새 불쑥 튀어나온 이마를 어루만지며 바닥을 내려다보았다.

"휴대폰……?"

"오냐, 휴대폰이다. 너! 장비 챙겨서 훈련장으로 와."

"야, 연호야, 야!"

무섭게 대권을 노려본 연호가 방문을 쾅 닫고 나갔다. 그가 지나간 자리로 찬바람이 쌩쌩 불었다.

"연호 형 왜 저래요?"

"모르지, 나도."

대권에 비해 조금도 나을 것이 없는 효준이 고개를 저었다. 확실한 건, 연호가 후배들에게 폭력을 행사하는 건 아주 드문 일이고, 대권은 결국 훈련장으로 나가야 한다는 점이었다.

어깨를 축 늘어뜨린 대권이 숙소 복도를 터덜터덜 걸어가자 효준은 만면에 화사한 미소를 띠고 이 기쁜 소식을 모두에게 알렸다.

"성연호랑 김대권이랑 맞짱 뜬다!"

* * *

"꾸웨에에억!"

체중계에 올라선 정란은 믿을 수 없는 숫자에 개구리 짜부라지는 소리를 내며 빠르게 눈을 깜빡거렸다. 한 발을 들어도 보고, 쭈그려 앉아도 보고, 별짓을 다해 봤지만 처음의 숫자에서 줄어들지 않는다. 마음의 각오를 했다 하더라도 직면했을 때 충격이 덜하지는 않구나.

"내가 이 꼴을 보려고 배터리 갈아 끼운 게 아닌데……."

"너 마지노선 뚫었지?"

은근슬쩍 등 뒤로 다가온 정애가 물었다. 정란은 힘없이 고개를 끄덕이고 체중계에서 내려왔다.

"어떻게 하지?"

"뭘 어떻게 해. 엄마 밥 오랜만이라고 매일같이 처묵처묵할 때부터 알아봤다. 이 기회에 헬스 끊고 착실히 운동해. 아님 나랑 같이 새벽에 수영 다니든가."

"그런 뻔한 이야기 말고."

"그게 정석이야. 군자대로행! 다이어트엔 꼼수가 없어."

그러나 운동의 효과가 나타나는 시간을 기다릴 인내심 없는 정란에겐 실현 가능성 전무한 계획이었다. 결국 정란은 군자대로행이라는 위대한 동양철학 대신 앙드레 지드의 사상을 적극 수용하기로 했다.

"뭔데, 그게?"

"좁은 문 몰라? 좁은 문. 남들이 선뜻 가지 않는 어려운 길로 가는 거지."

"그니까 그게 뭐냐고."

"훗."

음흉한 미소를 흘린 정란이 휴대폰을 흔들었다. 제 딴에도 살이 찌는 게 걱정이긴 했는지 무슨 미용 관련 블로거가 즐겨찾기 되어 있었다. 다이어트와 방정란 전문가인 정애는 정란이 무엇을 가리키는지 단박에 알아차렸다.

"해독주스? 너 이거 먹게?"

"어! 몸의 독소를 빼내, 다이어트와 건강을 한 큐에 잡는 기적의 해독주스를 먹겠다!"

"니 배에 들어 있는 건 똥이 아니라 살이야. 백날 해독해 봐라. 살이 빠지나."

"괜찮아. 살 대신 응아가 나가도 몸무게는 줄어."

정애가 뭐라 하든 이미 해독주스에 꽂힌 정란은 요지부동이었다. 정애가 혀를 찼다.

"대단하다. 대단해. 남이 하라고 하는 일은 절대 안 하고 하지 말라는 것만 골라 하는 것도 어쩜 이렇게 아빠를 닮았냐?"

"갑자기 아빠는 왜 끌어들여. 난 나 자신만이 가지고 있는 캐릭터가 확실하다고."

"확실은 지랄. 저거 봐라, 너나 아빠나 똑같지."

정애가 턱으로 식탁 구석을 가리켰다. 그곳엔 고철이 놓고 간 영양 도시락이 놓여 있었다.

"아빠 도시락 또 놓고 갔어? 엄마가 뭐라 안 해?"

"엄마 새벽에 들어와서 지금 개꿀잠 주무신다. 저거 어떻게 하냐."

"뭘 어떻게 해. 갖다 줘야지."

"누가?"

정애가 물었다. 정란은 당연하지 않냐는 듯 정애를 향해 총 쏘는 시늉을 했다.

"당연히 너지. 너 오늘 연차 썼다매."

"생리통 때문에 배 아파 뒤질 것 같아서 연차 낸 거거든?

집에서 놀고먹는 네가 가! 살도 뺄 겸."

"약 먹으면 되잖아. 평소에는 생리해도 잘만 돌아다니면서."

자매는 서로에게 책임을 떠넘기며 도시락을 외면했다. 버스를 30분이나 타야 하는 훈련장까지 가기가, 싫다기보다는 귀찮았다. 정란이 손을 들었다.

"안 되겠다. 모든 것을 운에 맡기고 묵찌빠."

"콜."

사뭇 진지하게 시작된 묵찌빠는 공격권을 가진 정애의 가위에 정란이 가위를 내면서 정란의 패배로 끝났다. 정애는 승리의 함성을 지르며 도시락과 챙이 커다란 밀짚모자를 정란에게 건넸다. 체념한 정란은 터덜터덜한 걸음으로 아파트 단지를 나와 버스 정류장으로 걸어갔다.

✳   ✳   ✳

"어이, 방 코치!"

이른 점심을 먹고 들어온 사브르 팀과 마주친 플뢰레 코치가 고철을 불렀다. 잘 봐줘서 이른 점심이지, 사실상 아점이나 다름없었다.

"밥 먹고 오나 봐? 딸내미가 도시락 가지고 왔던데, 서운해하겠어."

순간, 고철과 플뢰레 코치의 대화를 무관심하게 듣고 있던 효준과 대권의 눈이 번뜩였다. 고철은 당장에라도 코치 휴게실로 뛰어갈 것처럼 구는 두 녀석의 어깨를 꽉 붙들고 플뢰레 코치에게 물었다.

"누구요?"

"큰딸."

말이 떨어지기가 무섭게 효준이 '에이' 하며 혀를 찼고, 대권은 완전히 흥미가 사라진 얼굴로 하품을 했다. 2년 전 연애를 끝으로 모든 성욕을 잃어버린 듯 선비질에 여념 없는 성주는 애초부터 논외의 인물이다. 며칠 전, 훈련을 핑계로 대권을 무자비하게 난도질해 운동장 30바퀴가 50바퀴 늘어난 연호도 자리에 없으니 예외다.

"니들은 가서 PT로 가볍게 몸 풀고 훈련 시작해."

"예에……."

기대하던 사람이 아니라서 실망한 건지, 훈련이 지겨워 그러는 건지, 잔뜩 기운 빠진 녀석들이 복도 코너를 돌아 훈련장 쪽으로 사라지자 고철은 휴게실로 쏜살같이 달려갔다. 아직 연호가 오려면 한참 남았지만 마음이 바빴다. 이놈의 지지배, 쓸데없이 어디 싸돌아다니고 있는 건 아니겠지?

"어. 아빠."

하지만 고철이 코치 휴게실 문을 열었을 때, 정란은 알 품은 어미 닭처럼 도시락을 끌어안은 채 구석 자리 소파에 얌전히 앉아 있었다. 고철은 엉거주춤 일어나는 정란의 머리를 꾹 눌러 다시 자리에 앉혔다.

"왜에?"

"왜라는 말이 나와? 너 자꾸 겁도 없이 훈련소 올래? 그러다 연호 녀석한테 들키려면 어쩌려고?"

"뭐? 성연호 복귀했어?"

"음?"

난생처음 듣는 말이라는 듯한 정란의 반응에 고철은 제 턱을 잡고 잠깐 생각에 잠겼다. 내가 말 안 했던가? 생각해 보니 그런 것 같기도……?

"뭐야, 아빠는 왜 그런 중요한 이야기를 안 해?"

"잊어버렸지, 인석아!"

"아, 진짜!"

새파랗게 질린 정란이 발을 쾅쾅 굴렀다. 새삼 딸에게 미안한 마음이 든 고철이 운동복 소매를 걷으며 태연한 척 물었다.

"3천 줄까?"

"됐네요! 이제 와 무슨!"

"그럼 빨리 나가, 빨리. 지금 나가면 연호랑 안 마주칠 수 있어. 정문 쪽 긴 복도 말고 후문 있지, 거기로 나가."

"퇴근해서 봅시다, 아버님!"

고철은 정란이 가져온 가방을 화급히 어깨에 메어 주며 그녀를 내쫓았다. 정란은 고철의 귀청이 떠나가도록 소리를 꽥 지르고 복도를 뛰어갔다. 짜증 나, 짜증 나, 짜증 나. 입 밖으로 계속 짜증이 새어 나왔다.

괜히 사람 민망하게 만드는 구름이 솜사탕 기계에서 돌아가는 솜사탕처럼 둥실, 떠 있었다.

연호는 기합 받는 걸 즐기는 편이었다. 그렇다고 해서 다소
보편적이지 못한 취향이 있다는 말은 아니다. 어느 쪽이냐면,
단순 반복 동작을 좋아하는 거라고 할 수 있겠다.

운동장 바퀴 수를 세고, 땅을 딛는 발의 감각에 집중하고,
폐를 찌를 듯 들어오는 더운 숨을 느끼고 있노라면 머리가 자
동적으로 텅 비워지는 것 같았다.

그러니 운동장을 돌고 있어야 할 연호가 짜증이 팍 난 얼굴
을 하고 훈련장으로 들어와서 고철을 찾는 건, 기합에 불만이
있어서가 아니었다.

"코치 어디 갔어?"

"어? 너 빨리 왔다?"

"50바퀴를 벌써 돌았어? 무슨 우사인 볼트냐?"

효준이 물통을 건네자 연호는 땀으로 푹 젖은 수건을 바닥
에 패대기치며 물통을 받았다.

"다 안 돌았어."

"헐?"

효준과 성주가 동시에 입을 떡 벌렸다. 얼마 전 연호에게
호되게 당한 트라우마로 차마 가까이 다가오지 못하고 멀찍이
서 있던 대권 역시 황당해하는 얼굴이었다.

"이게 대체 무슨 가빠?"

"코치가 널 꼬치구이로 만들걸?"

"아, 몰라. 굽든지 삶든지 맘대로 하라고 해. 난 이미 노릇하게 구워졌으니까 꼬치에 꽂기만 하면 되겠네."

퉁명스럽게 맞받아친 연호가 셔츠 목깃을 잡고 펄럭였다. 계속된 기합에 겉으로 드러난 목덜미, 팔뚝, 종아리는 물론이거니와 셔츠 사이로 얼핏얼핏 보이는 속살까지도 죄다 발갰다.

그걸로 남성미가 강화되었으면 좋겠지만, 불행하게도 연호는 타는 타입이 아니라 '익는' 타입이었다.

"맛살인가……?"

"죽고 싶지?"

"너 설마 타는 게 싫어서 코치 찾는 거냐?"

연호의 이모저모를 뜯어본 성주가 물었다. 화려한 전직에도 불구하고 실외 운동을 한 적 없는 성연호의 이력을 생각했을 때 충분히 가능한 이야기 같았다.

"그게 무슨 기성용 피부 관리한다고 축구 선수 은퇴하는 소리야? 나 원래 장대높이뛰기 하려고 했던 거 잊었어?"

"그럼 왜?"

"너무 더워서 머리가 안 비워져."

아무리 생각을 안 하려고 해도 한 걸음 뛸 때마다 '더워 죽겠다'라는 생각이 계속 났다. 그리고 한번 떠오른 생각은 꼬리에 꼬리를 물었다.

"어쨌든, 하루만 더 뛰면 자외선 트라우마 생길 것 같아."

"야, 어디 자외선 트라우마 정도로 명함을 내밀어? 버저(Buzzer) 트라우마 소유자 앞에서."

"버저 트라우마? 그건 또 뭐야?"

"뭐긴 뭐겠냐."

효준이 턱으로 구석에 찌그러져 있는 대권을 가리키자 대권이 고개를 떨궜다. 날카롭게 찌르는 연호의 눈빛이 급소만 무섭게 노려 오던 은빛 호선과 겹쳐 보인다.

"그때, 네가 쟤 학살할 때—"

"그게 무슨 학살이야. 애 데리고 훈련 좀 한 거 가지고."

연호가 말도 안 되는 소리 말라며 콧방귀를 뀌었다. 물론, 그게 훈련이라고 생각한 사람은 연호뿐이었다.

"애를 다져 놓은 게 훈련이냐? 버저가 무슨, 뻥 안 치고 100번은 울렸을 거다. 애가 그날 이후로 다른 팀 센서 버저만 울려도 경기를 일으켜."

때마침, 효준의 말을 증명이라도 하듯 에페 팀 쪽에서 전자 센서가 길게 한 번 울렸고, 대권은 여봐란듯이 어깨를 떨었다. 하지만 연호는 반성은커녕, 대권의 종아리를 발로 찼다.

"이게 어디서 엄살이야? 그런 걸로 버저 트라우마가 생기면 시합 나갈 때마다 족족 지고 돌아오는 애들은 다 정신과 상담 받게? 미친 듯이 찔릴 때도, 미친 듯이 찌를 때도 있는 거지."

"그래도 경기하다 생명의 위협을 느끼진 않잖아요……."

"생명의 위협 같은 소리 하고 있네. 죽일 작정이었으면 보호구 입으라고 하지도 않았어. 더운데 머리에서 스팀 나오게 하지 말고 코치 어디 있는지나 말해."

더 이상의 항변이 무의미함을 깨달은 대권이 코치 휴게실이

202

라고 중얼거리자 연호는 한 모금 남은 물을 비장하게 마신 뒤 훈련장을 나갔다. 고철에게서 만족스러운 대답을 듣기 전까진 돌아오지 않을 기세였다.

하지만 연호는 생각보다 일찍 왔다. 의아한 효준이 물었다.

"코치가 밤에 뛰래?"

"아니. 코치 못 만났어. 없더라."

"근데 왜 그렇게 신나 있어?"

"내가? 내가 신날 게 뭐가 있어?"

아닌데? 너 신나 있는데? 진짜 신나 있는데? 뿅 맞았는데?

"더운 게 좀 가셔서 그래. 열이 식으니까 화도 가라앉는가 보지."

효준의 어깨를 툭 친 연호가 마스크를 썼다. 그리고 대권을 손가락으로 불렀다.

"야, 연습하자."

"으악!"

기겁한 대권이 도망가려 했지만 얼마 못 가 연호에게 목덜미를 잡혔다. 대권을 질질 끌고 가는 연호의 입가에 잔인한 미소가 떠올랐다.

5
절정의 스포츠맨십

특별히 여름을 타는 것도 아닌데, 올여름은 유독 사람을 무기력하게 만드는 것 같았다. 개처럼 헐떡거리며 계단을 올라온 정란은 호소문화사의 문을 열며 누구에게라고 할 것 없이 중얼거렸다.

"돈 벌면 엘리베이터 좀 설치해 주세요……."

"란!"

무기력한 정란과 상반되게, 언제나 기운 넘치는 장 사장이 하고 싶은 말이 가득한 얼굴로 뛰어와 그녀를 반겼다. 덕심이라면 장 사장에게 뒤지지 않는 호소문화사 내부 디자이너인 우림도 왠지 상기되어 있었다. 정란은 사장실 소파에 털썩 주저앉았다.

"두 분, 왜 이렇게 업되어 계세요?"

"우리 카페에 엄청 대박 작품 올라왔다?"

"대박 작품? 뭔데요? 요즘 별로 재미있는 거 없던데."

"팬픽인데, 작가가 가브리엘 님이야."

"헐?"

그것은 확실히, 무기력을 단번에 날려 줄 대박 소식이었다. 동인계에서 열 손가락 안에 드는 필력의 소유자, 가브리엘. 동인지든 상업지든 책만 냈다 하면 품절은 순식간이요, 중고 시장에서도 웃돈을 얹어 줘야 살 수 있을 정도로 인기 작가였다.

정란과 개인적인 친분이 있어 카페 가입은 해 줬지만 정말 연재를 해 줄지 몰랐던 정란은 벌떡 일어나 장 사장과 우림이 보고 있던 노트북으로 얼굴을 들이밀었다.

"성연호, 박성주?"

"그래, 성연호 박성주 리버스야. 상상이 안 가는 리버스를 들고 오셨어!"

"상상이 안 가는 걸 또 끝장나게 쓰시는 게 가브리엘 님이잖아요."

고대하던 이의 등장에 신난 두 사람이 마구 떠들기 시작했지만 아무 말도 할 수 없는 정란은 침만 꿀꺽 삼켰다.

"'형, 그렇게 살면 편해? 모르는 척, 상관없는 척, 다 무시하고 현재만 보면 편하냐고'. 와…… 뭔가, 쫄깃하다?"

"이게 진짜 성연호 같아요! 싸가지 없고, 말 툭툭 내뱉는 것도 엄청 잘 어울려요. 미남공, 미남공!"

"박성주는 그냥 현실에 찌든 무심수 콘셉트네."

"선수 생활 되게 오래하지 않았어요? 리얼리티 돋네요."

"그래, 오히려 이게 낫다. 1편만 읽어도 감이 온다, 대박의 감이."

그래. 감이 오긴 왔다. 목덜미부터 등줄기까지 타고 흐르는 이상한 압박감이. 정란은 눈을 질끈 감았다.

"가브리엘 님이 진짜 독하게 맘먹고 캐릭터 분석했나 보네. 란이 보기엔 어때? 성연호랑 아는 사이라며?"

"아, 맞다. 그때 판매전에도 왔었다면서요."

우림이 정란의 어깨를 툭, 쳤다. 여자들 소문이 이렇게 무섭다. 그 자리에 없던 우림이 알고 있을 정도면 조만간 연예가중계에 나올지도 모르겠다.

"네? 아, 네…… 그렇게 친한 사이는 아니에요……. 그냥 어쩌다 알게 된 정도? 창호지처럼 가벼운 사이랄까, 뭐 그런 거라고나 할까나……."

"그런데 판매전엔 왜 와?"

"아, 그건, 제가 뭘 줘야 할 게 있어서, 밖에서 보자고 했는데 자기가 들어온 거예요. 그 사람은 이쪽 아니고, 관심도 없어요."

"헉! 그럼 욕정의 피스트는? 설마 그거 읽었대?"

"어우, 무슨 소리세요? 그걸 읽히면 안 되죠. 제가 빼앗았어요. 걱정 마세요. 몰라요, 그 사람은."

정란이 안심하라며 손사래를 치자 장 사장이 가슴을 쓰는 시늉을 했다.

"앞으론 판매전 보안에 신경 더 써야겠다. 에비앙 걔는 잘 알아보지도 않고 사람을 들여보내고 그랬대, 왜?"

"입구 담당자가 에비앙 님이었어요? 그럼 당연히 뚫리죠. 에비앙 님 원래부터 성연호 팬이었잖아요."

"팬심을 발휘해야 할 때가 있고, 아닐 때가 있지."

"언니, 저 잠깐 화장실 좀 갔다 올게요."

"응? 응, 그래."

혀를 끌끌 차는 장 사장과 우림을 남겨 두고, 정란은 회의실을 나갔다. 이상하게 가슴이 답답했다. 이제는 더 이상 관계없을 거라고 생각했던 그의 흔적과 마주쳐서 그런 것 같았다.

나쁘다는 걸 알면서도 저도 모르게 그것에 향하는 마음은 거둘 수가 없었다.*

의자에 쭈그려 앉은 정란은 수십 번을 망설이다, 마우스를 잡았다.

쉬익—

날카로운 사브르의 칼날이 허공을 갈랐다. 검의 궤적이 은빛 날개처럼 화려한 빛을 흩뿌린다. 훈련장 벽까지 몰린 박성주는 그대로 석상처럼 굳어져 제 목을 겨누는 검을 내려다봤다.

"뭐, 뭐야, 성연호. 너 미쳤어?"

---

*달빛의 선율, 『중독』, 도서출판 선, 2012.10.18

"미쳤다고 생각해, 내가?"

냉소적인 미소, 오만한 눈빛. 미치지 않고서야 한참 선배를 칼로 찌를 듯 굴면서 이럴 수는 없다.

"나도 내가 미친 거였으면 좋겠어. 그럼 차라리 속이 편할 것 같거든."

검을 집어 던진 성연호가 자조적인 어투로 중얼거렸다. 웃고 있었지만 정말 웃는 것 같지는 않았다.

"내가 정말 미쳤다면, 난 지금 이 자리에서 형을 죽여 버렸을 거야. 목을 찌르고 배를 가르고 형의 시체를 내려다보면서 웃었을 거야. 그렇게 난 내 기억에서, 내 미래에서 형을 지워 버렸을 거야."

성연호가 한 발, 박성주에게 다가왔다. 저보다 훨씬 큰 성연호의 키, 안개처럼 낮게 깔린 그의 목소리보다 더 강하게 박성주를 결박하고 있는 것은 깊이 가라앉은 그의 눈빛이었다.

"그런데 난 그렇게 못 해. 너무 제정신이라서. 형을 기억에서 지우는 것보다 그냥 살아야 한다는 걸, 그게 죽을 만큼 힘들어도 더 낫다는 걸 잘 알아서. 그래서 형을 살려 두는 거야. 그러니까……."

열탕처럼 절절 끓어오른 성연호의 숨결이 박성주의 귓가를 뜨겁게 달구었다.

"그러니까 이제 형, 도망 못 가."

"엄마야…… 어떻게 해……."

정란은 잔뜩 붉어진 얼굴을 손으로 가리고 책상에 묻었다. 벌써 몇 번이나 읽은 장면이지만 보면 볼수록 설레고, 볼 때마다 얼굴이 화끈거렸다.

처음 연재분에 달렸던 작가 코멘트가 생각났다.

이제까지 여러분이 보셨던 성연호 팬픽을 기억에서 지워 드리겠어요~♡

그리고 위대한 가브리엘 님은 정말 그녀의 장담대로, 방정란의 머릿속에서 떡대수 성연호를 지워 버리는 데 성공했다.

✳   ✳   ✳

"연호 형! 코치가요!"

허겁지겁 라커룸으로 들어온 대권이 막 상의를 벗고 있는 연호를 보곤 힘차게 손을 들었다. 그사이 화는 풀렸지만 최근 대권을 괴롭히는 데 재미 들린 연호는 부러 인상을 썼다.

"코치가 니 친구야?"

대권은 후다닥 손을 내렸다. 요즘 성연호의 기분은, 나름 절친이라 자부하는 효준이 감을 못 잡을 정도로 널을 뛰었다. 그래서인지 꼬투리 잡는 것도 기기묘묘했다. 코치가 니 친구냐니? 그럼 코치를 코치라고 부르지 뭐라고 부르는데? 우리가 언제부터 코치한테 '님' 자 붙였다고.

"대답 안 해? 코치가 니 친구냐고."

"어…… 아뇨, 아니죠. 그러니까 그게, 코치, 코치님이요……."

"두 번 반복하면 존경의 강도가 올라가냐? 코치, 코치가 뭐?"

이런 남한테는 엄격하고 나한테는 관대한 인간 같으니. 왜 나는 코치님이고 너는 그냥 코치냐!

"아, 그게요, 코치님이, 오늘 회식하자고 그랬, 아니, 그러셨는데요. 연호 형도 꼭 오시라고, 오리고기 먹자고 하셨어요……. 코치님 집 근처에 맛있는 데 생겼다고."

"회식 장소가 코치네 집 근처라고?"

"30분 거리랬나? 그렇게 들었는데요."

"그게 뭐가 근처야?"

"그래도요……."

"흠……."

뭔가 생각하는 듯, 콧잔등을 찌푸린 연호의 눈이 마치 피스트 위에 서 있을 때처럼 번뜩였다. 아직 트라우마가 남은 대권은 움찔거리며 뒤로 물러났다.

"왜…… 그러세요?"

"아냐, 아무것도. 알았어. 좀만 기다려. 옷 갈아입고 갈 테니까."

"네?"

"무슨 문제 있어?"

"그게, 형 원래…… 회식 잘 안 오셨잖아요. 그럴 시간 있으면 훈련을 더 하겠다는 게 형의 평소 지론 아니었어요?"

"훈련은 무슨. 됐어, 그냥 대충 살아. 훈련해서 써먹을 데도 없어."

그사이 평상복으로 갈아입은 연호가 퉁명스럽게 대답했다. 대권은 우그러진 얼굴 근육을 잡아당기고 탈의실을 나왔다.

무단이탈 전 연호의 회식 참가율은 30% 정도로, 그 30%도 그냥 밥만 먹고 가는 경우가 대부분이었다. 그런 만큼 코치가 술잔을 비우기 무섭게 술을 채워 주며 안주 꼭 챙겨 먹으라고 코치의 숟가락에 고기를 얹어 주는 성연호를, 세 사람은 단 한 번도 상상해 본 적이 없었다.

"……저 새끼 요즘 왜 저래요?"

술잔을 든 채로 얼음이 되어 있었던 효준이 한마디 했다. 물론 그 질문에 대답해 줄 사람이 있을 리 만무하다. 효준은 스스로 답을 찾았다.

"……생리하나."

"뭔 소리야?"

"수지가 생리할 때 저렇거든요. 무슨 생각을 하는지 알 수가 없어."

"아!"

성주는 크게 와 닿은 표정으로 연호를 바라보다, 이내 고개를 저었다. 볼 것, 못 볼 것 다 본 사이에 여장 남자라니. 열혈 강호도 아니고.

하지만 다소 심란한 세 사람과 다르게 고철은 한껏 흥이 올라 있었다.

"연호야, 성연호, 이 자식아! 너 아직 젊어. 아직 시간 많이 남았어, 그러니까 다시 열심히 하면 돼. 기운 내고!"

얼근히 취한 고철이 연호의 어깨를 퍽퍽 두드렸다. 힘 조절이 안 되는 게 분명해 보이는데도 연호는 아픈 기색 없이 빙긋 웃었다.

"뭐래요, 코치 벌써 취했어요?"

"아냐, 아냐. 나 멀쩡해. 자, 모두 짠 하자, 짠!"

대한민국의 정통 술 문화는, 건배 다음에 원샷이다. 경험 부족으로 원샷에 익숙하지 않은 대권은 마시는 척하며 술잔을 내려놓고 선배들의 눈치를 살살 보았다. 그러나 대권에게 관심을 가지는 사람은 아무도 없었다.

"돌겠네. 심판 앞에서 저렇게 웃었어 봐라. 남자고 여자고 정신 놓겠구만, 왜 저런 백만 불짜리 미소를 코치한테 보여 줘? 아우, 병신……."

혼자 자작한 성주가 단숨에 술을 들이켰다. 벌써 꽤 마신 뒤지만 마실수록 술이 깨는 것 같았다. 효준과 대권도 비슷한 심정이었다.

사람 환장하게 만드는 것은 그뿐만이 아니었다.

"어이쿠!"

"코치, 괜찮아요?"

화장실 좀 갔다 오겠다며 일어난 고철이 휘청거리자 연호가 잽싸게 고철을 부축했다. 모르는 사람이 보기엔 효성 지극한 아들이 아버지 챙기는 것처럼 훈훈한 장면이었다. 그리고

세 사람은 자기들 눈앞에서 연호와 고철을 치워 버리고 싶어
졌다. 둘 다 안 된다면 하나라도!

"코치님, 진짜 많이 취한 것 같아요."

"코치, 이렇게 마셔도 돼요? 사모님 아시면 어쩌려고요?"

"괜찮아, 괜찮아. 와이프랑 딸내미 오늘 밤에 일본 간다고
그랬어. 집에 아무도 없어. 더 마셔도 돼, 괜찮아."

"아이고, 우리 코치님 안 되겠네요."

저들이 안 괜찮은 세 사람은 고철이 괜찮다고 손사래를 치
든 말든, 둘러업다시피 해 가게 밖으로 데리고 나갔다. 그런데
문제가 있었다.

"누구, 코치 집 주소 아는 사람?"

아직 멀쩡하다고 앙탈을 부리는 고철을 택시 안에 욱여넣은
성주가 물었다. 놀랍게도 모두가 고개를 흔들었다. 생각해 보
니, 코치 집에 가 본 사람이 한 명도 없었다.

"연호 형도 안 가 봤어요?"

"딸이 있다는 것도 몰랐는데 집에 가 봤을 거 같냐?"

"뭐여, 신분 세탁이라도 했어? 왜 거처가 불분명해?"

"후……. 코치 완전 입 돌아갔네. 아니, 코치님."

순간, 저를 향한 연호의 눈빛에 찔끔한 대권이 잽싸게 '님'
자를 붙였다. 연호는 그제야 시선을 고철 쪽으로 돌렸다. 창문
에 기댄 채 팔을 허우적대는 모습이 심상치 않았다. 혼자 택시
태워 보내면 택시 기사 아저씨랑 시비 틀 것이 눈에 훤히 보였
다.

"내가 같이 가지, 뭐. 주소는 지갑 뒤져 보면 나오지 않겠어?"

"네가?"

"오, 그래, 그래. 그거 좋은 생각이다."

성주가 너 웬일이냐고 물어볼 새도 없이 효준이 쌍수를 들고 환영하고 나섰다. 마침 기다림에 짜증 난 택시 기사 아저씨가 안 갈 거냐고 물어보기까지 한 터라 더 미적거리기도 곤란했다.

"기사님, 상록 현대 2차요."

고철의 지갑을 뒤적인 연호가 주소를 부르기 무섭게 택시가 출발했다. 성주를 비롯한 세 사람은 먹자골목을 가르는 택시를 바라보며 하염없이 손을 흔들었다. 그리고 택시가 점처럼 작아진 뒤에야 중요한 사실을 깨닫고 소리쳤다.

"야! 술값! 술값 내고 가!"

이상하게 술이라는 것은, 이미 취하고 나면 깰 때가 되지 않는 이상 마시지 않아도 점점 더 취하게 된다. 처음엔 좀 많이 취한 정도에 불과했던 고철이 택시에서 내릴 즈음해서 인사불성이 되어 있었던 이유도 그 때문이었다.

덕분에 연호는 생전 처음 와 보는 아파트 단지에서 105동을 찾아 30분을 헤매야만 했다. 그것도 베어형의 50대 아저씨를 업은 채로 말이다.

그러나 집을 찾았다고 해서 끝난 게 아니었다. 1203호 문 앞에 고철을 기대 세운 연호가 그의 어깨를 흔들었다.

"코치, 코치! 정신 좀 차려 봐요. 집 비밀번호 뭐예요?"

"으음…… 이, 일……."

"1? 2, 1?"

"일……."

고철이 구부러진 손가락을 흔들었다. 손가락 개수와 고철의 어설픈 발음에만 모든 정신을 집중한 연호는 결국 현관문을 여는 데 성공했다.

일부러 그랬는지 거실엔 불이 켜져 있었다. 현관 바로 왼편의 화장실, 정면의 작은 방, 그리고 거실 소파가 보였다. 고철은 연호의 부축 없이도 비틀비틀 걸어가 소파 위에 벌러덩, 드러누웠다. 귀소본능쯤 되나 보다.

"어후, 더워."

거실 바닥에 주저앉은 연호가 손부채로 바람을 만들었다. 옷, 얼굴, 손바닥 할 것 없이 땀으로 범벅되어 있었다. 고철이 깨지 않게 소리 죽여 거실 창문을 열자 뜨거운 공기가 훅 들어왔다. 바람을 기대했지만 하필 이런 날 열대야였다.

11시가 다 되어 가는 시각인데도 잠 못 이루는 집이 많아 아파트 창문마다 환한, 그런 여름밤이었다.

✳   ✳   ✳

"티켓팅 했어?"

종잇조각 두 장을 살랑살랑 흔들며 항공사 부스에서 나오는 정애에게 짐 지키고 있던 정란이 물었다. 엄마가 냉큼 대답했다.

"응! 했어."

엄마는 소녀처럼 들떠 있었다. 언제나 마이페이스인 엄마였지만 태어나서 처음으로 국제선 비행기를 타게 된 기쁨은 숨길 수가 없어 보였다. 자매는 무심한 남편인 아빠를 욕하고 만만치 않게 무심한 딸들인 자신을 반성했다.

"엄마 미안해. 내가 같이 가서 여기저기 구경도 시켜 주고 그래야 하는데 하필 마감이라……."

"으응, 아니야. 너 마감이 낼 모렌데 아직 절반도 안 했다며. 엄만 괜찮아. 그리고 이 나이에 무슨 구경이야. 가서 정애랑 온천물에 푹 담그고 오는 것만으로도 좋아."

"그게 걱정이야. 방정애를 믿을 수가 있어야지."

"내가 뭘?"

정애가 어깨를 들썩였다. 정란은 가자미눈을 뜨고 탐색하듯 정애를 바라보았다.

"일어를 잘 못하니까 그렇지. 영어도 안 통하는 나란데."

"뭐 말할 일이 얼마나 있다고. 공항에서 온천까지 셔틀 있다면서. 걱정 마셔."

"온천 안으로 가서 온천장 어디 있는지는 물어봐야 할 거 아니야?"

"그 정도는 나도 물어볼 수 있다. 죠꾸시쯔가 도꼬데스까(嶹

室がどこですか)? 욕실이 어디 있냐. 이거 아니야? 언니만큼은 아니지만 나도 일어 좀 하거든?"

뭘 잘못했는지도 모르고, 정애는 당당했다. 눈앞이 캄캄해진 정란은 머리를 쥐어뜯으며 한숨을 쉬었다.

"죠꾸(辱)가 아니라 요꾸(浴)야, 이 멍청아. 죠꾸는 능욕(凌辱), 굴욕(屈辱)할 때의 욕, 죠꾸고. 욕실은 요꾸(浴)!"

"그래?"

정애가 고개를 갸웃거렸다.

"왠지 죠꾸가 더 익숙한데."

"익숙하시겠죠. 그대가 읽는 책에 제일 많이 나오는 단어일 테니까요, 능욕."

"지는 안 읽는 것처럼 말하는 것 봐라. 어이없다, 진짜."

자매가 서로에게 묻은 똥이 더 크다며 투닥대는 동안, 자매 싸움에 이골이 난 엄마는 아무 말 없이 티켓에 적힌 자신의 영문 이름과 여권에 박힌 사진을 들여다보고 있었다.

"아차차, 딸. 아빠 오늘 회식이라고 했거든? 술 많이 마시고 들어오면 냉장고에 컨디션 있으니까 꺼내 드리고. 여유 있으면 아침에 콩나물국도 좀 끓여 드려."

여행에로의 기대에 들떠, 뒤늦게 남편의 존재를 상기해 낸 엄마가 말했다. 해외여행이 처음은 아니지만 회사를 안 가도 된다는 이유로 들떠 있던 정애도 그제야 아빠를 떠올렸다.

"아. 그러고 보니까 아빠한테 우리 여행 간다는 얘기 했어?"

"엄마가 말했어. 딸들하고 간다고. 안 그랬으면 아빠가 갔다 오라고 했겠니?"

'딸들', 복수형이었다. 하지만 세트로 묶이는 것에 익숙한 자매들은 이상한 점을 느끼지 못했다.

"그럼 나 진짜 갈게. 야, 차 키."

"어, 언니야. 주차장까지 내가 바래다줄게. 엄마, 나 언니 좀 바래다주고 올게. 여기 있어."

마음이 급한 정란이 세 사람이 타고 온 아빠 차 키를 내놓으라며 손바닥을 내밀었지만 정애는 기어코 주지 않았다. 2층 출국 심사장 앞 벤치에 앉은 엄마가 갔다 오라며 손을 흔들었다.

에스컬레이터에 올라탄 정란은 정애의 손에 들린 가방을 바라보곤 이내 콧방귀를 뀌었다.

"바래다주는 거 좋아하시네. 너 담배 피우러 나온 거지?"

"들켰나?"

"주차장까지 바래다주는데 그렇게 큰 가방을 들고 올 필요 없잖아. 조심해라, 너. 그러다 걸린다."

"걱정 마라. 이 가방 안에 섬유 탈취제랑 가그린 다 들었다."

입구로 나온 자매는 흡연 구역을 찾아 공항 청사 왼쪽으로 돌아갔다. 천장이 뚫린 유리 박스 안에는 먼저 온 남자들로 만원이었다. 혹시 엄마가 아는 사람이라도 만날까 걱정한 정애는 입구를 등지고 선 덩치 커다란 남자 뒤로 숨었다.

"나 같으면 그럴 바엔 그냥 끊겠다. 아니면 차라리 커밍아웃을 하든가."

"난 너가 아니니까 안 끊는다. 그리고 방씨 집안에서 커밍아웃은 너의 커밍아웃으로 충분하다."

"난 커밍아웃한 거 아니다. 들킨 거지."

"그러니까 멍청아, 왜 거실에서 책 읽다가 잠들어. 그건 아빠더러 봐 주세요, 하는 거랑 똑같지."

언니의 고등학교 2학년 겨울방학을 떠올린 정애가 한 손에 담배를 들고 웃었다. 정란은 입술을 삐죽거렸다.

"공부와 덕질을 병행하기가 쉬운 줄 아냐. 빨리 피우기나 해라. 이 언니 급하시다."

"다 폈다."

정애는 마치 남자처럼 담뱃재를 털어 불을 끄고 가방 안에서 섬유 탈취제를 꺼내 온몸에 칙칙 뿌렸다. 몇 방울이 사방으로 튀었다. 자매는 사람들의 눈총을 받으며 흡연 구역을 나왔다. 고철의 차를 주차한 곳에 거의 다 왔을 무렵, 조금 앞에 걷던 정애가 구석을 가리키며 말했다.

"야, 저기 토한 거 있다. 보지 마."

"야이! 보지 말라면서 왜 손가락질해! 손가락 따라갔다가 봐 버렸잖아. 그리고 가는 길에 있는 것도 아니고 저쪽에 있는 거잖아! 네가 말 안 했으면 안 봤을 건데, 왜!"

정란이 기겁하며 양팔을 퍼덕거렸지만 정애는 아랑곳하지 않았다.

"이제 그냥 적응해. 대한민국 어디를 가도 '토'는 보게 되어 있다? 특히 오늘은 '토'요일 밤이라고. '토'가 많은 날이지.

게다가 여름이니까, 여기저기서 '토'가 발견될걸?"

이쯤 되면 고의성이 다분하다. 사실 정애는 가끔씩 정란에게 토 사진을 보내거나, '토. 란국' 같이 메시지를 끊어 보내는 방법으로 정란을 괴롭혔다. 물론 악의는 전혀 없다. 다만 정란의 토 포비아를 전혀 심각하게 받아들이지 않았을 뿐이다. 사실 정애뿐만이 아니라, 대부분의 사람이 그랬다.

"아니야, 아니야! 안 볼 수 있었어, 안 볼 수 있어! 요즘 통안 봤단 말이다. 주말에 홍대 간 적 있는데 그때도……!"

불현듯, 그녀가 말을 멈췄다. 정애는 고개를 들었다. 공항 청사의 할로겐 전등 아래 드러난 언니의 표정이 묘하게 몽롱했다.

"왜 그래?"

"어? 아, 아니야. 아무것도."

정란은 황급히 고개를 흔들고 잰걸음으로 정애에게 다가갔다. 차 키를 꺼낸 정애의 얼굴에 망설이는 흔적이 떠올랐다.

"근데 진짜 걱정된다. 언니 운전해서 집까지 정말 갈 수 있겠어? 운전 안 한 지 좀 됐잖아."

"마감하지 못한 자에겐 죽음도 안식이 아니다. 걱정 마라."

"뭐래, 병신."

피식 웃은 정애가 차 키를 건넸다. 정란은 최대한 능숙하게 보이도록 단번에 운전석 문을 열고 차에 올라탔다.

느릿하게 시동을 걸고 룸미러로 뒤를 바라보자 그때까지 팔짱을 끼고 서 있는 정애가 보였다. 그녀는 정애에게 손을 흔들어 주며 주차장을 빠져나왔다. 토요일 늦은 밤 공항 주차장은 나가는 차나 들어오는 차나 할 것 없이 만원이었다. 주차 요금소 앞에서 제 차례가 오길 기다리는 시간이 끔찍하게 길었다.

토요일. 저녁. 홍대. 토를 보지 않는 것이 이상한 장소, 이상한 시간.

그리고 그.

빠앙—

잠깐 생각에 빠진 사이 그녀의 차례가 왔다. 뒤차가 빨리 가라며 경적을 울렸다. 정란은 자꾸만 떠오르는 생각을 멈추기 위해 라디오 볼륨을 높이고 액셀을 밟았다.

밤 시간에 어울리는 DJ의 나직한 목소리가 귓가에 스며들었다.

—……마지막 곡 들려 드리면서, 저는 이만 물러갈게요. 김진표, '가지 말 걸 그랬어'.

＊　　　　＊　　　　＊

"무, 무……울……."

비몽사몽간에 정신이 든 고철은 본능적으로 물부터 찾았다. 불쑥, 한기가 느껴지더니 손에 물컵이 쥐어졌다.

"여기요."

"어……?"

끔뻑, 끔뻑. 얼결에 물컵을 받아 들고 눈을 느리게 깜빡거렸다. 초점이 분명하지 않지만 분명 성연호다.

"네가 여긴 웬일……. 여기 우리 집…… 맞는데……."

"기억 안 나요?"

기가 막힌 연호가 혀를 끌끌 찼다.

"코치 완전 취했었어요. 이제 보니 필름도 끊겼네."

"그랬어?"

정말이지, 하나도 기억이 나지 않았다. 어지간해서는 이런 일이 없는지라 고철은 부쩍 의심이 들었다.

"이 자식들, 날 얼마나 먹인 거야? 들이부었냐?"

"들이붓긴 누가 들이부어요? 코치가 좋다고 마셔 놓고."

"그, 그래……?"

아닌데? 뭔가 이상한데. 오늘은 천천히 오래 마시려고 작정하고 자리 만든 건데.

하지만 아직도 술이 덜 깬 고철에게 이성적 사고란 거의 남아 있지 않았다. 생선 가게에 고양이를 들이고도 별 위기의식을 못 느낀 것은 그 때문이었다.

"아이고, 죽겠다. 야, 연호야, 냉장고에서 견디셔 좀 찾아와 봐라."

"뭐야, 그런 걸 집에 두고 살아요?"

"몰라, 이놈아. 가져오기나 해."

"냉장고가 어디 있는데요? 안 보이는데."

"냉장고가 어디 있긴 어디 있어, 부엌에 있지. 안쪽 싱크대

옆에 있어."

"진짜, 이래서 물에 빠진 사람 구해 주는 게 아니라는 거지."

투덜거린 연호가 부엌으로 사라진 뒤, 고철은 힘겹게 몸을 일으켰다. 숨에선 술에 찌든 냄새가 나고 죽겠다란 소리가 절로 나왔다. 그리고 그가 어떻게든 정신을 차려 보려고 애쓰고 있을 때, '띠릭' 소리와 함께 현관문이 열렸다.

"아빠, 왜 그러고 있어?"

귀신이라도 본 듯한 고철의 표정을 의아하게 살피던 정란이 입을 열자 고철이 마구 팔을 휘저었다. 양팔을 교차해 X를 그렸다가 다시 나가라며 문을 가리킨다.

"어? 뭐라고 하는 거—"

하지만 정란이 상황 파악을 하는 것보다 연호가 냉장고에서 컨디션을 찾아오는 게 조금 더 빨랐다.

"코치, 이거 맞아요? 라벨이 조금 벗겨져 있어서 잘 모르겠네."

"……!"

정란은 튀어나오려는 비명을 손으로 틀어막고 빠르게 머리를 굴렸다. 다행히 목소리만 들렸을 뿐, 아직 모습은 보이지 않았다. 부엌과 거실을 가로막고 있는 벽쯤에 있나 보다.

하지만 도로 나가기엔 이미 글렀다. 무엇보다 문이 열고 닫힐 때 나는 소리가 문제였다. 아빠도 같은 생각을 했는지 나가라는 손짓 대신 왼쪽을 가리켰다. 왼쪽? 왼쪽에 뭐가 있지?

"그쪽에 뭐 있어요?"

"어? 아냐, 아냐. 아무것도 없어. 그거나 이리 줘."

벽을 가리키는 고철의 행동이 이상했던지, 부엌에서 나오던 연호가 왼쪽을 바라봤다. 고철은 연호의 손에서 컨디션을 낚아채듯 빼앗아 주의를 돌렸다. 현관 센서는 꺼진 지 좀 됐고 인기척도 크게 느껴지지 않는 걸 보니 정란은 잘 숨은 것 같았다. 술기운이 아닌 안도가 밀려와, 머리가 어질했다.

그리고 똑같은 이유로 현기증을 느낀 사람이 또 있었다.

"푸하!"

간발의 차로 화장실에 숨는 데 성공한 정란은 참았던 숨을 내쉬며 거실에서 나는 소리에 귀를 기울였다. 이제는 아빠가 빨리 그를 쫓아내길 바라는 수밖에 없다.

"야, 너 나가서 맥주 좀 사 와라. 해장술 해야지."

나이스, 아빠! 아빠 간 파이팅!

"미치셨어요? 코치 나이를 생각해요. 해장술은 무슨 해장술이야. 간 수치도 높다면서."

"아. 그래, 그럼. 나 자게 너 그만 가라."

"지금 나 쫓아내는 거예요? 여기 다 주택가라서, 이 시간에 택시 안 잡히겠더만."

내가 콜택시 불러 줄게. 1566-2545! 부르면 10분 안에 온다!

"그렇다고 우리 집에 딸이 둘인데, 니가 자고 가는 것도 좀 그렇지 않냐?"

"지금 집에 없잖아요. 일본 여행 갔다면서요."

"아니, 그건 그런데……."

"그리고 나 지금 기운 하나도 없어요. 대체 필름 끊긴 코치를 누가 데려왔다고 생각하는 거야? 내가, 코치를 업고 30분을 돌았어, 여길. 80킬로 나가는 내가, 90킬로 나가는 코치를 업었다고요."

고철의 목소리가 뚝 끊겼다. 정란이 할 수 있는 일이라고는 무언의 응원을 보내는 것뿐이었다. 아빠, 힘내! 염치 따위 개나 줘!

"야, 넌 여자 친구도 없냐. 토요일 밤에 우리 집에서 자고 가게?"

좌절한 정란은 화장실 문에 이마를 가져다 댔다. 아니야, 아빠. 그건 아주 안 좋은 주제 같아.

"있었는데 헤어졌어요."

"이, 있었어?"

뒤늦게 정신을 차렸는지, 아빠가 말을 더듬었다.

"어…… 왜, 아니, 어떻게 헤어졌어?"

"그냥 자기가 먹튀하던데요?"

"먹튀? 무슨 먹튀?"

딱 정란이 묻고 싶은 질문이었다. 먹튀라니? 내가 뭘 먹튀해? 문에 딱 붙어 있던 귀가 점점 더 들러붙어 문과 혼연일체될 기세였다.

"뭐 중요한 건 아니구요. 애초에 들인 내 탓이 크지, 뭐."

"집에 들였다고? 네가?"

"시끄러운 게 좋아서요. 아무 생각 안 나게 해 줘서…… 좋던데요?"

이상하게 정란은 그 순간, 그가 어떤 표정을 하고 있을지 알 것 같았다. 콧잔등을 잔뜩 찡그려 위에 주름을 만들고 다문 입을 모아 슬쩍 웃는 얼굴이 자연스럽게 그려졌다. 불만과 장난기가 동시에 묻어나는 목소리가 그렇게 만들었다.

"생각이 안 나? 무슨 생각?"

"코치도 알면서 뭘 그래요?"

하지만 그녀는 몰랐다. 그래서 갑자기 조용해진 바깥의 상황이 더 답답했다. 아무것도 안 보여서. 아무것도 안 들려서.

……아무것도 몰라서.

"난 사실 내가 괜찮을 줄 알았거든요. 국대 탈락한 게 처음도 아니고, 실컷 항의도 해 봤으니까. 솔직히 선수 중에 나처럼 항의한 사람 없잖아요. 그래서 비공식적으로 징계 떨어졌을 때도, 화는 많이 났지만 그걸로 끝일 거라고 생각했어요."

"그래, 넌 1년 쉬어도 문제없어. 내가 계속 말했잖니."

"글쎄요……."

"……."

그리고 또다시 조용해졌다.

그리고 또다시, 그가 먼저 이야기를 시작했다.

"그때…… 아무리 항의해도 심판이 안 들어 먹었잖아요. 아니, 안 들어 먹는 게 아니라 아예 말을 안 했잖아요. 계속 나랑 코치만 떠들고 그쪽은 입 딱 다물고 있는데, 아, 벽 보고 얘길 해도 이보다는 낫겠다, 그런 생각이 들더라니까요. 꿈도 꿨어요. 항의하는 꿈. 그 심판 징하대. 꿈에서도 말 한마디를 안 해."

"원래 심판들은 다 그래."

"알죠, 아는데…… 내가 직접 당해 보니까 기분 더럽더라구요."

말끝에 나직한 그의 웃음소리가 들렸다. 허탈해하는 것 같기도 하고, 진짜 괜찮아진 것 같기도 한 웃음이었다. 하지만 이전에 그런 웃음을 들어 본 적 없는 그녀는 그가 어떤 표정을 짓는지 알 수 없었다.

"암튼 그랬어요. 그땐 시끄러운 게 좋았나 봐요. 하긴, 그 집 정리했구나. 이제 그럴 일도 없겠네."

"그래? 집 정리까지 하고 복귀한 거였어?"

되묻는 아빠의 목소리가 묘하게 말랑말랑했다. 두툼한 눈두덩에 주름을 만들며 웃고 있을 모습이 그려진다. 아무래도 '방정란 아빠 방고철'이 아닌 '성연호 코치 방고철' 모드가 발동한 것 같았다.

"코친 들어가서 자요. 나 거실에서 좀 자다가 알아서 나갈게요."

"그래. 그럼."

아, 역시! 이 바보 아빠 같으니! 우선순위가 왜 이래? 방정란 아빠 방고철과 성연호 코치 방고철 중에선 당연히 방정란 아빠 방고철이 우선이어야 하는 거 아냐?

"야, 너 어디 가?"

이를 바득바득 갈고 있는 정란의 귀에 당황한 기색이 역력한 고철의 목소리가 들렸다.

"화장실 가는데요?"

뭐?

그의 목소리가 부쩍 가까워져 있었다. 정란은 부질없다는 걸 알면서도 문고리를 붙잡고 온몸에 힘을 주었다.

"야, 너! 너, 너 거기 말고 안방 화장실 써."

"무슨 소리예요. 내가 왜 안방 화장실을 써요?"

"거긴 딸애들만 쓰는 데야. 가시내들이 화장실을 얼마나 더럽게 쓰는지, 누가 보면 안 돼. 야, 그리고 아까 보니까 똥내도 안 빠졌더라."

아니, 아빠! 그건 아니지!

"그럼 환풍기를 좀 켜 놔요."

'탁' 하는 기계음이 들리더니, 환풍기가 돌아가기 시작했다. 평소엔 크다고 느끼지 못했던 '위잉' 소리가 이렇게 크게 들릴 줄은 몰랐다. 바깥의 소리가 한층 멀어졌다.

"……가?"

"그냥……."

"……라."

"……세요."

'화장실 안 가?', '그냥 나중에 가죠, 뭐', '그래, 자라', '코치도 주무세요'.

잘 들리진 않았지만 끼워 맞추는 게 어렵지는 않았다. 화장실 바닥에 쪼그려 앉은 정란은 고철에게 문자 메시지를 보냈다. 그전에 제 휴대폰을 무음으로 만들었음은 물론이다.

〈아빠, 그냥 가면 어떻게 해? 어떻게든 쫓아냈어야지! 나더러 어떻게 하라고. 방으로 가려면 거실 지나야 한단 말이야!!!〉

얼마 지나지 않아, 휴대폰 화면에 불이 들어왔다.

〈무쏘의 뿔처럼 혼자서 가라.〉

서서 졸다가 무릎이 굽어졌을 때.
앉아서 턱 괴고 졸다가 얼굴이 삐끗했을 때.
쪼그리고 앉아서 졸다가 다리에 힘이 풀려 뒤로 엉덩방아를 찧었을 때.
가장 창피하게 잠 깨는 세 가지 방법이다. 그중 정란은 세 번째였고, 설상가상으로 넘어지면서 변기에 뒤통수까지 박았다.
"더헉!"
보는 사람이 없으니 창피할 것도 없지만, 창피하지 않다고 해서 아프지 않은 건 아니었다. 게다가 캄캄한 화장실에 혼자 있다 보니 서럽기까지 했다. 차라리 변기에 앉아 있을 걸 왜 이러고 있었는지 모르겠다. 죄진 사람마냥.
"20분⋯⋯."
시간을 확인한 정란이 중얼거렸다. 수십 시간은 지난 것 같은데 겨우 20분. 며칠 누적된 피로와 졸음 때문에 시간관념이 모호해졌나 보다.

"에잇, 몰라. 정면 승부, 강행 돌파! 무쏘의 뿔처럼 혼자서 간다."

인내심이 한계에 달한 정란은 다부지게 문을 열었다. 당장 어디든 눕고 싶었다. 화장실 바닥만 빼고.

끼익—

문 열리는 소리가 기이하게 컸다. 아니, 숨 쉬는 소리도 너무 컸다. 걷는 소리, 옷깃이 스치는 소리, 눈 깜빡이는 소리 하나하나가 심장을 쪼그라들게 만들고, 바닥에 일렁이는 제 그림자가 걸음을 막았다.

하지만 정란이 정말 공포에 떨었을 때는, 창문을 바라보고 누워 있던 연호가 반대쪽으로 몸을 돌렸을 때였다. 혹시라도 그가 눈을 뜬다면 끝장이었다.

움직일 엄두도 내지 못하고 가만히 서서 그를 응시했다. 깼나? 그냥 뒤척인 건가? 아, 진짜 성격 참 이상하네. 왜 멀쩡한 소파 놔두고 바닥에서 자는 거야?

천만다행으로 구름 한 점 없는 밤, 달빛이 훤해 옆으로 돌아누운 그의 얼굴이 꽤 잘 보였다. 감은 눈꼬리가 원래 눈 모양처럼 살짝 치켜 올라가 있었다. 이상한데? 역광은 원래 안 보여야 정상 아닌가.

홀린 듯 그에게 다가갔다. 딱 벌어진 어깨 위로 빛이 쏟아졌다. 희게 빛나는 콧날, 속눈썹 아래 생긴 음영이 섬세했다.

피부는 그사이 좀 탄 것 같았다.

"……."

정말, 정말 이상하다. 단지 눈을 감고 있을 뿐인데 이상하게도 쓸쓸해 보인다는 생각이 들었다. 한쪽 팔을 굽혀 목에 받치고 자는 모습이 궁상맞아 보여 그런 것 같았다.

아니, 어쩌면 처음으로 그의 얼굴을 자세히 봤기 때문일 수도 있고, 훔쳐본다는 긴장감이 그렇게 만들었을 수도 있다.

아니면, 혹시……?

"……나중에 팔 저릴 텐데."

천천히 팔을 뻗었다. 긴 그림자가 바닥을 지나쳐 그의 팔뚝 위에 졌다. 그리고 덥석, 팔목이 잡혔다.

"……!"

흠칫 놀라 팔을 빼려 했지만 꿈쩍도 하지 않았다. 석상처럼 굳은 정란과 그녀의 손을 꽉 붙은 그의 눈이 마주쳤다.

"투셰 발라블*."

마지막 유효 포인트를 따냈을 때처럼, 그의 눈이 빛나고 있었다.

✳   ✳   ✳

---

*투셰 발라블(Touche valable):펜싱에서 유효면을 찔렀을 때 하는 말.

아파트 근처의 공원은 날이 따뜻해지면 노숙자들과 취객의 성지로 변했다. 연호의 뒤를 졸졸 따라가고 있던 정란은 잔뜩 주눅 든 얼굴로 벤치를 힐끔거렸다. 벤치는 술에 절어 널브러진 남자들로 가득 차 있었다.

"······앉아."

"네, 넵!"

겨우 멀쩡한 벤치를 찾는 데 성공한 연호가 빈자리를 가리키자 정란이 후다닥 앉았다. 지금은 시키는 대로 하는 게 현명할 테니까. 명령조의 말투도 전혀 신경 쓰이지 않았다. 살려 주셔서 감사할 뿐인데, 그런 것쯤이야.

당장에라도 취조를 시작할 거란 정란의 생각과 다르게 연호는 말이 없었다. 그리고 한참 만에 한 질문도 그녀의 예상에서 빗나가 있었다.

"잘 빠져나왔으면 방으로 재깍 들어갈 것이지 왜 내 근처에서 알짱거리다 들켜? 바보냐?"

"그러게요. 저도 왜 그랬는지 궁금하네요······."

"왜 존댓말 써?"

"그러게?"

"뭘 잘했다고 반말이야?"

어쩌라고, 이 자식아!

"후우······."

울컥한 마음을 다스리기 위해 심호흡을 했다. 참자. 참을 인 자 세 번이면 용서해 줄지도 몰라.

"내가 정말, 진짜 화가 많이 났는데, 일단은 참겠어. 스포츠 맨십으로."

정란은 스포츠맨십에게 경의를 표하는 심정으로 고개를 끄덕였다.

"며칠 동안 머리 터지게 생각하고 결론 내린 거니까 확실하게 대답해. 어물쩍거리면 더 이상의 자비는 없다."

"응네."

"그 이상한 대답은 뭔데?"

"존댓말과 반말의 타협점이라고나 할까나……."

"……미치겠네."

어처구니없다는 듯 연호가 팔짱을 꼈다. 괜히 멋쩍어진 정란은 씨익 웃었다. 설마 웃는 얼굴에 침 뱉겠어?

"그러니까, 처음부터 코치랑 짜고 나한테 접근한 거지?"

그런데 침을 뱉는다. 일단, 질문이 너무 어려웠다. 이 순간 아빠를 팔면 제가 살아남을 수 있을 건 자명하다. 하지만 그러기엔 양심이 허락하지 않았다.

"그게 좀, 복합적인데요, 아빠가 하라고 한 건 맞는데…… 접근은 내 자의였거든요."

"사귀기로 한 건?"

"그것도 내 자의……."

에라! 독박 쓰자, 그냥.

"장난쳐? 내가 머리 터지게 생각했다고 했지? 자의로 접근했는데 왜 먼저 헤어지자고 해? 동네 바보도 그 말은 안 믿어."

하지만 그는 속지 않았고, 정란은 또 한 번 웃을 수밖에 없었다. 얼굴에 경련이 일어날 것 같았다.

"연호 씨 똑똑하네요."

"콱!"

"웅네. 입 다물고 있겠습니다."

말은 그렇게 했지만 정말 입 다물고 있을 방정란이 아니다.

"근데, 나 뭐 좀 물어봐도 돼요?"

"물어."

"내가 우리 아빠 딸인 거 어떻게 알았어?"

"통일성 있는 말을 좀 쓰지?"

"그게 뭐가 중요⋯⋯하죠. 네, 그럼요. 통일성을 가질게요."

철저하게 비굴하기로 마음먹은 정란이 고개를 끄덕이자 연호는 팔짱을 풀고 벤치에 등을 기댔다.

"봤어. 훈련장 뒷문으로 나가는 거."

"어? 언제요?"

"5일 전쯤."

5일 전이라면 아빠에게 마지막으로 도시락을 갖다 주러 갔을 때쯤이다.

"기억 안 나? 밀짚모자 쓰고 왔잖아."

"아니, 기억나는데⋯⋯ 봤다면 붙잡았어야지, 왜 그냥 보내줬어요?"

"나 바보 아니라고 그랬지? 그때 내가 캐물었으면 무슨 거짓말을 해서든 빠져나갔을 거고, 그럼 도로아미타불이잖아.

현장을 잡아야 할 것 아냐."

순간 뒷머리가 쭈뼛 서는 느낌에 정란은 머리카락을 죽 잡
아당겼다. 지금 이 상황이 철저하게 계획된 것임을 깨달았던
것이다.

"그럼 우리 아빠 데리고 온 건……."

"빨리 취하게 하려고 별짓 다했지."

"그, 그래도 아빠가 자고 가라고 했을 리가 없—"

"그럼 밖에서 기다리면 되지. 그러고 보니까 이건 운이 좋
았네."

턱을 매만진 그가 콧잔등을 찌푸리며 입꼬리를 올렸다. 그
녀가 화장실에서 상상했던 그런 얼굴이었다. 괜히 발가락이
오므라들었다.

"저기…… 이런 말, 별로 소용없을 것 같긴 한데……."

"뭔 말을 하려고?"

"미안하다고요. 미안합니다, 진짜."

정란은 자리에서 벌떡 일어나 허리를 90도로 굽혔다. 실드
치려는 꼼수가 아닌 진심이었다. 복잡하게 엉켜 있는 머릿속
에서 유일하고도 분명한 단어, 미안하다. 그 말밖에는 할 수가
없었다.

"미안한 건 당연한 거고. 또?"

하지만 진심이라고 해서 다 통하는 건 아닌가 보다. 퉁명스
러운 그의 말투에 정란이 머리를 긁적였다. 미안하다가 너무
가벼웠나?

"음…… 죄송합니다……?"

"어쭈?"

"아님, 송구합니다……?"

"장난해?"

"아닌데……. 장난 아닌데요……."

"……누가 미안하다는 소리나 듣자고 이러는 것 같아?"

"그럼요?"

정란은 제 앞을 막고 선 그를 올려다보았다. 가볍게 남아 있던 장난기조차 사라진 목소리, 짜증 난 얼굴. 그는 처음보다 더 화가 나 있었다.

"하나만 묻자."

"네."

"그동안 내 생각, 한 번이라도 한 적 있어?"

"……에?"

"난 생각 많이 했어."

갑자기 불똥이 이상한 곳으로 튀었다. 당황한 정란은 입술만 달싹거렸다. 응? 네? 뭐라고요?

"그때 네가 한 말…… 그때는 무슨 말인지 잘 몰랐는데, 알 것 같아. 사람들은 이해 못 할 거라는 말. 그래, 그런 사람들 있더라. 무조건 욕하고 이해하려는 시도조차 안 하는 사람들. 나도 한 번 봤어."

"……."

"그리고 나도 다 이해하는 건 아니야. 솔직히 너가 보는 책

보면서 같이 감동하고, 신간이 나오길 손꼽아 기다리는 거. 그건 안 될 것 같아."

"어……."

"그래도 네가 판매전인지 어딘지 가면, 밖에서 기다릴 수는 있어. 네가 신나서 이야기를 하는 걸 들어 줄 수는 있을 거야. 어쩌면, 네가 정말 재미있다고 하면, 어쩌면, 진짜 어쩌면이지만…… 나중에 한 번쯤은 보게 될지도 모르겠다."

말하는 그도 자신이 없는지, '어쩌면'이 무려 세 번이나 들어가 있었다. 하지만 차라리 그게 솔직했다. 잔뜩 일그러진 얼굴을 하고 할 수 있다고 말해 봤자 설득력 따윈 없으니까.

"이제 대답해."

"뭘……?"

"내 생각 한 적 없냐고. 물었잖아?"

한 바퀴 빙글 돈 주제가 제자리를 찾았다. 정란은 입술을 뜯으며 한 발 물러났다. 질문의 의미를 안다. 그가 왜 이런 이야기를 하는지도 알 수 있다. 모르겠는 건 제 마음이었다. 그래서 침묵했다.

"그래, 뭐……. 됐어."

그리고 그녀가 물러난 것보다 더 큰 보폭으로 그가 물러났다. 그녀는 단지 머뭇거렸을 뿐이지만 그는 멀어졌다. 다가왔던 모든 시간을 뒤로 돌리기라도 하는 듯, 거리를 벌리고 등을 돌린다.

"간다. 아, 코치한테는 내가 안다고 말하지 마."

잠깐 뒤돌아본 그가 쓰게 웃었다. 처음 보는 쓴웃음이었다. 말은 없었지만 그녀는 그가 하려는 말이 무엇인지 알아들었다.

축 늘어진 그의 어깨를 바라보며, 뒤에 남겨진 그녀가 중얼거렸다.

"그러니까…… 이제 정말 끝이라고 말하고 있는 거구나……."

지금도 가끔 생각나는 남자는, 대학교 2학년 때 잠깐 썸 탔다고 '혼자' 생각한 썸남. 코스동에서 알게 되었다는 것 외엔 이름도 얼굴도 가물가물한 그를 잊지 못하는 이유는 그가 친구에게 한 말 때문이었다.

"뭐? 란이랑 내가? 야, 내가 미쳤냐?"

아마 홍대 근처 술집 골목이었을 것이다. 그는 친구와 담배를 피우러 나갔고, 정란은 그가 나간 뒤 아이스크림이 먹고 싶어서 편의점에 갔다 오는 길이었다.

반가움보다 그의 뉘앙스에서 불쾌함을 느낀 정란은 그림자 속에 몸을 숨기고 그들의 대화를 모두 엿들었다.

"니네 썸 탄다고 소문났던데? 아냐?"

"미친 새끼들이 왜 이상한 소문을 내고 지랄이야? 내가 썸 탈 애가 없어서 멀쩡한 애들 놔두고 부녀자랑 썸을 타겠냐?"

"아, 비엘녀야? 코스 하는 애 아니었어?"

"아니야, 병신아. 걔 완전 또라이야."

그리고 대화가 끊겼다. 더 듣지 않아도 충분했다.

그때 그녀는 조금 허망해했을 뿐 울지 않았다. 짐작하고 있던 사실을 재확인한 것에 불과했으니까. 역시 이해해 주는 사람은 없었다. 만화를 좋아해도, 코스를 해도 마찬가지였다.

만약 그때의 그녀가 그런 상황에서 누구나 느낄 수 있는 배신감과 분노를 느꼈다면, 정애나 혹은 다른 누구에게 썸남의 욕을 하며 울어 버렸다면, 거창하게 독신을 선언했더라면 그 사건은 한 줌 추억거리도 안 되었을 것이다. 기억나지 않은 그의 이름처럼, 그때의 감정도 기억나지 않는 때를 맞이했을 것이다.

하지만 대학교 2학년, 스물한 살. 비엘을 본다는 사실보다 겨우 그따위 놈 때문에 상처 받았다는 사실이 더 부끄러웠던 그녀는 그와의 관계를 묻는 사람들에게 이렇게 대답했다.

"난 텍스트의 노예야."

2D가 아닌 3D에겐 관심이 생기지 않는다는 핑계. 그녀를 아는 사람들이라면 깜빡 속아 넘어갈 수밖에 없는, 진짜 같은 가짜. 가짜 같은 진짜. 오래된 거짓말은 결국 그녀 자신까지 속여 가며 그녀의 성을 더 높고, 더 견고하게 만들었다.

그 성을 누가 훌쩍 뛰어넘으리라고는 상상하지 못했다.

정란은 맥없는 표정으로 방바닥에 주저앉아 연호가 한 말을 곱씹었다.

"판매전을 가면 밖에서 기다려 주고, 내가 하는 이야기를 들어 주고……."

공감하진 못해도 존중해 주는 것. 전부 다 이해하진 못해도 이해하려고 노력하는 것.

"기다려 주고, 들어 주고……."

다 알면서도 괜찮다고 말해 주는 것. 이상하지 않다고 생각하는 것.

"안 되는 건 안 되는 걸로 남겨 두고……."

그 말이, 투박하고 다듬어지지 않은 그 말이 그녀를 후려치고 성을 무너뜨렸다. 그녀가 서 있던 자리에 남은 것은 까슬한 모래 가루뿐이었다. 그렇게 단단하게 쌓은 성이었는데 무너질 땐 소리도 안 났다.

이미 금이 가 있어서.

"금이 간 게 먼저가 맞아."

얼굴을 감싼 정란이 한숨을 쉬었다.

그를 모른다는 사실에 가슴이 답답하고, 보이지 않는 표정을 그릴 수 있었던 이유. 보일 리 없는 얼굴이 뚜렷이 보였던 이유. 굽은 팔이 신경 쓰였던 이유. 그가 일으킨 바람에 성이 무너진 이유. 끝을 보고 눈앞이 캄캄해졌던 이유.

그때는 나오지 않았던 눈물이 지금 흐르는 이유.

……나는 어쩌면, 들키고 싶었던 걸까?

제가 무식해서 부끄럽냐는 그의 질문이 떠올랐다.

"아니."

정말 하고 싶었던 대답을 찾은 그녀는 마치 그때로 돌아간 것처럼, 고개를 흔들며 말했다.

"내가 부끄러워하는 건 나야."

"주먹!"

"헉!"

일요일 밤늦게 귀국해, 잠에 취해 있던 정애는 저를 부르는 소리에 벌떡 일어나 시계를 찾았다.

"뭐야? 몇 시야? 나 늦었어?"

"뭐래? 아직 월요일이야. 너 오늘까지 연차라면서. 정신 차려."

"아……. 뭐야……."

"야, 안 돼. 잠깐 일어나 봐."

안도한 정애가 다시 누우려 하자 정란이 정애의 팔을 잡고 억지로 일으켰다. 정애는 감기는 눈을 비비고 이맛살을 구겼다.

"직장인의 휴일 꿀잠을 방해하다니."

"프리랜서는 한잠도 못 잤다네."

"왜? 마감 때문에?"

아닌 게 아니라, 평소엔 뽀얗고 투명한 정란의 얼굴색이 시커멓게 죽어 있었다. 눈가도 왠지 붉다.

"무슨 일 있었어?"

"있었어. 그러니까 나 좀 도와줘."

"뭔데?"

"너 예전에 예쁜 손글씨, 뭐 그런 거 자격증 딴 적 있지?"

"POP? 땄지. 왜? 그게 필요해?"

정란은 대답 대신 종이를 내밀었다. 머릿속으로 글자를 디자인한 정애가 물었다.

"근데 이게 무슨 뜻이야?"

"거기 써 놨잖아. 올림픽 정신. 올림픽 정신 몰라?"

"그니까 그게 무슨 뜻이냐고."

"결과에 미리 겁먹지 않겠다는 뜻."

무슨 선문답도 아니고, 어째서 올림픽 정신이 그렇게 변질되는지 모르겠다. 하지만 더 물어도 제대로 된 대답을 해 줄 것 같지 않았다. 꿀잠에 대한 미련을 떨궈 낸 정애는 크게 하품을 하며 기지개를 쭉 켰다.

＊　　　　＊　　　　＊

일요일 하루를 고스란히 침대에 헌납한 연호는 월요일 아침에도 여전히 침대에서 나올 생각을 안 했다. 실연한 남자는 이틀 정도 의기소침해 있을 권리가 있으니까, 오늘은 자체 휴가다.

"형, 안 일어나세요?"

"안 일어나."

"코치님이 찾으면요?"

"죽었다고 해."

연호는 찬바람 숭숭 날리는 목소리로 대답하고 머리끝까지 이불을 뒤집어썼다. 설득을 포기한 듯, 대권이 옷 갈아입는 소리가 부스럭부스럭 들렸다. 문 열리는 소리, 닫히는 소리, 그리고 찾아온 고요.

그제야 이불을 젖힌 연호는 익숙한 그리드 무늬의 천장을 바라보며 한숨을 쉬었다. 사실 혼자 있어 봤자 할 일도 없었다. 기껏해야 대권의 노트북으로 대권이 다운받아 놓은 영화나 보는 게 고작일 것이다.

의미 없고 의욕 없는 하루. 단지 소모하는 것에 불과한 시간이었지만 지금 그에겐 그런 시간이 필요했다. 실연한 남자라면 응당 그래야 하니까.

"형! 형!"

하지만 뭐든 뜻한 대로 된다면 성연호의 인생이라 할 수 없다. 다시 돌아온 대권이 큰 소리로 연호를 찾았다.

"형! 큰일, 큰일 났어요!"

"코치한테는 나 죽었다고 하랬지?"

"아니, 그게 아니라……! 아, 좀 나와 보세요."

"야! 너 일루 와."

대권의 뒤를 쫓아온 효준이 우악스럽게 연호를 침대에서 끌어냈다. 복도까지 떠밀린 연호는 뭔가 이상하다는 생각을 했다. 몇 놈들이 복도에서 저를 보며 웅성거렸다. 너 나 할 것 없이 들뜬 얼굴이었다. 훈련장은 텅 비다시피 했다.

"뭔데? 왜 이래?"

"나가 봐."

성주가 턱으로 운동장 쪽 문을 가리켰다. 연호는 목덜미를 벅벅 긁으며 운동장으로 나갔다. 그리고 곧바로 멍해졌다.

"만국기……?"

훈련장 옥상에서부터 아래로 쭉 뻗은 수백 개의 만국기. 빨간색, 파란색, 녹색, 하얀색, 형형색색의 깃발들이 푸른 하늘을 메우고 네모, 동그라미, 세모, 별, 달, 각양각색의 모양들이 황토빛 운동장을 수놓고 있었다.

"뭐야, 웬 만국……."

운동장 한가운데에 시선이 꽂힌 연호가 말을 멈췄다. 능글능글하게 웃은 효준이 연호의 어깨에 턱을 얹었다.

"그니까 말이다, 우리는 저게 무슨 뜻인지 도무지 모르겠다는 거지. 저기 봐라? 투(To) 성연호. 너한테 하는 말이거든? 야, 너한테 말하는 올림픽 정신이 대체 뭐냐?"

"그리고 저 누나, 주먹 누나 언니잖아요? 형이랑 아는 사이였어요?"

마침 그때, 연호가 보고 있다는 것을 알았는지 정란이 어색하게 웃었다. 지난번 훈련장에 왔을 때와 같은 반바지 차림이었지만 모자는 쓰고 있지 않았다. 햇살을 받은 얼굴이 유독 희곳하고, 딱 붙인 다리는 가지런했다.

"뭐긴 뭐야. 올림픽 정신 몰라? 승리하는 것이 아니라, 참가에 의의를 둔다고."

연호는 어깨를 툭 쳐올려 효준의 턱을 털어 낸 뒤 운동장으로 한 발 내디뎠다. '올림픽 정신', 다섯 글자를 장식한 오륜기가 크고 아름다웠다.

"그니까, 그게 무슨 뜻이냐고."

"나랑 사귀겠다는 뜻!"

"말도 안 돼요!"

"왜 말이 안 돼?"

"형이 아깝잖아요!"

"미친놈!"

그 외 문자로 옮길 수 없는 치명적인 욕들을 대권에게 퍼부은 연호는 그걸로 부족해 대권의 무릎을 세게 찼다. 그리고 발을 잡고 펄쩍펄쩍 뛰는 대권을 무시한 채 정란을 향해 뛰었다.

"나, 성격은 완전 푼수야."

헉헉거리며 그녀의 앞에 서자 그녀가 주눅 든 표정으로 어깨를 움츠리며 말했다. 그는 씨익 웃었다.

"상관없어."

"왜 상관없어. 네 취향 아니잖아."

"몰라. 그냥 상관없어졌어."

그가 그녀의 팔을 잡고 끌어당겨 품에 안았다. 멀리서 야유가 들렸지만 신경 쓰지 않았다. 더운 바람이 뺨을 친다.

번번이 무시당한 카톡, 자기를 속여 넘긴 요망한 계획, 자존심 왕창 상하게 했던 망설임 같은 건 하나도 생각나지 않았다. 어떻게 그럴 수 있느냐고 묻지 마라. 만국기를 달아 주는 여자한테 이길 방법이란 없으니까.

바람에 흔들린 만국기들이 까르륵, 웃고 있었다.

성장

　행정 팀에서 에어컨 사용 자제를 촉구하는 공문을 내려보낸 얼마 뒤, 바람이 부쩍 쌀쌀해졌다. 모두들 안산시와 기상청 사이에 무슨 커넥션이 있는 거냐며 신기해했지만 신기하지도 시원하지도 않은 고철은 에어컨 버튼을 마구 눌렀다. 물론 행정 팀의 권위에 굴복한 버튼은 꿈쩍도 하지 않았다.

　"바깥 온도가 27도구만, 27도에서 더 안 내려가는 이게 에어컨이냐!"

　그는 애꿎은 에어컨을 발로 차고 사무실 구석을 노려봤다. 그곳엔 연호와 대권을 제외한 남자 사브르 팀이 옹기종기 서 있었다. 이상기후라고 할 정도로 추운 초가을에 열이 나는 덴 심리적인 원인이 크게 작용했지만 사무실의 인구 밀도가 높아진 이유도 무시할 수는 없었다. 단순히 인구 밀도만 높아졌으면 말도 안 한다.

"그니까…… 너희가 지금 나한테 우리 팀 기강이 해이해졌다고 씨부렁거리는 거냐?"

"그게 아니라 건의를 한다는 거죠. 팀의 기강을 쫀쫀하게 쪼일 수 있는 방법에 대해서. 어지간한 애들은 태릉 들어가 있고, 가을엔 대회도 없어서 애들 풀어지기 딱 좋잖아요. 요즘 못 보셨어요? 여자애들 화장하고 훈련하는 거?"

흠칫한 효준이 주절주절, 설명을 했다. 일견 타당하게 들리는 주장이었지만 효준의 속을 빤히 아는 고철은 속지 않았다.

"이게 어디 속여 넘길 사람이 없어서 코치를 속이려고 들어! 그래서? 그 쫀쫀하게 기강 잡는 방법이 점심이랑 저녁을 의무적으로 함께 먹는 거냐? 너 이 새끼, 요즘 연호가 안 놀아줘서 그런 거 내가 모를 줄 알아?"

깊게 심호흡을 한 후 분노를 폭발시킨 고철이 효준의 종아리를 사정없이 걷어차자 효준이 펄쩍펄쩍 뛰었다.

"아니, 아니, 코치, 그게 아니라요, 함께 밥을 먹어야 관계도 돈독해지고, 아얏! 으악!"

"네놈 새끼들 관계가 더 돈독해질 게 어디 있어, 이 새끼들아. 왜? 그냥 서로 연애를 하지."

"으억! 웩! 으아아악!"

"밥이야! 지가! 먹고 싶은 사람하고 먹는 거고! 억울하면 너도 자식아, 니 여자 친구 불러다 같이 처먹으면 되잖아!"

"우리 애인은 직장, 엇! 다니잖아요! 코치 딸처럼 밤이고 낮이고 올 수 있는 백수가 아닙, 커헉!"

가만 지켜보고 있던 성주가 조용히 혀를 찼다. 저게 등신이지, 사람이냐. 건드릴 게 없어서 자식을 걸고넘어져?

"내 딸은 자식아! 놀면서 돈 잘 버는, 어! 능력 있는 프리랜서라 그런 거고! 니 여자 친구는 백날 가야 월급쟁이밖에 못 하는 거! 어! 죽을라고, 이게!"

"쿠헉!"

과연 발길질의 강도가 달라졌다. 게다가 무기까지 쓴다. 무기 이름은 'Fencing master'. 제목의 위용에 걸맞게 하드커버로 이루어진 책이었다. 두껍기도 어찌나 두꺼운지, 실수로 머리라도 맞으면 훅 가는 건 시간문제였다.

"가뜩이나 열 받아 있는데 잠자는 사자 코털 건드리지 말고 당장 꺼져! 빨리!"

다행히 책은 효준의 머리 근처를 스치고 지나갔다. 심장이 벌렁벌렁해진 효준은 고철의 최후통첩을 듣자마자 눈썹이 휘날리게 뛰었고, 얼결에 따라왔다가 못 볼 꼴만 본 성주는 얌전하게 퇴장할 준비를 했다. 그러나 들어올 때는 맘대로 들어왔더라도 나가는 건 맘대로 안 되는 게 코치 사무실이다.

"박성주, 넌 여기 좀 앉아."

"네? 네."

성주는 현명하게도 이유를 묻지 않았다. 죽을 뻔한 효준 정도는 아니지만 그의 심장도 꽤 작아져 있었다. 미친 안효준이 코치한테 가자고 할 때 딱 잘라서 싫다고 했어야 하는데. 코치 기분이 저기압인 걸 보아하니, 불똥이 저한테 튈 것 같았다.

하지만 성주의 생각보다 훨씬 더 이성적이고 지각 있는 현대인인 고철은 화풀이를 하는 대신 성주에게 협회에서 내려온 공문을 내밀었다.

"이것 좀 읽어 봐라."

"제가 읽어도 되는 거예요?"

"그럼 읽으면 안 되는 걸 보여 주겠냐?"

서류를 받아 든 성주가 조심스럽게 묻자 고철이 그의 뒤통수를 때렸다. 남자 사브르 팀에서 만연하는 폭력, 즉, 뒤통수 때리기, 종아리 발로 차기, 엉덩이 발로 차기와 같은 스킬들의 창시자는 다름 아닌 고철이었다.

성주는 아파하면서도 한편으로는 궁극기인 '허벅지 안쪽 살 꼬집기'가 나오지 않아 다행이라고 생각하며 공문을 읽었다. 그리고 딱 20초 뒤, 성주의 머리 위로 강풍을 동반한 비구름이 생성되었다.

"이게 뭔 소리래요?"

"보면 몰라? 왈왈 짖는 개소리."

"아니, 이 양반들이 여름에 더윌 처잡수셨나. 나이를 먹으려면 곱게 처드셔야지, 너무 많이 먹어서 노망이 났나. 미친, 진짜……."

기껏 하는 욕이라고는 '병신' 정도밖에 없는 성주의 입에서 온갖 막말이 나왔지만 고철은 말리지 않았다. 아니, 오히려 더 권장하고 싶은 심정이었다. 참은 것은, 참아야 하는 이유는 오

로지 그가 어른이었기 때문이다. 어른이라서 해결책을 찾아야
했다.

"네 생각은 어떠냐?"

"말도 안 되죠. 연호 성격 코치도 알잖아요. 걔가 하겠어요?
뭐? '해당 경기 심판에게 진심으로 사과하고 차후 재발 방지
를 막기 위해 서면으로'. 한마디로 무릎 꿇고 각서 쓰라는 거
아녀요. 무슨 애들 반성문 쓰는 것도 아니고. 하긴, 협회가 딱
그 수준이긴 하지."

"안 하면 징계야."

"⋯⋯."

혼자서 열 내던 성주가 입을 다물자 사무실이 조용해졌다.
성주는 제 목 언저리를 한 번 문질렀다. '징계'. 이름만으로도
목이 졸리는 느낌이다.

"뭐, 다른 방법은 없어요? 징계 기간을 줄인다거나. 2년 받
았는데 6개월로 줄어든 적도 있잖아요."

"그때 걔는 이미 메달이 있었어. 금메달. 연호랑은 인지도
가 달라."

"아, 씨발⋯⋯."

"나도 씨발이다."

고철이 한숨을 쉬었다. 이대로라면 세계 랭킹 1위가 올림픽
경기장 피스트도 못 밟을 판이었다. 말도 안 되게 창피한 일이
지만 원래 협회는 그런 거엔 신경 안 썼다.

"그리고 걘 협회 내에서도 말이 좀 많았고, 연호는 심판들

이 다 죽여라, 죽여라 하고 있단 말이야. 아, 그 자식, 잠깐만 참지. 시드 받으면 되는 걸 괜히 선발전에 연연해서…….”

“연호 그때 아팠잖아요. 열이 39도까지 올라 있는데 제정신 이었겠어요?”

“내가 그걸 모르냐?”

그리고 또 한숨. 두 남자는 그렇게 한참 동안 담배 연기 뿜 듯, 숨을 뿜었다. 하지만 아무리 이산화탄소를 배출해 봐도 정 해진 결론이 뒤바뀌진 않는다.

“난 정 여사한테 부탁해 볼 테니까, 너도 연호한테 슬쩍 운 이나 떼 봐.”

“그럴게요. 뭐…… 요즘 연호 자식 기분이 좋아서 괜찮을 것 같기도 한데…….”

“그래, 아주 연애한다고 노 났더라. 으이구.”

“그러고 보면 코치가 선견지명이 있어요. 둘이 철썩 붙을지 는 어떻게 아셨대요?”

“당연하지, 이놈아. 나 아니었으면 성연호 지금 땡볕에서 장대높이뛰기나 하고 있을 거다.”

성주의 농담을 넉살 좋게 받아넘긴 고철이 희미하게 웃었 다. 그 마음 한구석에 떠오르는, 만약 연호가 장대높이뛰기를 했다면 지금쯤 메달을 십수 개는 걸었을 거란 생각은 결코 입 밖으로 꺼내지 않았다. 뻔뻔해서가 아니라 그가 평생 안고 가 야 할 짐이었기 때문이다.

✱　　　　✱　　　　✱

　연애는 꿈이 아닌 현실이다. 오늘은 어딜 가야 하나. 뭘 먹어야 하나. 뭐하고 놀아야 잘 놀았다고 소문이 나나. 현실의 연애란 모름지기, 이런 지지리 못난 고민들이나 하면서 약속 시간을 손꼽아 기다리는 일상에 불과하다.

　연애 초짜들이 연애를 시작하면서 기대하는 것들, 예를 들면 하늘에서 꽃비가 내린다거나 전쟁이 없어진다거나, 평화 통일이 이루어진다거나 하는 일들은 결단코 일어나지 않는다는 말이다.

　그리고 세상이 바뀌지 않듯, 사람도 바뀌지 않는다.

　"콜트와 데저트이글이 커플이라면 당연히 데저트이글이 공이겠지?"

　영화관 로비에 앉아 신작 팸플릿을 보고 있던 정란이 말했다. 연호는 정란의 손에 들린 팸플릿을 힐끔거렸다. 과연 예상대로 액션 영화다. 그의 어깨가 늘어졌다.

　"……왜 콜트와 데저트이글을 커플로 만들어야 하는데?"

　"왜 안 되는데?"

　"사람도 아니잖아."

　"의식이나 개체성이 인간에게만 있다는 건 인간의 오만이지. 권총들이 무슨 생각을 하는지 어떻게 알아?"

　의식이나 개체성까지는 모르겠지만, 만약 정말 콜트에게 의식과 개체성이 있다고 하더라도 데저트이글하고 커플이 되고 싶진 않아 할 것이라고 확신한 연호는 연애 무용론을 다시 한 번 절감했다. 사람도 바꾸지 못하고 취향도 바꾸지 못하는 연애라니. 무엇에 쓰는 물건인고?

"무생물 커플링이 요즘 트렌드냐?"

"음. 아니. 이건 우리 쪽 스타일은 아니고, 동인계의 슈퍼 루키 섬나라 언니들 스타일이지. 섬나라 언니들에게 1과 2의 공수 구분은 영원한 화두라고 할 수 있어. 비밀을 밝혀내면 언니들 해탈하실 듯."

"왜 섬나라 누님들이 슈퍼 루키야? 전통의 강국 아냐?"

"무슨 소리야? 비엘의 역사가 얼마나 깊은데. 문헌에 나타나는 최초의 기록은, 수녀님들이 편지로 베르길리우스와 단테의 관계에 대해 아주 밀도 있고 심도 깊은 논의를 하다가 걸려서 고해성사를 했다는 거거든. 그러니까 전통의 강국은 서역의 언니들이고, 섬나라 언니들은 댈 수가 없어요."

'밀도 있고 심도 깊은 논의'가 뭔지 굳이 묻지 않는 것도 노하우라면 일종의 노하우였다. 비엘의 역사와 무생물 커플링에서 어느 것이 더 나은 주제일까 고민하던 연호는 무생물 커플링을 선택했다. 역사보다야 권총이 낫지. 많은 남자들이 그렇듯, 그 역시 권총이라면 나름 빠삭했다.

"콜트가 공이어야 할 것 같은데. 내가 보기엔."

"왜?"

"일단 콜트는 권총 이름이 아냐. 권총 만드는 회사 이름이지. 콜트 패터슨 리볼버, 이런 식으로 총기 이름은 따로 있거든. 애가 들고 있는 콜트는 M1911 모델인 것 같은데 요즘은 아니지만 미군에서 썼단 말이야. 우리나라 육군도 이거 썼었어. 한마디로 남자의 권총이라고. 그러니까 콜트가 공이지."

연호가 팸플릿을 손가락으로 가리키자 정란이 시선을 아래로 떨궜다. 사실 그녀는 주인공이 들고 있는 총이 뭔지도 잘 몰랐다. 예전에 주워들은 기억이 있었을 뿐이다.

"어떻게 알았어? 보면 알아? 완전 신기한데?"

"어릴 때 권총 안 가지고 논 남자가 어디 있냐? 베레타나 콜트같이 유명한 총은 척 보면 알지."

"그럼 데저트이글은? 예전에 나 아는 언니가 매트릭스에서 스미스 요원들이 쓰던 총이 데저트이글이라고 했는데. 그렇게 따지면 그것도 남자의 권총이잖아."

"남자들한테 데저트이글 하면 누가 생각나냐고 물어봐라. 스미스 요원 이야기하는 사람 한 명도 없을걸?"

"그럼?"

"데저트이글 하면 데미 무어. 데미 무어 하면 데저트이글. 검정색 슈트에 금장 데글 두 자루 딱 들고 나왔을 땐 말이지, 하……. 영화 내용은 기억 안 나도 그 장면은 못 잊지."

"흐음……."

"아님 파멜라 앤더슨도 있지. 가죽옷 입고 할리데이비슨 타고 다니는 여자가 데글을 쌍으로 쏘면 얼마나 멋있는데."

저도 모르게 파멜라 앤더슨의 몸매를 상상한 연호가 바보처럼 웃었다. 과연 인간은 변하지 않는다. 그리고 정란은, 파멜라 앤더슨이 누군지 모름에도 불구하고 어쩐지 연호를 괴롭히고 싶어졌다.

"뭐야? 그냥 연호 씨 취향이잖아. 그건 근거가 될 수 없다고."

"왜 근거가 안 돼? 데글 들고 나온 여배우들이 얼마나 많은데. 데글 말고 USP45라고, 큰 총 또 있어. 그건 안젤리나 졸리가 들었거든. 데글이고 USP고 큰 총은 여자가 들어야 멋있다는 게 정설이다. 그러니까 데글이 '수'지."

"여 봐, 여 봐. 연호 씬 지금 표피만 보잖아. 인간이 만들어낸 총의 이미지 말고, 총의 본질을 봐야겠다는 생각을 해 봐."

"총의 본질은 무기지."

"그렇지. 무기. 무기에 성별이 있다면 남자겠어, 여자겠어? 당연히 남자지. 그러니까 총들은 몽땅 다 남자란 말이야. 비엘은 바로 이런 데서 출발한다고. 그런데 데저트이글을 여자가 드니까 '수' 다? 이건 아니지. 비엘의 수는 여자가 아니라 여성적 이미지가 있는 '남자' 라고."

제 말에 취한 정란이 양팔을 활짝 벌렸다. 왠지 익숙한 포즈라고 생각한 연호는 주위를 살폈다. 다행히 늦은 시간이라 사람이 많지 않았다. 아, 얘가 일코 할 때가 차라리 나았는데. 내가 판도라의 상자를 열었구나.

"그래서 하고 싶은 말이 뭐야? 데글이 공이라는 근거는 뭐야?"

손바닥으로 얼굴을 가린 연호가 나직하게 속삭이자 정란이 검지를 까딱거렸다.

"덩치를 보면 되잖아, 덩치를. 콜트는 작고 데글은 크니까 데글이 공이지."

"덩치도 표피지. 덩치가 본질이냐?"

"아니지. 총의 덩치는 총의 기능, 그 자체니까 이 경우엔 덩치가 본질이지. 그리고 취향도 고려해야 하잖아. 데글이 수면떡대수가 되는데, 떡대수는 아직까진 대중적이지 않다고."

연호의 얼굴이 구겨졌다. 일반적인 대중문학 범주에 넣을수 없는 비엘에서조차 대중적이지 않은 게 떡대수라면, 떡대수 역할을 하던 저의 이미지는 어떻게 된 건가 싶다.

"야, 떡대수가 어디가 어때서? 정신 차려. 그 대중적이지 않은 떡대수랑 사귀는 게 너야."

"연호 씨 이제 떡대수 아닌데?"

"왜? 이제 내 팬픽은 돌지도 않냐?"

별 같잖은 놈들 아래에 깔리는 역할은 충분히 기분 나쁘지만, 아예 회자되지 않는다고 생각하니 더 자존심이 상했다.

그녀가 고개를 저었다.

"아니, 연호 씨 이제 공이야. 포지션도 엄청 다양해. 귀축공, 얀데레공, 다정공, 후회공. 아무나 막 깔아뭉개."

"나 고마워해야 하는 거냐?"

이마를 짚은 그가 앓는 소리를 내었다. 이래서 사람을 생각하는 갈대라고 했는가 보다. 회자되지 않는 것보다 떡대수가 낫다고 생각할 때는 언제고, 아무나 막 깔아뭉갠다니 그건 그것대로 기분이 나빴다.

"나한테도 취향이라는 게 있다고. 아무나 막 깔아뭉개진 않아."

"……리버스 하는 분들한테 꼭 전달할게……."

절레절레 고개를 흔든 정란은 빈자리에 놔둔 커피를 한 모금 마셨다. 손가락으로 빨대를 뭉기며 곁눈질하자, 다리를 꼬고 앉아 팸플릿을 들여다보고 있는 그의 옆모습이 보였다. 그녀는 작게 헛기침을 한 번 하고 대수롭지 않다는 듯 물었다.

"연호 씨, 저기…… 파멜라 앤더슨…… 그 여자 팬이었어?"

"아니? 팬 아니었는데?"

무슨 소리냐며 연호가 되물었다. 제시카와 티파니 중에서 주저 없이 제시카를 선택한 연호의 취향에 파멜라 앤더슨은 너무 멀었다. 하지만 또, 파멜라 앤더슨은 취향을 타지 않을 어마어마한 장점이 있었다.

"꼭 팬이 아니더라도, 남자 중에 파멜라 앤더슨 싫어하는 사람 드물걸?"

"왜?"

어쩐지, 그의 시선이 조금씩 아래로 내려가는 것 같았다. 정란은 그를 따라 고개를 움직였다. 턱이 들어가고 목이 짧아진다. 마침내 그의 시선이 한 점에서 멈췄다.

"가슴이 크거든."

정란은 자리에서 일어나, 인정사정없이 그의 머리를 주먹으로 후려쳤다.

*　　　*　　　*

다음 날은 마침 장 사장이 좀 보자고 한 날이었다. 세상만
사 심드렁한 정란은 오전 내내 침대에서 뒹굴거리다 약속 시
간 빠듯하게 집에서 나왔다. 지하철에서 버스로, 버스에서 마
을버스로 갈아타는 중간중간 전화가 오고 카톡이 울렸지만 다
무시했다. 어차피 발신인은 한 사람, 성연호뿐이었다. 카톡 내
용도 거기서 거기다. '어디야?'

할 말이 이것밖에 없냐!

무시한 게 효과가 있었는지 빌라 1층에 들어설 무렵 내용이
바뀌었다. '너 화났냐?'

그녀는 휴대폰에 혀를 내밀고 답장을 보냈다.

〈화 안 났음. 일 때문에 출판사 왔으니까 신경 끄시고 파멜라
앤더슨 가슴이나 핥으셈.〉

그리고 잠깐 답장을 기다렸다. 하지만 답이 없다. 정란은 쿵
쿵 소리를 내며 계단을 올라갔다.

"란, 우리 이번 신간 대박 났다는 이야기 들었어? 대여점 전
입고 뜨고, 소매 푼 거 오링 났다?"

출판사에 들어서자마자 장 사장이 달려왔다. 색소폰이 있었
다면 팡파르라도 울릴 기세였다. 하지만 정신적 여유가 오링

난 정란은 맥 빠진 얼굴로 소파에 털썩 앉았다.

"좋으시겠어요."

"뭐야? 반응이 왜 이렇게 무덤덤해? 란 인세 올려 줄 수도 있을 것 같은데, 안 신나?"

"인세 오르면 뭐하겠노, 비엘 책 사겠지. 비엘 책 사면 뭐하겠노, 가슴이 작은데."

"란이 가슴이 뭐가 작아? 전국의 수많은 트리플 A컵들의 원성을 어떻게 감당하려고 그래?"

"파멜라 앤더슨보다는 작잖아요."

"파멜라 앤더슨? 이 여자?"

마침 커피를 가져온 우림이 쟁반을 내려놓고 가슴 근처에서 산을 그렸다. 그것보단 작다고 말할 수 없는 정란은 고개를 팩 돌리며 대답했다.

"네, 그 여자요."

"그 여자가 왜?"

"누가 저한테 파멜라 앤더슨 가슴은 큰데 네 가슴은 왜 그러냐고 하더라고요."

연호가 들었다면 미치고 팔짝 뛸 만한 왜곡이었다. 하지만 정란은 그가 정말 그렇게 말했다고 믿고 있었다. 그리고 정란의 어마어마한 왜곡도 그녀의 지인들에게 그녀가 원하는 반응을 끌어내진 못했다.

"그 말 때문에 계속 불통해 있는 거야? 왜?"

"왜라뇨?"

"사실이 그렇잖아. 란 가슴이 파멜라 앤더슨 가슴보단 작잖아. 란도 그렇게 말해 놓고."

"아니 뭐…… 그렇긴 하지만요……."

별 뜻 없는 장 사장의 말이 정란의 입에 자물쇠를 채웠다. 정란이 우물쭈물하며 고개를 숙이자 장 사장이 '흐응' 하고 콧소리를 냈다.

"수상한데? 엄청 수상한데? 이건 큰 가슴 때문에 기분이 나쁜 게 아니라 그 말을 한 사람 때문에 기분이 나쁜, 딱 그 삘인데?"

역시 나이는 입으로 먹은 게 아니었다. 그제야 우림도 이해했다는 듯, 고개를 느릿하게 흔들었다.

"남자가 그런 이야기 하면 짜증 나죠. '이 새끼가?' 이런 느낌적인 느낌?"

"좀 특별한 관계의 남자라면 더 그럴 것이고."

"인생 헛살았다는 생각이 막 들면서요."

"그런데 또 남자들이 그런 말 할 때 큰 의미를 두는 건 아니라는 것이 우리 여자들의 슬픔이랄까?"

"순진하다는 증거랄까?"

"닳고 닳은 애들은 그런 말을 안 한달까?"

"정말요?"

정란이 상체를 앞으로 쭉 뺐다. 미끼 문 줄도 모르고 한 끼 해결했다며 신나 하는 붕어처럼 눈이 반짝거리고 있었다. '이 떡밥은 내 거야!' 우림과 눈빛을 교환한 장 사장은 웃지 않기 위해 애 낳을 때보다 세게 이를 악물었다.

"바람둥이들은 여자 대하는 방법을 잘 아니까. 질투심을 자극하려는 시도라면 너무 어설프고…… 아마 자기 딴에는 그냥 큰 가슴이니까 크다고 했을걸? 큰 걸 크다고 했을 뿐인데 왜 그르세요."

"아니에요. 가슴이 크다 정도가 아니었다구요. 정확하게, 파멜라 앤더슨 가슴이 커서 좋다고 했어요."

"정말? 그건 좀 심했네? 만난 지 얼마나 됐다고 벌써 그래?"

"그렇죠? 오래나 만났으면 말도 안 해요. 이제 겨우 일, 히이에이에익—"

제 실수를 깨달은 정란이 괴이쩍은 소리를 냈다. 입술을 꽉 다문 채 목에 힘을 주고 내는, 우는 것 같기도 하고 놀란 것 같기도 한, 그야말로 방정란만 낼 수 있는 소리다. 그리고 그 소리는 장 사장에게 신호가 되었다.

월척이구나!

정란의 어깨에 팔을 얹은 장 사장이 은밀하게 말했다.

"우리…… 신간도 대박 났는데 오늘 부모도 못 알아본다는 낮술 좀 해 볼까?"

흔히 하는 말 중에, 술은 어른한테 배워야 한다는 말이 있다. 여기서 뜻하는 '어른'이 단순히 '나보다 나이 많은 사람'이라면 방정란은 어른한테 술을 배운 게 맞다. 하지만 '몸과 마음이 완벽하게 성장하여 스스로를 절제할 수 있는 사람'이라는, 대단히 철학적이고 나이의 본질을 투영하는 '어른'을 뜻할 경우엔 아니다.

그런 거 안 마셔도 대학 갈 수 있다는 정란을 꼬드겨 소위 말하는 100일주(酒)를 먹인 '어른'이 장 사장이었다. 그리고 장 사장을 잘 아는 누구라도, 그녀를 '어른'이라고 하지 않는다. 어린애들 연애에 관심 없을 나이임에도 불구하고 스무 살 가까이 어린 정란의 연애사를 시시콜콜 묻는 것은 전혀 어른답지 않은 일이었으니까.

"어떻게 만났어? 언제 만났어? 몇 살이야?"

"한 달 전쯤이요. 나이트에서……. 저보다 세 살 어려요."

"와! 연하!"

"란, 나이트도 다녔어? 앙큼하다, 진짜. 남자한테 관심 없는 줄 알았는데!"

우림이 배신감에 치를 떨며 맥주 한 잔을 단번에 들이켰다. 그사이 장 사장은 정란의 맥주잔에 소주를 첨가했다.

"사귄 지는 얼마나 됐어?"

"일주일? 그 정도 된 것 같아요."

"어유, 지난번 3일보다 두 배나 길다. 잘해 봐, 이번에는 들키지 말고. 애 셋 낳을 때까지 선녀의 날개옷을 숨긴 나무꾼의 의지를 본받아."

"이미 들켰는데요?"

"응?"

"알아요, 저 비엘 보는 거. 사귀기 전부터 알고 있었어요."

"진짜?"

우당탕. 놀란 우림이 얼결에 일어서자 목소리보다 더 큰 소리를 내며 의자가 뒤로 넘어갔다. 우림은 허둥지둥 쓰러진 의자를 일으켜 세웠다. 무슨 일인가 싶어 테이블로 다가오던 알바가 다시 자리로 돌아간다.

"그 거짓말 진짜야?"

"거짓말 아니에요."

"비엘이 뭔지 잘 모르는 게 아닐까? 그런 애들 간혹 있잖아."

나름 합리적인 의심이었지만 정란은 단 한마디 말로 장 사장의 기대를 무너트렸다.

"'욕정의 피스트', 읽었어요."

"……!"

"'귀축안경'도 했고요."

"……!"

"팬픽도 좀 읽은 것 같던데요?"

축구로 치자면 해트트릭이다. 더 이상 놀랄 기운도 없는 우림과 장 사장은 그냥 현실을 인정하기로 했다.

"22세기가 원하는 글로벌 인재네!"

"대한민국이 나아갈 방향이지."

"열린 대한민국!"

졸지에 연호를 열린 대한민국을 이끌어 갈 글로벌 인재로 만든 두 여자가 하하하, 웃었다. 정란은 어색하게 따라 웃으며 맥주 피처를 힐끔거렸다. 나쁜 기분은 아닌데 아까보다 술이 빨리 줄어드는 것 같은 건 왜 때문에 그래요?

"그런 인재를 만났으면 그냥 감사하고 살아."

"그래! 그런 인재를 만났는데 파멜라 앤더슨 질투할 시간이 어디 있어! 란, 너, 호강에 잣죽 쑤니?"

장 사장이 테이블을 쾅 쳤다. 언성도 꽤 높았다. 말 한마디 까딱 잘못했다간 오늘 여기서 8년 인간관계가 끝날 것 같은 느낌에 정란은 세차게 고개를 저었다.

"아뇨!"

"반성하라!"

"네!"

"시정하라!"

"시정하겠습니다!"

"그 남자가 누구냐!"

"성……!"

장 사장과 우림의 마지막 말은 거의 합창에 가까웠다. 아슬아슬한 순간에 말을 멈춘 정란이 손으로 입을 가렸다. 하지만 두 사람은 집요하게 달라붙었다. 처음부터 두 사람의 관심은 그것뿐이었다. 비엘의 스페셜리스트인 여자 친구를 이해해 주는 남자, 흔치 않지. 암.

"잘생겼어? 어떤 타입이야? 전형적인, 나이트 다니는 그런 애처럼 생겼어?"

"그, 그냥 평범해요."

"키는 커? 성격은 어때?"

"키워드로 말해 봐."

"아니에요, 아니에요. 아무것도 아니고 아무 사람도 아니에요."

제 남자 친구가 성연호라는 것이 밝혀졌을 때의 후폭풍을 걱정한 정란은 무조건 모르쇠로 일관했다. 그녀는 아직 쏟아지는 사람들의 질문을 감당할 준비가 되어 있지 않았다.

"에헤! 손바닥으로 하늘을 가리려는 이런 얄팍한 꼼수라니."

"아니, 꼼수가 아니라 진짜라니까요."

그러나 오리발에도 한계가 있었다. 상대가 정애라면 언니 파워를 이용해 떨궈 내기라도 했겠지만 불행하게도 지금은 정란이 약자다. 그 와중에 우림에게 가방마저 빼앗겼다.

"저한테 왜 이러세요!"

"너야말로 우리한테 왜 이러세요."

"얼마나 대단한 남자 친구길래 이렇게 꼭꼭 숨긴대? 연예인이라도 돼?"

"그런 게 아니라요!"

"그런 게 아닌 게 아닌 것 같은데."

"아오! 언니, 그게 아니라, 잠깐만! 나 화장실!"

"어딜 도망가려고!"

"아니, 아니, 진짜 완전 진심! 급해!"

우림의 손을 뿌리친 정란이 화장실로 도망치자 우림과 장 사장이 하이파이브를 했다. 어차피 가방이 우림의 손안에 있는 만큼 정란에게 퇴로는 없었다. 안심한 우림은 젓가락을 들어 안주로 나온 새우튀김을 집었다.

"음?"

그런데 막 한입 먹으려는 찰나, 배 부근에서 진동이 울렸다. 어디지, 어디지. 한참 더듬더듬하다 가슴에 품고 있던 정란의 가방에 생각이 미쳤다. 과연 가방 안에서 휴대폰이 지잉지잉 몸을 떨며 불빛을 깜빡이고 있었다.

"사장님, 사장님의 최애캐는 뭐예요?"

떨리는 정란의 폰을 유심히 바라보던 우림이 물었다. 장 사장은 맥주를 마시려다 말고 심각하게 고민했다. 나이 마흔일곱. 그사이 그녀의 인생을 스쳐 지나간 '최고로 애정하는 캐릭터'는 수도 없이 많다.

"지금 이 순간?"

"인생 전반에 걸쳐서요."

"2D? 아니면 3D?"

"생생하게 살아 움직이는 3D."

"하아……. 그럼 뭐…… 그럼 거지 같아도 우리 남편이지."

무엇이 가장 나은가의 문제가 아니라 무엇이 가장 덜 나쁜가의 문제라도 어쨌든 현실에서 최애캐는 남편이다. 그게 아니라면 진작 이혼했을 테니까.

그리고 현실에서 소설이나 만화에 나오는 멋진 '공'을 만나기가 하늘의 별 따기보다 어렵다는 것을 알고 있는 서른 살 우림은 장 사장의 한숨의 완벽하게 이해했다.

"흐…… 아무래도 그렇죠?"

우림은 한숨 같기도 하고 웃는 것 같기도 한 신음을 흘리며 장 사장의 눈앞에서 정란의 폰을 흔들었다. 장 사장의 눈이 커졌다. 현실의 최애캐가 누구냐라는 부분에서 동의한 두 여자는, 그래서 전화를 받았다.

✳   ✳   ✳

효준은 훈련장 창틀에 걸터앉아 그의 왼쪽을 바라봤다. 볕도 들지 않는 완전한 사각지대, 훈련장 왼쪽 상단 구석을 긴 그림자가 꽉 채우고 있었다.

회색 공간을 점령한 까만 그림자. 길이만으로도 충분히 위협적이건만 자아내는 분위기는 더 위협적이었다. '나 지금 건드리면 You die, I die, You got it?'

"라임 쩌네."

마음속으로 그림자의 정체성을 규정한 효준이 히죽거렸다. 하지만 그 훈련장에 있는 누구도 효준처럼 웃을 수 없었다. 심지어 플뢰레 팀은 그림자가 차지한 공간이 자기들 연습 공간이었음에도 불구하고 그 구역을 포기했다. 접근하는 순간 'You die, I die, All die'가 될 것 같아서.

"연호 형 아침부터 왜 저런대요?"

훈련장의 긴장감을 견디지 못한 대권이 사브르를 휘휘 돌리며 효준에게 다가왔다. 플뢰레 팀원의 시선이 효준을 향해 쏟

268

아졌다. 눈동자가 기대감으로 반짝반짝한다.

코치라도 있으면 저 무법자에게 뭐라고 한마디 할 텐데, 하필 올림픽 국가대표 선수촌 입소하는 날이라 훈련장에 코치가 한 명도 없었다. 대체 어딜 갔는지 성주도 보이지 않았다. 그러니 기대할 사람이라고는 연호와 대학 동기인 효준뿐이었다.

"내가 도사도 아니고, 저 자식 마음을 어떻게 알아?"

하지만 효준은 무심한 말로 모두의 기대를 배신했다. 퓨슈슈. 바람 빠진 풍선 소리를 내며 플뢰레 팀이 흩어지고 대권이 효준 옆에 앉았다.

"어제저녁엔 머리에 꽃 꽂고 나가더니 오늘은 아침부터 완전 저기압이에요."

"차라리 무단이탈했을 때가 좋았어. 요즘 저 새끼 비위 맞추느라 힘들어 죽겠어, 아주. 연애 지 혼자 하나. 뭔 세기의 스캔들이라도 일으키려고."

"연호 형 이번이 여자 처음 사귀는 거죠? 그래서 그런가?"

"그래서 저 새끼가 여태까지 여자를 못 사귄 거야. 저 허우대를 가지고도. 나 봐라. 난 내가 여자애를 저렇게 안달 나게 했으면 했지, 내가 일희일비한 적은 없다."

그게 뭐 대단한 자랑거리라도 되는지, 효준이 가슴을 쭉 내밀었다. 대권이 감탄하는 표정을 지었다. 하지만 곧장 연호에게 소환당한 효준은 대권의 존경을 만끽할 시간이 없었다.

"야, 너 일로 좀 와 봐."

까딱까딱, 연호가 검지를 두 번 움직였다. 효준은 상전 났다며 툴툴대면서도 연호가 시킨 대로 했다. 절대 성연호가 무서워서 그러는 게 아니다. 친구니까 봐주는 거다. 그런 거다.

"왜?"

"이게 무슨 말 같냐?"

연호의 폰을 받아 든 효준은 암호 해독 전문가를 방불케 하는 집중력으로 정란이 보낸 카톡을 해독했다.

〈화 안 났음. 일 때문에 출판사 왔으니까 신경 끄시고 파멜라 앤더슨 가슴이나 핥으셈.〉

"나 존니 화났음. 출판사 왔으니까 당장 출판사로 튀어 와서 싹싹 빌기 바람. 그리고 파멜라 앤더슨 가슴 한 번만 더 칭찬하면 널 부숴 버리겠음."

"헐?"

순간 내뱉은 연호의 감탄사엔 존경이 어려 있었다. 덕분에 잠시 위축되었던 효준의 가슴이 다시 진격을 시작했다. 네가 피스트 위에선 절대 강자일지 모르겠지만 연애에 있어서는 내가 절대 강자다.

"별로 어려운 것도 아니구만. 이 정도는 난이도 '하' 밖에 안 돼. 왜 싸웠는지도 알겠다. 너 코치 딸한테 파멜라 앤더슨 가슴 크다고 칭찬했지?"

"아니? 그런 적 없는데?"

말 같지도 않은 말 하지 말라며 연호가 고개를 흔들었다.

하지만 그조차도 효준의 예상을 벗어나지 못했다.

"그렇지. 넌 아마 칭찬한 적이 없다고 생각할 거야. 하지만 코치 딸은 결코 그렇게 생각하지 않는다는 게 문제지."

"진짜 칭찬한 적 없는데. 그냥 가슴 크다고만 했는데?"

"그게 칭찬이지, 새꺄."

"그게 어떻게 칭찬이 되냐? 누가 나더러 펜싱 잘한다고 하는 게 칭찬이야? 사실이지."

"아, 이 퓨어한 새끼 좀 보소. 원래 여자 친구랑 대화할 때 절대 화제에 올려서는 안 되는 주제가 세 개 있어. 첫째, 다른 여자 가슴. 크건 작건 무조건 안 돼. 둘째, 다른 여자 얼굴. 그 다른 여자가 오나미라도 안 돼. 셋째, 다른 여자 각선미. 다른 여자가 오다리라도 안 돼. 왜 안 되냐고 묻지 마. 그냥 안 돼. 닥치고 안 돼. 여자들한테는 그게 칭찬이 된다고. 해석 능력이 상식 밖이야."

사태의 심각성을 깨달은 연호는 이마를 잔뜩 찌푸렸다. 가뜩이나 상식 밖인 방정란인데 여자라는 종족 자체가 상식 밖이란다. 설마 방정란의 비상식이 종족 특성이었던 건가?

"그럼 뭐라고 하지? 일단 미안하다고 해야 하나?"

"그건 망, 망, 똥망의 지름길이지. 네가 미안하다고 하면 뭐라고 하는 줄 아냐? '뭐가 미안한데?' 라고 묻는다? 그럼 너 뭐라고 할 건데? 파멜라 앤더슨 가슴 크다고 칭찬해서 미안하다고 할래?"

"그럼?"

"이럴 때 가장 좋은 해결책은, 일단 백화점을 가. 그리고 너도 한 번쯤은 들어 본 브랜드 매장에 들어가서 가장 비싼 백을 달라고 해. 포장을 예쁘게 해. 그리고 코치 딸한테 들입다 안겨. 그럼 앙탈 좀 부리다가 헤헤, 웃어. 그럼 끝나. 끝! 완전 깔끔하게 끝!"

처음엔 집중해서 듣던 연호의 표정이 점점 심드렁해졌다.

"지랄하네."

"왜? 돈이 없어? 너 작년에 받은 대회 상금만 해도 몇천 되지 않냐?"

"돈이 문제가 아냐, 등신아."

"돈이 문제가 아니면 뭐가 문젠데?"

"걘 보통 백으로 안 돼."

연애에는 무지몽매하지만 방정란에 대해서만큼은 알 만큼 안다고 자부하는 연호가 보기에 정란이 가장 좋아할 선물은 백이나 구두가 아니었다. 차라리 기약 없이 연재를 중단한 모 작가를 찾아서 다시 연재하게끔 만드는 게 훨씬 확실했다. 아니면 백 안에 귀한 비엘 책을 가득 넣어 주는 방법도 있겠다.

"보통 백이 안 되면 이베이에서 해외 신상을 직구하는 방법도 있어. 그거 중계로 하면 돈이 좀 더 들기는 하는데―"

"됐고, 너 차 키 좀 뱉어."

연호는 수수료가 어쩌고 하는 효준의 뒤통수를 후려치고 손바닥을 내밀었다. 효준은 그가 지을 수 있는 한도 내에서 최고로 불쌍한 표정을 지었다.

"나 운전자 보험 안 들었단 말이다. 사고 나면 어떻게 하려고? 성주 형한테 빌려."

"성주 형 차, 똥차라 안 돼. 사고 나면 새 차 사 줄게."

"이런 씨댕."

돈이면 돈, 힘이면 힘. 뭐 하나 연호를 이길 방법은 없는 효준은 과장스럽게 가슴을 부여잡고 그의 애마를 위로했다.

"이 무력한 주인을 원망하게나……. 나의 적토마여."

"미친놈."

"야, 근데 텍스트의 노예가 뭐냐? 코치 딸 애칭이냐?"

애마의 키와 연호의 폰을 연호에게 넘긴 효준이 물었다. 처음 카톡을 봤을 때부터 자못 궁금했던 것이었다. 애칭이라고 하기엔 귀염성이 좀 떨어지는 것 같기도 하고, 아무튼 정체가 모호하다.

"몰라도 돼, 미친놈아."

"그려. 내 애칭은 미친놈이여."

피식, 웃은 연호가 훈련장을 나갔다. 하지만 뭔가 생각났다는 듯 곧 다시 돌아와 효준의 종아리를 발로 차며 말했다.

"형수님한테 코치 딸이 뭐야?"

"와, 이 새끼! 대권아, 너 이리 와 봐."

정강이뼈를 제대로 얻어맞은 효준이 다리를 부여잡고 펄쩍펄쩍 뛰며 대권을 불렀다. 조금 멀찍한 곳에 떨어져 두 사람을 보고 있던 대권이 잽싸게 뛰어왔다.

"네, 형."

"이 새끼가 방금 뭐라고 했는지 아냐? 코치 딸더러 형수님이라고 부르란다."

"헛! 형 벌써 진도가 거기까지……!"

"뭐라는 거야, 이 상병신들이."

연호는 무슨 만담가라도 된 양 떠드는 두 사람을 무시하고 훈련장을 나와 샤워실로 들어갔다. 간단하게 샤워라도 하고 나갈 생각이었다. 물론 시간 많고 하릴없는 두 사람은 끝까지 쫓아와 연호가 샤워를 마치고 머리를 말릴 때까지 그를 괴롭혔다.

"우와. 이제 우정이고 뭐고 안중에도 없구먼? 그래, 사랑이 무슨 죄가 있겠냐."

"그럼요."

"이리 오너라, 업고 놀자~"

"사랑, 사랑, 사랑, 내 사랑이로다~"

"인간문화재 나셨네."

"연호야, 너 나 좀 보자."

시시덕거리는 효준의 얼굴을 수건으로 한 번 훑어 주고 나가려는데, 방해꾼이 또 있었다. 성주였다. 연호는 살짝 짜증난 얼굴로 시간을 확인했다.

"형은 또 왜요?"

"바쁘냐? 급해?"

"급해요."

"잠깐 나랑 얘기 좀— 야, 이 미친놈들아, 시끄러!"

퍽. 이번에 성주가 던진 수건은 효준의 입을 정확하게 맞췄다. 젖은 수건이라 데미지도 컸다. 성주는 아프다며 징징거리는 효준을 외면하고 연호와 함께 탈의실을 나왔다.

"왜 이렇게 분위기를 잡아요? 할 말 있으면 빨리 해요. 나 나가야 해."

"어디 가는데?"

"서울요. 여자 친구 거기 있대서."

"어차피 밖으로 갈 거잖아. 나도 나가야 하니까 같이 가자."

"여자애들도 아니고 뭘 같이 나가?"

투덜댄 연호는, 그러나 심상치 않다 싶어 마음의 준비를 했다. 그래서 성주가 국대 이야기를 꺼냈을 때 화내지 않을 수 있었다.

"선발전 통과한 애들 오늘 입소했다."

"응. 알아요."

"남은 건 천상 상비군 자리뿐인데 이번엔 몇이나 뽑을라나? 효준이 새끼도 메달 한번 따야 하는데."

"걔 신경 쓰지 말고 형이나 열심히 해요. 2회 연속 출장해야 나중에 코치를 하든 감독을 하든 몸값 올라가지."

"메달을 따라고는 왜 안 하는 거냐? 너 이 자식, 나 무시해?"

성주가 답지 않게 너스레를 떨며 연호의 어깨에 손을 올렸다. 눈을 부라려 보지만 영 어색했다. 그리고 연호도 돌려 말하기에 익숙하지 않았다.

"무슨 이야기가 하고 싶은 거야?"

"어?"

"원래 하려고 한 이야기가 뭐길래 이렇게 내 눈치를 보냐고요."

연호가 멈춰 서자, 성주의 걸음도 자연스럽게 멈췄다. 문이 바로 앞이었다.

"눈치 빠른 놈."

"내가 무슨 눈치가 빨라. 형이 너무 이상했던 거지."

"화났냐?"

"형이 더 미적거리면 화내려고."

그런데도 성주는 쉽게 입을 열지 못하다, 연호가 시계를 가리킨 뒤에야 조심스럽게 운을 뗐다.

"연호야, 너…… 그때 그 심판한테 사과할 생각, 없냐?"

"내가 왜?"

"왜라니, 자식아. 심판이랑 원수 돼서 좋을 게 뭐가 있어? 나중에 국제 대회에서라도 만나 봐. 그 인간, 무슨 꼬투리를 잡아서라도 너 떨어트릴걸? 대한민국 선수 떨어트리는 대한민국 심판! 공평하네, 공평해."

"국제 대회에선 유효 포인트 수동으로 결정할 일 없어요. 사실, 국내 대회에서도 있을 수 없는 일이었지."

"그 있을 수 없는 일을 벌어지게 만드는 게 네 운이잖아."

"이씨……."

정곡을 찔린 연호는 짜증을 참지 못하고 주먹을 불끈 쥐었다. 재수 없는 놈은 뒤로 넘어져도 코가 깨진다는 말이 있지만 그의 경우엔 해당되지 않는다. 그의 재수 없음을 설명하려면 뒤로 넘어졌는데 고자가 되었다, 정도는 되어야 했다.

"아, 몰라. 됐어요. 1, 2점 가지고 장난 못 치게 하면 되지."

"어떻게?"

"압도적으로 이겨 버리면 되잖아요."

당연하지 않냐는 듯, 연호가 팔짱을 꼈다. 성주는 질린 눈을 숨기지 못했다.

"이 미친……."

"형이 뭐 신경 쓰는지 알겠는데, 사과한다고 들어줄 협회야? 괜한 기댄 버립시다."

"야, 그게 아니라—"

"나 가요."

이제 겨우 TV를 틀지 않아도 잠들 수 있게 되었는데, 또다시 그런 일을 반복하긴 싫었다. 되돌아오지 않는 대답. 끝나지 않을 것 같은 침묵. 만에 하나, 그 침묵 뒤에 좋은 결과가 기다리고 있다고 하더라도 마찬가지다. 그 터널이 얼마나 길고 끔찍한지는 오직 터널을 걷는 사람만이 안다.

"야, 야! 내 말 좀 마저 들어, 이 새끼야. 야! 성연호!"

뒤에서 성주가 부르는 소리가 계속 쫓아왔지만 그럴수록 연호는 더 빨리 걸었다. 지금은 그냥, 이 자리에 머물러 있고 싶다고 생각했다.

＊　　　＊　　　＊

화장실 변기에 앉은 정란은 로댕의 생각하는 사람을 표절하는 기분으로 발을 꼬고 턱을 괴었다. 볼일은 이미 다 봤지만 하이에나처럼 저를 뜯어먹을 두 사람을 생각하니 도무지 나갈 엄두가 나지 않았다.

말을 할까.

장 사장이나 우림이나, 둘 다 입은 무거운 사람들이니까 소문이 퍼질 걱정은 안 했다. 얘기가 들어가 봤자 기껏해야 가브리엘이다. 그리고 바로 그 점이 문제였다.

"분명히 가브리엘 님은 갤 수집용 자료쯤으로 생각하실 텐데."

그렇다고 해서 가브리엘에게 말하지 말라고 할 수도 없는 노릇이었다. 영원한 비밀이라는 것은 없으니까, 언젠가는 알려지게 된다. 그 '언젠가'의 시간이 늦춰질수록 가브리엘의 서운함은 커질 것이다.

답은 정해져 있었다. 그녀만 마음의 준비를 끝내면 되었다.

하지만 마음의 준비를 하기에 술집 화장실은 적당한 장소가 아니었다.

"아, 뭐야. 왜 이렇게 안 나와."

밖에서 앙칼진 여자애의 목소리가 들렸다. 또각또각또각또각또각또각. 구두 굽이 바닥을 치는 소리도 꽤나 빨랐다. 짜증나짜증나짜증나짜증나급해급해급해급해. 의도가 확실하게 느껴지는 발걸음이다.

화장실에서 뭐하겠니. 생각하지.

한숨을 쉰 정란이 화장실 문을 열자 밖에 서 있던 여자가 정란을 밀치며 안으로 들어갔다. 정란은 터덜터덜 걸어, 홀로 나왔다.

"……!"

테이블 바로 앞에서, 그녀가 우뚝 멈춰 섰다. 비어 있어야 하는 옆자리에 누군가 앉아 있었다. 그리고 정란을 잡아먹을 듯 눈을 부릅뜨고 있는 두 여자. 가장 최악의, 가장 원하지 않았던 세팅에 말이 제대로 안 나왔다. 여기에 방정애만 있으면 지옥행 열차 바로 타겠는데?

"이리 오시지."

삐뚜름하게 앉은 그가 가까이 오라는 손짓을 했다. 어쩐지 개 부르는 것처럼 '워리, 워리' 하는 것과 비슷한 손짓이었다.

연호로서는 손가락 한 개로 효준을 부를 때보다 다섯 배 더 정란을 존중해 준 것이었지만, 그 사실을 알 리 없는 정란은 그 손가락을 서걱서걱 잘라 버리고 싶다는 생각을 했다. 평화주의자답게.

"여긴 어떻게 왔어?"

"내가 불렀다, 왜? 란, 너는 이렇게 괜찮은 남자 친구를 왜 숨겨?"

"계속 '몰라요, 없어요' 하면 우리가 순순히 넘어갈 줄 알았지?"

연호가 미처 대답할 새도 없이 두 여자의 비난이 봇물처럼 쏟아졌다. 연호는 어쩔 줄 몰라 하는 정란을 힐끔 쳐다봤다.

"그래요? 남자 친구 있다고 말 안 해요?"

"다 알고 물어보는데도 끝까지 말 안 하더라고요. 그런데 실례지만, 정말 읽었어요?"

"뭐요? 아, 그 책이요? 네. 다 읽었죠."

자기가 화장실 간 사이 세 사람이 나눈 대화의 방향을 짐작한 정란은 소파 등받이에 뒤통수를 찧었다. 왜 나는 하고 많은 장소 놔두고 화장실에서 마음의 준비를 하려고 했을까?

"아무래도 당사자 입장에선 기분이 많이 나쁘겠지만 그냥 장난이고 팬심이려니 생각하고 넘어가 줘요."

"진짜 팬심이에요! 애초에 팬심이 없다면 리버스도 안 나와요!"

실수인지, 주책인지, 정신이 나간 건지. 우림이 헛소리를 했다. 정란이 미쳤냐는 눈짓을 보냈지만 깨닫지 못한 얼굴이었다. 눈살을 찌푸린 그가 알았다는 듯 고개를 끄덕였다.

"리버스……? 아—"

지금 필요한 건 뭐? 스피드?

아니죠. 휴대폰 진동이죠.

"전화 왔다!"

"란, 넌 빠져."

장 사장이 눈알을 부라렸지만 정란은 굴하지 않았다. 그녀가 연호의 휴대폰을 가리켰다.

"정말로요!"

그제야 그도 진동을 눈치챈 듯, 휴대폰을 쳐다봤다. 와작. 액정에 뜬 이름을 확인한 그의 얼굴이 누군가 밟은 캔처럼 구겨졌다. 정란이 조심스럽게 물었다.

"왜? 누군데?"

"내…… 에이전시."

"근데 왜 안 받아?"

"안 받아도 되니까."

하지만 휴대폰은 끈질겼다. 수십 번을 울리다 끊기고, 끊겼다 싶으면 다시 울린다. 거는 사람 입장에서는 버튼 하나만 누르면 되니까 어려울 것은 없다.

정란은 아래에서 위를 쳐다보는 시선으로 그를 관찰했다. 휴대폰에서 눈을 떼지 못하고 있는 그는, 상당히 갈팡질팡하고 있었다. 받을까, 말까. 종로로 갈까, 청량리로 갈까.

"안 받아도 되면 그냥 꺼 놔."

"그건 정말 큰 용기가 필요한 행동이지."

"어?"

"후환이 두렵다는 말이야. 정 여사는 두고두고 복수하거든. 도대체 쿨하질 못해."

그야말로 호미로 막을 걸 가래로 막는 격이라 할 수 있겠다. 단지 수습의 규모만이 아니라 기간이 더 큰 문제다. 잔소리는 순간이지만 복수는 평생 간다. 정 여사는 능히 그럴 수 있는 사람이었다.

"짜증 나는구만……."

그러니까, 환갑잔치에서 팔순 넘은 정 여사의 '얘가 옛날에 내 전화 받기 싫어서 툭하면 전화기를 꺼 놓곤 했다' 라는 이야기를 듣지 않으려면 지금 전화를 받는 게 답이었다. 그는 휴대폰을 들고 이 자리의 최연장자인 장 사장에게 말했다.

"잠시 전화 좀 받고 오겠습니다."

"네, 네. 그래요. 받고 와요."

빨리 가 보라며 장 사장이 손을 휘저었다. 연호는 화장실이나 아직 채워지지 않은 빈자리를 찾아가는 대신 아예 밖으로 나가 버렸다. 통유리로 된 가게 벽에 비친 그의 표정이 심상치 않다.

"란, 빨리 나가 봐."

"제가요? 전화하는데요?"

"그냥 나가 봐. 여자 친구 앞에서 못 받을 전화라니, 이상하잖아."

"아……."

"그래, 그래. 뭐 이상한 거 없는지 잘 살펴봐."

우림까지 정란을 채근하고 나섰다. 우림과 같은 생각을 하는 건 아니었지만 마음에 걸리는 것이 있는 정란은 장 사장에게 꾸벅, 고개를 숙여 보이고 그의 뒤를 쫓았다.

부러운 듯, 정란의 뒷모습을 바라보고 있던 우림이 장 사장을 불렀다.

"사장님……."

"왜……?"

"저, 해고시켜 주세요."

"회사 그만두고 뭐하게?"

"제 디자인 능력을 총동원해서 엄청 퍼펙트한 홈페이지를 만들 거예요. 그리고 전국의 동인남들을 끌어모으겠어요."

우림과 장 사장의 눈이 마주쳤다. 입사 5년 차, 어디서든 능력 있다 소리 듣는 디자이너 실장의 눈이 죽어 있었다. 안타까운 마음에 장 사장은 우림을 해고하는 대신 그녀의 맥주잔을 소주로 가득 채우고 우림의 등을 토닥였다.

"괜찮아. 죽고, 22세기에 다시 태어나면 돼."

휴대폰을 귀에서 멀찍이 떨어트린 채, 그는 술집 입간판 왼쪽 옆에 서 있었다. 정란은 그의 목소리가 잘 들리지 않는 적당한 거리에 멈춰 섰다. 고개를 숙이고 바닥을 툭툭 치던 그가 고개를 들었다. 눈이 마주치자 그의 시원한 미간에 가벼운 주름이 졌다.

하지만 그는 이내 이리 오라는 듯 그녀를 보며 손가락을 당겼다. 정란은 종종 뛰어가 그의 옆에 섰다. 상대방의 목소리가 큰 덕에 어지간한 통화 내용을 들을 수 있었다.

—너 진짜 미쳤니!

"여사님, 나 귀 안 먹었어요."

—그래. 귀는 안 먹었지. 눈, 코, 입도 다 멀쩡하고. 뇌가 안 멀쩡하니까 그런 거라도 멀쩡해야지 않겠어?

"왜 또 이러실까?"

―어디서 엉큼을 떨어? 됐고, 그대 아직도 서울이야?

"저 서울에 있는 건 어떻게 알았어요?"

―안 선수가 얘기해 주더라. 출판사 간다고 했다고.

연호가 갑자기 사방을 두리번거리자 정란이 입술을 동그랗게 모았다. '왜?' 하지만 말할 시간도 없는 그는 다급하게 정란의 손을 잡았다.

"아니에요. 지금 안산 내려가는 중이에요."

―엉큼 떨지 말라고 했다. 여자 친구 만나러 간 거 다 알아.

안효준, 이 입 싼 새끼.

그는 마음속으로 효준에게 욕을 퍼부으며 차를 주차해 놓은 공용 주차장까지 빠르게 걸었다.

"진짜 안산 가는 중이라니까 왜 사람 말을 못 믿어요?"

―그대, 안 선수 차 가지고 갔지? 흰색 K5.

"아니에요. 성주 형 차 몰고 나왔어. 검정 코란도."

―그으래? 그럼 오늘 안 선수도 서울 올라갔나 보네? 흰색 K5, 59거 5420.

이 정도면 짐작이나 적당히 떠보는 것이 아닌 확신이었다. 연호는 미련 없이 전화를 끊었다. 정란의 오른쪽 눈이 댕그래졌다.

"왜 전화를 그렇게 끊어?"

"빨리 도망가야 하니까."

"왜 도망가? 매니저분은 여기 모르잖아."

"여기는 모르는데, 효준이놈 차가 어디 있는지는 알아. 그녀석 차에 위치 추적기 달려 있거든."

"어? 무슨 할리우드 영화야?"

"안효준이 하도 바람피우고 다녀서, 걔 여자 친구가 감시한다고 설치했거든. 아니, 설치하라고 했거든. 젠장. 이럴 줄 알았으면 그냥 성주 형 차 가지고 나올걸."

그의 걸음이 점점 빨라졌다. 이젠 경보를 넘어서 거의 달리는 속도와 비슷했다. 정란은 핵핵거리며 그의 손에 잡혀 질질 끌려갔다.

하지만 주차장에 도착한 순간, 연호는 제 노력이 얼마나 부질없었는지를 깨달았다.

"어머? 그대, 안 선수랑 같이 왔나 봐?"

세차가 잘된 흰색 차량 보닛 위에 살짝 걸터앉아 있던 정 여사가 손을 흔들었다.

✳   ✳   ✳

성주에게서 연호를 설득하는 데 실패했다는 이야기를 전해 들은 고철은 정 여사에게 SOS를 쳤다. 그때 그는 분명 살살 달래 보라는 식으로 말했었다. 하지만 정 여사의 사전에 '살살'이라든가 '달래다'라는 단어는 애초부터 없었다.

그녀는 연호를 보자마자 일단 한 대 때리고 대화를 시작했다.

"성 선수, 정신 차려. 이거 떼쓴다고 될 일 아니야."

"여사님은 이게 떼쓰는 걸로 보여요?"

"떼가 아니면? 무릎 한 번 꿇어 주고, 각서 한 장 쓰면 태극 마크가 굴러 들어오는데 안 하겠다는 게 떼지 뭐야?"

"그게 그렇게 쉬워요?"

"무릎에 다이아라도 박았어? 어려울 게 뭐가 있어?"

"그렇게 따지면 태극마크엔 다이아라도 박혔어요? 그렇게 까지 할 가치가 있는 거예요, 그게? 내가 납득하지 못하는데 사과를 해야 하고, 내가 미안하지 않는데 무릎을 꿇을 만한?"

박력 있게 싸우는 두 사람 사이에서, 정란은 연호의 옆에 조용히 서 있었다. 대답하는 사람은 없고 질문만 무성한 대화였다. 그런데도 무슨 일인지 짐작할 수 있게 만든다.

"태극마크 못 달아서 안달 난 게 누구였는데 그래? 그대야, 그대. 다른 사람이 아니야."

"그래요. 나 맞아요. 나 맞는데, 이젠 아니에요. 그냥 싫어요. 떼쓰는 거라고 해요. 됐죠?"

그의 목소리가 꽤 거칠어졌다. 하지만 화난 목소리는 곧장 이어진 어떤 소리에 묻혔다. 매섭고 거센 '철썩'.

"히익!"

아프겠다. 생각만 했어야 하는데 소리를 내고 말았다. 그가 맞은 등짝을 어루만지며 고개를 돌렸다. 노르스름한 주차장 조명도 허옇게 질린 그의 안색에 생기를 불어넣지는 못했다.

"일행도 있는 것 같으니까, 오늘은 여기까지만 하자."

답지 않게 정 여사가 먼저 물러났다. 딱딱하게 경직된 그의 얼굴이 심상치 않다고 느낀 탓이다.

"머리 좀 식혀."

"알았어요."

"저 아가씨는 내가 데려다줄게. 아가씨, 방 코치 따님 맞죠? 데려다줄게요."

"네? 저……요?"

배경처럼 서 있던 정란이 자신을 가리키자 정 여사가 고개를 끄덕였다.

"방 코치 집으로 데려다주면 돼?"

"아, 전……."

정란이 어떻게 해야 하냐는 눈으로 그를 쳐다봤지만 그는 그녀를 외면하고 별도 몇 개 없는 하늘을 바라봤다.

밀어낸다. 하지만 가라며 등 떠미는 것도 아니다.

아, 그래……. 그도 어떻게 해야 할지 모르는 거구나.

"전 나중에 갈게요. 연호 씨랑."

그녀가 조심스럽게 거부를 표시했다. 싫은 소리 한 번은 들을 각오를 하고 한 말이었는데, 의외로 정 여사는 뭐라고 하지 않았다.

"그렇게 해요, 그럼."

의미심장한 눈빛을 남긴 정 여사가 연호에게 그녀가 가져온 차 키를 던졌다. 연호는 그녀에게 효준의 차를 넘겨주었다. 정 여사는 등장할 때처럼 쏜살같이 사라졌다. 그녀의 카리스마에 압도된 정란은 효준의 차가 공용 주차장이 있는 언덕길을 완전히 내려간 뒤에야 말을 할 수 있었다.

"너, 에이전시 바꾸면 안 돼……?"

멍하니, 정 여사가 남긴 타이어 자국을 보고 있던 정란이 묻자 그녀만큼 멍한 그가 대답했다.

"안 돼."

"왜?"

"우리 엄마 절친이야."

"안됐다……."

퓨슈슈, 풍선에서 바람 빠지는 것과 같은 숨소리를 뱉은 그녀가 그의 손을 꼭 잡았다.

✳   ✳   ✳

오랜만에 제 차를 돌려받은 연호는 남산으로 차를 몰았다. 구불구불한 도로를 한참 달려 남산 공원 주차장에 차를 세운 그는 선루프부터 열었다. 조금 쌀쌀하지만 춥진 않은, 선루프를 열어 놓기엔 딱 좋은 날씨였다.

"이야! 뚜껑이다!"

조수석에 앉은 정란이 선루프 밖으로 손을 뻗었다. 스포츠카는 처음 타 본다더니, 어지간히 신기해하고 있었다. 그녀의 놀라움은 연호가 버튼 하나로 의자를 젖힐 때 절정에 달했다.

"와! 의자가 침대처럼 막 넘어가."

"뒷좌석이 없잖아."

"오! 별!"

"별이 보여?"

"아니, 안 보여."

"장난하냐?"

"응."

실없는 정란의 웃음에 화낼 기력도 잃은 그가 그녀의 머리를 문질렀다. 정란은 제 머리 위에 양손을 얹어 그의 손을 잡았다.

그리고 둘 다 한참 말이 없었다. 간혹 바람에 쏠린 나뭇잎이 바닥으로 떨어지는 소리만이 밀려 들어왔다, 빠져나갈 뿐이었다. 사람들이 떠난 밤의 공원은 고요했다.

"말해 봐."

수해(樹海)의 울음소리가 잦아들 무렵, 연호가 말했다. 양 손바닥을 모아 귀 옆에 가져다 댄 정란이 그를 보며 돌아누웠다.

"무슨 말?"

"아무거나. 그냥 말."

"그럼 나 뭐 물어봐도 돼?"

"어."

앞으로 어떻게 할 거야? 진짜 사과 안 할 거야? 그런 질문이 나오면 뭐라고 대답해야 할까. 무슨 말로 제 심정을 설명할수 있을까.

"왜 실격당했어?"

그러나 그녀의 질문은 좀 더 본질적인 것이었다. 그리고 본질을 설명하는 일만큼 어려운 일도 없다. 그는 한참 생각하다, 두 개의 검지를 세워 붙였다.

"펜싱 룰 중에 동시 명중이라는 게 있어. 굉장히 드문 일이긴 한데, 있긴 있거든."

신사의 스포츠라 자부하는 펜싱은 너 죽고 나 죽자 식의 동귀어진을 인정하지 않는다. '공격을 받으면 반드시 막거나 피한 뒤 반격해야 한다'. 펜싱의 기본 룰이었다.

동시 명중이 잘 나오지 않는 이유도 그 룰 때문이다. 막거나 피한 뒤 이루어지는 반격은 처음 들어온 공격보다 느린 것이 당연하니까.

"그래서 보통 어떤 경우에 생기냐면, 너랑 나랑 경기한다고 쳤을 때, 내가 선공이고 네가 후공이야."

"응, 응."

"내가 먼저 널 찔렀는데 내가 좀 느렸어. 너는 빠르고. 그래서 내가 공격 들어오는 걸 네가 보고 바로 피하면서 나를 찌른 거야. 속도 차이가 있잖아. 그럼 동시 명중이 되는 거지. 그게 내 경기에서 일어났어."

"어, 그런데 그러려면……."

머릿속으로 상황을 그린 정란이 입술을 뜯었다. 어떤 상황인지 이해는 가는데 납득이 되질 않았다.

"그러려면 상대 선수랑 기량 차이가 좀 나야 하지 않아?"

"내가 그날 몸살 때문에 많이 아팠거든."

"아……. 그럼 동시 명중 때문에 진 거야? 아닌데? 그게 실

격이랑 무슨 상관이 있어? 동시 명중이 나온다고 실격시키는
건 아닐 거 아냐."

"아니지, 물론."

그러나 뒤로 자빠져도 고자가 되는 성연호의 불운에서 동시
명중은 시작이었을 뿐이었다.

"말했잖아. 동시 명중 가능성은 낮아. 그리고 요즘은 전자
센서가 있어서 0.1초의 차이도 잡아내니까 그런 일이 정말 없
지. 그런데 그날, 내 경기 중간에 전기 심판기가 고장이 났
어."

"그럼 경기 중지를 선언……."

"심판이 몰랐어. 아니, 나도 몰랐고, 아무도 몰랐어. 심판기
가 동시 명중으로 판정했을 때 그때 알았어. 그건 사실 동시
명중이 아니었거든."

연호는 가만히 그때를 회상했다. 비몽사몽간에 치른 경기
전반은 모호했다. 정신이 든 건 전기 심판기가 백색등 두 개를
켰을 때였다.

"수천 번, 아니, 몇만 번 이상 사브르로 사람을 찔렀어. 찔
려 보기도 했고. 누가 먼저 찔렀는지, 유효면에 닿았는지는
누구보다 내가 더 잘 알아. 분명 내가 먼저 들어갔고, 투셰였
어."

"……."

"한 포인트. 내가 선공이라서 그 한 포인트만 따면 이기는
거였어. 근데 심판은 투셰 농 발라블이라고 판정했고, 내가 항

의하니까 날 실격시켰어."

"영상 같은 건? 아니, 심판기 고장이 먼저니까 그 경기 자체가 무효 아니야?"

"심판은 어떤 경우에도 판정을 뒤집지 않아."

참았어야 했을까? 피스트 위에서 떨어지거나, 검을 거꾸로 쥐거나, 온갖 기기묘묘한 방법으로 실격당하는 악몽에서 깨어날 때마다 가장 먼저 드는 생각은 항상 그것이었다. 참아야 했을까? 다들 그렇게 말했다. 심정은 이해하지만 참았어야 했다고.

"후회해?"

그녀가 물었다. 그는 고개를 저었다.

"아니. 모르겠어."

"흠……."

톡톡. 정란은 제 턱을 오른쪽 검지 가운뎃마디로 두드렸다.

"있지, 나 가끔 그런 생각을 한다?"

"무슨 생각?"

"내가 처음 비엘을 본 게 중딩 때거든. 친구네 집에 놀러 갔다가 친구 언니 책장에서. 만약 지금의 기억을 가진 채 그때로 돌아간다면 비엘을 보지 않을까?"

"안 보겠냐, 네가. 비엘에 환장하면서."

"그래도 고민은 있지. 사람이 어떻게 고민이 없을 수가 있어. 동인지를 안 사면 좀 더 금전적으로 여유로울 거고, 금전적으로 여유로우면 사고 싶은 신발, 사고 싶은 옷도 살 수 있을 거고, 고료 짠 출판사 일 안 하고 비싼 일 골라잡으면서 유명 번역가가 됐을지도 모르고. 나 상당히 유능하다고."

예쁜 신발과 예쁜 옷을 바라고, 사회적으로도 성공하고 싶은 스물아홉 살. 그 나이대의 여자가 할 법한 아주 평범하고 정상적인 고민이었다. '정상'과는 한참 떨어진 곳에 사는 방정란의 정상적인 고민이라니. 이질감이 느껴질 정도다.

"그래서 다시 돌아가면 어떻게 할 건데?"

"그게 내 화두거든. 그런데 결국 그 삿된 책장에서 또 책을 꺼낼 것 같아."

"예쁜 옷이랑 신발은?"

"그것도 참 가지고 싶은 거긴 한데, 결국 선택의 문제인 것 같거든. 비엘과 예쁜 옷 중에서 선택하라면 결국은 비엘이니까. 물론 선택하지 못한 예쁜 옷에 대한 후회가 무진장 남겠지. 계절이 돌아오면 그때 포기한 그 옷이 아른거릴 거고."

허탈하게 양 손바닥을 펼친 정란이 한숨을 쉬었다.

"내가 지난달에 지른 책값……. 아우……."

"발전이 없구먼."

"매일 깨닫고, 또 매일 깨달은 걸 잊어버리고. 그게 사람이지. 깨달은 걸 실행에 옮기면 이미 성인이고. 사람은 그냥…… 후회는 인생의 옵션으로 평생 달고 가되, 조금 덜 후회할 방향을 선택하는 것뿐이야. 그게 나쁘다고 생각하지는 않아. 왜 꼭 사람이 발전하는 인생을 살아야 해?"

의도한 조언인지, 무념무상의 신세 한탄인지 헷갈린다. 하긴, 뭔들 어때. 연호는 시트에 팔을 괴고 그녀를 응시했다. 비틀린 자세 때문에 그의 셔츠 옷깃이 벌어졌다. 정란이 얼굴을 붉혔다.

"너 왜 이렇게 빨개?"

"어? 아니, 안 빨간데?"

"빨간데?"

"보지 마!"

정란은 제가 낼 수 있는 최대의 속도로 얼굴을 가렸다. 하지만 호락호락 넘어갈 성연호가 아니다. 그는 우격다짐으로 정란의 손을 내리고 그녀의 이마에 제 이마를 가져다 댔다.

"좋게, 신사적으로 할 때 말해라."

"으형형형!"

"암만 우는 척해 봐라. 내가 속나."

콩. 그가 이마를 박았다. 힘을 주지 않았다고 해도, 가까운 거리라 꽤 아프다. 그에게 양손을 잡혀 이마를 문지를 수도 없는 정란이 울상을 지었다.

"리버스……."

고개를 푹 숙인 그녀가 무어라 웅얼거렸다. 연호는 이마에 힘을 줘 그녀의 얼굴을 들어 올렸다.

"뭐라고?"

"가브리엘 님이 쓴 리버스에 보면 딱 이런 장면이 있단 말이야. 너랑 박 선수랑…… 차 안에서 얘기하는……."

"뭐야. 별것도 아니구면."

물론 그 장면의 끝은 전형적인 폭풍 섹스로 끝나지만, 리버스를 읽지 않은 연호는 허무해하며 그녀의 손을 놓았다. 그 사이 그녀의 얼굴은 더 빨개져 있었다. 억지로 말하게 만든 것이 꽤 분한 듯, 아랫입술을 내밀고 코를 쿵쿵거린다. 그럴 때마다 숨이 들락날락하며 아직 가까이에 있는 그의 얼굴을 간질였다.

실내등조차 꺼진 차 안은 어두컴컴했다. 빛이라고는 선루프를 통해 들어오는 희미한 별빛과 창문에 반사된 가로등 불빛뿐이었다. 불현듯 장난기가 발동했다.

아니, 어쩌면 흑심이다.

아니, 사실은 흑심이다.

"텍스트의 노예 같으니. 뭘 상상하면서 느낀 거야?"

"상상하긴 뭘 상상……!"

"3D를 놔두고 왜 상상을 해."

그는 아까보다 훨씬 단단하게 그녀의 팔을 쥐고 점점 더 동그래지는 그녀의 눈동자를 바라보며 서로의 숨이 맞닿을 때까지 다가갔다. 심장이 주체할 수 없을 정도로 뛰고, 손바닥에서 땀이 흐르기 시작했다.

와. 이건 장난으로 할 게 아니구나.

"야……."

그의 그림자가 그녀의 얼굴을 완전히 가려 더 이상 눈동자도 보이지 않게 되었을 때, 꽁꽁 얼어붙어 있던 그녀가 그를 불렀다. 나직한 목소리가 입술에서 입술로 건너간다.

"왜······?"

"나 심장이 빠운스, 빠운스 해······."

"······."

"그리고 모기도 있는 것 같아······."

그의 흑심이 빠운스, 빠운스와 함께 침몰했다.

✻   ✻   ✻

검정 스포츠카 한 대가 아파트 주차장에 섰다. 일반적인 스포츠카보다 묵직한 외양이 눈에 띄는지, 지나가는 사람들마다 한 번씩 힐끔거린다. 남자들은 노골적인 부러움을 드러내기도 했다.

그렇게 부러워할 것 없다.

남자의 눈에서 언젠간 사고 말겠다는 의지를 발견한 연호가 고개를 절레절레 흔들었다. BMW M3. 가격 대비 성능으로 치자면 가히 최고라고 할 수 있는 차지만 본질은 스포츠카다. 그리고 스포츠카는 조수석에 앉은 사람을 배려하지 않는 못된 녀석이었다. 그 사실을 연호는 오늘 깨달았다. '최악'이라는 말도 아까운 승차감과 쇼크업소버를 잔뜩 올린 오토바이를 압도하는 엔진 소리에 지친 정란이 자는 것을 선택했을 때야 비로소.

어쩐지 정 여사가 내 차는 죽어도 안 타려고 하더라.

때마침, 정란이 몸을 뒤틀다 옆으로 손을 뻗었다. 연호는 기어에 부딪히려는 그녀의 손을 잡아 다시 무릎 위에 곱게 올려 주고 그녀의 얼굴을 가린 머리카락을 쓸어 넘겼다. 멀미 때문에 더욱 창백해진 살갗과 분홍빛 입술, 긴 속눈썹이 한눈에 들어온다.

"방정란……."

들릴 듯 말 듯, 나직하게 그녀를 불러 보았다. 깨워서 들여보내야 한다는 걸 알지만 그러고 싶지 않은 남자가 할 법한 짓이다. 의무의 방기, 혹은 적절한 타협.

'오늘 밤 같이 있어'. 그런 마음 때문이 아니다. 지금 그를 잠식하고 있는 건 들끓는 욕망이나 주체할 수 없는 열기가 아닌 고요함이었다. 어두침침한 시야가 맑아지고 안개 낀 듯 몽롱했던 머릿속이 정리되어 가는 시간을 깨 버리는 것이 아까웠다. 그로 인해, 인정하기 싫은 제 부끄러움이 드러난다 하더라도.

"이게 떼쓴다고 될 일이니?"

정 여사의 말을 떠올린 그가 쓰게 웃었다.

그 말이 맞았다. 제가 느꼈던 고통을 설명하지 못하는 이상 무어라 하든 지금의 고집은 떼에 불과할 뿐이다. 아니, 설명할 수 있어도 떼다. 낙담, 실의, 절망, 분노. 이름 붙일 것은 많지만 그래 봤자 결국 지나간 감정. 어른이라면 지나간 것은 지나간 대로 흘려보낼 줄 알아야 했다.

그러지 못했으니 애다. 정란에게 제 상황을 설명하지 못한 이유는 그 때문이었다. 그녀가 저를 애 보듯 쳐다볼까 봐.

그리고 그녀는, 아무 말 하지 않음으로써 그를 어른 취급해 주었다.

"제법 누나처럼 조언도 할 줄 알고 말이지."

혼잣말이 컸는지, 정란이 눈꺼풀을 떨었다. 그는 금방이라도 깰 듯한 그녀의 머리를 달래듯 쓰다듬으며 하얀 볼에 입을 맞췄다. 부드럽고 달콤한 크림향이 입안으로 들어온다.

그녀의 말대로 인생이 선택과 후회의 연속이라면 이젠 조금 덜 후회할 준비가 된 것 같았다.

고철은 뒤늦게 훈련장으로 나온 연호를 멀거니 쳐다보았다. 비단 고철뿐만이 아니라, 훈련장에 있던 코치, 선수 할 것 없이 그와 똑같은 표정을 하고 있었다. 대체 저게 누구야?

"이야! 정장 입은 성연호다!"

역시 이럴 때 나서는 건 효준이다. 모두가 효준의 눈치 없음에 감사해하며 슬금슬금 연호에게 다가갔다.

"너 정장 입은 거 처음 보는 것 같은데? 잘 어울린다, 야."

신기한 듯 연신 연호의 등과 어깨를 쓴 효준이 박수를 쳤다. 패션의 완성은 얼굴이라더니. 옅은 카멜색 슈트에 화이트 셔츠를 갖춰 입은 연호의 모습은 운동선수라기보다는 모델에 가까웠다.

"너 그냥 칼잡이 때려치우고 연예인 해라. 너는 돈 많이 벌고, 나는 경쟁자 줄고. 얼마나 좋냐? 이게 바로 윈윈이지!"

"꺼져, 미친놈."

"왜? 내 말이 틀려? 이렇게 차려입고 갈 데가 연예인 기획사밖에 더 있냐?"

"너…… 무슨 일이냐?"

고철이 미심쩍게 물었다. 검은색 정장이었다면 어디 상갓집이라도 가나 할 텐데, 하필 세련미가 물씬 풍기는 낙타색이다.

"코치도 같이 가요."

하지만 연호는 가타부타 설명은 하지도 않고 들어온 문을 통해 나갔다. 요즘 하루하루가 가시방석인 고철은 긴 다리로 쭉쭉 뻗어 나가는 연호의 뒤를 쫓았다.

"이 자식이, 코치 알기를 개똥으로 아나. 어디 가는데?"

"올림픽 회관이요."

"올림픽 회관?"

올림픽 회관엔 펜싱협회 사무실이 있었다. 놀란 고철이 콧구멍을 넓히자 연호가 이맛살을 구겼다.

"그러지 좀 마요. 가뜩이나 험악한 얼굴 더 험악해지잖아요."

"지금 그따위가 중요한 게 아니잖냐. 진짜 갈 거냐? 정말?"

"그럼 진짜 가지, 가짜 가요?"

"왜 갑자기……? 정 여사 말로는 너 싫다고……."

고철의 표정이 어떻든, 연호는 태연했다.

"뭐…… 굳이 이유를 대라면, 둘 중의 하나는 생활력이 있어야 할 것 같아서?"

"응?"

"아니에요, 아무것도. 안 가요? 나 혼자 가?"

고철은 잠시 머리를 긁적거리다, 연호의 등을 퍽 소리 나도록 쳤다. 안 가겠다고 고집을 부리는 것도 아닌데 고민할 필요가 뭐 있나. 그저 감사하고 그저 은혜롭다.

"자식이, 어차피 갈 거면 남자답게 빨랑빨랑 결정할 것이지 튕기긴 왜 튕겨?"

"어? 그런 식으로 나와요? 지금이라도 물러?"

"가자, 가자. 얼른 가자. 차 막힌다."

혹여 그의 마음이 변할까, 고철이 허둥지둥 연호를 잡아끌었다. 마지못해 나가 준다는 듯한 표정을 지은 연호가 밖으로 한 발 내딛자 선선한 가을볕이 그의 머리 위로 떨어졌다.

생일이 아닌데도 한 살 더 먹은 것 같은, 마법의 계절이었다.

코르 아 코르(Corps a Corps)*

대표 팀 구성이 상비군 선발전 뒤로 미루어졌다. 당연히 선수촌 입소도 늦어져, 징계 문제가 해결됨과 동시에 국가대표가 된 연호는 얼결에 휴가를 얻게 되었다.

그러나 성연호 노는 꼴은 죽어도 못 보겠는 정 여사는 연호가 휴가에 적응할 새도 없이 새로운 일거리를 찾아왔다. 아주 벅찬 놈으로.

"뭐예요, 이게?"

"보면 몰라?"

"모르겠으니까 묻죠."

연호는 의아한 표정으로 정 여사가 내민 서류 뭉치를 넘겼

---

*코르 아 코르(Corps a Corps):두 선수가 신체적인 접촉을 일으킨 상황.

다. 한 장은 여섯 개의 칸으로 나누어져 있었고, 칸 안에는 그림이, 칸 아래에는 글자가 적혀 있었다. 서류라기보다는 만화책 쪽에 가까워 보였다.

"한글 모르니? 문맹이야? 위에 읽어 보면 되잖아."

"'Nature Force F/W CF concept'. 어디가 한글인데요?"

"그 밑에! 네이처 포스 밑에 적힌 거!"

"'이번 하반기 광고 콘셉트는 거친 자연환경을 배경으로 한 기존의 아웃도어 광고에서 탈피하여 차량과 도로, 사람을 주제로 진행합니다'."

그런데 아무리 읽어 봐도 이 광고 콘셉트가 저와 무슨 상관이 있는지 모르겠다. 연호가 어깨를 으쓱하자 정 여사가 세 번째 그림을 손가락으로 쿡쿡 찔렀다.

"무슨 그림인지 알겠어?"

"달리는 사람?"

"그래. 네가 달릴 거야."

"……."

"시모어산에서."

"……."

"3박 4일, 캐나다."

뻐끔뻐끔뻐끔뻐끔. 연호의 입 모양에서 거대한 의문을 읽은 정 여사는 선수를 치기로 했다.

"그대 국대 되자마자 클라이언트가 바로 도장 찍었다는 거 아니겠어? 3년 계약에 1억! 억! 메달 하나 없는데 억! 엄청나게 파격적인 조건인 건 그대도 들은 게 있으니까 알지? 메달만 따 봐. 그때는 부르는 게 값이야. 그뿐만이 아니에요. 광고 팀 직원들이 그대 사진 보고 난리가 났어, 아주. 아무거나 입히고 아무렇게나 찍어 발라도 괜찮겠다면서. 모델이 별거니?"

계약이라는 채찍과 모델 포스라는 당근이 적절하게 결합된, 대(對) 성연호용으로는 최상급의 설득이었다. 그래서인지 연호의 항변도 남루하기 그지없었다.

"왜 내 거취를 여사님 마음대로 정해요? 국대 소집된 다음에 개인행동 안 되는 거 몰라요? 협회에서 잘도 광고 찍으라고 내보내 주겠네."

"광고는 이번 한 번만 찍을 거고, 올림픽 시즌에 맞춰서 내보내기로 얘기 다 끝났어. 그대는 훈련에만 매진하면 돼."

"그렇게 해 준대요?"

"안 해 주면 어쩔 거야? 메달 못 따면 1억이 고스란히 날아가는데. 돈만 날아가? 업체 입장에선 후원한 선수가 초라한 성적으로 돌아오는 것만큼 창피한 게 없어."

그런 불확실한 투자에 1억이나 내게 하다니. 정 여사가 아니었다면 꿈도 꾸지 못할 일이었다. 하지만 정 여사는 그조차도 연호가 먹을 당근으로 만들었다.

"그대의 실력과 비주얼을 생각하면 더 받아야 하는데 말이지……."

턱을 괴는 정 여사의 표정이 꽤 진지해 보여, 연호는 못 이기는 척 손을 휘저었다.

"안 어울리게 뭘 미안해하고 있어요? 하면 되잖아요. 해요, 해."

"진짜 할 거야?"

"요즘 왜 이렇게 진짜냐고 묻는 사람이 많아? 내가 그렇게 신뢰하지 못할 타입이에요?"

"아니지. 그대는 신뢰의 스포츠맨인걸. 잘됐다. 이왕 하기로 마음먹은 거 제대로 하자. 스크립트부터 한 번 훑고, 이건 계약서. 잘 모르겠어도 꼼꼼히 읽어 봐. 이건 이 회사 기존 광고들이고, 이건 제품 카탈로그, 이건 언론사 보도 자료. 보다가 모르는 거 있으면 전화해."

"여사님, 잠깐만……."

"아, 당일 내가 안 데리러 와도 되지? 공항 주차비는 클라이언트 측에서 댄다고 했으니까 그렇게 알고 있어. 나 간다."

"아니, 잠—"

물어볼 게 한가득인 연호가 손을 뻗었지만 정 여사는 이미 가 버린 뒤다. 아무리 빨라도 정 여사한테는 댈 게 아니구나. 연호는 민망해진 손을 접고 정 여사가 얹어 준 종이를 뒤적거렸다. 그리고 계약서의 첫 장을 읽자마자, 모든 의문이 사라지는 것을 느꼈다.

—왜? 계약서가 너무 간단했어?

"그럴 리가 있냐. 무슨 말인지 하나도 모르겠으니까 물어볼 것도 없어진 거지."

'하하', 휴대폰 저편에서 정란이 웃었다. 그러나 목소리에 힘이 하나도 없다. 연호는 그녀가 보지 못한다는 것을 알면서도 미간을 은은하게 찌푸렸다.

"너 잠은 좀 잤어?"

—어. 아까 오후에 원고 넘기고 시체처럼 잤어.

"원래 번역 일이라는 게 그렇게 촉박하게 들어오고 그래?"

—음……. 그런 면도 좀 있고, 이번엔 원래 다른 사람이 번역하기로 한 건데 펑크 나서 더 그런 이유도 있고…….

그녀가 말끝에 하품을 덧붙였다. 무엇에 막혔는지 소리가 뭉개진다. 손으로 입을 가리고 있을 그녀의 모습을 상상한 그가 미소 지었다.

"프리랜서라서 뭐 있어 보였는데, 열악하구먼?"

—남의 돈 받아먹기가 쉽나요? 프리랜서는 그저, 물 들어올 때 노 저어야 한답니다.

"그래? 그럼 물 들어올 때 노 한 번 더 젓지?"

—왜? 일거리라도 주시게?

"너 영어 잘하냐?"

—내가 대학 때 복수 전공이 영어 통·번역이었다는 걸 모르셨군. 내가 대학 다니면서 비엘만 본 게 아니야.

조금 처져 있던 목소리가 한껏 올라갔다. 그 목소리처럼 그녀의 엄지손가락도 올라가 있을 것이다.

"그럼 너 통역으로 나 캐나다 갈 때 따라오지? 일 끝나고 여행이나 하게."

―그래.

"어?"

연호는 침대에 누우려다 말고 벌떡 일어났다. 실없는 농담에 대한 답치고는 기대 밖이다. 너무나 금방, 너무나 쉽게 나온 대답이라 언뜻 믿어지지 않았다.

"진심이냐?"

―엉.

"정말이지?"

―엉.

"진짜? 진짜 가서 내가 배고프다고 하면 음식 시켜 주고, 영화 보고 싶다고 하면 표 끊어 주고?"

―야!

그녀가 소리를 꽥 질렀다. 딱 그가 예상한 반응이었다.

―통역이 필요한 거야, 시녀가 필요한 거야?

이런 질문이 나올 줄도 알고 있었다. 그는 손발이 오그라드는 민망함을 참으며, 미리 생각해 둔 말을 했다.

"같이 여행 갈 여자 친구가 필요한 거야."

―우이씨…….

할 말이 없어진 듯 그녀의 기세가 팍 수그러들었다. 어쩐지 옛날식 전화기라면 수화기 줄을 돌돌 꼬고 있을 것만 같은 침묵에 그가 물었다.

"왜 갑자기 조용해?"

―뭐, 뭐얼…….

당황한다. 머뭇거린다. 입술을 뜯으며 얼굴을 붉힌다. 주먹을 쥐고 소리 지르는 모습, 하품하고 눈물을 글썽이는 모습이 하나하나 그려지더니, 어떤 감정이 울컥 올라왔다.

"보고 싶다."

—어엉?

"나와. 집 앞으로 갈게."

—안 되는데! 나 완전 개거지 꼴인데!

"20분 준다."

—야이! 끊어!

경쾌한 반항과 함께 전화가 끊겼다. 연호는 아직 통화 시간이 남아 있는 액정을 들여다보았다. 30분 26초. 길었던 통화를 증명이라도 하듯, 뜨겁게 달궈진 폰을 집어 바지 뒷주머니에 집어넣는 그의 입가가 연신 씰룩거렸다.

"어디 가냐?"

막 숙소를 나서는데, 훈련 끝나고 들어오던 효준과 마주쳤다. 연호를 위아래로 훑는 효준의 눈동자엔 부러움과 피곤함이 가득했다. 일찌감치 국대가 된 연호와 달리 상비군 자리라도 노려야 하는 다른 선수들은 하루하루가 지옥이었다.

"어. 밖에 잠깐."

"누구, 아…… 여자 친구?"

"뭐. 그렇지."

"좋~겠다."

깔끔한 '좋겠다'가 아닌 '좋~겠다'. 길어진 음절에서 평소와는 다른 느낌을 받은 연호가 똑바로 섰다.

"많이 피곤하냐?"

"피곤이 문제겠냐."

"그래, 그렇지."

몸이 피곤해서 힘든 것이 아니다. 효준보다 먼저, 더 지독하게 터널을 통과한 연호는 효준이 무엇 때문에 지쳐 있는지 너무 잘 알고 있었다. 이럴 때 남이 해 줄 수 있는 일이라곤 어깨를 두드려 주는 것 외엔 없다는 것 역시.

"얼마 안 남았다. 좀만 버텨."

"으으⋯⋯. 이럴 줄 알았으면 나도 랭킹이나 올리는 건데."

"랭커 될 실력이었으면 지금 상비군 자리나 노리고 있겠냐?"

"야이, 잔인한 새끼. 위로를 하려면 똑바로 하든지. 가서 데이트나 해. 훈련소 들어가면 보고 싶을 때 볼 수도 없으니까."

그새 기운을 차린 효준이 연호를 쳤다. 그러나 정말 때릴 수 있을 거라고 기대하진 않았던 듯, 제 주먹이 연호의 배에 꽂히자 오히려 놀란다.

"야, 너 정신 어따 팔고 있어?"

"어? 아, 아니. 아냐, 암것도. 들어가. 나도 금방 들어갈 거야."

"왜 금방 들어와? 이런 거 저런 거 므훗한 거 하고 천천히 들어오지."

"미친놈."

연호는 킬킬거리는 효준에게 한바탕 욕을 퍼주어 준 뒤 주차장으로 뛰면서 효준의 말을 잊기 위해 애썼다. 하지만 잘되진 않았다.

"주먹, 너 그 신발 어디 있어?"

신발장을 한참 뒤적이던 정란이 물었지만 소파에 앉아 TV를 보고 있던 정애는 고개도 돌리지 않고 대답했다.

"어? 뭐?"

"신발."

"무슨 신발?"

"그거, 그거. 흰색."

'그거, 그거' 하면서 손목을 빙빙 돌렸지만 TV 삼매경에 빠진 정애가 봤을 것 같지 않다. 마음이 급한 정란은 그냥 TV를 꺼 버렸다.

"아, 왜! 재미있는데!"

"6시 내 고향이? 진심?"

"야근에 쩔어 사는 직장인 눈에는 YTN 뉴스도 존잼, 꿀잼이거든? 하긴, 보고 싶을 때 TV 볼 수 있는 니가 뭘 알겠어."

"그래, 그래. 직장인의 비애를 이해 못 해서 미안하다. 미안한데, 그 신발 어디 있냐고."

"그니까 무슨 신발?"

"이거!"

"아…… 이거?"

이번엔 제대로 본 정애가 제 발목을 가리켰다. 정란은 속이 뻥 뚫리는 기분을 느끼며 고개를 끄덕였다. 과연 말이 안 통할 때는 보디랭귀지가 해답이다.

"응! 그거!"

"그거 왜?"

"신게!"

"뭐?"

정란이 말한 신발은 발목 부근을 끈으로 묶는 여름 샌들이었다. 디자인이 상당히 난해한 데다, 굽도 높아서 정애도 평소엔 잘 신지 못하고 놀러 갈 때나 겨우 꺼내 볼까 말까 했다.

"미쳤냐? 이 계절에 그거 신고 나가면 언니 발끝부터 얼어 디져."

"그래도 이 옷엔 그런 신발 신어야 할 것 같은데……."

깃발이 날리는 것 같은 펄럭, 소리가 나더니 눈앞에서 하얀 것이 아른거렸다. 그제야 정란이 입고 있는 옷을 본 정애가 소리를 질렀다.

"내 옷! 으악! 내 옷! 늘어난다고! 벗으라고! 벗어, 벗어, 벗엇!"

"안 돼! 입고 나갈 옷이 없어!"

혹시나 빼앗길까 두려운 정란이 가슴을 오그리며 어깨를 좁혔다. 팔랑거리는 시폰 드레스를 억지로 벗길 수도 없는 정애는 그저 머리를 흔들고 발광했다.

"나 사 놓고 아직 입고 나간 적도 없는 거라고! 왜 안 하던 짓을 하고 지랄이야! 너 좋아하는 추리닝 많잖아! 네가 하도 입어서, 다 늘어나서 난 입지도 못한단 말이다!"

"사람이 어떻게 추리닝만 입어? 밥만 먹고 어떻게 살아? 라면도 먹어야지!"

"너 출판사 갈 때 그냥 바지에 티 입고 가잖아! 그게 라면이 아니면!"

"그래도 데이트하러 갈 때는 스테이크를 입어야 할 거 아냐!"

"데이트?"

그 짧은 시간 정말 많은 생각이 정애의 머리를 스치고 지나 갔다. 이게, 이게 미쳤나. 겨우 남자 하나 때문에 아까워서 포장도 겨우 뜯은 옷을 막 꺼내 입어? 근데 그런 이유로 언니 멱살을 잡기엔 부러워하는 걸로밖에 안 보일 것 같은데? 부러우면 지는 건데? 하나도 안 부러운데. 내 꿈은 채털리 부인처럼 자유부인으로 사는 건데!

"늘어나면 사 준다!"

정애가 잠깐 머뭇거린 틈을 타, 정란이 딜을 해 왔다. 덕분에 정애도 쿨해질 수 있었다.

"늘어나면, 이 아니라 이미 늘어났잖아."

"무조건 사 준다."

"콜."

하이파이브 한 번으로 협상이 체결되었다. 어차피 버린 몸, 정란에게 적극 협조하기로 마음먹은 정애가 신발을 꺼내자 정란이 불만스럽게 눈을 부릅떴다.

"이거 그거 아니잖아."

"그거 여름 신발이라고 했지? 겨울에 반바지는 패션에 목숨 거는 것처럼 보일 수 있지만 가을에 여름 샌들은 머리에 꽃 꽂은 애로 보인다고."

"그럼 안 돼."

패션에 무지한 정란은 허둥지둥, 더 토 달지 않고 정애가 준 신발을 신었다. 스트립 샌들만큼은 아니지만 발등 부분에 리본이 달린 데님색 구두도 나름 괜찮았다.

"근데 언니 지금 나가면 저녁 먹고 들어와? 그럼 아빠 밥은 내가 차려?"

"아, 맞다! 오늘 엄마랑 아빠 외식한대. 너 밥 혼자 먹어야 돼."

"외식? 왜? 무슨 일 있어?"

"아빠가, 그 국대 코치, 그거 때문에 엄마랑 할 이야기 있나 봐."

"헐, 대박."

연호의 거취가 결정되자마자 협회는 고철에게 러브 콜을 넣었고, 고철은 협회의 제안을 넙죽 물었다. 문제는 정란의 엄마였다.

"아빠 선수촌 들어가면 엄마 완전 과부 되는 거네?"

"야, 무슨 과부씩이나. 일주일에 한 번 쉬는 날 있잖아. 그때 보면 되지."

"아빠가 잘도 휴일마다 집에 오겠다. 집에 가겠다는 선수들 붙잡고 훈련시키느라 정신없을걸? 아빠 몰라?"

"그런가?"

"2주에 한 번 오면 진짜 자주 오는 걸 거다. 올림픽 100일 정도 남겨 놓고는 휴가 다 반납시킬 게 당연하고."

선수들이 자의로 휴가를 반납하는 게 아니다. 반납 '시키는' 거다. 정애는 아빠만 혼자 보내 놓고 걱정할 엄마를 생각하며 혀를 끌끌 찼다.

"이래서 야망이 있는 남자는 안 돼. 여자만 고생하지. 엄마 도 그렇고."

"음……."

"왜?"

정란이 불만스럽게 볼을 부풀리자 정애가 의아한 듯 물었 다.

"표정이 왜 그래?"

"아닌 것 같아서."

"뭐가?"

"그래도 목표가 있는 게 나은 것 같다고."

혼자 있게 되어서 조금 외로워도 기운 빠진 어깨, 좁아진 뒷모습을 보는 것보다는 그게 낫다.

"도와줄 수 없으면 더 힘들어."

"뭐래? 뭐 아는 사람처럼 중얼거려? 설마, 언니 남친도 야 망 쩌는 남자야?"

걱정이 덜컥 든 정애가 정란을 다그쳤다.

"돈도 써 본 놈이 잘 쓴다고, 연애도 해 본 년이나 잘하지. 어디 이상한 놈한테 걸려서 나중에 버림받고 상처 받는 거 아냐? 말해! 누구야? 어떤 놈이야? 빨랑 불어."

"왜에? 뭐가 문젠데?"

"그런 애들은 나중에 '미안, 난 내 미래가 더 소중해', 이러면서 떠난다고. 그래서 야망 쩌는 애들은 안 된다는 거야."

"이상한 애 아니거든? 겁니 멋진 애거든?"

"그게 가장 이상하잖아!"

"야이! 씨!"

이쯤 되면 그냥 싸우자는 거지만 불행하게도 정란에겐 시간이 없었다. 정란은 매정하게 정애의 손을 뿌리치고 현관으로 뛰었다.

"내가 지금은 바빠서 그냥 가겠는데, 걔 절대 이상한 애 아니다. 그리고 이건 내 연애니까 넌 신경 꺼라! 난 나중에 울더라도 지금은 걔 실컷 좋아할 거니까!"

그 순간, 악을 쓰는 정란의 말에 놀란 건 정애뿐이 아니었다. 정란은 나가려다 말고 제자리에 섰다. 말이 되어 돌아온 감정이 뒤통수를 세게 후려갈긴다.

아, 그랬나?

아. 그랬구나.

뒤가 보이지 않을 만큼. 지금, 이렇게…….

"그래서 누군데! 누구길래 그렇게 절박해?"

정란이 현관 문고리를 잡은 채 멍하니 서 있기만 하자, 정애가 재차 물었다. 한 번 꽂히면 물불 안 가리는 언니라는 걸 잘 알지만 남자한테 이러는 건 처음 본다. 안 입던 제 옷을 입고, 안 신던 힐을 신겠다고 설칠 때부터 알아봤어야 하는데.

"말 안 하면 너 못 나가!"

"국가대표 성연호다, 왜!"

지금까지 목소리가 그냥 커피였다면 이번에는 TOP였다. 어마어마한 크기의 소리와, 너무 뜻밖의 이름에 놀란 정애가 어버버거리는 사이, 정애에게 가운뎃손가락을 먹인 정란이 현관문을 벌컥 열었다.

"What?"

아직 덜 닫힌 현관문 틈새로 정애의 경악이 흘러나왔다. 정란은 피식피식 웃으며 기다리고 있을 연호에게 전화를 걸었다. 그가 기다리고 있다. '기다리고 있다'. 어떻게 보면 당연한 사실이 새롭게 다가왔다.

그리고 그 주 아파트 반상회에선, 공동주택 관리 규약 중 소음 부분에 '형제자매 간에 비정상적으로 싸우는 소리'를 추가하기로 결정했다. 무섭고 진지한 빨간색 궁서체로.

＊　　　＊　　　＊

제아무리 훈련소 입소가 결정되어 남들보다는 덜 초조하다고 하더라도, 연호 역시 초조함을 느끼고는 있었다. 꼭 메달을 따야 한다는 의무감이 동반된 초초함이었다.

"그 난리를 쳤는데 메달도 못 따면 쪽팔리잖아."

"별걱정을 다 하네. 랭킹 1위는 뭐 무식을 겨뤄서 땄어?"

"랭킹이 무슨 절대 반지냐. 그럴 거면 올림픽을 왜 치러. 그냥 랭킹대로 메달 주고 말지. 그리고 내가 장담하는데, 무식을 겨뤄서 랭킹 올렸으면 나 1위 못 했어. 안효준이 1위지."

"그 팀 참, 일관성 있는 선수 발탁 마음에 듭니다."

"너 방금 네 아버지 욕했다."

그가 웃으며 그녀의 뒤통수를 쓸었다. 정란은 아빠에게 이르면 죽인다며 눈을 부라렸다.

실없는 말장난을 하고 있었지만 펜싱 코치 딸로 29년을 살아온 그녀는 그의 의무감과 초초함을 이해했다. 들뜬 얼굴로 어디 갈까 묻던 그에게 집 근처 공원이나 산책하자고 한 것에는 그런 이해가 바탕이 되었다.

짧은 가을 해는 이미 졌고 바람은 조금 싸늘했다. 동그란 가로등 아래서 날갯짓을 하는 나방, 넓적한 파란색 전등에선 빛에 이끌려 쫓아온 모기들이 타닥타닥 장작 타는 소리를 내며 산화되고 있었다. 코르크 바닥으로 떨어진 모기 시체들이 늦은 밤 운동 나온 아주머니의 운동화에 밟혀 으스러진다.

평범하고, 어디서나 흔히 볼 수 있는 아파트 근린공원의 풍경이었다. 익숙하지 않은 구두 때문에 한 발 뗄 때마다 안 그런 척 미간을 은은하게 찌푸리는 여자의 얼굴도 특별한 모습은 아니었다.

"너 여기 잠깐 앉아 봐."

"어? 왜?"

문득, 그가 그녀의 손을 끌고 공원 벤치에 앉았다. 내려다보는 표정이 조금 경직되어 있었다. '벤치'와 '앉다'에서 지난여름의 간 떨리는 순간을 기억해 낸 정란은 제가 뭘 잘못했는지 필사적으로 생각해 보았다.

"흠."

"왜 그러는데?"

"벗어."

그녀가, 가뜩이나 날카로운 눈을 더욱 가늘게 만들었다.

"야외 플레이야?"

"뭐?"

"초장부터 이런 식으로 나오면……."

"뭐라는 거야. 이 변태녀가."

그가 셔츠 목깃을 한데 그러모으며 나직하게 이를 갈았다. 정란이 제 턱을 톡톡 두드렸다.

"이 상황에서 그 포즈는 내가 해야 하는 거 아니야?"

"아니야. 너 같은 변태녀를 두고는 내가 해야 하는 게 맞아."

"벗으라면서?"

"신발 벗으라고, 신발! 세상에 벗을 게 얼마나 많은데 왜 꼭 생각이 그런 쪽으로 발전하는 건데? 스카프 벗어, 장갑 벗어 등등 얼마나 많냐?"

"그럼 주어를 말했어야지. 주어가 없어, 왜. 유체 이탈 화법도 아니고……."

그녀가 투덜거리며 신발을 벗었다. 리본을 풀어야만 벗을 수 있다고 철석같이 믿은 그는 뒤에 달린 지퍼를 보고 속았다는 느낌을 버릴 수가 없었다.

"뭐야, 이런 거면 리본은 왜 달아 놨어?"

"디자인에 대해 논해 봤자 쇠귀에 경 읽기일 테니 차라리 입을 다물겠소."

반박할 말이 없는 연호는 인상을 팍팍 구기며 정란의 다리를 한데 모아 옆으로 비틀었다. 그녀가 주룩 끌려가자 나풀거리는 시폰 치마가 아래로 흘러내렸다. 정란은 허겁지겁, 치맛단을 다리 사이에 끼우고 혹시 보였을지도 모르는 허벅지를 숨겼다. 그녀의 발목을 잡은 그가 말했다.

"디자인에 대해서 쥐뿔도 모르는 게 맞긴 한데, 발가락 다 까지면서까지 신어야 할 디자인의 신발은 없다고 본다."

"어……."

그녀는 입술을 모으고 볼 안쪽 점막에 힘을 주었다. 뺨이 들어가며 없던 보조개가 생겼다. 절애를 본 이후 소실되었던 민망함과 수줍음이 생겨난 것 같았다.

"알고 있었어?"

"뭐? 너 다리 아픈 거?"

"응……."

"내가 바보냐."

그는 대수롭지 않게 대답하고 부어오른 그녀의 발을 바라보았다. 살점 하나 없이 똑바른 발등이었다. 발등만큼 마른 발가락 마디는 툭 튀어나와 있었고, 살이 쓸린 발뒤꿈치는 붉었다.

"방정란, 칼발이네?"

"어? 아. 응. 발이 좀 뾰족뾰족하지? 그래서 방정애가 엄청 부러워한다."

"뭐가 부러운데?"

"정애 발은 작고 동글동글하거든."

"그게 미인의 발 모양 아니야? 중국인가? 아무튼 그런 데서는 작은 신발 애들한테 신겨 가지고 일부러 그렇게 만들기도 했다면서."

말은 그렇게 하고 있었지만 연호는 사브르의 칼날처럼 날카로운 정란의 발이 마음에 들었다. 그녀의 발에는 옛날 선비의 옥색 두루마기 같은 엄격함과 고고한 분위기가 있었다. 계속 바라보고 있노라니 어쩐지 심장이 뛰었다.

"야, 나 뭔가 깨달은 것 같아."

"뭔데?"

그가 허리를 굽히고 고개를 숙였다.

할짝.

"나 발 페티시 있었나 봐."

"으악! 야!"

너무 놀란 나머지 조금 늦게 상황을 파악한 정란이 발버둥을 쳤다. 하지만 그는 놓아주지 않았다. 연호는 리본 자국이

남은 그녀의 발등을 또다시 핥았다. 우두두두, 정란의 주먹질
이 그의 등으로 쏟아졌다.

"야! 너 대체! 뭐하는 거야! 이 변태야! 네가 개니?"

"개 안 키워 봐서 모르겠는데?"

"내 친구네 요크셔가 그런다더라! 주인 돌아오면 발가락 핥
는다고."

"좋아, 오늘부터 나 요크셔테리어 한다."

고개를 든 그가 눈꼬리를 접히며 웃었다.

"예쁘다."

화악. 그녀가 얼굴을 붉혔다. 이제는 마치 그의 전매특허처
럼 된 꾸미지 않는 말이 마음에 지진을 일으킨다. 그녀는 발가
락을 옴찔거리며 고개를 푹 수그렸다. 그 틈을 타, 연호가 다
시 혀를 내밀었지만 머리카락을 가차 없이 움켜쥐는 그녀의
손길에 막혔다.

"하지 말라니까! 더럽다고!"

"요크셔 한다니까."

"너처럼 큰 요키가 어디 있어!"

"그럼 큰 개."

그는 그녀의 굽힌 무릎 위에 턱을 올리고 머리를 들이밀었
다. 정란이 입술을 모았다.

"어쩌라고?"

"쓰다듬어 줘야지."

"맙소사."

그녀는 마지못한 척, 그의 머리를 쓰다듬었다. 결 고운 짧은 머리카락이 그녀의 손바닥 아래에서 부드럽게 흔들렸다. 이 정도 크기라면 리트리버급은 될까? 혼자 생각한 그녀가 속으로 웃었다.

"리트리버는 순한데."

"나도 순해."

"야!"

피스트 위에서의 속도로 고개를 숙인 그가 기어코 그녀의 발등을 할짝거렸다. 부끄럽기도 하고 간지럽기도 한 정란은 순한지는 잘 모르겠지만 집요한 것만은 확실한 리트리버를 발로 찼다.

"변태가!"

"발 페티시라니까."

뻥 하고 나가떨어진 그는, 언제 그랬냐는 듯 돌아와 그녀의 무릎에 턱을 괴고 눈을 마주쳤다. 뚱하고 당혹스러운 그녀의 표정이 점차 풀린다. 정란은 결국 크게 소리 내어 웃어 버렸다. 맑은 웃음소리가 인적 드문 공원에 퍼졌다. 긴장감이나 의무감 같은 감정을 다 떨쳐 내게 만드는 웃음소리였다.

＊　　　＊　　　＊

클라이언트 측에서 처음 말한 광고 촬영 일정은 선수촌 입소 기준으로 열흘 전이었지만 장소 섭외의 문제 때문에 미뤄지고 미뤄져, 입소 일주일 전에나 겨우 출발할 수 있었다.

하지만 정작 문제는 캐나다에 도착하면서부터 발생했다. 시차 적응할 시간도 없이 사람을 이리저리 끌고 다니며 사진을 찍어 대고, 밤에는 화장 잘 받아야 한다며 억지로 재웠다. 그리고 아침부터 또 끌려다녔다. 덕분에 연호가 생각한 '연인과의 오붓한 캐나다 데이트'는 혹독한 일정 속에서 사망했다.

그렇게 이틀을 끌려다니다 보니 연호고 정란이고 '될 대로 되라'라는 심정이 되었다. 데이트고 뭐고 잠이나 푹 잤으면. 게다가 10월의 캐나다는 예상보다 훨씬 추웠다. 연호의 촬영지가 산이어서 더 그랬을 것이다.

정란은 허공에 뻗은 손을 그러쥐었다. 고개를 들자 파란 하늘이 눈에 들어왔다. 아니, 파랗다기보다는 하늘색이다. 진짜, 정말 하늘색. 손을 뻗지 않았다면, 고개를 위로 올리지 않았다면 그림을 보고 있다는 착각을 했을 것이다.

하늘색 하늘, 나무색 나무, 구름색의 구름, 풀색의 풀. 저에게 걸맞은 옷을 찾아 입고 제가 있을 자리에 있는 산의 모습은 명화나 전문 사진가의 작품에서나 볼 수 있는 광경이었다.

"아, 추……."

하지만 아무런 감흥을 느끼지 못한 정란은 얼어붙어 가는 손만 연신 비비적거렸다. 이른 겨울을 맞은 산의 하늘은 너무 높고, 구름은 너무 빨리 흩어졌다. 애초에 주먹을 쥔 것도 하늘을 만져 보겠다는 야심찬 생각에서가 아니라 너무 추워서다. 가만히 있는 것보다는 조금이라도 움직이는 게 낫겠지. 작품 두 번만 봤다간 얼어 죽겠네.

"추워요?"

곁에 있던 정 여사가 물었다. 그 목소리에 어쩐지 질책이 섞인 것 같아, 정란은 고개를 저었다.

"아뇨, 그냥. 저보다는 쟤…… 연호 씨가 더 춥겠죠."

아무리 꼼짝 않고 있어 체온이 더 내려갔다지만, 니트에 패딩 점퍼까지 입은 정란이 반바지 차림의 연호보다 따뜻할 거라는 건 자명한 사실이었다. 추워하는 것도 사실 민망하다.

"달리는 중에는 괜찮겠죠. 달린 후가 문제지."

"아……."

"그리고 날씨 추운 건 양반 아니에요?"

마치 지나가는 말처럼 정 여사가 중얼거렸다. 정란은 크게 동의하며 그녀가 보고 있던 방향으로 시선을 돌렸다. 작은 점에 불과한 것이 사람의 형상을 띠기 시작한 순간, 신경질적인 목소리가 차가운 공기를 갈랐다.

"컷! NG!"

"아흑!"

계속된 NG에 정란이 주먹을 불끈 쥐었다. 저놈의 NG. 말할 때마다 콧구멍이 넓어지고 윗입술이 씰룩대는, 불쾌하기 짝이 없는 저 빌어먹을 NG. 입술을 동그랗게 모아, 보는 사람을 기분 좋게 만드는 OK와는 전혀 다른 저 망할 NG만 벌써 열한 번째다.

"광고 찍고 황금사자상 타려고 저러나. 애를 잡네, 잡어."

다행히 거리가 멀어, 정 여사의 독백을 들은 사람은 정란밖에 없었다. 물론 그런 이야길 들리게 할 정 여사도 아니다. 불만 가득한 스태프들의 표정과 씩씩대는 연호의 태도에서 자기가 나설 때임을 느낀 정 여사는 감독을 달래 보기로 했다.

"감독님, 화면이 그렇게 별로예요?"

"좋으면 NG라고 하겠습니까?"

"어휴, 좀 좋게 봐주세요. 프로 연기자가 아니잖아."

"아무리 연기자가 아니라도 이런 화면을 어떻게 써요? 완전 똥 씹은 얼굴 해 가지고. 이럴 거면 뭐하러 광고를 찍나. 그냥 경기 화면 내보내고 말지……."

감독의 투덜거림을 한 귀로 흘리며 정란은 눈으로 연호를 찾았다. 그는 촬영장과 좀 떨어진 곳에서 낙사 방지 난간을 잡은 채 헐떡거리고 있었다.

"힘들지?"

"어? 뭐……."

다가가 말을 걸자 뒤를 돌아본다. 처음보다 더 일그러진 그의 얼굴에 정란이 움찔했다.

"왜 그렇게 봐?"

"너 입술이 왜 이렇게 시퍼레? 옷은 왜 이렇게 얇게 입었어?"

바람 불면 날아갈 것같이 얇은 옷을 입고 있는 주제에 남 걱정이다. 더 미안해진 정란은 짐짓 그의 어깨를 탁 쳤다.

"여기서 뭘 어떻게 더 껴입어? 나보다 네 걱정이나 하세요."

"내 체력이랑 네 체력이랑 같냐?"

"추운 거랑 체력이랑 무슨 상관 있다고? 이 회사는 추위 안 타는 사람 우선적으로 뽑아? 겨울 산 배경에 웬 반팔에 반바지래?"

"올림픽 때 쓸 화면이라 계절을 맞춰야 한단다."

"그럼 아예 더운 나라에서 찍지. 작렬하는 태양을 배경으로."

"여기 배경 자체는 이번 겨울부터 광고로 쓴다는데?"

"뭐야? 그럼 사람 따로, 배경 따로야? 그게 가능해?"

"내가 어떻게 알아. 그렇다니까 그런갑다, 하는 거지."

걱정과 경악으로 범벅이 된 정란이 입을 '헤' 벌렸지만 감독이 제 다리를 여섯 개로 만들어도 상관없는 연호는 시큰둥했다. 추운 건 일도 아니다. 어차피 뛰면 열이 나는 법이고, 달릴 때는 거추장스러운 긴 바지보단 반바지가 나으니까. 결국 문제는, 춥다거나 너무 많이 달려서 힘들다거나 하는 것이 아닌 다른 것이었다.

"뻣뻣해?"

"감각이 없어. 만져 봐."

정란은 제 쪽으로 다가온 그의 볼을 살살 문질렀다. 조금 건조하게 마른 피부 위로 옅은 열기가 흘러나오고 있었다.

"너 손이 완전 얼음장인데?"

뜨끈한 기운이 확 몰려오는 것 같더니, 어느새 손이 그의 손안에 들어가 있었다. 계속 주먹을 쥐고 있던 탓인지 그의 손은 그의 얼굴보다 따뜻했다.

"따뜻하다."

돌처럼 둔화된 감각이 조금씩 풀어지자 그녀의 눈매가 절로 접혔다. 그러나 퉁퉁 불은 입술은 여전히 보라색이다. 연호는 제 얼굴을 감싼 그녀의 손을 잡은 채로 떼어 내, 그녀의 볼에 붙였다.

"아쭈, 웃어? 좋냐?"

"지도 웃으면서?"

"잘 웃네. 잘됐다. 네가 찍어라, 이 광고."

"안 돼. 카메라 렌즈 썩어."

"아냐. 네가 딱인 것 같아. 너를 위한 콘셉트야."

"'가장 즐거웠던 기억을 떠올리며 행복하게 웃는다', 그게 왜 나를 위한 콘셉트야?"

"달리면서 빙구처럼 웃는 게 정상인이 할 짓은 아니잖아. 머리에 꽃 단 애들이나 그렇게 웃지. 그러니까 너지."

언뜻 이해하지 못한 정란이 눈을 천천히 깜빡였다. 한 번, 두 번, 세 번. 그리고 이내 어처구니없다는 듯 코를 벌름거렸다.

"왜 이러셔? 나도 너 머리에 꽃 단 줄 알았거든?"

"내가 왜? 나처럼 몸도 정신도, 마음도 건강한 사람이 어디 있다고?"

"제정신인 남자는 귀축안경의 모든 엔딩을 보지 않는답니다. 동인남이 아니라면 더더욱 그렇지요. 너, 네가 무척 정상이라고 생각하는 모양인데, 너도 그렇게 오점 없는 상태는 아니에요."

"야, 그건 좀 차이가 있지. 나는 노력의 결과고 너는 나길 그렇게 태어났잖아."

"언제는 동참은 못 해도 이해는 하겠다고 했으면서……."

토라진 그녀가 그에게서 떨어져 난간을 잡고 절벽 아래를 보는 척하자 그가 그녀와 반대 방향을 바라보며 옆에 섰다. 저리 가라며 떠밀어 봤지만 떠밀려 가는 듯하다 다시 붙는다. 몇 번을 밀어내도 마찬가지다. 그러나 마지막에 떠미는 척하며 그의 옷을 잡은 건 그녀였다.

"방정란 밀당 짱."

"내가 뭘? 뭘?"

"모르고 하는 거야? 그럼 더 무서운데?"

그가 크게 허리를 젖혀 그녀와 눈을 마주쳤다. 반대를 보고 있어야 마땅할 두 사람의 시선이 얽히더니, 누가 먼저라 할 것도 없이 웃음이 터졌다. 그는 그녀의 팔을 휘감아 그의 온기를 나누어 주었고 정란은 그의 손을 제 점퍼 주머니에 넣었다. 그 사이 입술색은 원래대로 돌아왔다.

하늘이 가까이 내려오고, 바람이 멀리 물러난다. 하늘은 하늘색, 구름은 흰색. 바람은 형체도 남기지 않는 이 산이 드디어 아름다워 보였다.

'달리면서 가장 행복한 기억을 떠올리며 웃는다'.

정 여사가 생각하기에 이 광고 콘셉트는 피사체의 성향을 전혀 고려하지 않은 것이었다. 자신의 얼굴이 어떻게 찍힐지 잘 아는 진짜 연예인이라면 달리는 와중에도 상큼한 미소를 지어 주겠지만 '좀 잘생긴 운동선수'에 지나지 않는 연호는 그저 달리는 것에만 집중했다.

그냥 달린다고 되는 것도 아니다. 너무 빨라도 안 되고, 너무 느려서도 안 된단다. 스포츠로 치자면 승부 조작을 하라는 말이나 진배없다.

"운동선수라고요. 표정 관리하는 건 프로들이나 되는 거죠."

"요즘은 운동선수들도 잘만 웃습디다. 김연아 광고 한 번도 안 보셨나? 걔가 광고하는 에어컨이 정말 황사 먼지를 한 방에 날려 줘서 그렇게 웃는지 압니까? 돈 받았으니까 일하는 거예요."

"김연아는 에어컨이라도 갖다 놓잖아요. 그럼 앞에 여자 누드 사진이라도 크게 뽑아서 세워 주시든가."

"그게 무슨 소립니까? 광고 콘셉트 몰라요? 순수한 미소가 이 광고의 포인트입니다!"

누드 사진이라는 말에 기분이 상한 듯 감독이 목에 핏대를 세웠다. 정 여사는 턱 밑까지 치솟아 오른 말을 꾹 삼키기 위해 혀를 잘근잘근 씹었다.

무슨 아파트 CF 찍니? 왜? 아예 이영애를 데려다 쓰지?

"물론 알죠. 감독님이 콘셉트 중요하게 생각하시는 것도 알고. 하지만 중요한 건 클라이언트잖아요. 성 선수 입소까지 5일도 안 남았어요. 일정 더 미룰 수도 없고, 다시 올 수 없는 거 감독님도 아시면서."

하지만 비위 상한 감독이 갑질한답시고 연호 얼굴을 엉망진창으로 찍으면 그 손해는 연호에게 고스란히 돌아온다. 본심을 숨긴 정 여사가 생글생글 웃으며 클라이언트를 운운하자 감독이 헛기침을 했다.

"뭐, 흠! 그래서 뭐든 해 보려고 찍고 또 찍는 거 아닙니까?"

"찍고 또 찍어도 안 되니까 그렇죠. 성 선수가 아무리 체력이 좋다지만 이렇게 계속 뛰기만 하면 지쳐요. 한 두세 시간 쉬었다가 다시 찍어요."

"그럼 한 번만 더 찍고 쉽시다. 해 지면 못 찍으니까."

"먼저 쉬고!"

"한 번만 더 찍고!"

아무리 애원해도 감독은 고집스럽게 한 번을 외쳐 댔다. 정 여사는 한숨을 쉬며 구석에서 낄낄거리고 있는 연호를 노려봤다. 그렇게 달리고도 뭐가 신나서 웃니?

······웃어?

"그래요. 그럼, 마지막으로 딱 한 번이에요."

"무슨 꿍꿍입니까? 너무 쉽게 넘어가는 것 같은데."

순순히 수긍하고 나서는 정 여사가 의심스러운 듯, 감독이 허리를 쭉 폈다. 그러나 더 이상 그의 고집이 문제되지 않는 정 여사는 그의 어깨를 힘주어 잡았다.

"이번에도 안 되는 거면 영원히 안 되는 거니까요."

"엇? 나 부른다. 너 다시 촬영 시작하려나 봐."

그만 이쪽으로 오라는 정 여사의 손짓에 정란이 말했다. 아니나 다를까, 스태프들이 박수를 치며 흩어져 있던 사람들을 모으고 도로 옆에 설치한 레일을 따라 각기 다르게 생긴 카메라 다섯 대가 위로 슬금슬금 움직이기 시작했다.

"촬영 재개요."

"이동! 이동! EFP 카메라도 이동하세요."

"거기! 커피 그만 마시고 올라와!"

"연호 씨도 올라갑시다."

그래도 컷 메인이랍시고 연호는 꼬박꼬박 챙긴다. 스태프의 보이지 않는 손에 뒷덜미를 잡힌 연호가 심란하게 뒷머리를 털었다. 이럴 땐 포기가 답이다.

"어휴, 그래. 갈 데까지 가 보자, 한번."

"그래. 포기하면 편해져."

"됐고. 끝나고 뭐 먹을지 생각이나 해 놔."

"오늘 안에 먹을 수 있겠어?"

"간헐적 단식 함 할래?"

"안 돼엣! 화이링, 화이링! 무조건 화이링. 할 수 있다, 성연호! 하면 된다, 성연호!"

까치발을 세워 어깨를 주무르고, 주먹을 불끈 쥐어 보이는 둥 온갖 방정을 떨던 그녀가 촬영장 구석으로 뛰어갔다. 노란색 패딩 점퍼에 푹 싸인 채 뛰는 모습이 오리처럼 뒤뚱뒤뚱거린다. 연호는 그녀가 정 여사 옆에 서서 손을 마구 흔드는 것까지 보고 나서야 스태프들과 함께 움직였다.

촬영은 스태프들이 대기하고 있는 언덕 너머, 오르막길을 뛰어 올라오는 장면부터 시작되었다. 연호가 잠시 굳은 몸을 풀겠다며 스트레칭을 하자 EFP 카메라 렌즈를 통해 그를 보고 있던 카메라 감독이 물었다.

"아까 그 여자분은, 여자 친구인가 봐요?"

"아…… 네."

"그런데 왜 그렇게 표정이 딱딱해요? 뛸 때 여자 친구 생각하면서 뛰어 봐요. 라인은 기가 막히니까, 표정만 좀 더 부드럽게 만들면 되겠구먼."

"하하……."

뭐 대단한 소스라도 줄 줄 알았는데, 결국은 원론적인 이야기다. 연호는 애매하게 웃으며 본격적으로 뛸 준비를 했다. 애초에 뛰면서 다른 생각을 할 수 있었으면 이 얼굴로 연예인을 했겠지. 살면서 행복했던 순간이 없어서 못 웃겠어? 오룡기 우승했을 때, 중학 농구 대회에서 MVP 받았을 때, 대한항공 배기계체조 시니어 대회 3위 했을 때…….

그런데 그때 어땠지?

"큐!"

친구들 얼굴에 흙 묻은 공을 던지며 펄쩍펄쩍 뛰고, 커다란 MVP 상장을 코팅해 벽에 걸어 놓고, 하늘색 비행기 모형을 투명한 아크릴 상자에 넣어 두었다는 것까지는 기억이 난다. 공을 들고, 상장을 품고 웃었던 것도 같다.

하지만 딱 거기까지다. 이상하게, 그때의 감정은 기억나지 않았다. 좋아했을 거라는 건 알지만 그건 아는 것일 뿐이다. 그리고 '아는' 것만으로는 감정을 끄집어내 추억에 젖을 수 없었다.

—연호 씨, 조금만 더 빠르게요.

인이어를 통해 지겹도록 들은 감독의 목소리가 흘러나왔다. 누군가 뒤에서 툭 민 것처럼 발놀림이 빨라진다.

대학 합격 소식을 들었을 땐 무던하게 넘어갔다. 붙을 줄 알고 있었으니까.

국내 대회 첫 1위 했을 때도 그저 그랬다. 아니, 이미 그전에 2012년 올림픽 선발전에서 떨어진 터라, 오히려 짜증만 났다.

프로 입단은 코치한테 덜미 잡혀 간 거나 다름없어서 크게 체감을 못 했고, 랭킹 1위가 되었을 땐 기뻐할 시간도 없이 아시안 게임 선발전에 나가야 했다. 그러고 보니 랭킹 1위 축하술 마시다가 몸살이 났으니까, 이것도 짜증 나는 일의 범주에 넣어야 할 것 같다.

무단이탈. 음…… 이건 패스. 나이트, 이것도 패스.

그리고…….

—빨라요, 빨라. 표정도, 아, 좀 어떻게 해 봐. 너무 굳어 있네.

통. 다리가 아래로 깊게 떨어지는 것 같더니 내리막이 시작되었다. 페이스를 늦추기 위해 다리에 힘을 주자 고개가 들렸다. 그의 정면, 감독의 뒤쪽으로 노란 인영이 아른거린다.

그리고…… 저, 노란 오리.

'쟤가 왜 저기 서 있지?'를 궁금해할 새도 없이 중간에 단단히 꼬인 것처럼 탁 막혀 있던 기억의 실타래가 풀렸다.

딱 붙은 정장 치마와 어색한 구두. 해쓱하고 뾰로통한 웃음.

머리 위에 걸린 선글라스, 펄럭이는 배기 팬츠. 숨기는 것이 많아 가짜 같은 웃음.

햇살 아래 하얀 얼굴, 만국기 같은 색색의 웃음.

—연호 씨! 지금 그 표정 진짜 좋아.

그가 내려온 걸 본 듯, 감독의 뒤에서 어쩔 줄 모른 채 어정거리던 그녀가 팔을 흔들며 웃었다. '에헤'. 바보 같은 웃음소리가 여기까지 들리는 것 같다.

—컷! 오케이!

"컷! 오케이!"

거리가 가까워서인지 감독의 목소리가 스테레오로 울렸다. 겨우 나온 오케이 사인에 사람들이 환호를 했지만 연호는 달리는 걸 멈추지 않았다. 아는 걸로 끝나는 것이 아닌 분명하게 와 닿는 감정. 심장을 세게 두드리는 현재를 잡으려면 계속 달려야만 했다.

"컷, 컷! 어어엇……?"

"야! 마, 말려!"

연호가 감독의 머리로 다리를 올리자 경악한 남자 스태프들이 뛰어왔다. 터질 게 터졌구나! 그러니까 좀 살살 다루지. 그래도 촬영 다 끝난 다음에 일 치려는 거 보니 사람이 책임감은 있네!

"으악!"

도망갈 엄두도 내지 못한 감독은 의자에 앉은 채로 몸을 웅크렸다. 연호는 적절하게 몸을 굽혀 준 감독에게 감사해하며 그를 훌쩍 뛰어넘고, 아직 정신 못 차리고 있는 정란의 손을 낚아챘다.

"촬영 끝났죠?"

"어, 어?"

"그럼 가 보겠습니다. 아, 넘어가서 죄송합니다."

"어, 어딜⋯⋯?"

하지만 감독의 물음은 공중에서 산산이 흩어졌다. 정란의 '어디 가는데? 어디 가는데? 어디 가는데?'를 BGM 삼아 연호의 뒷모습만 멀거니 바라보던 사람들의 정신을 일깨운 것은, 이번 성공의 숨은 공로자인 정 여사의 박수 소리였다.

"자, 주인공도 사라졌고, 밥들 먹으러 갑시다!"

＊　　　　＊　　　　＊

영화 '졸업'은 엔딩 크레디트가 올라가기 직전, 꿈에서 깬 듯한 더스틴 호프만의 얼굴을 클로즈업해 준다. '일단 사고는 쳤는데, 이제 어떻게 하지?' 라는 생각이 여실히 드러나는 표정을.

반팔 차림의 연호를 가엽게 여긴 어느 운전자의 차를 얻어 타고 산에서 내려온 연호의 기분도 더스틴 호프만의 그것과 크게 다르지 않았다.

"이제 어떻게 하지?"

대책 없이 일만 저지른 건 아니었다. 처음 정란을 데리고 나올 땐 분명 계획이 있었다.

"너 돈 있냐?"

"나 지갑 가방에 있었는데……."

하지만 지금 같은 상황에선 말짱 도루묵, 미션 임파서블 되시겠다. 정란은 혹시나 하는 마음에 점퍼 주머니를 아예 바깥으로 빼 버렸다. 2달러짜리 코인 두 개가 나온다. 촬영하다 뛰쳐나온 연호에게 돈이 있을 리도 없으니 이대로라면 (축)거지 탄생이다.

난감해하는 정란을 보며 연호는 원대했던 저의 일장춘몽을 다시 떠올렸다. 아직 낮이니까 2010년 김연아가 경기했던 퍼시픽 콜리세움을 구경하고, 근처에서 밥을 먹고 산책 좀 하고 어디 와인바 같은 데 가서 이야기 좀 하다가…… 뒤는 아이들이 보면 안 되니까 검열 삭제.

나름 완벽하고 로맨틱한 계획이었다. 게다가 하필 차주가 내려 준 곳도 쇼핑몰 앞이다. 지갑, 아니, 카드 한 장만 있어도 행복했을 텐데. 젖과 꿀이 흐르는 저 땅을 놔두고 손가락이나 빨아야 하다니.

"이야, 캐나다 꽃거지다!"

그런 연호의 마음을 전혀 모르는지, 울상을 하고 있는 연호를 가리키며 정란이 웃었다. 둘 다 지갑이 없다는 것을 깨달은 뒤에도 정란은 내내 생글생글했다. 원래 이상한 애인 줄은 알고 있었지만 이럴 때는 정말 이해가 안 간다.

"웃음이 나오냐?"

"울어야 할 이유도 없잖아? 아, 넌 좀 우울하긴 하겠다. 춥지? 이거 입어."

"됐어. 너 입어."

"나 안에 카디건 또 입었어."

정란은 점퍼를 벗어 괜찮다는 그에게 억지로 입혔다. 점퍼 사이즈가 커서 그런지 어찌어찌 욱여넣으니 들어가긴 했다. 문제는 길이였다.

"좀 짧다?"

정란이 입었을 땐 그녀의 발목까지 닿던 점퍼가 연호의 무릎 아래에서 끝났다. 그런데 하필 입고 있던 옷이 반바지다. 이건 뭔가, 음, 약간…….

"캐나다 변태닷!"

"야!"

"캐나다 점퍼 맨!"

여고 앞 바바리 맨에 버금가는 캐나다 점퍼 맨. 연호는 미련 없이 점퍼를 벗어 정란의 머리 위에 걸쳤다.

"안 입어!"

"벗으면 꽃거지 되는데?"

"변태보단 꽃거지가 낫지!"

"움…… 그럼, 일단 어디든 들어가자. 조기 쇼핑몰 안으로 들어가면 좀 덜 춥지 않을까? 'City Square'. 아까 그 아저씨가 말한 쇼핑몰이 저기 같은데."

머리 위에 점퍼를 걸친 채 정란이 애원하듯 말했다. 점퍼 틈새로 빼꼼 얼굴을 내민 모습이 꼭 쓰개치마를 걸친 처녀 같았다. 아, 귀엽…….

"그러든가."

"야! 같이 가, 같이 가, 같이 가."

의도하지 않은 정란의 애교에 녹아 버린 연호가 쇼핑몰 쪽으로 걸어가자 정란이 뽀르르 따라왔다. 연호는 슬쩍 발걸음을 늦춰 그녀가 제 옆에 설 수 있도록 했다.

"헐. 대박."

회전문을 지나 처음 쇼핑몰에 발을 들이미는 순간 정란이 탄성을 질렀다. 예상치 못한 광경에 연호도 제자리에 우뚝 섰다.

매장이 일렬로 쭉 늘어선 쇼핑몰과는 다르다. 통로 곳곳에 세워진 가로등과 상당히 고풍스러운 분위기의 매장, 통로 위쪽은 완전히 비워 두고 양옆만 2, 3층으로 올린 건물 구조. 천장과 벽면 가득한 유리창을 통해 들어온 햇살이 가닥가닥, 건물을 비추는 광경은 바깥 날씨조차 잊게 만들었다.

"대단하네……."

쇼핑몰이라기보다는 유럽의 시장 하나를 통째로 옮겨 와 그 위에 천장만 올렸다고 해도 믿을 것이다. 시장답게 없는 것도 없다. 꽃집, 서점, 옷가게, 과일가게, 커피숍, 빵가게, 푸드코트 etc, etc……

"쿵."

"쿵쿵."

상점가 중간에 도달한 두 사람이 동시에 코를 쿵쿵거렸다. 고소하고 기름진 냄새가 뇌와 위를 무섭도록 자극했다. 자고로 금강산도 식후경이랬다. 배가 고프다는 생각이 들자마자 주변 경관이 눈에 들어오질 않는다.

"아까 그 돈, 나 좀 줘 봐."

"그래."

정란은 묻지도 따지지도 않고 달라는 대로 전 재산을 투척했다. 경제관념이 없는 건지, 저를 믿는 건지. 연호는 전자라면 앞날이 참 걱정스럽다 생각하며 동전 쥔 손에 꼭 힘을 주었다.

"근데 뭐하게?"

"그런 건 돈 주기 전에 물어봐, 좀."

"좋아. 그럼 돈 주기 전이라고 치고. 뭐하게?"

"뭐든 먹어야지."

"그걸로 사 먹을 게 있어? 아까 보니까 커피도 4달러 넘던데?"

"저기 핫도그 가게에 4달러짜리 하나 있더라."

소시지와 감자를 번갈아 끼운 꼬치구이가 단돈 4달러였다. 심지어 세금이 포함된 가격이다. 두 사람은 더 이상 고민하지 않고 정체불명의 꼬치구이를 샀다. 어쩐지 소시지보다 감자가 훨씬 자주 꽂혀 있는 것 같지만 아무렴 어때. 정란의 얼굴로 세상 다 가진 사람의 기쁨이 스쳐 지나갔다.

"그거 동전, 어제 커피 사 먹고 남은 거 지갑에 넣어 두려다가 주머니에 넣은 거거든. 이게 이렇게 유용하게 쓸 줄 누가 알았겠어? 그러고 보면 내가 유비무환의 정신이 투철해?"

"아니. 넌 그런 거 없어. 그냥 귀찮았던 거였겠지. 그리고 분명하게 말해 두지만 그 돈 내가 빌린 거다."

단호하게 부정한 그가 그녀의 입에 꼬치를 물렸다. 정란은 양심적으로 맨 위의 한 개만 빼 먹었다. 감자다.

"네가 빌렸다는 게 그렇게 중요해?"

감자를 우물우물 씹으며, 그녀가 물었다. 그도 소시지를 씹으며 대답했다.

"어. 완전 중요해."

"왜?"

"그래야 내가 사 준 게 되니까."

너 한입, 나 한입. 연호는 새끼에게 먹이를 날라다 주는 어미 제비처럼 잊지 않고 정란이 먹을 차례를 챙겼다. 그런데, 또 감자다.

"그니까 그게 어째서 중요한지 난 모르겠다고."

"그럼 내가 너한테 얻어먹어야 되겠어?"

"그럼 왜 안 되겠어?"

정란이 그의 말투를 따라 했다. 하지만 뭔가에 정신이 팔린 그에게선 답이 없었다. 의아한 정란은 그가 보는 쪽으로 고개를 돌렸다. 평범한 옷가게와 액세서리 가게들뿐인데, 뭘 보는 거지?

"너 뭐 봐?"

"아무것도 안 봐. 뭐라고 했지? 아, 왜 너한테 얻어먹으면 안 되냐고?"

"왜 말 돌려?"

또 뭔가 입안으로 들어왔다. 씹기도 전에 감자라는 것을 알아차린 정란은 감자를 철근 씹듯 우적우적 씹었다.

"그래! 맨날 나만 얻어먹으니까 꽃뱀 같단 말이야."

"야야, 정신 차려. 너 너무 나갔어. 너 같은 꽃뱀이 세상에 어디 있냐?"

"차비만 덜렁 들고 나가서 얻어먹고, 얻어 보고. 이게 꽃뱀이지, 뭐."

"배 덜 찼다고 헛소리하지? 이거나 잡솨."

"안 먹어!"

와락, 소리 지르는 정란을 연호가 의아하게 바라봤다. 뭐가 불만인지 정란은 입술을 불뚝 내밀고 있었다.

"자청해서 꽃뱀이 되려는 이유가 뭔데? 그냥 사 준다 할 때 고맙습니다, 하고 먹어."

"이럴 때는 내가 사 줄 수도 있잖아."

"그러니까."

"뭐가 그러니까야?"

무슨 의미냐는 듯 정란이 입술을 만지작거렸다. 연호는 그녀의 머리를 툭툭 쓰다듬고, 웃으려고 애썼다. 하지만 말을 집어 던진 것처럼 웃음은 집어 던질 수가 없었다. 잡고 싶은 시간은 언제나 너무 빨리 지나가 버리고 남는 것은 후회뿐이다.

더 잘해 줄걸. 더 맛있는 걸 사 줄걸. 더 좋은 곳에 데려가 줄걸. 이렇게 추운 데 데려오지 말걸.

더, 좋아할걸……

"그냥, 내가 사 주고 싶은 거라고."

한껏 풀이 꺾인 입매를 숨기기 위해 꼬치를 입으로 가져가려는 찰나, 정란이 그의 손을 답삭 잡았다.

"나도 고기!"

"뭐?"

"나도 소시지 줘. 왜 나한테는 계속 감자만 주고, 넌 계속 소시지 먹어? 나도 고기, 고기, 고기!"

연호의 사색이 무색하게 정란은 지상 최대의 목표가 고기인 사람처럼 굴었다. 혹시 그가 남은 소시지 하나마저도 먹어 버릴까, 눈동자를 불안하게 떨 정도였다. 고기. 고기. 고기.

그녀의 단순한 집착 앞에서 제 후회가 하찮게 느껴진 그는 방금 전 했던 수많은 후회들을 뒤로 물렸다. '잘해 줄걸'은 개뿔!

"야, 고기는 몸 쓴 내가 먹어야지. 어허, 어허. 저리 떨어져."

"그런 게 어디 있어? 입으로 들어갈 땐 다 똑같은데. 네 입만 입이고, 내 입은 주둥이야? 고기 먹는 데 왕후장상의 씨가 따로 있나!"

그가 달랑 두 개 남은 꼬치를 위로 들어 올리자, 정란이 팔짝팔짝 뛰었다. 그는 한 치의 망설임 없이 소시지를 먹어 치우고 제 입술을 가리켰다.

"여기 있다, 고기."

밑져야 본전. 정란이 먹어도 좋고, 안 먹어도 그만인 장난이었다. 물론 가슴속 깊은 곳에 잠재한 남자의 욕망은 제발 먹어주길 바라고 있었지만 기대감이 크진 않았다. 빠운스, 빠운스하는 애한테 뭘 바라는 게 나쁜 놈이지.

정란이 제 양 볼을 손으로 꾸욱 누르며 얼굴을 들이댔을 때 놀란 것은 그 때문이다.

"……!"

아직 코끝에 남아 있는 냉기가 먼저, 그다음으로 메말라 부르튼 입술이 입에 와서 부딪쳤다. 그리고 정란은, 그가 방심한 사이를 이용해 입을 쩍 벌렸다.

"너, 너, 너 뭐야!"

입술을 움켜쥔 그가 소리쳤다. 물었다. 물렸다. 아프다기보다는 당황스러웠다. 하지만 손가락으로 V를 그리는 정란은 뻔뻔했다.

"먹으라며."

"그렇다고 진짜 씹냐!"

"핥은 너나. 씹은 나나. 그리고 씹은 거 아니다, 뭐. 이런 건 '상대를 물어뜯을 것 같은' 격렬한 입맞춤이라고 하는 거야."

"야, 이!"

불과 5초 전엔 먹은 거라고 자백한 건 까맣게 잊었나 보다. 그나마도 사실하곤 거리가 있었다.

"물어뜯을 것 같은, 이 아니라 물어뜯었어, 너."

"아니지, 아니지. 살점이 떨어져 나간 건 아니니까 물어뜯은 건 아니지. '같은'이 맞지."

순간, 정란의 상체가 뒤로 확 꺾였다. '꺄악!' 하며 넘어가는 정란을 단단하게 받친 그가 말했다.

"진짜 물어뜯을 것 같은 격렬한 입맞춤이 뭔지 보여 줘?"

"어?"

그는 양팔로 가슴 부근을 가려 방어 자세를 취한 정란의 반응을 무시하고 일단 입부터 막았다. 또 무슨 기상천외한 말로 분위기 흐릴지 모르니 이게 정답이다.

하지만 그녀는 눈썹을 파르르 떨 뿐이었다. 심지어 그의 어깨를 살며시 잡기까지 한다. 그 손가락 끝이 움찔거리는 게 느껴졌다. 그러자 아까 전부터 울부짖던 그의 욕망이 경고를 울렸다. '여기서 멈추면 넌 병신이오.'

가볍게 입술을 댔다 뗐다. 건조하기만 하던 살결이 부드럽게 젖어 든다. 잠깐 뜬 눈에 붉은 꽃 분분히 피워 내고 있는 그녀의 뺨이 보였다. 꽃망울이 팡팡 터지고 향기가 진동을 했다. 달콤한 크림향. 아니, 아찔한 란(蘭)향이다.

조금 더 깊이 들어가자 그녀가 혀를 내밀며 반응해 온다. 어설프게 얽히고, 아쉬워하며 떨어진다. 두 번째는 조금 더 익숙했고 훨씬 더 아쉬웠다. 세 번, 네 번⋯⋯. 그는 손이 엄한 곳으로 향하려는 위기를 맞고서야 가까스로 정신을 차릴 수 있었다.

"봐줬다, 내가."

'하아', 왜인지 깊게 한숨 내쉬는 그녀를 일으켜 세우며 그가 변명 아닌 변명을 했다. 정란은 여전히 볼을 붉힌 채 그의 목덜미를 껴안았다.

"또 해 줘."

"뭐?"

"또 해 달라고."

난 텍스트의 노예라고 할 때처럼 당당한 눈빛이었다.

"빠운스 빠운스 안 해?"

"해. 그래도 또 해 줘."

아이처럼 조르고 여자처럼 웃는다. 해실거리는 웃음소리 사이로 유혹이 배어 나왔다. 한층 과감해진 연호는 그녀의 허리를 잡아 위로 올렸다. 갑자기 높아진 제 위치에 놀랐는지 그녀가 작게 탄성을 질렀다.

'City Square' 1층 십자 교차로. 작은 액세서리 가게 맞은편에서 새처럼 입 맞추는 연인을 지나치는 사람들의 얼굴에 온화한 미소가 떠올랐다.

사람은 자고로 '때'를 잘 알아야 한다. 밀어붙일 때와 물러날 때. 고집부릴 때와 못 이기는 척 넘어가야 할 때. 도망칠 때와 도움을 요청할 때.

뱃가죽이 등가죽과 합체되는 기분을 느낀 연호는 바로 지금이 도움을 요청할 때라고 생각했고, 지나가던 사람한테 폰을 빌려 정 여사에게 SOS를 쳤다.

"코리아 부랑자가 여기 있네?"

20분 만에 나타난 정 여사의 첫마디다. 그녀는 누가 보기에도 훌륭한 거지인 연호를 노골적으로 비웃으며 코트와 갈아입을 옷을 던졌다.

"그대의 일탈은 어쩜 이렇게 하나같이 끝이 허접해?"

"뭐가 허접해요. 얼마나 보람찬 일탈이었는데."

"아직 배가 덜 고팠구나?"

"무슨 소리세요? 안 보여요? 얘 완전 죽어 있는 거? 야, 일어나. 고기 먹으러 가자. 고기, 고기."

"고기!"

고기라는 말에 눈이 번쩍 떠진 정란이 무서운 속도로 일어나자 정 여사가 흥미롭다는 눈으로 정란을 쳐다봤다. 정확하게 말하면 연호에게 꼭 잡혀 있는 정란의 손을. 힘없이 늘어져 있을 때나 일어날 때나, 걸어갈 때나 떨어지질 않는다.

"여사님, 잠깐만요."

영영 붙어 있을 것만 같은 두 사람의 손이 떨어진 것은, 쇼핑몰 입구에 다다른 연호가 옷 갈아입고 오겠다며 정란의 손을 놓았을 때였다.

정 여사는 티 나지 않게 정란을 관찰했다. 단 몇 시간 정도에 불과하지만 분명 춥고 배고팠을 텐데 정란의 얼굴 어디에서도 굶주림과 초라함의 흔적을 찾아볼 수가 없다. 이런 상황에서 흔히 발견할 수 있는 구겨진 미간, 짜증을 억지로 참아낸 입매. 그런 것도 없었다.

"뭐하고 있었어요? 돈도 없는데?"

"그냥 얘기하고, 구경하고…… 그랬는데요?"

아이고, 그래. 좋을 때다.

"아, 저기 근데요, 제 가방은 어디 있어요?"

정 여사의 앞과 뒤, 양옆을 두리번거리던 정란이 물었다. 하지만 아무리 봐도 정 여사는 손에 본인의 백 하나만 달랑 들고 있었다.

"아가씨 가방? 안 가지고 왔는데?"

"헛!"

"안에 뭐 필요한 거 있었어요?"

"지갑이요."

"지갑이 왜 필요해요?"

"음……."

정란은 맥없이 입술만 질겅질겅 씹었다. 대충 알겠다는 듯 정 여사가 콧소리를 냈다.

"왜 아가씨 돈 쓰려고 그래요? 연호 돈 많아요."

"그래도요……"

"아니면, 명품 같은 거 좋아해요?"

"에? 아뇨? 특별히 그렇지는 않은데요?"

"그런 거 아니면 충분히 커버 가능한데, 뭐. 걔 이제 당분간 돈 쓸 일도 없으니까 가기 전에 실컷 써도 돼요. 아가씨도, 고생시켰으니까 비싸고 맛있는 거 사 달라고 하고. 이런 기회 또 온다는 보장 없어요."

무심하고 대수롭지 않아 하는, '이런 기회 또 온다는 보장 없어요'. 특별히 악의가 섞인 말은 아닌 것 같았다. 해석의 여지도 많다. 앞으로 여행 올 기회가 흔치 않다는 뜻일 수도 있고 혹시 여행을 오더라도 오늘처럼 고생할 일은 드물 거라는 이야기도 되고, 연호가 다시 국대 되리란 보장이 없다는 이야기를 하는지도 모른다.

그렇다면 어떤 기회를 말씀하시는 거냐고 물어보면 되는데, 어쩐지 물어보기가 무섭다. 정란은 머릿속에 떠오르는 마지막 가능성을 애써 지우고 개운한 표정으로 달려오는 연호를 보며 최대한 발랄하게 대답했다.

"네!"

쇼핑몰에서 나온 정 여사가 미리 잡아 놓은 숙소로 먼저 돌아간 뒤, 연호는 정란을 데리고 다운타운에 있는 스테이크 전문점으로 향했다. 검은 정장을 차려입은 직원들이 의자를 꺼내 주는, 나름 격식 있는 곳이었다.

"야…… 이런 데는 어떻게 알았어?"

절도 있는 종업원들의 태도와 엄숙한 내부 디자인에 기가
죽은 정란이 작게 속삭였다. 어색하긴 연호도 마찬가지였지
만, 그는 최대한 태연한 척하며 메뉴판을 펼쳤다.

"캐나다 오기 전에 찜해 뒀지."

"내가 고기 먹고 싶어 할 줄은 어케 알고?"

스테이크 가게뿐만이 아니었다. 해산물 전문점, 퐁뒤 전문
점, 프랑스 음식점, 심지어 한식 전문점까지. 3박 4일 일정이
라는 점을 고려한 연호는 밴쿠버에서 유명한 음식점이란 음식
점은 다 알아봤었다. 그 많은 맛집 중 겨우 한 군데밖에 못 오
다니. 지난 이틀이 원통했다.

"뭐, 그래서? 고기 안 먹고 싶었으면 안 먹을 거냐?"

그렇다고 구구절절 설명하기엔 구차한 것 같아, 일부러 눈
을 부라렸다. 정란은 목이 부러져라 고개를 흔들었다.

"아니, 아니, 아니. 먹어. 먹을 거야."

"그럼 빨리 시켜."

"응, 응. 아, 뭐 먹지? 캐나다 스테이크는 뭐가 다른가? 나
막 비싼 거 먹는다? 그래도 되지?"

"니 맘대로 하세요."

"올레. 어디 보자아. 오! 알버타산 트리플 A. 이거 왠지 맛
있어 보여. 나 이거!"

"나도 같은 걸로 시켜."

"응, 응."

정란이 손을 들자, 바로 근처에서 대기하고 있던 종업원이 다가왔다. 연호는 눈을 가늘게 뜨고 번잡하게 손짓하며 주문하는 정란을 유심히 바라보았다.

이상하다. 들떠 있다. 물론 언제나 조금 산만한 편이었지만, 지금의 산만함에는 억지스러움이 있었다. 끊임없이 상체를 앞뒤로 흔들고, 콧노래를 흥얼거린다. 결정적으로 고기를 깨작거리는 모습이 평소와는 전혀 달랐다.

"고기, 고기 노래를 부르더니, 왜 팍팍 안 먹어? 배 안 고파?"

"그러는 너는?"

남 말 하지 말라는 듯 정란이 그의 접시를 가리켰다. 그래도 절반은 먹은 그녀와 다르게 그는 거의 손도 대지 않았다. 당황해하며 바지 주머니에 손을 찔러 넣는 그의 태도에 정란은 포크를 내려놓았다.

"나한테 할 말 있지?"

그가 뭐라 운을 떼기도 전에 그녀가 먼저 정곡을 찔렀다. 분위기 낸답시고 켜 놓은 테이블 위의 촛불이 갑자기 어수선하게 일렁였다. 그는 호주머니 속에 든 물건을 잠깐 만지작거리다, 손만 밖으로 뺐다.

"나…… 한국 가면 다음 날 바로 입소야."

"응."

"그럼 브라질 올림픽 때까지 1년 정도…… 너 보기 힘들 것 같아. 첫 올림픽이고, 나 다시는 내 점수 가지고 누가 장난치게 놔두고 싶지 않거든. 그래서 진짜 독하게 훈련하려고."

"……."

"그래서 말인데, 너한테—"

툭.

눈에 힘을 가득 주고 있었는데도, 한쪽 눈이 찌그러지더니 눈물이 한 방울 떨어졌다. 놀란 그가 손을 뻗어 왔다. 정란은 그 손을 슬쩍 피하고 고개를 떨구었다.

"야, 너 왜……."

"……."

"야, 너 왜 그래? 왜 울어?"

"이씨……."

"이씨가 아니라, 왜 우냐고. 말을 해야 알지. 야, 야."

"……."

"아, 진짜……. 그만 울어. 아니, 일단 왜 우는지 이야기를 해 봐. 내가 뭘, 잘못했어? 어떻게 해 줄까? 응? 야, 정란아……."

그러나 정란의 흐느낌은 점점 커지기만 했다. 눈물이 한 방울, 두 방울, 나중엔 정란 자신이 당혹스러울 정도로 펑펑 쏟아졌다.

여자의 눈물에 면역력이 없는 연호가 할 수 있는 일이라고는 울지 말라는 말만 반복하며 접시로 흘러내리는 그녀의 머리카락을 쓸어 올려 주는 것뿐이었다.

"……나도……."

한참 뒤에야 웅얼웅얼, 가린 얼굴 사이로 정란의 목소리가 새어 나왔다. 연호는 아예 그녀의 옆자리로 옮겼다.

"잘 안 들렸어. 뭐라고?"

"나도…… 안다고. 너 선수촌 들어가면…… 보기 힘든 거."

'그런데 왜 울어?' 목 끝까지 치밀어 오른 질문을 삼킨 연호가 다시 호주머니에 손을 넣었다. 어쩐지 지금은 입 다물고 있는 게 상책 같았다.

"우리 아빠가 너…… 선수들 놀게 할 사람도 아니고, 너도……. 그래서 난 그냥 그 생각 안 하려고 했단 말이야. 보기 힘들다는 거, 연락하기도 힘들어질 거라는 거."

그러다가 서서히 멀어져, 헤어질지도 모른다는 거.

"아는 거니까, 그냥 지금만 보려고 했단 말이야. 지금 좋으니까."

"어, 나도 그런……."

"그런데 왜 자꾸 다들 나한테, 이제 마지막이라고, 끝이라는 것처럼 말해? 왜 너랑 나랑은 이대로 끝날 거라고 해? 왜 너도 그렇게 말해? 나도 다 아는 이야기를, 왜 굳이 꺼내?"

정애의 걱정과 정 여사의 배려. 그 순간에는 아니라며 부정하고 지나갔던 두려움이 그의 말 한마디에 우르르 밀려왔다. 두려움은 모든 희망적인 가능성을 좀먹고, 그와 그녀의 미래에 도장을 찍었다.

'너희는 헤어지게 되어 있어'.

"나도 안단 말이야. 알아, 알아. 몰라서 웃는 게 아니라고. 생각하면 더 나쁜 생각만 할까 봐, 그 나쁜 생각을 내가 믿어

버리게 될까 봐서. 그랬던 거란 말이야. 그런데 왜 너마저 그래?"

목이 멘 정란이 따라 놓은 와인을 단숨에 마셔 버리자 어디선가 나타난 소믈리에가 빈 잔을 채웠다. 정란은 그마저도 순식간에 먹어 치웠다.

"왜 너는 자꾸 오늘만, 지금만 있는 것처럼 오늘, 지금 나한테 다 해 주려고 해? 오늘 못 해 준 거 나중에 해 줄 수도 있잖아. 오늘 내가 밥 사면 다음 휴일에 네가 나와서 사 주면 되잖아. 다음 휴일이 안 되면 다다음 휴일, 아니, 올림픽 끝난 뒤라도 상관없잖아. 그때까지 너랑 내가⋯⋯."

"⋯⋯."

"사귀고⋯⋯ 있으면 되잖아⋯⋯."

지금을 잡고 싶은 건지 미래를 기대하는 건지 모르겠다. 아니, 사실은 둘 다였다. 지금이 미래로 연결되길 바랐다. '현재'들이 모여서 '미래'를 만들어 내길 바랐다. 기대하는 그 미래가 사람들의 말로 짓밟힌 것 같아 한없이 서러웠다.

계속 훌쩍이는 정란을 그가 끌어당겼다. 그 힘이 꽤 억센 터라, 정란은 주르륵 끌려가 그의 품에 안기게 되었다.

"이 멍청아."

지금이라도 밀어내야 하나 고민하는 정란의 귀에 웃음기 머금은 그의 목소리가 들렸다. 이 자식이? 남은 지금 심각한데? 울컥한 정란이 몸부림을 쳤지만 그는 요지부동, 꿈쩍도 하지 않았다.

"기다려."

"……."

"1년만, 기다려."

꿈틀거리던 정란의 움직임이 멎었다. 그는 천천히 그녀의 머리카락에 얼굴을 묻었다.

"나도…… 무서워. 너만 그런 거 아니야. 그래도 지금이 마지막이라고 생각한 적은 한 번도 없어. 지금밖에 없어서 너한테 잘해 주려고 한 게 아니라, 언제나 항상 너한테 잘해 주고 싶었어."

"……."

"그러니까 기다려. 자주 못 봐도, 자주 연락 못 해도, 기다려. 꼭."

'기다려 줄래'도 아닌 '기다려'. 그 말이 두려움을 밀어내고 그녀를 단단하게 붙들었다. 둔하고 단순하지만 선택의 여지를 주지 않는 그의 마초스러움이 지금 이 순간만큼은 미치도록 고마웠다.

"알겠어? 너 엄청 오버한 거야."

그녀와 거리를 좀 둔 채로, 그가 눈을 마주쳐 왔다. 거짓말처럼 눈물이 멎었다. 허무하기도 하고 할 말도 없어진 그녀는 애꿎은 아랫입술만 손가락으로 괴롭혔다.

"그럼 처음부터 그렇게 말하지. 뭘, 다 아는 얘기로 뜸 들이고……."

"그래서 안 기다리겠다고?"

"내, 내가 언제……."

"똑바로 대답해. 기다려, 안 기다려? 참고로 기다린다고 하고 바람피우면 죽는다. 스포츠맨십에 입각해서, 신중하게 대답해라."

그가 주먹을 쥐며 윽박질렀다. 정말 저놈의 스포츠맨십, 아무 때나 나온다. 이젠 스포츠맨십의 정의가 궁금해질 지경이다.

"그게 뭐, 기다린다고 말한다고 해서 진짜 기다려지나? 기다려 봐야 기다려지는 거지?"

"아, 그렇게 나오신다?"

괜히 눈물 쏙 뺀 게 억울한 정란이 얄궂게 튕기자 연호의 입술이 삐뚜름하게 올라갔다. 그녀에게서 투세 발라블을 따냈을 때와 같은 웃음이었다.

"그럼 일단 도장부터 찍어야 되겠네."

"도장? 무슨 도장?"

"자러 가자."

"뭐?"

네? 뭐라고요? 이보세요? 헬로?

"어, 이 자는 게 손만 잡고 잔다거나, 각자 숙소로 돌아가서 자는 건……."

"아니지, 물론. 19금이지. 왜? 싫어?"

대체 얘기가 왜 이쪽으로 튀었는지 짐작도 못 한 채, 정란은 몸만 배배 꼬았다. '엄마가 좋아, 아빠가 좋아?' 이후로 이렇게 대답하기 곤란한 질문은 처음인 것 같았다. 아. '양 웬리가 좋아, 라인하르트가 좋아?' 도 있었구나. 어쨌거나 아무튼, 모든 곤란한 질문을 집대성한 '나랑 자기 싫어?'

싫을 리가 있겠냐고.

"아니…… 싫은 게 아니라……."

그건 정말, 싫은 게 아니라 곤란한 것이었다. 제발! 하나님, 부처님, 알라님, 마리아님, 아후라마다즈! 기타 누구라도 좋으니 지금 당장 내 몸에서 3kg만 떼어 가 준다면 당신을 위해 순교하겠어요!

"싫은 게 아니면 깔끔하게, 가자."

그는 더 들어 볼 것도 없다는 듯 코트를 챙겨 입고 아직 몸의 준비가 안 된 정란을 억지로 잡아끌었다. 자의 반, 타의 반으로 끌려가던 정란은 그들이 머물렀던 테이블을 돌아봤다. 깨끗하게 비워진 와인 잔이 이렇게 원망스러울 수가 없다.

저걸 먹지 말았어야 했는데. 그럼 배가 좀 들어갔을 텐데.

아아……!

찌꺼기는 남겨 둘걸!

＊　　　　＊　　　　＊

정란에겐 불행하게도, 스테이크 하우스에서 10분 거리에 으리으리한 호텔이 있었다. 덕분에 조금이라도 오래 걸어 표면적과 질량을 줄여 보겠다는 정란의 야욕은 산산조각이 났다.

이제 남은 것은 꼼수다.

옷을 다 입고 할까? 아니면 불을 다 꺼? 그럼 아침에는 어떻게 하지? 역시 옷을 입고 하는 게…….

"Avez vous une chambre?"

옷 입고 하자고 했을 때의 그의 반응을 예상하고 있는데 옆에서 능숙한 불어가 들렸다. 정란은 고개를 홱 돌렸다.

"뭐야, 너. 불어 할 줄 알아? 아, 맞다. 불어 공부했다고 했지? 어, 근데 일상 회화도 가능해?"

"그럼 정말 앙가르드, 알레밖에 못할까 봐?"

"근데 왜 나더러 통역으로 따라오라고 했어? 불어 할 줄 알면 너 혼자 다녀도……!"

순간, 벼락같은 깨달음이 정란의 머리를 쾅 때렸다. 체크인을 마친 연호가 석상같이 굳은 그녀를 엘리베이터에 밀어 넣자 그녀가 분한 얼굴로 발을 굴렀다.

"야, 야, 너 솔직히 말해? 이거지? 처음부터 네가 노린 거? 같이 여행, 어쩌구 그때부터 이 상황을 계획한 거지?"

"말이 되는 소리를 해라. 내 인생이 그렇게 호락호락한 줄 알아? 계획대로 흘러가게?"

"근데 너 왜 그런 표정인데? 막 뿌듯해하고, 막, 그런데?"

"아니야. 오해야."

오해라고는 하지만 오해를 산 사람치고는 너무나 안 억울해하는 표정이다. 진짜 억울해진 정란은 이 기회를 놓치지 않았다.

356

"딜을 합시다."

"무슨 딜?"

"불 끄고, 옷 입고 하는 걸로."

이거야말로 일타이피, 유식한 말로는 일거양득되시겠다. 벙어리처럼 입을 다문 연호를 보며 정란은 수줍게 볼을 붉혔다.

"특별히 그런 플레이를 즐기는 건 절대 아니고요, 제가 이래 봬도 상당히 조신한 여자거든요. 소녀, 부끄럽사와."

"……하아……."

연호가 엘리베이터 한편에 고개를 기대자, 정란이 그의 소매를 잡고 흔들거렸다.

"왜 한숨 쉬어?"

"아냐, 암것도. 내려."

마침 엘리베이터가 도착했다. 연호는 조금 쭈뼛대는 듯한 정란의 손을 잡고 복도를 걸었다. 이럴 수는 없다며 무르자고 할 줄 알았는데, 불 끄고 옷 입자는 해괴한 제안이라니. 과연 방정란. 종잡을 수가 없구먼.

그래도 뭔가 꺼림칙하긴 했는지 객실 앞에서 정란은 한참을 머뭇거렸다. 설마 이제 와 후회……

"야, 너 왜 약속 안 해? 스포츠맨십으로 약속해."

할 리가 없지. 음, 그래. 고집 있어.

그리고 그도 고집 있는 남자였다.

"싫어."

"왜? 왜? 왜 싫은데?"

"나도 조신한 남자거든. 그런 플레이는 부담스럽소."

"그게 왜 부담스러워? 남자들 많이 그렇게 하잖아."

"남자들 누가 그렇게 해?"

객실 문을 연 연호가 불쾌함을 한껏 담아 물었다. 그가 생각하기에 정란이 말하는 것은 행위에 불과했다. 급한 대로 욕구를 해결하는 그냥, 섹스. 물론 그런 남자들도 분명 있지만 저는 아니라고 확신할 수 있었다.

"……."

하지만 그녀는 눈동자를 왼쪽으로 굴려 그의 시선을 피할 뿐이었다. 입술을 쥐어뜯고 돼지 코를 만들고 볼을 긁적이고, 난리가 났다.

"야……."

"어, 어엉?"

"너 그런 얘기 어디서 들었어?"

"……책……에서?"

싸늘한 그의 목소리에 정란은 손가락으로 저 먼 허공을 찍으며 마지못해 대답했다. 여기서 그게 어떤 책이냐고 물어보면 바보 인증이다. 올바른 성교육의 중요성을 체감한 연호는 정란의 컬렉션을 불태우고 싶은 마음을 꾹 누르고 이를 갈았다.

"좋게 말할 때 들어갈래? 아니면 나쁜 공한테 한번 당해 볼래?"

"나쁜 공?"

"묶고, 때리고, 감금하고!"

"얀데레공이네. 엄머⋯⋯. 나 그런 거 좀 좋아⋯⋯."

"야!"

그가 아프지 않게 그녀의 엉덩이를 치자 정란이 낮은 비명을 지르며 객실로 뛰어 들어갔다. 연호는 가만 놔두면 닫힐 문을 일부러 세게 닫았다. 쿵 소리가 그의 심리를 대변하는 듯했다.

통유리로 된 객실 창문을 통해 밴쿠버 다운타운의 야경이 한눈에 들어왔다. 도로를 달리는 차들, 고풍스러운 듯 현대적인 건물들, 그 건물들을 밝히고 있는 빛과 네온사인.

이 호텔에 묵는 사람들 대부분이 객실에서 보는 야경에 찬사를 보내지만 연호의 눈에는 그저 그런 밤거리에 불과했다. 현란하기로 따지자면 이태원의 야경 쪽이 훨씬 나은 것 같았다.

오히려 그의 눈을 잡아끈 것은 창문에 비친 객실 안의 정경이었다. 특히 하얀 시트가 깔린 빈 침대가 유독 강렬하게 각인되었다.

샤워하겠다며 욕실로 들어간 지가 언젠데, 정란은 감감무소식이었다. 여자들이 씻는 데 오랜 시간을 할애한다는 것 정도는 들어서 알고 있지만 상대가 방정란이다 보니 별의별 생각이 다 들었다.

욕실 창문으로 도망갔나? 아닌데? 욕실에 창문 없었는데.

자나?

씻는 소리라도 들리면 안심이라도 하련만 방음이 너무 잘되어 있는 덕인지 욕실은 조용하기만 했다. 결국 참다못해 욕실 문을 두드렸다.

"야, 너 똥 싸냐?"

"야!"

자는 건 아니고.

"그럼 뭐하길래 이렇게 안 나와?"

"씻는다고!"

"때 밀어도 이것보단 빨리 끝나겠다."

"머리 말리고 있단 말이야. 여기 드라이기가 없어."

"머리를 말리는 게 아니라, 머리를 뽑는 것 같은데?"

"아오! 나간다, 나가."

씻는 데 구박하는 건 무슨 경우냐며 툴툴거린 정란이 드디어 욕실에서 나왔다. 그리고 눈을 휘둥그레 떴다.

"너 왜 벗고 있어?"

"이게 어째서 벗은 거냐?"

"허리에 수건만 두르고 있는데, 그럼 그게 입은 거야?"

"진짜 태초의 모습을 보여 줘?"

그가 허리춤에 손을 올렸다. 정란은 그녀가 낼 수 있는 가장 빠른 속도로 움직여 그의 손을 꽉 붙들었다. 떡 벌어진 어깨, 어깨선을 이루는 뼈, 과하지도, 부족하지도 않은 근육, 팔을 움직일 때마다 나타나는 근육의 움직임. 허리 위의 모습만

으로도 심장에 과부하가 걸릴 것 같은데, 그 아래까지 감당할
수 있을 것 같지가 않았다.

"우리, 좀, 순서를, 단계를 차근차근 밟으면 안 될까?"

"단계? 아⋯⋯."

알았다는 듯 손가락을 튕긴 그가 그녀를 덥석 안았다. 그리
고 입을 맞춘다. 포옹 뒤의 가벼운 입맞춤, 버드 키스 후 프렌
치 키스. 섬세함은 집어치우고, 단계만 차근차근 밟아 가는 1,
2, 3.

정란은 이건 아닌 것 같다고 생각하면서도 그가 이끄는 대
로 침대에 누웠다. 그는 조금 경직된 손길로 그녀의 가슴을 어
루만졌다. 가슴을 짓누르는 무게와 상의가 벗겨지는 느낌에
정란의 몸이 굳었다.

"야, 너 왜⋯⋯ 왜 이렇게 떨어?"

"그러는 넌⋯⋯?"

손가락을 바들바들 떨 정도로 긴장한 정란만큼이나 그도 긴
장해 있었다. 바짝 마른 입술이 누워 있는 정란의 눈에 보일
정도였다. 두 사람은 동시에, 조금 다르지만 같은 말을 했다.

"너 혹시 처음이야?"

"너 설마 마법사?"

커다란 객실이 정적에 휩싸였다. 놀라운 사실을 깨달은 두
사람은 숨소리도 죽이고 서로 눈만 맞췄다. 데굴데굴데굴. 눈
굴리는 소리가 너무 크다고 느낀 순간, 그들은 격렬하게 서로
를 비난했다.

"아, 진짜! 너 뭐야. 묶고 때리고 그런 거 좋아한다면서."

"그건 농담이었고, 조신하다고! 그랬잖아. 그러는 넌, 완전 선수처럼 다 벗고 있었으면서! 너 그것도 괜히 있어 보이려는 뻥카였지?"

"뻥카라니? 기선 제압, 모르냐?"

"됐거든? 이젠 안 속거든?"

마음이 한결 편해진 정란이 혀를 날름날름 내밀었다. 밑천까지 다 털리고 나자 걱정도 날아가 버렸다. 내 몸매가 어떤 수준인지 지가 어떻게 알 것이며, 내가 허리를 잘 돌리는지 못 돌리는지는 뭘 기준으로 평가할 것이야. 둘 다 처음인데! 욕실에서 국민체조 한 시간만 아깝다.

그도 비슷한 마음이었는지 이번에 다가온 손길은 한결 자연스러웠다. 긴장한 기색은 여전하지만 아까처럼 과하게 과감하지는 않았다. 최대한 신중하게 상의를 벗기고, 브래지어 끈을 푼다. 물론 브래지어의 구조를 보고 한참 고민했음은 물론이다.

진짜 난관은 바지였다. 일단 풀기만 하면 몸에서 완전 분리되는 브래지어와 다르게, 청바지는 버클을 푸는 순간부터가 시작이었다.

정란은 그때마다 왜 오늘 같은 날 스키니를 입었는지를 후회하며 그가 쉽게 벗길 수 있도록 허리를 들고 무릎을 굽혔다.

"야……."

"으, 으응……?"

"뭐라고 말 좀 해 봐."

"……."

"빠운스 빠운스도 괜찮아."

"빠운스 빠운스 안 해."

"왜? 벌써 질렸어? 나한테?"

"빠운스 빠운스 할 심장이 없거든……."

가슴에 손을 얹은 정란이 눈을 감고 대답했다. 과장된 표현이라고 할지도 모르지만 심장이 없어졌다고 한 건 정말 사실이었다. 그렇지 않고서야 방금 전까지 고막을 찢을 듯이 들려오던 심장 소리가 흔적도 없이 사라질 리가 없다.

"말이 되는 소릴 해라."

타박하는 말이 들리더니 무언가가 정란의 몸을 가볍게 짓눌렀다. 조금 거칠지만 탄력 있는 살결과 부드럽고 보송보송한 피부가 교묘하게 얽혔다. 하지만 그녀의 허벅지와 가랑이, 그 애매한 중간에 걸린 그의 페니스에 정신이 팔린 정란은 그런 세세한 감각을 느끼지 못했다.

들어올까? 이게 정말 들어올까?

그녀는 주먹이 절로 쥐어질 정도의 공포를 느끼며 다른 생각을 하려고 애썼다. 실전 경험은 전무하지만 간접 경험만큼은 차고 넘치는 정란이다. 긴장을 풀 방법은 여러 가지 있었다.

가장 첫 번째는 자기 위안이었다. 괜찮아. 난 적어도 '수' 보다는 덜 아플 거야. 아무튼 내 건 이걸 받아들이도록 설계되어

있으니까. 인체의 기적이지. 아기 머리통도 들락날락거리는데
설마.

그러자 정말 신기하게도 마음이 조금 편해졌다. 그의 손길
이, 목소리가, 숨결이 느껴지는 게 그 증거다. 목덜미에서부터
허리까지 쓰다듬는 손길이 열기로 가득 차 있었다. 가슴을 깨
무는 건지 먹는 건지 잘 모르겠는 그의 애무에도 그녀는 착실
하게 반응했다.

"야."

습기 머금은 입술이 귓불을 간질일 때 다리에 힘이 들어가
는 건 어쩔 수 없는 일이다. 정란은 꼬인 다리를 억지로 풀고
대답했다.

"으응?"

"너 음…… 그니까, 그냥 보통이 좋지?"

"그럼 매운맛, 아주 매운맛도 있어?"

한쪽 눈만 찔끔 뜬 정란이 되물었다. 그는 망설이는 것 같
았다.

"냉면이야? 카레야?"

"음……."

"뭔데?"

"그러니까 혹시…… 뒤쪽으로 하고 싶나 해서."

"뒤쪽?"

"어…… 그러니까 비엘처럼."

"뭐?"

그가 얼굴을 붉혔다. 평생 한 번 볼까 말까 한 진귀한 광경이었지만 침대를 받치고 있는 그의 팔과 어깨를 때리기에 바쁜 정란은 보지 못했다.

"캬얏! 미쳤어, 너? 왜! 왜 그런 생각을 해! 캬악!"

"야, 아니, 잠깐, 아니! 아니, 네가 본 게 그것밖에 없으니까 혹시나, 어우! 뭔 손이 이렇게 매워?"

"게네는 구멍이 없으니까 글루 집어넣는 거고, 난 집어넣으라고 만들어진 데가 있잖아! 준비되어 있다고!"

정란이 팔다리를 움직이며 몸부림을 치자 연호는 떠밀려 나지 않기 위해 그녀의 몸 위에 제 체중을 실었다. 제자리를 찾은 그의 페니스가 아무런 예고도 없이 그녀의 입구에 닿았다.

"……!"

그게 어떤 신호가 되었는지 촉촉이 젖은 길을 따라 미끄럼틀을 타는 것처럼, 그가 안으로 들어왔다. 생소한 고통이 온몸을 찌른다. 딱 중간에 걸린 채 오도 가도 못하는 그를 느낀 정란은 절절한 원한을 담아 악을 썼다.

"너 혼자 좋아 죽고 끝내면 가만두지 않겠……!"

채 맺지 못한 그 말이, 얼결에 들어간 덕에 덩달아 놀란 그의 정신을 두드려 깨웠다. 그는 제 팔을 쥔 그녀의 손을 바라봤다. 물살에 떠내려가는 사람이 겨우 손에 잡힌 풀뿌리를 쥐는 것처럼 억세고 강하지만, 약하다. 그제야 그녀가 보통의 '여자'라는 사실이 인식되었다.

"걱정 마."

깍지 낀 그의 손가락이 불안하게 출렁거리는 그녀를 단단하게 붙잡았다.

"몸으로 하는 건 단 한 번도 실패해 본 적 없으니까."

말도 안 되는 자신감을 내뱉은 그가 천천히 움직이자 정란이 숨을 들이켰다. 뭔가 삐걱거리는 것 같기도 하고 여기저기서 비명을 지르는 것 같기도 했다. 아니, 이미 지르고 있었다.

"괜찮아?"

잔뜩 찌푸린 미간을 손으로 쓸어 주며 그가 물었다. 흐릿하게 뜬 눈으로 못지않게 구겨진 그의 얼굴이 보였다. 걱정, 혼란, 그럼에도 숨길 수 없는 달뜸이 그의 숨결에서 느껴졌다.

"으, 으응……."

"정말?"

"응……."

"진짜지?"

"이미, 움직이고 있으면서 걱정하는 척하지…… 마!"

그녀는 거의 쥐어짜 낸 목소리로 항의하고 그의 옆구리를 꼬집었다. 그는 조금씩 그녀의 안으로 파고들었다. 나직한 그의 웃음소리에 맞춰 정란의 몸이 뻣뻣한 리듬을 타기 시작했다. 정란은 이를 꽉 깨물었다.

"괜찮아……."

그가 흐느끼듯 속삭였다. 연호는 방금 전까지 그녀를 달래던 그 입술로 이마에 입을 맞췄다. 콧등, 뺨, 입술. 한결 부드러워진 애무에 안도한 정란이 눈을 뜨자 다행이라는 듯 한숨을 쉬는 그가 보였다.

그는 있는지도 몰랐던 그녀의 빈 공간을 일깨워 줬다. 그 안에 물을 붓고, 열기로 메웠다. 부드럽게 두드리고, 견고하게 버틴다.

채워지고, 가득 찬다.

별이, 바람이, 불이 그녀의 안으로 쏟아져 들어왔다.

감은 눈 위로 그림자가 졌다. 어떤 때는 눈 전부를 가렸고 어떤 때는 살짝 빈틈을 남겼다. 그 격차가 은근 신경 쓰여, 정란은 눈을 떴다.

"뭐해?"

"깼어?"

그가 머쓱하게 웃으며 손을 움직이자 숨어 있던 햇살이 쏟아졌다.

"아프거나, 뭐 그래?"

그의 손이 그녀의 등부터 배 아랫부분까지 천천히 훑었다. 정란이 '으흐흥' 콧소리를 냈다.

"하지 마. 간지러워."

"살 만한가 보네. 역시, 성연호. 몸으로 하는 건 못하는 게 없구먼."

"네가 되게 잘해서 그런 게 아니라, 내가 강한 의지로 이겨 낸 거야."

"강한 의지 좋아하네. 죽는다고 소리 질러 놓고."

손가락을 튕겨 암팡지게 그녀의 이마를 때린 그가 그녀에게 물컵을 건넸다. 정란은 몸을 반만 일으켜 한 손으로 물컵을 받았다. 그런데 컵 안에 무언가 있었다.

은색의 광택이 다소 차가워 보이는 작은 반지였다. 보석이 박혀 있거나 하진 않았지만 겉면에 음각으로 새겨진 단순한 빗살 무늬가 오히려 그녀의 취향에 딱 맞았다.

"뭐야, 이건……?"

"야! 너 그걸 그렇게 꺼내면……!"

정란이 물컵 안에 손가락을 집어넣자 연호가 소리를 질렀다. 하지만 이미 늦었다. 연호는 물이 뚝뚝 흘러내리는 반지와 영문 모르겠다는 듯 입을 헤 벌리고 있는 정란을 심란하게 쳐다봤다.

"왜? 꺼내면 안 되는 거야?"

"보통 그런 건 물을 마시다가 발견해야 정상 아니냐?"

"그렇게 따지면 반지를 물컵에 넣어 두는 것도 정상은 아닌 것 같은데? 보통 이런 건 와인 잔, 이런 데 집어넣지 않아?"

작은 차이가 명품을 만든다는 말이 괜히 나온 게 아니다. 물과 와인, 10% 정도 부족한 비주얼로 인해 모든 것이 허접해졌다. 하지만 반지 선물을 처음 받아 보는 정란은 그저 희희낙락했다.

"예쁘다. 어디서 샀어?"

"어제 그 쇼핑몰에서."

"에헤."

"야! 끼지 마!"

반지가 정란의 손가락으로 막 들어가려는 찰나, 질색한 연호가 그녀의 손을 낚아챘다. 정란은 손가락을 쫙 펼쳐 그가 반지 끼우는 걸 도와주었다.

"……작아……."

"……제기랄."

정란의 왼손 약지 두 번째 관절에 걸려 꿈쩍도 하지 않는 반지를 보며 연호는 울고 싶은 기분으로 욕설을 뱉었다. 내 인생이 이렇지, 뭐. 어느 것 하나 계획대로 되는 게 없다.

"괜찮아. 목걸이로 하고 다니면 돼."

"집어치워. 이게 다 너 때문이거든?"

"왜 나 때문이야?"

"원래는 어제 그 레스토랑에서 주려고 했단 말이다. 와인 마시면서. 그런데 네가 우는 바람에 계획이 다 틀어졌다고."

"아니, 무슨 프러포즈도 아니고 반지 하나 주는데 그런 거창한 이벤트씩이나?"

"프러포즈 맞아."

"응?"

정란의 눈이 동그래졌다. 이게 무슨 자다가 봉창? 프러포즈가, 내가 아는 일반적인 그 프러포즈가 아닌가? Propose [prə|pouz] [동] (계획, 생각 등을) 제안하다. 혹시 이거?

"뭘 제안하려고?"

"결혼하자."

"어?"

"내가 메달 따 오면."

도치법이라면 도치법이라고 할 수 있었다. 그러나 그의 청혼보다 청혼의 전제에 집중한 정란은 삐걱거리는 몸을 억지로 움직여 연호의 목을 졸랐다.

"야, 컥! 왜, 왜……?"

"그럼, 너 메달 못 따 오면, 우리 헤어져? 바이바이? 즐거웠어요, 하고 끝나?"

"그게 아니라—"

"왜 대전제가 '네가 메달 따 오면'이야? 너의 메달은 디테일한 차이만 결정해야 하는 거 아냐? 나와 계속 행복한 게 대전제여야 하는 거 아냐? 볼 장 다 봤다 이거야? 그래서 만약 메달 못 따면, '미안. 너를 더 붙잡아 두기 미안해' 따위의 핑계를 대면서 헤어지자고 할 거야? 암 쏘 쏘리, 벗 알러뷰?"

별로 심각하게 들리지 않는, 장난 같은 말이었지만 그녀는 거의 울먹이고 있었다. 그래서 연호 역시 장난치는 듯 웃는 얼굴로 진지하게 말했다.

"메달 못 따면 나 군대 가야 해."

"……!"

"군대 갔다 올 때까지 기다릴래? 3년? 아니면 지금 여기서 'Yes' 하고 나한테 확실한 목표를 줄래?"

"헐!"

반지 낄래, 삼킬래. 나랑 잘래, 말래. 나를 받아들일래, 다신 안 볼래.

그는 항상 그녀에게 결과가 뻔한 양자택일을 강요했고 그녀는 항상 그가 원하는 방향으로 걸었다. 하지만 그 선택 중 어느 것도, 그녀가 진심으로 원하지 않은 것은 없었다. 지금의 대답도 마찬가지다.

"그럼 나도 약속 하나 할게."

"뭔데?"

"너 메달 딸 때까지 비엘 끊어 주겠어."

"야, 너 너무 부도수표 막 날린다."

말도 안 되는 소리에 그가 코웃음을 쳤다. 하지만 그녀는 여전히 그의 목을 압박하며 눈을 부릅떴다.

"진짜야. 그러니까 꼭 따 와. 한 점도 주지 마. 너의 인생에, 너의 실력 외의 다른 무언가가 끼어들게 두지 마."

한마디, 한마디, 연설하듯 또박또박 힘주어 말한 그녀가 손에 힘을 풀었다. 그는 상체를 기울여 깜빡거리는 그녀의 눈동자를 똑바로 응시했다.

역광을 받은 까만 눈동자, 분홍빛 입술이 말했다. '지지 마. 다 이겨 버려. 이길 수 있어'. 그는 정말 다 이길 자신이 생긴 것 같았다.

"철없기는."

"너도 되게 철 많이 든 건 아니거든?"

"그래서 철 좀 부족한 내가, 많이 부족한 방정란을 만나고 있는 거지. 더 가진 자의 배려랄까."

"웃기시네."

"사랑해."

앙탈을 부리는 그녀의 머리카락을 넘겨 주며 그가 지나치듯 말했다. 그녀의 얼굴이 눈에 띄게 붉어졌다.

"……나도…… 사랑해."

띄엄띄엄, 하지만 분명하게 답한 그녀가 먼저 안겨 왔다. 수줍어하는 긴 팔이 그를 휘감았다. 그는 아직 잔떨림이 남아 있는 그녀의 등을 토닥였다. 늦게 떠오른 겨울 해가 원래도 하얀 그녀를 더욱 하얗게 비췄다.

＊　　　＊　　　＊

―시청자 여러분, 안녕하십니까. 캐스터 김광현입니다. 한국 시각으로 22시. 현재 이곳 데오도로 아레나 펜싱 경기장에서는 남자 사브르 결승전을 앞두고 열기가 더해지고 있습니다. 원활한 해설을 위해, 전 남자 사브르 국가대표 코치이신 이훈철 코치님을 모시고 말씀 나누어 보겠습니다. 안녕하십니까?

매끈한 남자 아나운서의 목소리가 이어폰을 통해 흘러나왔다. 정란은 주변의 소란을 아랑곳하지 않고 경기장 한가운데에 정신을 집중했다. 하얀 피스트 위는 아직 비어 있었다.

―예, 안녕하십니까.

―정말 이번 브라질 올림픽, 모든 종목이 마찬가지지만 특히 남자 펜싱에선 이변이 속출하고 있는데요, 그 중심에 바로 남자 사브르가 있다고 해도 과언이 아닌 것 같습니다.

―예. 시청자 여러분께서는 어떻게 보실지 모르겠지만, 펜싱 관계자들은 일어날 일이 당연히 일어난 정도로 해석하고 있습니다.

―그런가요?

―예. 아무래도 올림픽이 전 세계인의 축제이다 보니 펜싱 같은 비인기 종목 선수들은 올림픽 때의 활약만으로 잘한다, 못한다 평가받는 경우가 많죠. 그런데 기록은 거짓말을 하지 않거든요. 성 선수는 2012년 이후로 선수권 랭킹 1위를 계속 고수한, 아주 뛰어난 기량을 가진 선수입니다.

―그래도 예선부터 지금까지 전승, 상대 선수에게 단 1포인트도 주지 않고 결승까지 올라오기가 쉽지는 않을 텐데요.

―예. 쉽지 않은 게 아니라 불가능하…….

해설자의 목소리가 멀어졌다. 힐끔, 옆을 보자 정애가 방금 전까지 정란의 귀에 꽂혀 있었던 이어폰을 빙글빙글 돌리고 있었다.

"'예 선생', 오늘도 '예' 해?"

"오늘은 더 심해. 말도 앞뒤가 안 맞고. 아빠도 어디서 인터뷰할 때 이럴까 봐 겁날 정도다."

"일단 '예'는 하지 말라고 해야겠다."

킬킬 웃은 정애가 정란에게 이어폰을 넘겼다. 하지만 정란의 시선은 이미 피스트의 끝에 꽂혀 있었다. 하얀 펜싱 보호구를 입은 장신의 선수를 본 사람들이 환호를 질렀다.

"대박. 인기 개터지네."

결승전에 올라간 두 선수 모두 한국 선수들임에도, 경기장을 찾은 사람 중엔 한국인보다 외국인이 많았다. 대부분이 펜싱 전문가들을 경악게 한 연호의 퍼펙트 승을 보려는 사람들이었다. 절대 강자의 탄생을 기다리는 눈빛은 차라리 광기에 가까웠다.

"이길 것 같아?"

"이겨."

"와, 이건 또 무슨 자신감?"

"내가 약속 지켰으니까, 쟤도 지킬 거야."

괜히 떠보려는 듯한 정애의 질문에 정란은 눈도 돌리지 않고 대답했다. 더 이상 아무 말도 필요 없었다.

마스크 아래에 숨어 있는 그의 얼굴이 그려진다. 꽉 다문 입술이 무표정해 보이지만 긴장으로 주름진 콧등까지는 어쩔 수 없다. 질까 봐 두려워서가 아니라, 언제나 최선을 다하기 때문이었다.

지금 그녀의 손에 땀이 나는 이유 역시, 그의 패배를 걱정해서가 아니었다. 그의 승리를 예상한 심장이 달리기를 시작했기 때문이다.

"열녀 났다, 열녀 났어."

한탄하는 듯한 정애의 중얼거림을 한 귀로 흘린 정란이 셔츠 아래서 목걸이를 꺼냈다. 경기장 불빛을 받은 은색 반지가 빛을 잔뜩 머금어 반짝반짝 빛나고 있었다.

반지의 동그란 고리 사이로 그의 모습이 들어오는 순간, 심판이 손을 모으며 소리쳤다.

"Allez!"

에필로그

"언니! 폐막식 시작한다!"

화면에 커다란 브라질 국기가 클로즈업되자 정애가 부엌을 향해 소리를 질렀다. 정란은 잽싸게 냉장고에서 맥주를 꺼내 후다닥 달려왔다.

"비행기 표만 있었어도 브라질에서 폐막식 볼 수 있었는 데!"

정란의 목소리에서 아쉬움이 뚝뚝 묻어났다. 올림픽 전후로 브라질에서 출발하는 모든 항공기 표가 매진된 통에, 정란과 정애는 펜싱 단체전이 끝나자마자 한국으로 와야만 했다. 간 김에 유럽 여행이라도 했으면 좋았겠지만 직장인인 정애의 휴 가 날짜가 촉박해서 어쩔 수가 없었다.

"회사를 그만두지 그랬냐?"

"미쳤냐? 올림픽 하나 보자고 회사를 그만두게?"

"나 혼자라도 남아 있을 걸 그랬나?"

"그럼 너 혼자 유럽 여행하다 와야 했을걸? 선수단은 다 제때 들어올 거니까."

"하긴, 것도 그래."

고개를 주억거린 정란은 캔 맥주 뚜껑을 따며 TV로 시선을 돌렸다. 마침 한국 선수단이 입장하고 있었다.

"어? 기수 성연호다!"

익숙한 얼굴이 카메라에 잡혔다. 정란은 한쪽 무릎을 끌어안고 홀린 듯 화면을 바라봤다. 선수단의 맨 처음, 태극기를 든 채 웃는 모습이 눈부시도록 환했다. 아마 단복이 흰색이라 더욱 그랬을 것이다.

"헐. 선배들 다 제치고 기수하네."

결승에서 딱 한 점 내줬을 뿐, 개인전 전승으로 금메달 획득, 단체전에서는 혼자 15득점을 얻어 단체전 금메달까지 목에 건 성연호라면 기수를 하지 않는 게 오히려 이상한 일이었다.

"아, 저 친구가 큰 빵 남자 친구야?"

있는 듯, 없는 듯 조용하던 엄마가 정란의 옆구리를 쿡쿡 찔렀다. 연호의 경기는 몇 번 봤지만 항상 마스크를 쓰고 있어서 맨얼굴을 본 건 처음이었다.

"진짜 남자 친구 맞아? 너무 잘생겼는데? 응?"

"왜 안 믿는데?"

"그걸 꼭 엄마 입으로 말해야겠어?"

"말한 거랑 뭐가 달라. 진짜라고!"

정란은 정애의 동의를 구하며 한껏 처량하게 눈썹을 찡그렸다. 하지만 정애는 부릅뜬 눈으로 정란을 노려보기만 했다.

"왜, 왜 그렇게 봐?"

"야, 나 지금 되게 끔찍한 걸 봤는데."

"뭐?"

"쟤, 성연호, 90년생이야?"

"음……?"

"왜 말을 못하니!"

"몇 년생인지는 잘 모르겠는데?"

"왜 몰라? 네 남자 친구잖아."

"주민 번호 외우고 다니는 부부 사이도 아니고 동갑내기 친구도 아니고, 언제 태어났는지 어떻게 알아?"

당연하지 않냐는 듯한 정란의 반응에 정애는 화면을 손가락질했다. 성연호, 90년 5월. 노원고등학교, 한국체육대학 졸, 안산시청 소속. 정란도 미처 몰랐던 연호의 약력이 줄줄 나오고 있었다.

"그러네. 맞네, 90년생."

"야! 그렇게 한가하게 말할 때야?"

"왜 바빠져야 하는데?"

사태의 심각성을 전혀 인지하지 못한 정란이 눈알을 또르르 굴렸다. 정애는 터지는 속을 주체하지 못하고 정란의 허벅지

살을 움켜쥐었다.

"끄아아악, 아파, 아파!"

"90년생이라고! 난 88년생이고! 네 남친이 나보다 어려!"

정애가 방방 뛰었다. 연호가 정란보다 어린 건 알고 있었지만, 저보다 어릴 거라는 생각은 못 했다. 전형적인 인지 부조화상태가 '90'이라는 숫자를 보는 순간 깨지자 충격이 몰려왔다.

"너 쟤랑 결혼할 거라매! 지금 나더러 나보다 어린 애한테형부라고 부르라는 거야? 난 못 해! 안 해!"

"그, 그럼…… 형부라고 하지 마. 그냥 이름 불러."

"지금 그걸 말이라고 해? 남들이 우리 집을 얼마나 두유로보겠어!"

"두유는 또 뭐야?"

"콩가루도 못 된다고, 등신아!"

정란은 볼만 긁적거렸다. 정애가 아무리 난리를 쳐도, 이미결정된 사실이 바뀌지는 않는다.

"주먹, 미안. 그냥 현실을 받아들―"

"시끄러! 돼지야! 난 몰라! 너 앞으로 나한테 말도 시키지마!"

앙칼지게 소리친 정애가 방문을 쾅 닫고 들어갔다. 그리고멋쩍게 남은 정란의 등 뒤에서 한기가 몰려왔다.

"우리 딸, 결혼한다고……?"

"어?"

정란은 천천히 뒤로 돌았다. 엄마에게 잡힌 어깨가 얼어붙은 듯 꼼짝도 하지 않는다.

"엄마랑 잠깐 이야기 좀 할까?"

어디선가 음산한 바람이 불어왔다.

"코치, 나랑 얘기 좀 해요."

사람들로 가득한 폐막식 뒤풀이에서 겨우 고철을 발견한 연호가 그의 팔을 잡았다. 하지만 연호보다 FIE 사무총장이 조금 더 빨랐다. 사회적 지위와 명성, 어느 것 하나 FIE 사무총장보다 나은 게 없는 연호는 눈물을 머금고 고철을 양보했다.

그 뒤로는 연호도 여기저기 불려 다니느라 바빴다. 이미 수백 번 들은 축하 인사를 건네는 사람들은 양반이다. 의례적인 인사만 하고 끝났으니까. 문제는 스포츠 인사가 아닌 다른 쪽 사람들이었다.

"브레게 코리아의 마케팅 이사, 임현수입니다. 브레게 시계는 한 번쯤 들어 보셨죠?"

브레게? 무슨 음악대 이름 아니었나? 아, 그건 브레멘이구나.

"저희 코카콜라에서 이번에 새로운 모델을 찾고 있는데 연호 씨 이미지가 딱입니다."

펩시 짱! 펩시 짱!

"Hello, Mr. sung. I'm Wei……."

뭐, 이 자식아?

시계, 음료, 전자 제품, 자동차, 심지어 펄프 회사까지. 연호가 한 발 움직일 때마다 은밀한 접촉이 쇄도했다. 그때마다 연호의 입에서 나오는 말은 똑같았다.

"죄송하지만 그런 문제는 제 에이전시와 상의 먼저 해 주십시오."

이런 때를 대비해 정 여사가 알려 준 방법이었다. 과연 효과가 있었는지, 끈질기게 달라붙던 사람들이 하나둘씩 떨어져 나갔다. 연호는 정 여사의 존재에 처음으로 감사하며 파티장 구석 벽에 등을 기댔다. 코너를 돌아가야만 발견할 수 있는 곳이라, 안전하기가 그만이었다.

"장난 아니다, 너?"

역시 먼저 와 있던 효준이 샴페인을 건넸다. 효준뿐만이 아니다. 이미 여러 선수들이 그곳을 피난처로 사용하고 있었다.

"역시 메달리스트는 다르구먼? 그래도 어떻게 잘 빠져나왔네. 완전 둘러싸여 있던데."

"아오! 죽다 살아났어. 뭔 올림픽 후원사들이 이렇게 많아?"

"세계인의 축제 아니냐. 축제하려면 돈이 있어야지."

"몰라, 그런 건 알 바 아니고. 코치나 좀 찾아봐."

"코치? 왜?"

"할 말 있어서."

한시가 바쁜 연호가 효준을 재촉했다.

설마 그럴 일은 없을 거라고 생각하지만, 고철이 결혼을 반대하고 나설 가능성이 전혀 없진 않았다. 어디로 튈지 모르는,

무슨 생각을 하는지 모르는 방씨 부녀를 상대로는 무엇도 장담하지 않는 게 좋다.

결국 고철의 기분이 좋을 때를 노리는 게 답인데, 금메달 딴 뒤로 계속 어긋나기만 했다. '따님을 제게 주십시오'. 이 한마디 하기가 이렇게 어려울 줄이야!

인파 속에선 키 큰 중년 아저씨 찾는 것도 일이었다. 그렇다고 해서 직접 찾아 나서면 아까처럼 후원사들의 먹잇감밖에 되지 않을 게 뻔했다. 결국 연호와 효준은 자신들의 장기를 적극 살리기로 했다.

"야, 노메달. 넌 이제 뭐할 거냐? 다음 올림픽?"

"이런 씹……! 몰라, 이 새끼야. 너 은퇴하기 전엔 나 칼 안 잡아. 20미터 앞, 카키색 정장 입은 사람 앞에 서 있는 배불뚝이."

"아냐. 배가 너무 많이 나왔어. 왜?"

"네가 있는 한 어디 메달권에 들어가 보기나 하겠냐?"

"메달이 한 개도 아니고 무려 세 갠데 뭔 헛소리야. 왼쪽 창가, 검은색 정장. 아닌가?"

"아닌 것 같은데. 키가 너무 작다."

두 사람은 눈으로 파티장을 훑으며 심각한 이야기를 나눴다. 펜싱을 하면서 발달된 공간지각 능력과 시력을 이런 식으로 써먹는 것도 나름 재주였다.

"그러니까 3, 4위전에서 잘 좀 하지 그랬어. 노메달이 뭐냐?"

"이 새끼가? 내가 왜 3, 4위전으로 밀려났는데? 네가 16강에서 나 사뿐히 지르밟고 올라간 거 잊었냐? 엇? 발견!"

"희생양이 한둘이 아니라서 잊었다. 어디?"

"죽을래?"

효준은 꼿꼿이 편 가운뎃손가락을 연호에게 먹이고 그 손가락으로 화장실 앞에서 전화 통화하고 있는 사람을 가리켰다. 위쪽이 동그랗게 벗겨진 머리, 역시 동그랗게 구부러진 등, 살집이 두툼한 팔뚝. 고철이 확실했다.

"야, 뭔가 약간…… 분위기가 쎄하다?"

"누구랑 통화하는 거지?"

"모르지, 나도. 어? 이쪽 본다."

전화를 끊은 고철이 두리번거리다 연호에게 시선을 고정시켰다. 이글이글 불타오르는 고철의 눈을 보는 순간, 연호는 생명의 위협을 느꼈다.

"뛰어오는데?"

그것은 뛰는 것보다는 돌파에 가까웠다. 고철은 연호와 자기를 가로막고 선 사람들을 무섭게 밀치며 크게 외쳤다. 주변이 워낙 소란스러워 뭐라고 하는지 확실하게 들리진 않았지만 입 모양은 볼 수 있었다.

너. 이. 개. 새. 끼.

"도망가야 하지 않을까?"

"이미 그러고 있어!"

연호는 뒤도 돌아보지 않고 달렸다. 들소처럼 돌진하는 고철을 봤을 때, 대화로 푼다든가 하는 평화적이고 온화한 해결은 불가능한 상태였다. 그래서 왜 그러냐고 묻지도 않았다. 굳이 물어볼 필요가 없기도 했다.

날쌔게 저의 손길을 피하는 연호를 뒤쫓으며 고철이 소리를 질렀다.

"성연호! 야! 너 이 새끼! 내 딸한테 무슨 짓 했어!"

✳   ✳   ✳

전쟁이 할퀴고 간 상처가 아물지 않은 1960년에 태어난 고철은 과한 보수와 과한 진보가 공존한 80년대에 20대를 보냈다. 물론 그 당시 노는 여자라고 해 봤자 21세기의 노는 여자에 비하면 새 발의 피도 안 되는 관계로, 남녀 관계에 대한 고철의 관념 역시 보수적일 수밖에 없었다.

아내에게서 '정란이가 걔 아니면 안 된대요'라는 말을 들었을 때 고철의 머릿속엔 단 한 가지 생각만이 떠올랐다.

이것들이 갈 데까지 갔구나!

고철이 정란을 너무 잘 알고 있다는 점도 문제로 작용했다. 그가 아는 방정란은 평생 호모 책이나 끼고 살면서 아빠 등이나 쳐 먹는, 앞날이 심히 걱정되어 죽을 때까지 돌봐 줘야 할 것 같은 딸이었다. 그런 딸이 결혼을 하겠다니! 뭔가 심각한 일이 벌어지지 않고서야 이럴 수가 있나!

그 심각한 일이 '갈 데까지 갔음'으로 변질되는 데는 1초도 걸리지 않았고, 자랑스러운 제자였던 연호가 개쓰레기로 전락하는 데는 3초가 걸렸다. 서른 넘은 딸이 처녀일 거라고는 생각하지 않지만 처녀이길 바라는 것이 부모의 마음이다. 눈에 불을 켠 고철은 결국 연호를 잡는 데 성공했고 연호는 아닌 밤중에 홍두깨처럼 출국 전날 숙소 앞 공원을 30바퀴 돌아야만 했다.

한 편의 코미디로 끝났을 수도 있는 이 사건은 그러나, 두 사람이 간과한 제3의 인물 때문에 입소문을 타게 되었는데 바로 나팔의 기수 효준이었다. 더군다나 효준은 상상력도 풍부했다.

"내가 분명히 들었다니까. 분명 코치가 연호한테 내 딸한테 무슨 짓을 한 거냐고, 엄청 열 받아서 뛰어왔다고."

출국 수속을 밟고 대기하는 지루한 시간 동안, 효준이 그날의 정황을 설명하자 선수들의 눈에 그게 무슨 의미냐는 물음이 새겨졌다. 선수들이라지만 겨우 여섯. 모두 다 사브르 올림픽 국가대표였다.

"뭔 말인지 모르겠어?"

"모르겠는데요?"

"아놔, 이 답답이들을 봤나. 니네, 연호가 방 코치 딸이랑 사귀는 건 아냐?"

효준의 질문에 일부는 고개를 끄덕였고 일부는 저었다. 가능성이 낮아도 메달을 목표로 달려온 그들에게 성연호의 사생활은 관심 밖의 사안이었다.

"그랬어요?"

"그래. 생각해 봐. 둘이 사귀어. 그런데 여자 아빠가 열 받았어. 둘이 헤어진 건 아니야. 그럼 아빠가 열 받을 만한 일이 뭐가 있겠어?"

"모르겠는데요?"

"야, 이 씨……! 생각 좀 하고 대답해라!"

그래서 그들은 열심히 생각했다. 약 2분의 시간이 흐른 뒤, 효준보다는 못하지만 나름 뛰어난 상상력을 가진 한 명이 조심스럽게 입을 열었다.

"혹시…… 동영상……?"

"동영상? 무슨 동영상?"

"왜, 그런 거 있잖아. '여자 친구랑 모텔에서.avi', 이런 거."

"이 미친!"

"왜? 그런 거 많아."

"셧 업!"

유일한 여자 선수가 오만상을 찡그리며 그의 어깨를 주먹으로 때렸다. 효준도 말리지 않았다. 이쯤 되면 이 자식의 동영상 취향이 어느 쪽인지 짐작할 수 있다.

"차라리 게이 동영상을 봐, 새꺄!"

"아니, 왜요? 그럴 수도 있지. 그런 게 아니면 뭔데요?"

"야, 생각을 하라고, 생각을. 딸한테 무슨 일이 생겼어. 아빠가 열 받았어. 엉? 시집도 안 간 딸 몸에 무슨 일이 생겼다면 뭐겠어?"

그렇다고 해서 효준의 취향이 더 고상하냐고 물어보면 그건 아니다. 앞의 선수가 위험한 상상 쪽이라면 효준은 전형적인 막장 드라마 계통이라고 할 수 있겠다. 그리고 막장 드라마의 미덕은 중간부터 봐도 앞의 내용을 다 알 수 있다는 점이었다.

"아하!"

"알겠냐?"

"네. 이해가 확 되는데요?"

'내 딸한테 무슨 짓을 했어'와 '내 딸 몸에 무슨 짓을 했어'. '한테'가 '몸에'로 바뀌었을 뿐인데 주말 저녁 시청률을 책임지는 한 편의 드라마가 완성되었다.

"와, 연호 선배, 그렇게 안 봤는데 완전 블록버스터급 반전남이네."

"코치가 열 받을 만하지. 나라도 빡쳤겠다."

"메달만 따면 뭐하나. 자기 관리도 제대로 못 하는데."

실망이라며 한마디씩 내던지는 말 중에 연호에 대한 질시가 없다면 거짓말일 것이다. 미묘한 심술을 품은 스캔들이 사실처럼 탈바꿈하는 건 순식간이었고, 덕분에 비행기가 인천공항에 착륙할 때쯤엔 펜싱 대표 팀 모두가 알게 되었다. 자연스럽게, 모두의 관심은 고철을 쫓아다니는 연호에게 쏠렸다.

"코치, 나랑 얘기 좀 하자니까요."

"할 말 없어!"

"아버님, 따님을 제게—"

"못 줘, 이 자식아!"

"손가락에 물 한 방울 안 묻히고 행복하게—"

"나도 그렇게 키웠어!"

"그건 거짓말이잖아요!"

연호의 항변이 끝나기 무섭게 고철이 연호의 뒤통수를 후려갈겼다. 과연 힘으로 할 걸 굳이 말로 하지 않는 방고철다웠다. 연호는 찍소리도 못하고 고철이 때리는 대로 맞기만 했다. 지켜보던 사람들 눈에는 참 이해 가지 않는 상황이었다.

"괜찮냐?"

고철이 씩씩대며 입국 수속장으로 사라지자, 플뢰레 팀 코치가 다가와 연호의 등을 툭툭 쳤다.

"하여간…… 방 코치 고집 센 건 알지만 이번엔 특히 심하네. 어차피 일 터진 거 그냥 빨리 허락해 주는 게 좋을 텐데. 연호야, 내가 가서 이야기 한번 해 주랴?"

"일이요? 뭔 일이 터졌길래요?"

선심을 써 주는 듯한 플뢰레 코치의 말에 연호가 멍청하니 되물었다. 마흔을 갓 넘긴 코치의 얼굴로 가벼운 홍조가 떠올랐다.

"아니, 뭐 그거…… 시간 지나면 배도 불러 올 거고, 그럼 그, 뭐냐, 드레스도 안 맞을 거고……."

"예?"

"그, 애 가지면 여자들 배…… 나오고 그러잖아. 그러니까 결혼할 거면 그전에 빨리 해 버리는 게 좋다 이거지."

동문서답도 이런 동문서답이 없다. 연호는 어리둥절해 주위를 살폈다. 어떤 사람은 음흉하게 웃었고, 어떤 이는 헛기침을 했으며, 누구는 엄지손가락을 치켜들었다.

"괜찮아, 괜찮아. 요즘은 뭐, 그런 건 흠도 아니더만. 혼수로도 해 간다면서."

연호의 당황을 부끄러움이라고 생각한 플뢰레 코치가 괜찮다를 연발했다. 아무리 둔한 연호라도 이런 상황에선 눈치 못 채는 게 더 이상한 일이었다. 뭐라고 해명해야 할지 몰라 난감한 연호의 눈에, 제 시야에서 멀리 벗어나려고 하는 효준이 보였다.

"이리 와."

까딱까딱. 연호의 손가락이 두 번 움직였다. 선택의 여지가 없는 효준은 여행용 가방을 질질 끌며 연호에게 다가갔다.

"이게 대체 무슨 개 풀 뜯어 먹는 소리지?"

"야, 야, 그게 아니라, 잠깐! 화를 가라앉혀!"

"화가 안 나게 생겼어?"

연호가 나직하게 이를 갈았다. 사안이 사안인지라 목소리를 높일 수가 없다. 효준도 같이 목소리를 낮췄다.

"임 코치도 말했잖아. 흠이 아니라니까."

"사실이 아닌데 어떻게 흠이 아니야, 이 미친놈아."

"아니라고?"

"그래, 아니라고!"

"근데 우리 코치는 왜 그래?"

"그건……."

연호의 입장에서 본다면, 아니라고 하기엔 애매하고 인정하긴 억울한 오해였다. 둘 사이에 무슨 일이 있었던 건 사실이지만 정란이 그것 때문에 결혼하겠다고 하는 건 아니니까. 그러나 그의 머뭇거림이 효준에게 또 다른 상상력을 불러일으켰다.

"아, 그럼 계획이야? 일단 사고부터 치고?"

"이 미친놈이?"

"뭐 어때. 어차피 결혼할 거, 확 저질러 버려."

"우리 코치 펄펄 뛰는 거 못 봤냐?"

"허락하게 만들면 되지."

"어떻게?"

효준이 비장의 한 수를 연호의 귀에 속삭였다. 반신반의하는 마음으로 효준의 말을 듣고 있던 연호가 그의 종아리를 찼다.

"미친놈."

"아야! 아, 씨……! 왜? 겁니 괜찮은 생각 같지 않아?"

"시끄러."

"아놔, 너 후회한다?"

일고의 가치가 없는 말이었지만 효준은 굽히지 않고 입국 수속을 밟는 연호의 뒤를 쫄랑쫄랑 따라왔다.

"이게 완전 부작용 없는 지름길이라니까. 안랩에 버금가는 안 내비게이션이 보장한다."

"야매 내비 꺼져!"

"야, 니가 야매 무시하는데, 너랑 니 여친 파멜라 앤더슨 때문에 틀어질 뻔했을 때, 빨리 찾아가라고 말해 준 게 나야."

"몇 년 전 일을……. 그리고 그때 딱 한 번뿐이었거든?"

"그 뒤로 네가 물어본 적이 없으니까 그렇지!"

효준의 참견은 펜싱 국가대표 팀 전원이 입국장 게이트에 설 때까지 계속되었다. 펜싱협회에서 나온 사람들이 선수와 코치들을 2열로 세웠다. 물론 가운데 자리는 연호의 차지였고, 노메달인 효준은 2열로 밀려났다.

그제야 효준으로부터 자유로워진 연호는 1열 제일 오른쪽에 있는 고철을 힐끔거렸다. 딱딱하게 굳은 표정을 보아하니 아직도 화가 풀리지 않은 듯했다. 연호의 표정도 자연스럽게 굳었다.

"와아!"

게이트의 자동문이 열리자 무시무시한 함성이 입국장을 울렸다. 엄청난 숫자의 사람과 그만큼 많은 플래카드가 공항을 가득 메우고 있었다. 올림픽을 경험해 본 몇몇 선수들조차 그 숫자에 놀란 듯 입을 쩍 벌렸다.

"이야……. 이건 누가 봐도 성연호 파워네."

"야, 연호야, 사람들한테 손이라도 흔들어 줘라."

"엇?"

"뭐야, 뭐야!"

질투 반, 감탄 반으로 연호를 구박하던 선수들이 눈을 크게 떴다. 환호를 들었을 때보다 더 경악한 표정이었다. 분명 가운데 있어야 할 놈이 어느새 고철의 앞에 서 있었다.

"아버님! 따님을 제게 주십시오!"

금메달을 땄을 때도 꼿꼿했던 무릎이 굽혀지는 순간, 카메라 플래시가 팡팡 터졌다. 연호는 사람들에게서 흘러나온 열기를 온몸으로 맞으며 부들부들 떨리는 고철의 신발 끝을 내려다보았다.

안 내비! 이래도 안 되면 널 부숴 버리겠어!

연호가 돌이킬 수 없는 '진짜' 사고를 친 저녁, 퇴근 후 느긋한 마음으로 YTN 뉴스를 보고 있던 정애는 위경련을 일으켰다.

"성연호! 이런 개아들놈! 오냐, 불러 준다, 불러 줘. 더럽고 치사해서 불러 준다! 형부, 형부, 형부!"

＊   ＊   ＊

고철에게 연호의 무릎은 소의 도가니만큼의 가치도 없었다. 도가니는 고아서 먹기라도 하지. 먹지도, 팔지도 못할 성연호의 무릎 따위 어디에 쓸고?

그러니 고철이 정란의 엄마에게 연호 부모님이랑 날짜 한번 잡아 보라고 한 것은, 연호의 무릎에 감동받아서가 아니었다. 어떻게 될까 궁금해하는 언론의 압박 때문은 더더욱 아니다. 쥐도 새도 모르게 결성된 성연호 팬클럽 애들이 정란의 정체를 궁금해했기 때문이었다.

"괜히 신상 털렸는데 결혼도 못 하면 억울하잖아."

퉁명스러운 정애의 말을 끝으로 방씨 집안의 내분은 정리되었다.

그리고 결전의 날이 다가왔다. 그날 아침 정애의 기분을 방정애식으로 표현하자면 개똥망. 정애의 눈치를 보느라 바쁜 정란은 전전긍긍하며 약속 장소로 향했다.

약속 장소는 안산시 외곽에 위치한 한정식집이었다. 정애는 그것도 마음에 안 들었다.

"밥 한 끼 먹는 거라면서."

"그랬지. 왜?"

"가볍게 밥 한 끼 먹는데 무슨 한정식집이야. 상견례도 아니고 촌스럽게."

한정식집이라기보다는 이탈리안 레스토랑을 방불케 하는 외관 같은 것은 정애가 알 바 아니었다. 아기자기한 내부 인테리어와 단정하면서도 세련된 식기도 나 몰라라다. 안절부절못하던 정란이 정애의 옷자락을 살짝 당겼다.

"그래도 여기 되게 맛있대. 연호가 부모님이랑 몇 번 와 봤다더라."

"그럼 이렇게 외진 데 있으면 맛이라도 있어야지. 그리고 내가 처음에 가자고 한 데도 맛있는 데였어."

쏘아붙이는 말투가 장난이라고 하기엔 너무 날카롭다. 보다 못한 엄마가 정애의 손등을 탁 소리 나도록 쳤다.

"너 왜 그러니? 아침부터."

하지만 정애는 아프다는 말 대신 입술을 삐쭉 내밀고 창가로 고개를 돌렸다. '아, 짜증 나'. 그렇게 중얼거리는 것 같았다.

정란은 어쩔 줄을 몰라 하며 머리만 긁적였다. 정애와 티격태격하는 건 일상다반사지만, 요즘 정애가 하는 행동은 그 정도가 아니었다. 이유를 알 수 없는 심술, 눈에 훤히 보이는 토라짐. 단순히 정애가 추천한 곳을 상견례 장소로 잡지 않아서라고 보기엔 다소 심각했다.

어쩌면 그날, 개아들놈과 형부를 같이 부르짖던 그 순간에도 정란의 결혼을 인정하고 싶지 않았는지도 모르겠다. 순순히 받아들였다고 보기엔 너무나 서러웠던 '형부!'를 떠올리면 그럴 법도 했다. 산산이 부서진 이름이여! 부르다가 내가 죽을 이름이여! 정애에겐 그 이름이 형부였다.

그런데 또, 그런 식으로 단정 짓기엔 애매한 것이 있었다. 의도야 어쨌든 정애는 정란이 결혼할 수 있도록 최선을 다했다. 미심쩍어하는 부모님을 시크하게 설득한 것도 정애고, 그럴듯한 외식 장소라고는 대형 쇼핑몰 안에 있는 뷔페밖에 모르는 부모님을 대신해 식당을 알아본 것도 정애다. 물론 정애가 추천한 이탈리안 레스토랑을 버터 냄새 난다는 이유로 아빠가 기각한 건 예기치 못한 상황이었지만.

아—

혹시 그것 때문일까? 나름 신경 쓴다고 쓴 게 무시당해서 짜증이 났나?

"야…… 아니, 언니."

그러나 정란이 더 깊이 생각하기 전에, 정애의 목소리가 정란을 일깨웠다. 정란은 본능적으로 반응했다.

"응? 왜에?"

"성…… 언니 남자 친구네 부모님, 꽃가게 한다고 안 했어?"

"응응. 맞아, 꽃집."

"요즘은 꽃집 아저씨가 벤츠 타고 다니니?"

정애가 손가락을 들어 창밖을 가리켰다. 식당 주차장에 벤츠 한 대가 위풍당당하게 서 있었다. 전 세계적으로 수천억대는 될 법한 벤츠지만 그 차에서 성연호가 내린다면 이야기는 달라진다.

"이 자식이! 나한테도 지네 아버지 꽃집 한다고 그랬는데!"

분위기를 보아하니 고철도 예상치 못한 상황인 듯했다.

정란은 혹시나 하는 마음에 다시 바깥을 쳐다봤다. 감색 슈트를 입은 연호가 계단을 올라오는 것이 보였다. 하지만 이 상황에서 주목해야 할 사람은 연호의 뒤에 서 있는 중년 남성이었다.

"저 아저씨가 아버진가 보다."

"어엉……. 그, 그러네."

"그런데 저 아저씨 입고 있는 양복은 랄프 로렌인데?"

어떻게 알았냐고 묻는 건 어리석은 일이었다. 디자이너로서 정애의 감각을 믿는 방씨 집안 식구들의 얼굴이 구겨졌다. 유일한 위안이라면, 연호의 아버지가 입은 슈트 브랜드가 듣도 보도 못한 생소한 브랜드는 아니라는 점뿐이었다. 제 옷을 내려다본 고철이 문득 물었다.

"정애야, 아빠 옷은 어디 거냐?"

생전 정애가 가져다주는 옷만 입었지, 스스로 옷을 사 본 적 없는 고철로서는 당연한 물음이었다.

"아빠 옷은…… DDM 원단으로 만든 BJY 브랜드야."

"DDM 원단? 어디, 이태리제야?"

랄프 로렌 정도는 아니라도 이태리 원단이라면 한번 해 볼 만하다고 생각한 듯 고철의 얼굴에 기대가 들어찼다. 망설이는 정애를 대신해, 정란이 작게 중얼거렸다.

"동대문 원단, 방정애 브랜드……."

고철은 말없이 재킷을 벗었다.

연호는 성실한 축에 속했다. 운동선수라면 한 번쯤 해 본다는 무단이탈도 정란을 만난 그해 여름 처음 한 것이다. 이것은 코치인 고철이 연호의 부모님을 볼 기회가 적었다는 말과 일맥상통했다.

더군다나 고철은 제가 가르치는 학생의 부모와 개인적으로 만나는 일을 꺼렸다. 학부모와 친분을 빌미로, 혹은 코치와의 친분을 빌미로 학부모와 코치 간에 불미스러운 물건들이 오가는 경우를 많이 봐 왔던 탓이다. 그래서 고철이 연호의 부모님을 본 것은 연호가 펜싱으로 진로를 결정할 때 한 번, 연호 대학 졸업 때 한 번. 이렇게 두 번뿐이었다.

고철과 연호의 대화에서 부모님이 등장할 일이 워낙 없던 터라 아버지 직업도 연호가 말한 '꽃가게 아저씨'라고만 알고 있었다.

"실례지만 꽃가게 하신다고……."

적당한 자기소개가 끝난 뒤, 궁금함을 참지 못한 고철이 조심스럽게 물었다. 연호의 아버지는 기분 상한 기색 없이 부드럽게 대답했다.

"아, 예. 양재동에서 조그맣게 하고 있습니다."

"양재동이요?"

"예. 그쪽에서 도매로, 꽃이나 화분 같은 것을 팔고 있지요."

설명이 어렵다고 생각한 듯 연호의 아버지가 명함을 건넸다.

成澔春(성호춘) 양재 화훼 상가 花卉事業團長(화훼사업단장).

호춘의 이름은 다 못 읽었지만 '단장'은 확실하게 읽은 고철이 연호를 향해 눈을 부라렸다.

너 나중에 두고 보자.

하지만 연호는 뻔뻔하게 어깨만 으쓱할 뿐이었다. 꽃가게 맞는데 왜 그러냐는 식이다. 저 망할 놈의 처분은 정란에게 맡기기로 하고, 고철은 안주머니에서 지갑을 꺼냈다.

"아이고, 제가 명함이 없어서……. 죄송합니다."

"무슨 말씀을요. 제가 코치님이 뭐하시는지 모르는 것도 아닌데요."

"그래도 사장님이신데."

"사장님이라뇨? 그냥 꽃집 아저씨입니다. 예전에 뭣도 모르고 이것저것 손대다가 다 망해 먹고 이거 하나 겨우 남겼습니다. 그리고 곧 한집안 식구 될 사이 아닙니까?"

얘기가 본격적으로 진행되기도 전에 호춘은 연호와 정란의 결혼을 기정사실화시켜 버렸다. 정색하며 아니라고 할 수 없는 고철은 짧게 깎은 뒷머리를 쓸었다.

"아유, 그렇죠. 그럼요. 그럼 저도 편하게."

"물론이죠."

고철이 가볍게 밥이나 한 끼 먹자는 제 생각이 얼마나 가벼웠는지를 반성하며 어색하게 웃는 순간, 보통의 한정식집이 상견례 장소로 뒤바뀌었다. 정란과 정란의 엄마는 어쩔 줄 몰라 물만 마셨고 고철은 허리를 꼿꼿이 세워 사돈댁으로서 위엄을 찾으려 했다.

오직 정애만이 처음부터 끝까지 심드렁했다.

"내 이럴 줄 알았다."

이런 사이에서 가볍게 밥 먹는 게 상견례지, 상견례가 별거 있나. 하여간, 한 치 앞을 못 봐요.

정애는 전채로 나온 새싹 샐러드를 젓가락으로 지분거리며 연호네 식구들을 관찰했다.

일단 연호네 아버지고 어머니고, 인상은 합격점이다. 동글동글한 인상에 사람 좋아 보이는 아버지. 턱이 좀 각이 져 있지만 전체적으로는 온화해 보이는 어머니. 어디 가서 나쁜 짓할 사람들로 보이진 않았다. 진짜 잘생긴 놈은 돌연변이 탄생이라더니 그 증거가 성연호인가 보다. 다만 아줌마의 키를 닮은 건 확실해 보였다.

"근데 어머님이, 들어오실 때 잠깐 뵀는데 키가 참 크셔요."

정애의 궁금증을 알아차리기라도 한 듯 정란의 엄마가 물었다. 정애와 정란이 동시에 고개를 끄덕였다.

"아, 예. 제가 학창 시절에 배구를 좀 했거든요."

"아! 그래서 성 선수가 운동 신경이 발달했나 봐요."

"성 선수라뇨. 이름 부르세요."

"아니, 그래도 아직……."

"괜찮습니다."

"그, 그럼 그럴까요?"

한국인은 삼세번이라던데, 엄마는 세 번까지 권할 필요도 없었다. 정애의 콧김이 점점 거세어져 갔다. 새싹 샐러드는 잡초 샐러드로 바뀐 지 오래다.

"저희 정란이가, 나이만 많았지 변변한 직장도 없어요. 요즘 같은 세상에 덜컥 시집가도 되나, 그런 생각도 들고."

"무슨 말씀이세요. 번역 일도 창작인데 돈을 벌고 못 벌고가 그렇게 중요하겠어요? 돈이야 연호가 벌면 되죠."

"아휴, 그래도 집안일도 하나도 안 가르쳐서 잘 살기나 할는지. 얘가 결혼 이야기를 꺼낸 적이 없어서 제가 그런 생각을 전혀 못 했거든요."

"엄마는 왜 자꾸 언니 깎아내려. 언니 집안일 잘하잖아. 반찬도 할 줄 알고, 청소, 빨래 언니가 다 하는데, 왜."

가만히 듣고 있던 정애가 갑자기 끼어들었다. 쏘아붙이는 것까지는 아니지만 화났다는 게 여실히 드러나는 어투였다. 실제로 정란을 깎아내리고 있던 엄마와 우아하게 정란을 치켜세우고 있던 연호의 엄마, 둘 다 입을 다물자 분위기가 급속도로 냉각되었다.

정란은 오늘 두고 볼 사람 많다고 생각하며 테이블 밑에서 주먹을 불끈 쥐었다.

"호호……. 얘는 라면만 끓여 줘도 잘 먹는데, 반찬까지 할 줄 알고. 저희 애가 운이 정말 좋은가 봐요. 사실 그동안 걱정이 많았거든요. 어떤 여자랑 결혼하겠다고 할지……."

얼어붙은 분위기를 전환시키려는 듯 연호의 엄마가 과장되게 걱정스러운 표정을 해 보였다. 이때다 싶은 정란의 엄마가 호응하고 나섰다.

"아니, 왜요? 연호라면, 아이고, 아무나 골라도 될 텐데요."

"그건 사부인께서 모르셔서 하시는 말씀이에요. 얘가 중학교 때 동네 이상한 여자애한테—"

"엄마!"

예상 밖의 폭로에 연호가 벌떡 일어났다. 그러나 엄마의 입을 막아 보려는 연호의 모든 시도는, 중간에 앉은 호춘에 의해 가로막혔다.

"그냥 요즘 좋은 말로 하는 특이한 돌아이, 뭐 그런 게 아니라, 정말 머리에 꽃 꽂은 애 있죠? 그런 애랑 1년을 내내 붙어 다니면서 맨날 공만 차고, 학교 끝나면 그 여자애랑 놀고……. 제가 걱정이 얼마나 그때, 마음이……. 아유, 말도 못 해요."

"어머니, 제발……."

"그래서 그냥, 다 필요 없고 아무나 좋으니까 정상인 아가씨만 만나라, 그렇게 빌고 빌었는데 이렇게 예쁘고 멋진, 직업도 번듯한 정란 양이랑 결혼하겠다고 하네요. 15년 전에 나가고 안 나간 성당이라도 다녀야 할 것 같아요."

"사실 이 녀석이 고집도 세고 아직 철이 없어서 코치님이 가르치시느라 고생 많이 하셨을 텐데, 따님까지 준다고 하시니 몸 둘 바를 모르겠습니다."

망연자실한 연호의 손을 잡은 호춘이 고철에게 고개를 숙였다. 고철은 입만 벙긋거리다, 정란의 엄마가 옆구리를 쳤을 때야 겨우 정신을 차리고 손사래를 쳤다. 이제는 무를 수도 없다. 아니, '사부인'이라는 호칭을 여상히 넘겼을 때 이미 돌아올 수 없는 강을 건넌 셈이었다.

"아닙니다. 애들이 연호 정도만 되면 코치 할 만하죠. 성실하고, 끈기 있고, 힘들어도 잘 참고. 연호만 한 애가 드뭅니다."

"그럼요. 저희 정란이도 부족한 점을 찾자면 끝이 없어요.

저희야말로 애가 연호랑 결혼한다고 해서 한시름 놓았답니
다."

주거니 받거니, 적당한 겸양이 오갔다. 연호의 표정이 볼썽
사납게 뒤틀려 있다는 점만 빼면 참으로 훈훈한 광경이었다.

혼미한 정신을 다 수습하지 못한 연호의 눈에 오늘 처음으
로 의견 일치를 본 방씨 자매의 얼굴이 보였다. 똑같이 팔짱을
끼고 고개를 끄덕이는 그녀들은 이렇게 말하고 있었다.

네가 그래서 끝판 대장을 만났구나.

*   *   *

쇠뿔도 단김에 빼라.

무슨 일이든 기회가 왔을 때 잽싸게 해치우라는, 조상들의
지혜가 담긴 말이다. 그런 옛 선인들의 조언을 실천하는 데 주
저함이 없었던 연호의 부모님은 바로 그 자리에서 결혼 날짜
를 잡아 버렸다.

"사부인, 제가 혹시나 싶어서 알아보고 왔는데 란이가 내년
부터 들삼재라네요."

"그래요?"

"네. 저도 그런 걸 맹신하는 건 아니지만 안 좋다고 할 때
결혼할 필요는 없지 않을까 싶어서요."

"그럼요, 그럼요."

"그렇다고 뒤로 미루면 내년엔 연호가 아홉수라……."

"아!"

"그래서 아예, 올해 빨리 시켜 버리는 게 어떨까 한데요. '10월 2일'이 그렇게 좋다고 하더라구요."

"10월이면 한 달 조금 남았는데요? 식장 잡기가 어려울 것 같은데……."

"그건 걱정 마세요. 저희 바깥양반이 꽃장사 하잖아요. 그러다 보니 웨딩홀 쪽에 아는 고객들이 좀 계세요. 알아보니까, 중앙역 근처에 웨딩홀 하나 있는데 거기가 마침! '10월 2일' 날 식이 없대요. 단독 홀이라서 다른 예식장처럼 번잡하지도 않고, 사돈댁에서 가깝기도 하고요."

"아니, 그럼 저희만 너무 편해서……."

"무슨 말씀이세요. 식장은 신부 쪽에서 가까운 곳으로 잡는 거죠."

"흠……. 그럴까요, 그럼?"

그렇게 정란과 연호가 '어어어?' 하는 사이 두 사람의 결혼이 결정되었다. 그리고 정란은 본격 결혼 모드로 돌입해야만 했다. 다이어트, 혼수 장만, 드레스 고르기. 당연하게도 모두 정란이 처음 해 보는 일이었다.

익숙하지 않은 일을 빨리 해치워야 하는 정란을 도와주겠다고 나선 사람은 연호의 엄마였다. 정애와 엄마는 직장인, 연호도 인터뷰니 토크쇼 출연이니 광고 촬영이니 하며 연예인 뺨치게 바쁜 관계로 가까운 사람 중에는 연호의 엄마가 그나마 가장 한가했다.

여기서 '과연 시어머니 될 사람이 가까운 사람일까?'라는 질문은 살포시 접어 두기로 하자. 괜히 피곤해지니까.

"피곤해 보인다, 너."

결혼식 때 입을 웨딩드레스와 턱시도를 고르고 난 뒤, 신혼살림을 시작할 아파트 소파에 앉아 찜찜한 표정으로 휴대폰을 들여다보고 있는 정란에게 연호가 물었다. 정란은 건성으로 대답했다.

"응? 그래?"

"어. 완전 썩어 있는데? 어? 뭐야, 너! 뭘 꺼내는 거야?"

정란이 가방에서 주섬주섬 손거울을 꺼내자 연호의 안색이 창백해졌다. 방정란과 손거울이라니. 그냥 동그랗기만 한 거울도 아니다. 꽃이라든가, 담쟁이덩굴 같은 것이 주변에 양각되어 있는 엘레강스 거울이었다.

"왜? 아까 드레스 숍에서 선물로 받은 거야. 예비 신부들한테 하나씩 주는 거래."

"아오……! 놀랐잖아!"

"왜 놀라는데? 내가 거울을 들고 다니는 게 그렇게 경천동지할 일이야?"

"……."

그는 음료수를 마시는 척하며 대답을 회피했다. 확인 사살이나 다름없는 침묵에 정란은 손을 바들바들 떨었다.

"주먹 주려고 챙긴 거니까 적당히 하시지?"

"처제 아직도 기분 별로야?"

"네가 벌써부터 처제라고 하는 걸 알면 더 별로일걸?"

"처제를 처제라고 하지 못하다니. 아버지를 아버지라고 하지 못하고 형을 형이라고 하지 못하고⋯⋯."

"장난치는 거 아니야. 아까 드레스 고를 때도, 사진 찍어서 어떤 게 괜찮겠냐고 계속 물어봤는데 답장 한 번도 없어."

"일하느라 바빠서 못 본 거 아닐까?"

"걘 휴대폰 중독이야."

한숨을 쉰 정란이 휴대폰을 내려놓았다. 덩달아 심각해진 연호는 콧등을 만지작거렸다. 정애를 잘 안다고 하긴 힘들지만 정란이 평소에 말하던 정애와 요즘의 정애는 확실히 다른 사람이었다.

"요즘엔 집에 올 때 치킨도 안 사 오고⋯⋯. 으끄으응⋯⋯."

"조련 퀸이네. 처제한테 배워야겠는데? 방정란 조련하는 법."

"뭐야? 왜 조련하려고 하는데? 잡은 물고기한테 먹이 안 주려고?"

"잡은 물고기? 그게 어디 있어?"

"나, 나, 나! 내가 잡힌 물고기지, 아님 뭐야? 1년 동안 수절하는 게 쉬운 줄 알아?"

바람도 안 피우고 조신하게 너만 기다렸다는 정란의 말에도 연호는 피식 웃기만 했다.

"내가 보기엔 그런 걸로 너를 잡은 물고기라고 표현하기엔 무리가 있다."

"어째서?"

"음……. 너 어제 나 뉴스 나온 거 봤냐?"

웬 딴소리냐는 듯 정란이 불만스럽게 볼을 부풀렸다. 하지만 진지한 연호의 표정을 보고는 고개를 끄덕였다.

"봤어."

"보면서 무슨 생각 했어?"

"무슨 생각 했냐니?"

어제 무슨 생각을 했는지 기억해 내라는 건, 오늘 아침 반찬이 뭐였는지도 가물가물한 정란에겐 어려운 요구였다. 정란은 빨대로 음료수를 흡입하며 기억을 더듬었다.

별생각 안 했던 것 같은데. 연호가 입은 정장이 너무 칙칙해 보인다는 생각을 잠깐 했고, 앵커의 신경질적인 외모가 중년수로 적합하다는 생각도 잠깐……. 그리고…… 음…….

"너 앵커가 내 밑에 깔리는 상상했지?"

"헛!"

딱 걸렸다. 연호는 민망한 듯 에헤헤, 웃는 정란의 손에서 빨대를 빼앗았다.

"내 그럴 줄 알았다. 넌 그냥 비엘을 안 읽었을 뿐이지, 거기서 자유로워진 게 아니야."

"반평생을 투자했는데 어떻게 자유롭게, 아니, 그것보다, 그렇다고 해서 내가 수절한 게 아닌 건 아니잖아. 어쨌든 다른 남자는 안 봤다고."

"너한테 남자는 '공'이잖아."

"다른 공도 안 봤어."

"그건 아직까지 너한테 최고의 공이 나이기 때문인 거지. 다른, 더 나은 공이 나타나면 금방 헬렐레 넘어갈 거면서."

"우와, 지가 지 입으로 최고의 공이래."

"왜? 틀려? 그뿐인지 알아? 난 3D도 아니고 2D랑 경쟁해야 하거든? 내가 차라리, 멀쩡한 보통 남자나 하다못해 연예인을 좋아한다고 하면 쿨하게 보내 줄 수 있어. 말이나 되냐? 2D를 경계해야 한다는 게? 그런데 네가 어떻게 잡은 물고기가 돼?"

할 말이 없어진 정란은 애꿎은 음료수 잔 끄트머리를 질근질근 씹었다. 아닌 것 같긴 한데, 아닌 게 아닌 것 같기도 했다. 결정적으로 난 이제 모든 2D를 버렸다고 말하고 싶지 않았다. 지속적인 자극은 수많은 '연애소설'에서 수가 공을 지키는 방법 중 하나였다.

"음...... 뭐, 그런 말도 있지. 휴(休)덕은 있어도 절(絶)덕은 없다고."

"무슨 뜻이야, 그게?"

"덕질을 잠깐 쉴 수는 있어도 아예 끊을 수는 없다는 뜻이랄까나?"

"어이구, 그래. 방정란이 어디 가냐."

연호의 손이 정란의 얼굴을 위에서부터 훑었다. 장난기 가득한 손짓에서 그의 마음이 묻어났다. 정란은 킥킥 웃으며 그의 손바닥을 혀로 날름 핥았다. 그리고 무서운 속도로 혀끝에 맺힌 그의 손맛을 뱉었다.

"맛없어!"

"사람 손이 맛있냐, 그럼! 이거나 잡솨."

더럽다는 기색도 없이, 아무렇지 않게 손바닥에 묻은 침을 바지에 슥슥 닦은 연호가 정란의 입에 뭔가를 물렸다. 케이크였다. 사르륵, 케이크가 녹는 것처럼 정란의 눈이 녹았다.

"맛있냐?"

"어. 완전 맛있네. 언제 샀어?"

"아까. 너 숍에서 뭐 한참 할 때 사 왔어. 거기 아래층에 수제 케이크 가게 있더라. 처제 것도 사 왔으니까 가서 먹여."

"숍이면 청담동이잖아. 강남에 있는 수제 케이크 가게라면 엄청 비쌀 것 같은데?"

"원래 뇌물이란 건 비싸야 제값을 하는 거야."

"뇌물?"

정란이 무슨 뜻이냐며 눈을 동그랗게 떴다. 연호는 말없이 케이크 박스를 그녀 쪽으로 밀었다. 크기가 작고 가벼워서 그런지, 박스는 빠르게 움직였다. 그 속도에 맞춰 하얀색 박스 위에 붙은 장식용 종이 나비가 가볍게 날갯짓을 했다.

"처제한테 점수 좀 따 놔야지. 이제 가족인데."

"가족……."

그녀는 연호가 한 말을 천천히 되뇌었다. 가족. 엄마, 아빠, 정애, 나. 우리 가족. 하루에도 수십 번은 하는 말이 갑자기 낯설게 다가왔다. 그렇지만 불편한 낯섦은 아니었다. 새 신발을 바라보고 있거나, 옷걸이에 걸린 새 옷을 봤을 때의 느낌과 비숫했다. 새 신발을 신고 나갈 내일이 기대되고 새 옷을 입고 갈 곳이 기대되는, 두려울 정도의 설렘.

"에헤헤."

"왜 그렇게 바보처럼 웃어?"

"그냥…… 음……. 나 결혼할 거라고 생각해 본 적은 한 번도 없어서, 잘할 수 있을까 싶어서."

"뭘 잘해?"

"나도 새 식구가 생기잖아. 잘 지낼 수 있을까 좀 걱정된단 말이야."

"방정란 어디 가냐?"

"응?"

"네가 어디 가겠냐고. 결혼한다고 해서 사람이 뿅 하고 바뀌는 것도 아닌데, 잘하고 말 게 어디 있어? 그냥 하던 대로 하셔."

그는 대수롭지 않게 정란의 고민을 정리한 뒤 정란의 입가에 묻은 크림을 닦아 냈다. 크림만 한 크기의 작은 고민이 크림처럼 씻겨 나간다.

"나 그럼 어머님한테 들켜도 돼?"

·"뭘?"

"내 블링블링 컬렉션."

"어, 야, 그건 많이 곤란할 것 같은데? 우리 엄마가 그 정도로 글로벌할 것 같지는 않거든."

새파랗게 질린 그가 인상을 찌푸리자 정란이 키득거리며 케이크를 끌어안았다. 연호도 그제야 농담이라는 걸 알아차리곤 그녀의 얼굴을 또 한 번 쓸어내렸다.

"너 근데 아까 뭐한다고 그렇게 오래 걸렸어?"

"나 손톱. 네일아트 받았지롱."

그녀가 의기양양, 똑바로 편 손등을 그에게 내밀었다. 발만큼이나 길고 뾰족한 손가락 모양이 칼손이다. 하얀색 꽃이 입체적으로 그려진 손톱엔 유백색 큐빅이 마치 꽃가루처럼 꽃 주위를 불규칙적인 형태로 감싸고 있었다.

"야. 그 네일아트 하는 사람은 여백의 미라는 것도 모르냐? 뭐가 이렇게 빼곡해?"

"으이구. 그런 말 할 줄 알았다. 아무리 이런 데 관심 없다고 해도 그렇지, 어쩜 그렇게 사람이 과거 지향적이야?"

"원래 펜싱이라는 게 과거 지향적인 경기야. 됐고, 겨우 이거 하는 데 몇 시간씩 걸린 거야?"

"손톱만 해서 두 시간인 줄 아세요. 발톱까지 했으면 더 오래 걸렸어요."

"하는 김에 다 해 버리지, 발톱은 왜 안 했어."

"아."

가볍게 뺨을 물들인 그녀가 가방에서 대여섯 개의 매니큐어를 꺼냈다.

"페디큐어 받으려면 해 주는 사람이 테이블 아래로 들어가야 하거든. 그게 싫더라고. 왠지 내가 그 사람을 무시하는 것 같은, 그런 심리적인 거부감이랄까? 그래서 페디는 정애한테

해 달라고 하려고."

"처제가 그런 것도 할 줄 알아?"

"갠 손으로 하는 건 다 잘해. 이것저것 자격증도 되게 많아. 헤어 디자이너만 빼면 어지간한 건 다 있을걸?"

"그거 이리 줘 봐."

그가 손을 내밀었다. 정란은 손톱과 같은 색깔의 하얀색 페디큐어용 네일 에나멜을 건네며 물었다.

"왜? 너도 발라 보게?"

"내가 왜 발라. 발이나 내밀어."

"이런 변태 발 페티시가!"

그의 의도를 눈치챈 그녀가 후다닥, 발가락을 숨겼다. 연호는 자꾸만 뒤로 빠지는 그녀의 종아리를 잡고 제 앞에 고정시킨 뒤 네일 에나멜 뚜껑을 열었다.

"나 발 페티시 아니다."

"뭐래."

"정확하게는 방정란 발 페티시지."

짧고 뭉툭한 솔이 엄지발가락을 스치자 시원한 감각이 발끝에 몰려들었다. 정란은 무릎을 끌어안고 그의 손이 움직이는 궤적을 눈으로 좇았다.

"그런 페티시가 어디 있어?"

"너도 있잖아. 성연호 페티시."

"아니거든!"

"맞아. 아니어도 맞는 걸로 해. 내가 방정란 발 페티시가 맞으니까."

"그걸 어떻게 알아?"

"태릉에 너랑 비슷한 발 모양 가진 유도 선수 애가 있더라고. 걔 발 봐도 아무런 감정이 들지 않는 걸 보면 방정란 발 페티시가 확실해."

"뭐?"

그녀가 눈을 부리라며 그의 이마에 제 머리를 박았다.

"너 지금 다른 여자 선수 발 모양 본 걸 자랑이라고 씨부리는 것이야?"

"뭔 소릴 하는 거야. 유도 선수라니까. 그럼 유도 선수가 신발 신고 경기하냐?"

"경기한다고 해서 다 발 모양을 보진 않거든? 넌 발 페티시가 맞아."

"그래. 방정란 발 페티시."

그는 목에 힘을 주고 그녀의 박치기를 버텨 냈다. 페디큐어가 점점 삐뚤빼뚤, 발톱을 탈출해 살에까지 칠해지고 있었지만 신경 쓰는 사람은 아무도 없었다.

투닥투닥, 장난치던 둘은 상체를 앞으로 기울여 서로의 얼굴을 잠깐 쳐다보다, 웃으며 창밖으로 시선을 돌렸다.

"날씨, 좋다……."

"그러게."

구름 사이로 내리쬔 햇살이 잘 닦인 창문을 톡톡 두드렸다. '하아'. 어쩐지 벅차오른 정란은 숨을 뱉었다. 그 숨을 닮은 구름이 포근해 보이는 하늘 속에서 유영을 시작했다.

여전한 두 사람을, 여전한 가을 하늘이 주황색으로 물들이고 있었다.

"이게 뭐야? 케이크?"

정란이 내민 상자를 본 정애가 물었다. 별 관심 없다는 척하고 있었지만 고정된 눈동자는 상자에서 떠날 줄을 몰랐다. 혹시나 툴툴거릴까 싶어 위축된 정란의 심장이 활짝 기지개를 켰다.

"짜잔! 이것이 바로, 이태리 과자 명인이 한 땀, 한 땀 반죽한 초코 크림 케이크 되시겠다!"

"헐! 진짜네? 언니 오늘 청담동 갔다 왔어?"

"어. 드레스 숍 바로 아래에 있었어. 연호가 너 먹으라고 사줬어."

한껏 들뜬 정란이 상자에서 케이크를 꺼냈다. 하지만 정란의 열기는, 이어진 정애의 한마디에 짜게 식었다.

"안 먹어."

"……뭐?"

"안 먹는다고. 배불러."

언제 그랬냐는 듯 금세 싸늘한 표정을 지은 정애가 고개를 홱 돌렸다. 정란은 어리둥절한 채 정애의 밥그릇을 들여다봤다. 케이크 상자와 같은 하얀색 그릇엔 윤기 좔좔 흐르는 쌀알이 가득했다.

"밥 하나도 안 먹었구먼! 배부르긴 뭐가 배불러?"

"내가, 먹는 것도 네 허락받고 먹어야 해?"

"왜 안 먹어? 너 치킨은 안 먹어도 케이크는 먹잖아!"

정란이 와락 소리를 지르며 케이크를 식탁 귀퉁이에 내려놓자 정애도 질세라 젓가락을 내려놓았다. 케이크를 내려놓는 소리, 탁. 젓가락을 내려놓는 소리, 탁.

그러나 그 뒤에 들려온 소리는 정란도, 그리고 정애도 예상하지 못한 바였다.

퍽!

정애의 팔꿈치에 밀려난 케이크가 바닥으로 떨어졌다. 지지대가 없으면 똑바로 서지도 못하는 케이크는 바닥에 닿기 무섭게 산산조각이 났다. 두부가 깨질 때처럼, 수박을 떨어트렸을 때처럼, 귀찮고 짜증 나는 잔해를 사방에 퍼트리면서 '퍽!'

"언니야……."

"……."

"야아……."

아마 그것은, 절대 정애가 의도한 상황이 아닐 것이다. 깨진 케이크처럼 부서진 정애의 얼굴을 보면 확실하다. 어설프게 벌어진 정애의 입술만 봐도 알 수 있다. 미안하다고 하려는 거겠지.

"이 나쁜 년!"

하지만 인내의 한계에 달한 정란은 15년 전 정애가 아끼는 책에 콜라를 쏟았던 날 이후 봉인한, '손에 잡히는 대로 집어

던지기' 스킬을 풀었다. 참고로 15년 전 그날엔 베개 두 개와 소파 쿠션 네 개, 잡지 열 개가 작살났다.

"뭐가 대체? 뭐가 불만인데? 왜 사사건건 시비야? 아무리 연호가 너보다 어려도 어쨌든 네 형부잖아! 형부가 사 준 건데, 그걸 이렇게 버려?"

"야! 그게 아니잖아! 실수, 아! 그만 던져! 옷 망가져!"

"카톡은 왜 씹어? 내가 오늘 사진을 몇 개나 보냈는지 알아?"

"별 거지 같은 드레스만 골라 놓고 나더러 뭘 어쩌라고? 그냥 아무거나 처입어! 다 촌스러우니까!"

정란이 마구잡이로 케이크를 던지자 정애도 질세라 손에 잡히는 걸 날렸다. 손만 대도 슬슬 녹는 케이크, 그것도 바닥에 떨어져 형체를 알아보기도 힘든 조각들로는 효과적인 공격을 기대하기 어려웠다. 다만 자매와 부엌은 확실하게 엉망이 되어 갔다.

"그 드레스 숍이 가장 좋다고 했단 말이다!"

"좋긴 개뿔! 거기 한물갔거든? 비싸기만 하고! 내가 요즘 뜨는 드레스 숍 리스트 줬잖아!"

"어머님이 거기 가자고 했다고!"

"니 결혼식이지 니네 시어머니 결혼식이야? 상견례 장소도, 드레스 숍도, 결혼식 메뉴도! 내가 괜찮다고 한 건 다 무시하면서 왜 나한테 좋냐고 물어봐! 내 말은 신경도 안 쓰면서! 난 싫어! 촌스럽고 구려! 싫다고!"

비명 같은 정애의 목소리가 집 안을 쩌렁쩌렁 울렸다. 아니, 찔렀다. 너무나 뾰족하고 날카로워서 차라리 찔렀다고 표현하는 게 맞을 것 같았다. 영문을 모르는 정란은 눈시울 붉힌 정애를 보며 한 줌도 안 되는 케이크 조각을 내려놓았다.

"치워라."

그리고, 이제까지의 극적인 소리와 상반되는 무심한 말투가 정적을 깼다. 있는 듯 없는 듯 하던 엄마가 다 먹은 밥그릇을 들고 싱크대로 걸어가고 있었다. 정란은 그제야, 정애가 엄마 '와' 밥을 먹고 있었다는 사실을 떠올렸다.

어지간해서는 깨지지 않는 코렐 접시가 바닥에 떨어졌을 때도 이보다는 더 놀라고 경악하는 사람이 정란의 엄마였다. 결국 연년생 딸 둘의 다툼이란, 엄마에겐 코렐 접시 깨지는 것보다 못한 사건에 불과했다.

흔들림 없는 손짓으로 정수기에서 물을 따라 먹은 엄마가 거실 소파에 앉으며 말했다.

"깨끗이."

크림과 초콜릿으로 범벅이 된 부엌을 '깨끗이' 치우는 것은, 어지간한 인내심으로는 힘든 일이었다. 하지만 자기가 싼 똥은 자기가 치워야 하는 법. 결국 정란은 미래를 보는 눈이 없었던 30분 전의 자신을 꾸짖으며 세제로 싱크대 전체를 닦을 수밖에 없었다. 정애는 바닥을 맡았다.

부엌을 슥 살펴본 엄마가 말없이 안방으로 들어갈 때까지

자매는 서로 한마디 말도 나누지 않고 청소만 열심히 했다. 옷깃도 마주치지 않으려 멀찍이 떨어져 있는 모습만 본다면 철천지원수가 따로 없었다.

침묵은 노동을 더 고되게 만든다. 거기에 수그러들지 않은 긴장감까지 더해지자 괜히 손에 힘만 들어갔다. 덕분에 크림으로 뒤범벅이 된 몸을 씻고 나왔을 때, 정란은 녹초가 되어 있었다.

"아이고, 삭신아……."

그녀는 할머니 같은 말을 내뱉고 침대에 냅다 누웠다. 머리가 반도 안 말랐다는 사실 따윈 염두에 두지 않았다.

"음."

그녀는 일어났다. 그리고 다시 누웠다.

그리고 다시 일어났다.

당연히 젖은 머리카락이 찝찝해 말리고 잘까, 말까를 고민하는 것은 아니다. 내일 아침 머리가 하늘로 용솟음치고 있다고 하더라도 다시 감으면 그만이니까. 머리에겐 '내일'이라는 기회가 있다. 하지만 정애에게 왜 그러냐고 물어보는 건, 오늘이 아니면 힘들 것 같았다.

"아, 방정애 진짜……."

물어보는 건 어렵지 않다. 단순하고 간단한 세 음절, '왜 그래?' 정도면 충분하다. 문제는 콩알만 한 자존심이었다. 내가 왜 먼저 손을 내밀어야 해? 잘못은 지가 먼저 했는데. 그리고 방정애 성격에 물어본다고 대답이나 제대로 해 주겠어?

이제까지 어설프게 싸우고 어설프게 사과했다가 정애에게 두 배로 당한 경험이 있는 정란은 입술을 질겅질겅 씹으며 정애의 반응을 점쳐 봤다.

가장 가능성이 높은 건 무시다. '왜 그랬어?' 라고 물어보면 '내가 뭘?' 이라고 퉁명스럽게 되묻고 하던 일을 계속하는 정애의 모습이 그려졌다. 그러면 화가 나겠지? 그리고 또 싸우겠지? 그리고 싸우는 소리에 엄마가 잠에서 깨면⋯⋯ 오, 마이 갓.

"아, 몰라! 아, 답답해!"

정란이 벌떡 일어나자 그 서슬에 놀란 이불이 크게 펄럭였다. 답답함을 이기지 못한 그녀는 자존심을 버렸다. 잠에서 깬 엄마의 정신 공격이 조금 걱정되긴 하지만, 거기까지는 고민하지 않기로 했다. 싸우지만 않는다면 엄마가 깰 일도 없다. 정란은 지체하지 않고 정애의 방문을 열었다.

"야, 주먹, 자냐?"

"잔다."

깜깜한 방 한구석에서, 이불을 뒤집어쓰고 있는 듯 푹 잠긴 목소리가 들렸다. 좋았어. 1단계는 성공.

"바보냐? 자는데 어떻게 대답하냐?"

"놀라운 사실을 알려 줘서 고맙다."

딸깍.

정애의 침대 머리맡에 있는 작은 조명이 켜지고, 희미한 빛이 심드렁하게 누워 있는 정애의 얼굴을 비췄다. 하지만 처음 생각한 것처럼 이불을 뒤집어쓰고 있진 않았다.

"왜 그래?"

"더워서 이불 덮기 싫어."

"그거 말고. 요즘 왜 그러냐고."

"……"

정애는 누운 채로 물끄러미 정란을 바라보다 상체만 슬쩍 일으켰다. 한 시간 전에 저 질문을 했으면 분명 화가 났을 텐데 지금은 아무 생각도 안 들었다.

"좋아?"

"뭐가?"

"결혼하는 거."

"어? 왜? 넌…… 싫어?"

"언니 결혼하는데 내가 좋을 게 뭐가 있어?"

"어, 그런가?"

쉽게 수긍한 정란이 머리카락 하나를 쭉 잡아당겼다. 아픈지 얼굴을 찡그린다. 딱 방정란이나 할 법한 짓이라고 생각한 정애가 썩어 들어가는 미소를 지었다.

"아닌데? 생각해 보니까, 너도 좋아야지. 너 맨날 나한테 귀찮다고 그랬잖아. 내가 니 인생의 짐이라며."

옷 훔쳐 입고, 훔쳐 입은 옷 다신 못 입게 늘려 놓고, 안 그런 척 시침 떼다가 들키면 싹싹 빌고, 퇴근할 때 아이스크림 사 오라고 카톡 보내고, 얻어먹는 주제에 어느 가게의 어떤 제품이 먹고 싶다고 강력하게 자기주장을 펼치는 귀찮은 언니.

정애에게 정란은 짐이었다. 언제나 항상, 같은 자리에 있는 짐.

"니가 짐은 맞지. 너 평생 결혼 못하고 살면, 엄마 아빠, 그 다음엔 내 차롄데. 하나밖에 없는 언니 독거노인으로 쓸쓸하게 살다 죽게 할 순 없잖아."

"무슨 소리야. 사람 난 순서대로 가는 거 아니다, 너? 네가 먼저 갈 수도 있어. 내가 엄마보다 먼저 갈 수도 있고."

"아, 너 진짜 미쳤냐? 엄마가 그런 이야기 들으면 좋아하겠다, 응?"

질겁한 정애가 정란을 향해 주먹을 휘둘렀다. 하지만 순순히 맞아 줄 정란이 아니다. 오히려 요리조리 피하며 정애를 약 올리기에 바빴다.

"오, 주먹! 재빨라졌어!"

"아오! 덩치도 큰 게!"

"나비처럼 날아서 벌처럼 쏜다!"

"쏴 봐라, 어디!"

"안 돼. 체급 차이 많이 나서, 스포츠맨십에 어긋나."

정란은 부웅 날아온 정애의 주먹을 양 손바닥으로 감싸고 웃었다. 어릴 때 하던 쌀보리 놀이를 하는 것 같았다. 정애의 주먹은 그 어릴 때 이후로 크지 않은 듯, 주먹만 한 정애의 얼굴보다 작았다.

"이제, 이렇게 못 놀 것 같아서…… 그래서 나 결혼하는 거 싫어?"

"미쳤냐? 징그럽게 왜 이래?"

정애는 소름 끼친다는 표정을 지으며 정란에게서 눈을 돌렸다. 반은 맞고, 반은 틀린 물음에 어떻게 대답해야 할지 몰랐다.

언제나 항상, 같은 자리에 있는 사람. 언제나 항상 저의 도움을 필요로 하던 사람이 더 이상 저를 찾지 않는다는 것. 저 외에 다른 사람의 어깨에 기대고, 그런 상황을 모두가 자연스럽게 여기는 분위기 속에서 정애는 길을 잃은 기분이었다.

처음엔 무심하게, 아니, 차라리 잘됐다고 생각했던 정란의 결혼이 구체화되면서 혼란은 더해 가기만 했다.

그것은 질투가 아닌 상실이었다. 그리고 정애는 제가 느끼는 상실감이 얼마나 바보 같은지 잘 알고 있었다. 그래서 말하지 못했고, 그래서 짜증만 냈다.

"미안……."

"뭐가?"

"……아까, 케이크."

"아, 그거? 괜찮아."

망설이던 정애가 케이크를 핑계로 사과하자 정란이 씨익 웃었다. 지금까지 수천 번은 봐 온 정란의 미소에 정애의 눈매가 날카로워졌다.

"뭐지? 그 표정? 난 더 큰 걸 준비해 뒀다는 듯한 그런 얼굴인데?"

"예리하긴."

"뭐야, 빨리 말해. 나중에 뒤통수치지 말고."

"별거 없어, 진짜야."

"웃기시네. 너, 나한테 처음 비엘 읽어 보라고 줬을 때도 그런 얼굴이었는데 별거 없긴 뭐가 없어?"

"언니, 이건 무슨 책이야?"

순진했던 정애의 질문에 정란은 이렇게 대답했었다.

"마음의 양식이야. 한번 읽어 봐."

"이 악의 구렁텅이."

"이번엔 그런 거 진짜 아니다."

"그런 게 아니면 뭐냐?"

"그거 있잖아, 그거……."

"그거 뭐?"

"신부 화장 있잖아. 결혼식 날, 그거. 네가 하기로 했거든……."

"내가 하기로 했다고?"

"어."

"내가, 널 해 주기로 했다고? 내가 언제?"

정애는 필사적으로 기억을 떠올렸다. 하지만 아무리 생각해 봐도 그런 식의 부도수표를 발행한 기억은 없었다. 차라리 언니를 먹여 살리겠다는 호언장담을 했다고 한다면 어느 정도

수긍을 했으련만, 신부 화장이라니.

"그냥, 내가 그렇게 하기로 했어."

혹시 어릴 때 소꿉놀이하면서 했던 이야기라도 꺼내면 야무지게 때려 줘야지, 라고 정애가 마음먹었을 때 머뭇거리던 정란이 마침 설명을 시작했다.

"숍에서 화장해 주겠다고 했는데 믿을 수가 없는 거야. 그래서 내가, 내 동생이 해 줄 거라고 했어. 물론 머리도. 원츄!"

정란이 한쪽 눈을 찡긋했다. 정애는 '이보다 더 황당할 순 없다'는 표정을 지어 보이기 위해 애를 썼다.

"미쳤니? 그 사람들은 전문가야, 바보야."

"그 사람들이 내 얼굴의 전문가는 아니잖아. 내 얼굴의 전문가는 너지. 난 전문가에게 맡기고 싶은 거고. 어쨌든 나도 그날은 가장 아름다운 신부가 되어야 할 거 아냐. 사람들이, 신부 화장을 했는데도 안 예쁘다고 하면 얼마나 굴욕적이겠어?"

"신부 화장 해서 안 예쁜 신부는 없어."

"비교의 문제야. 신랑이 성연호잖아."

정란은 정애가 놓친 부분을 콕 집어 말하곤 이내 한숨을 쉬었다. 끄덕끄덕끄덕. 터져 나오는 웃음을 참기 위해 정애는 고개만 위아래로 까닥거렸다.

"그러니까 제발, 플리즈, 헬프 미. 너 예전에 메이크업 학원도 다녔었잖아."

"그게 언제 적 이야긴데!"

"아, 몰라몰라몰라! 아무튼 이걸로 네가 케이크 박살 낸 건 퉁 치는 거다."

"그게 어떻게 퉁이 돼!"

억지로 반항해 봤지만 이미 문고리를 잡은 정란은 혀를 날름거릴 뿐이었다.

"안 들린다."

"아오! 저 돼지가!"

문이 닫히고, 정란의 얼굴이 사라졌다. 정애는 웃음이 새 나가는 걸 막기 위해 이불 속에 숨어 휴대폰 조명에 의지해 친구에게 카톡을 보냈다.

〈신부 화장 세트 있지?〉

＊　　　＊　　　＊

추운 날 결혼하면 잘산다는 속설이 있다. 도무지 가을이라는 걸 믿을 수 없을 정도로 추운 10월 2일. 정란은 그 속설에 기대 한 줌 희망을 찾으려 했지만 정애는 단 한마디로 정란의 희망을 무참하게 짓밟았다.

"그거 추운 날 결혼한 신부들이 퍼트린 헛소리야."

"이 나쁜……! 못된……! 개……! 쿠으아아아아! 추워어!"

"어머! 신부님!"

차에서 내린 정란이 신부 대기실로 뛰어 들어가자, 예도가 미친 듯 그 뒤를 쫓았다. 어깨와 등짝을 완벽하게 팔아먹은 드레스로는 추위를 견디기 힘들었을 것이다. 그럼에도 불구하고 정애에게 적극적으로 욕하지 않은 것은, 정애가 해 준 화장이 마음에 들었다는 증거였다.

비단 정란뿐 아니라 하객들도 지독한 날씨라며 한마디씩 했다. 꾸물거리는 날씨를 만만하게 보고 가벼운 트렌치코트만 입고 온 사람들은 비 맞은 개처럼 온몸을 떨었다.

하지만 마냥 기분 좋은 사람들도 있었다. 그날의 주례를 맡은 대한체육선수회 위원장도 그중 하나였다.

연호와의 친분이라고 해 봤자 대통령이 초청한 올림픽 선수단과의 저녁 식사 자리에서 딱 한 번 인사 나눈 것이 전부인 그가 주례를 맡게 된 데에는, 펜싱협회 관계자에게 '잘살아라' 따위의 설교는 죽어도 듣고 싶지 않은 연호의 과감한 선택 덕분이었다.

'그렇다면 펜싱협회가 찍소리 못 할 사람을 섭외하자'. 선수회 위원장이 국회의원을 겸직하고 있다는 것도 엄청난 장점이었다(정확하게는 국회의원이 선수회 위원장을 겸직하고 있는 것이지만).

재선을 노리는 위원장에게 연호의 결혼식 주례는 꼭 잡아야 하는 동아줄이었고, 그래서 결혼식장 곳곳에 포진한 기자들을 보고는 입이 찢어졌다. 이 정도면 신문이나 뉴스에 기사가 나갈 건 뻔해 보였다. 그리고 주례는 누구라며 제 이름 석 자도 박히겠지.

"다음은 주례사 소개가 있겠습니다. 오늘 주례는 연세대학

교를 졸업하시고, 현 연세대학 동문회 부회장, 현 대한체육선수회 위원장이자 현 국회의원이신 지청도 의원이십니다. 박수로 환영해 주시기 바랍니다."

청도는 다소 긴장된 마음으로 주례 단상에 섰다. 하객들이 그의 생각보다 훨씬 많았다. 사람들 앞에 서 본 적은 수차례 있지만 주례는 처음인 그가 할 수 있는 일이라고는 동반 입장한 신랑 신부를 보며 필사적으로 자연스러운 웃음을 짓는 것뿐이었다. 카메라 플래시가 터지고 있었으니까.

이래저래 당황한 그는 주례사의 많은 부분을 건너뛰고 곧장 혼인 서약으로 넘어갔다. 다행히 혼인 서약은 웨딩숍에서 준 대로 읽기만 하면 되었다.

"신랑 성연호 군과 신부 방정란 양은 어떠한 경우라도 항시 예로써 사랑하고 존중하며 서로에게 진실하고, 언제나 조상에 누를 끼치지 않고 자손에게 부끄러움이 없는 인생을 살면서 모든 일에 정성을 다하고 어른을 공경하여 행복한 가정을 이루는 데 몸과 마음을 바칠 것을 맹세합니까?"

이제 신랑은 큰 소리로, 신부는 수줍게 '예'라고 대답할 일만 남았다. 그런데 그 '예'가 나오질 않는다. 어서 빨리 성혼선언문을 읽고 신랑과 사진이나 찍고 싶은 청도는 마이크를 신부 쪽으로 밀어 놓고 연호를 불렀다.

"신랑?"

"잠시만요."

뜻밖의 사태에 사람들이 웅성거리기 시작했다. 하지만 연호

는 사람들의 반응엔 아랑곳없이 정란과 무엇을 상의하고 있었
다.

"위원장님, 그 혼인서약문에 적힌 걸 다 지키질 못할 것 같
아서요. 조금 바꿔 주시면 감사하겠습니다."

상의를 마친 연호가 작게 속삭였다. 청도의 눈이 튀어나올
듯 커졌다.

"지금 혼인서약문을 두고 네고를 하자는 건가?"

"지킬 수 없는 약속은 하고 싶지 않다는 겁니다."

"어떻게 모든 일에 정성을 다하면서 부끄러움 없는 인생을
살겠어요?"

말도 안 된다는 듯, 인상을 찌푸린 정란이 한마디 했다. 문
제는 마이크가 그녀를 향해 돌려져 있었다는 점이다. 품, 피식
같은 웃음이 신부 하객석에서 튀어나왔다.

"……어느 부분을 빼면 되겠나?"

자포자기한 청도가 볼펜을 들었다. 연호와 정란은 거침없이
제 의견을 피력했다.

"일단 '항상'을 빼 주십시오."

"항시, 항시."

"아, 맞다. 항시."

"언제나, 모든. 그것도 빼 주시고요, 조상에 누를 끼치지 않
고, 이 부분도 좀……."

"야, 그럼 넌 조상에 누를 끼치고 살려고?"

"그게 아니지. 표현이 너무 애매하잖아. 조상에 누를 끼친

다는 게 뭐야? 지금 우리가 자연스럽게 하는 일들이 조상님들 눈에는 누를 끼치는 걸로 보여질 수도 있잖아."

이미 충분한 누를 끼치고 있다고 생각한 연호의 엄마와 정란의 엄마는 금방이라도 울 것 같은 표정으로 얼굴을 가렸다.

고철은 어디론가 도망가고 싶은 마음을 억누르며 다리를 떨었고 정애는 기가 막힌 와중에 안심했다. 그래, 방정란 어디 가냐. 쿵짝이 맞는 둘이 같이 산다고 했을 때부터 이런 사태는 예상했어야 했다.

"……그러니까 자네들이 원하는 혼인서약문은 **'대부분의 경우** 예로써 사랑하고 존중하며 서로에게 진실하고, **조상들 마음에 들지 안 들지는 모르겠지만** 누를 끼치지 않도록 노력하며, **조금은 부끄러울 수도 있지만 되도록** 자손에게 부끄러움이 없는 인생을 살면서 **어지간한 일**에 정성을 다하고 어른을 공경하여 행복한 가정을 이루는 데 몸과 마음을 바칠 것을 맹세하겠습니다', 이거 맞나?"

"네!"

"푸하하하!"

누군가 격한 웃음을 터트렸다. 사회를 보던 효준이었다. 그의 웃음을 필두로 웃음이 번져 나가기 시작했다. 허리를 굽히고 최대한 숨죽여 웃는 사람, 모든 걸 내려놓고 박장대소를 하는 사람, 박수로 부족해 휘파람을 부는 사람. 예의 바른 몇몇은 식장을 뛰쳐나갔다. 적어도 밖에서 웃어야겠다는 의지의 표명이었다.

그리고 쏟아지는 박수갈채 속에서, 이 결혼식을 질질 끌어 봤자 저의 사회적 지위에 하나도 도움될 것 없다고 판단한 청도는 그의 첫 주례를 과감하게 마무리 지었다.

"신랑 신부 결혼했음을 선언함!"

— fin

작가 후기

출간이 늦되긴 했지만, 이 글은 제가 2013년 봄부터 가을까지 제가 속한 연합 홈페이지에서만 연재했던 글입니다. 2013년은 여러모로 저에게 힘든 해였습니다. 내·외부적인 여러 사건들 때문에 로맨스 소설 작가로서 회의감을 느꼈고, 극단적으로 글을 그만 쓸까, 라는 생각까지 했죠.

그런 시기에 쓰기 시작한 글이라서 그런지, 처음 연재 당시의 원고는 제 초창기의 글과 굉장히 닮아 있었습니다. '요가의 이론과 실제'와 같은, 정신머리 없고 티끌 같은 로맨스를 자랑하는 그런 글 말이죠. 한마디로, 때려죽여도 종이책으로 출간할 글은 아니었다는 거죠. 책으로 만들어지면 나무한테 미안하고 전자책이 되면 데이터에게 미안해지는 글이었습니다.

그런 글에 호흡기 꽂고 심폐 소생시켜 준 손수화 기획자에게 감사합니다. 하지만 그 엄청난 분량을 수정한 나에게 당신도 감사하라! 정란의 디테일한 덕질을 눈물을 흘리며 다 잘라낸 나에게도 감사하라! SS501 팬픽 포기하기가 얼마나 어려웠는지 당신이 아는가!

(흠흠.)

엄청난 분량을 짧은 시간 내에 수정하면서 초고 상태의 원고를 그대로 받아야만 했던 편집자분께는 미안하고 감사합니다.

제목인 '기둥 뒤 공간 있어요'는 모 사이트에서 전설로 남은 댓글로서, 아무리 말해도 남의 말을 안 듣는 사람이나 상황을 표현하는 말이지만 본편에서는 따로 설명하지 않았습니다. 댓글 놀이라는 인터넷 특유의 문화를 텍스트로 재미있게 설명하기엔 제 능력이 부족하더군요. 때문에 이 제목은 미완의 제목이고, 아는 분들만 웃으실 수 있을지도 모르겠습니다. 하지만 어떤 제목들은 우연찮게 전혀 다른 경로로 정보를 얻으면서 깨닫게 되는 경우가 있죠. 저의 '기둥 뒤 공간 있어요'가 그런 경우라고 우겨 보렵니다.

끝으로, 제가 요구한 말도 안 되는 표지 콘셉트를 그림으로 구현해 주신 봄 미디어 디자이너분께 장문의 감사 인사를 드리고 싶습니다. '기둥 뒤에 사람이 펜싱하고 있는 콘셉트'라고 했을 때, 그것이 정말 실현 가능하리라곤 믿지 않았습니다. 물론 디자이너님과 손수화 기획자님도 제가 그걸 표지로 선택하리라곤 믿지 않으셨겠죠. 그러나 텍스트에 불과한 콘셉트가 그림이 되어 날아왔을 때의 그 희열이란! 어찌 말로 할 수 있겠습니다. 온몸으로 자신을 선택해 달라고 당당하게 외치는 그 표지 시안을 저는 선택할 수밖에 없었습니다.

네. 저는 상당히 달뜬 상태에서, 그러나 분명히 멀쩡한 정신에 이 표지를 선택했고, 절대 안 된다는 기획자에게 저 표지로 하지 않으면 원고를 주지 않겠다고 협박하여 표지를 얻어냈습니다. 비록 기둥 뒤의 표지가 출간 이후부터 계속 예쁜 표지, 정갈한 표지로 칭송받았던 봄 미디어 표지에 아스트랄한 흑역사를 남기게 되었지만, 그래도 제 콘셉트가 디자이너님의 창의성에 날개를…… 달아 주지 않았나요?

……죄송합니다.

이제 글은 나왔습니다. 이 글의 제목, 표지, 내용은 모두 제가 선택한 것들이고 제 글은 저의 책임입니다. 혹여 글이 재미없으셨다면 비난과 비판은 저에게, 기쁘고 재미있게, 시간 잘 때웠다고 느끼셨다면 이 글이 나올 때까지 고생한 모두에게 칭찬을 돌려주셨으면 좋겠습니다.

징글징글하게 싸우면서도 나름 친한 동갑내기, 작가연합 〈그녀의 서재〉 할머니들, 독자 회원분들, 나의 가족, 나의 친구들에게 오랫동안 로맨스 소설 작가로서 당당하고 싶은 마음을 전합니다.

& Special thanks to 관세음보살.